suhrkamp taschenbuch 2396

Agua Fria, ein junges Mädchen, wächst in einer hierarchischen Gesellschaft auf, die allen ihren festen Platz zuweist. Gehorsam ist erste Pflicht, Fragen sind unerwünscht. Sie soll eine Priesterin der herrschenden Klasse werden und muß sich einer schmerzvollen Initiation unterziehen. Aber je näher sie dem inneren Kreis um die Oberpriesterin kommt, desto stärker werden ihre Zweifel am totalitären System ihrer Welt. Sie lehnt sich auf, will »frei« sein. Sie flieht, und am Ende ihrer Reise durch ein feindliches und rätselhaftes Universum erlangt sie ihre Freiheit und muß erfahren, daß es keine absolute Antwort gibt. Wer frei sein will, muß nach den Sternen greifen.

Rosa Montero hat mit ihrem dritten Roman *Zittern* einen Zukunftsroman geschrieben. Ihre Überlegungen kreisen um die Macht und um die Zerstörung der Umwelt durch den Menschen.

Rosa Montero, geboren 1951 in Madrid, lebt dort als Journalistin und Schriftstellerin. Im Suhrkamp Verlag sind außerdem die Romane *Geliebter Gebieter* (st 1879) und *Ich werde dich behandeln wie eine Königin* (st 1944) erschienen.

# Rosa Montero
# Zittern

*Roman*

Aus dem Spanischen von
Susanne Ackermann

Suhrkamp

Titel der Originalausgabe: *Temblor*
Umschlagfoto: Stephan Erfurt

suhrkamp taschenbuch 2396
Erste Auflage 1995

Satz: IBV Satz- und Datentechnik, Berlin
Druck: Nomos Verlagsgesellschaft, Baden-Baden
Printed in Germany
Umschlag nach Entwürfen von
Willy Fleckhaus und Rolf Staudt

1 2 3 4 5 6 – 00 99 98 97 96 95

# *Teil 1*
# Die Zeit des Glaubens

Agua Fria betrat eilig den Gebäudekomplex der *Außerordentlichen;* da eine ungewöhnlich schöne herbstliche Abenddämmerung herrschte, hatte sie auf dem Weg dorthin getrödelt, und jetzt schlug ihr das Herz bis zum Halse. Schuld daran war nicht nur ihre Erschöpfung, sondern auch die Angst, zu spät zu kommen. Ihre Schritte hallten im leeren Halbdunkel der Gänge wider; der Schweiß auf ihren Schläfen wurde unangenehm kalt. Sie zitterte ein bißchen und sehnte sich in die Wärme außerhalb des Gebäudes zurück. Normalerweise erschien ihr das *Haus der Außerordentlichen* mit seinen weißen Wänden, den leuchtend bunten Fußböden und seinen Innenhöfen voller Obstbäumen und Blumen als ein schöner Ort. Aber heute kam er ihr mit all den ewig verschlossenen Türen und diesen nicht endenden, sinnlosen Gängen, auf denen nie jemand ging, unerträglich verlassen vor. Sie hatte es ja schon einige Jungen in der Schule sagen hören: »Es ist schrecklich dort«, zischte zum Beispiel Tuma, der das Privileg genoß, eine ältere Schwester vorweisen zu können. Außerdem tat er immer so, als ob er alles wüßte, aber das glaubte sie ihm nicht. Wo war Tuma wohl jetzt, wie nannte er sich, wem war er zugeteilt worden? Jetzt lief Agua Fria durch die Gänge, durchquerte die leeren Säle, versuchte nicht nach den Schatten zu sehen und hatte Angst.

Als sie an die Tür ihres Gebäudeflügels gelangte, hielt sie ruckartig an. Sie horchte einen Moment lang an der Tür, aber sie konnte nur ihr eigenes Keuchen hören. Und wenn alles schon vorbei wäre, und wenn sie gestorben wäre... Was tun ohne sie? Entsetzt stöhnte sie vor sich hin. Mit plötzlicher Entschlossenheit öffnete sie und trat ein. Das Zimmer, das größere von zweien, aus denen die Wohnung bestand, schimmerte in einem weichen, goldenen Licht. Die Sonne glitt sanft zwischen den Brettern der Fensterläden hindurch und malte ein verwickeltes Streifenmuster auf die Wände. Es war, als ob sie sich in einer Glasglocke befände, in dem Lampion eines Gartenfestes. Agua Fria beeilte sich, die Tür hinter sich zuzuziehen, wobei sie die Dämmerung, die Kälte und die Beklommenheit draußen ließ, und spürte, wie ihre Angst sich in dieser so fröhlichen, leichten Luft verlor.

»Ich habe auf dich gewartet.«

»Es tut mir leid«, stammelte sie, »ich habe getrödelt.«

»Das macht nichts. Du brauchst dich nicht zu entschuldigen. Du bist gerade noch rechtzeitig gekommen. Tritt näher, Agua Fria.«

Das Mädchen gehorchte. Ihre *Anterior* saß, von einigen bunten Kissen gestützt, in dem kleinen Bett. Sie war sehr alt; so alt, daß von ihrem Aussehen nicht einmal mit Sicherheit auf ihr Geschlecht geschlossen werden konnte. Agua Fria hatte sagen hören, daß dies bei vielen *Anteriores* der Fall war. Die ihre war auf jeden Fall eine Frau, eine gepflegte und zerbrechliche Greisin. Sie war sehr dünn und trug ihr vollständig weißes Haar zu dem traditionellen Zopf der Menschen aus dem Norden geflochten. Sie wurde Verbrannter Kork genannt. Als sie ihre Einführung begannen, vor zwei Jahren, war das erste, was Verbrannter Kork sie lehrte, die Bedeutung ihres Namens, genau wie es das Ritual vorschrieb: die *Anterior* von Verbranntem Kork war ebenfalls eine Frau gewesen; sie hatte zur Zeit der großen Pest gelebt, und ihr einziger Sohn erkrankte. Wochenlang wohnte sie hilflos seinem Todeskampf bei, bis es eines Abends so aussah, als ob das Fieber nachließe und das Kind einen Teil seiner Lebhaftigkeit wiedererlangte. Da erzählte ihm die Mutter Märchen, sang ihm Kinderlieder vor, ahmte einen Löwen nach, alles, um es zu unterhalten, und während sie mit ihm spielte, malte sie sich und dem Kind mit verbranntem Kork einen großen Schnäuzer. Es handelte sich um die Besserung, die dem Ende vorausgeht, und das Kind starb am nächsten Tag, aber die *Anterior* von Verbranntem Kork wählte diese Episode aus allen Erinnerungen ihres ganzen Lebens. Sie taufte so ihre Schülerin und ließ sie das Herzklopfen dieses hoffnungsvollen Nachmittags in ihre Erinnerung einbrennen, und so gab Verbrannter Kork es später, am Anfang ihrer Einführung, vollständig und unverändert an Agua Fria weiter. Jetzt konnte Agua Fria das mütterliche Gefühl nachvollziehen, und sie kannte die Kinderlieder, die Märchen, erinnerte sich an das schmale Gesichtchen des Kleinen, an die Weichheit seiner Stirn und an diesen Geruch nach fieberndem Tierchen, der seinem Körper entstieg. Dies war ihr erstes Wissen, das erste Fragment dieser ganzen Welt von Neuigkeiten, die sie erfahren sollte.

Und jetzt ahnte Agua Fria, daß es dem Ende zuging. Verbrannter Kork fiel immer mehr in sich zusammen, und ihre Haut glich faltigem, vertrocknetem Pergament, so als ob die Feuchtigkeit, das Element des Lebens, völlig verdampft wäre. Die Greisin streckte ihren rechten Arm aus. Auf der Innenfläche ihrer knöchernen, durchscheinenden Hand schimmerte das *Kristall.*

»Es ist an der Zeit, dir zu erklären, warum du Agua Fria genannt wirst.«

Das Mädchen zuckte zusammen; so waren ihre Vermutungen also richtig gewesen und ihre Einführung ging dem Ende entgegen. Agua Fria erinnerte sich jetzt an den Tag, an dem sie in dem Gebäudekomplex der *Außerordentlichen* eintraf; damals hieß sie noch Talika, der ihr von der Mutter gegebene Kindername, und war kaum zehn Jahre alt. Ein kleines Mädchen. Klein, sehr klein! Jetzt hingegen war sie schon zwölf Jahre alt. Sie war in die Höhe geschossen, und ihr Körper war ein Durcheinander von knospenden Brüsten und sich rundenden Hüften, ein sich auflehnender Organismus, der darauf bestand, sich in ein anderes Wesen zu verwandeln, ein Fremder, der sich ihrer von innen her bemächtigte. Aber trotz allem war die größte Veränderung geistiger Art. Jetzt besaß Agua Fria die Erinnerungen von Verbranntem Kork. Das Leben ihrer *Anterior* war schon Teil ihres Lebens, und ihr war es zu verdanken, daß die Welt der Greisin weiterexistierte; oder zumindest ein großer Teil dieser Welt.

»Es bleiben mir noch so viele Dinge, die ich dich lehren möchte. Es ist unmöglich, alles weiterzugeben. Wenn man stirbt, geht immer irgend etwas verloren«, pflegte Verbrannter Kork zu sagen.

Vielleicht lag hier der Grund, warum die Welt sich auflöste. Die Ursache für den Nebel und die grauen Löcher. Zum Beispiel dieser Nachmittag: Als Agua Fria querfeldein zum Gebäudekomplex der *Außerordentlichen* lief, löste sich ganz plötzlich ein Teil der Welt auf. Dies passierte am Horizont, hinten rechts, in einer Ecke ihres Blickfeldes; Agua Fria registrierte die Veränderung aus den Augenwinkeln heraus und sah genauer hin. Dort hinten, weit entfernt, gab es einen Fetzen grauen Nebels, einen kleinen Fleck, ein teigiges Nichts, wo sich vorher, da war sich Agua Fria ziemlich sicher, ein Baum erhoben hatte. Vielleicht eine Pappel oder ein Eukalyptus; ein Baum, der zu einer verlorengegangenen Erinnerung gehörte. Wie schon ihre *Anterior* gesagt hatte: Es war unmöglich, alles zu erzählen.

»Aber irr dich nur nicht, Agua Fria; die Welt löst sich auf wegen all denen, die am wahrhaftigen Tod sterben, ohne daß sie

Schüler hätten, denen sie ihre Erinnerung übergeben könnten«, erklärte ihr Verbrannter Kork bei einer Gelegenheit.

Ja, ja, selbstverständlich, so war das *Gesetz*. Im Reich gab es nicht genug Kinder, nicht genug Heranwachsende für alle. So verfügten also nur die Allerfähigsten über Schüler; die anderen starben wirklich – für immer – den wahrhaftigen Tod. Das war hart, aber so war das *Gesetz. Seine Weisheit sei gepriesen.*

»Heute nachmittag habe ich gesehen, wie ein Baum ausradiert wurde!« sagte Agua Fria ganz plötzlich.

»Ja? Wo?«

»In der Nähe. Bei dem Brunnen.«

Verbrannter Kork schloß die Faust über dem *Kristall* und machte mit einem müden Ausdruck im Gesicht die Augen zu.

»So nah. Es bleibt weniger, als ich dachte. Die Welt geht ihrem Ende zu, Agua Fria.«

Das Mädchen wurde unruhig.

»Die Welt hat kein Ende. Es wird nur das ausgelöscht, dem es an Wichtigkeit mangelt, das Fehlerhafte und Unreine«, zitierte sie gelehrig.

»Das ist es, was die Priester sagen«, brummte Verbrannter Kork.

»Das ist es, was das *Gesetz* sagt!«

»Das *Gesetz* ist eine Erfindung der Priester.«

*Anathem,* Ketzerei. Dem Mädchen verschlug es den Atem: ihre *Anterior* gab eine solche Ungeheuerlichkeit von sich! Sie traute ihren Ohren nicht. Automatisch streckte sie die Zeigefinger und Daumen, um die Form des *Kristalles* zu bilden und so das Sakrileg zu bekämpfen. Aber das Zeichen reichte nicht. Diese Abweichung müßte öffentlich diskutiert werden, sie sollte sich der Irrenden entgegenstellen, selbst wenn es sich um ihre *Anterior* handelte. Ganz zu schweigen von der Notwendigkeit, den Ketzer anzuzeigen, eine so fürchterliche Verpflichtung, daß Agua Fria im Augenblick nicht einen einzigen Gedanken daran verschwenden wollte.

»Aber Verbrannter Kork, das ist...«

»Ach hör auf, hör auf...«, murmelte die Alte mit schwacher Stimme. »Konzentriere dich auf das *Kristall.* Ich muß dir noch deinen Namen erklären.«

Was für ein seltsamer Nachmittag. Die tiefstehende Sonne erfüllte das Zimmer mit glühendem Licht. Genau die Beleuchtung für Wunder. Das *Kristall* zitterte auf der Handfläche von Verbrannter Kork, und das Mädchen heftete ihren Blick auf das schimmernde Innere dieser aus festem Wasser bestehenden Nuß. Als ihre Initiation begann, hatte ihr ihre *Anterior* dem Brauch gemäß einen Namen gegeben. Dieser Name hatte sie zwei Jahre lang begleitet; das Mädchen war mit ihm gewachsen, bis er ihr schließlich wie ihr eigener vorkam. Und jetzt endlich würde sie ihn verstehen, ihn besitzen. Das war das Endritual, der Höhepunkt ihrer Unterweisung. Das *Kristall* sprühte Funken. Agua Fria blinzelte müde. Ihre Lider wurden schwer, ihre Augen schlossen sich.

»Es war an einem Frühlingsabend, und ich hatte gerade mein viertes Lebensjahrzehnt begonnen«, fing Verbrannter Kork langsam an. »Es war ein sehr heißer Tag, ein Vorbote des Sommers. Algodon und ich lagen auf dem Bett. Wir hatten uns gerade geliebt, und er schlummerte. Er lag an meiner Seite, und es entströmte ihm die wohlige Wärme eines vertrauten Tieres. Die Sonne schien durchs Fenster. So wie jetzt. Ich beobachtete, wie sie mit ihren Strahlen die Wand bemalte und empfand ganz plötzlich die vollkommene Geometrie dieser Linien. Ich sah mich um: Alles im Zimmer hatte eine außergewöhnliche Schärfe angenommen. Das Bett, die Falten der Bettücher, der Winkel der Wand, Algodons verschwitzte Haut, der messerscharfe Umriß meiner Hand. Alles war wesentlich, ewig, notwendig. Alles schien sich mit Sein aufgesogen zu haben, als ob ich es für einen Moment fertiggebracht hätte, das allem zugrundeliegende Muster der Dinge zu sehen. Und ich dachte: Dieser Moment wird vergehen, und die Tage werden vergehen, und eines Tages werde ich sterben. Aber ich wußte, daß diese Erinnerung mich bis ans Ende meiner Tage begleiten würde. Daß, wenn meine Zeit ihrem Ende zuginge, ich mich nach diesem Moment zurücksehnen würde. Wie es dann auch wirklich eingetreten ist. Und ich dachte: Ich stehe in der Blüte meines Lebens und werde vielleicht nie wieder so glücklich sein, wie ich es jetzt bin. Die Welt hatte angehalten, und die Gegenstände hatten sich mit Leben vollgepumpt. So fest waren sie, so schwer. Sogar Algodon schien zwischen zwei Atemzügen in der Schwebe geblieben zu sein, und seine Brust war der unbewegliche Torso einer Statue. Ich hatte Angst, erschrak vor soviel Schönheit; es ist ja Schönheit immer eine Mischung zwischen dem Schönen und dem Schrecklichen. Ich streckte den Arm aus und ergriff einen Krug eiskaltes Wasser, der auf dem Tisch stand. Ich trank ein wenig. Das Wasser war so kalt, daß es mir die Kehle lähmte. Langsam beruhigte ich mich. Ich verlor diesen momentanen Scharfblick und kehrte zu meiner banalen Menschlichkeit zurück. Die Sonnenstrahlen an der Wand hörten auf, das Wesen der Sonne selbst zu sein und waren wieder nicht mehr als Strahlen, und in den Falten der Bettdecke hatte die Welt keinen Platz mehr. Algodon an meiner Seite wurde unruhig und seufzte im Schlaf. Und ich dachte: Jedesmal, wenn ich jetzt einen Schluck kaltes Wasser trinke, werde ich versuchen, mich daran zu erinnern, daß es einen Nachmittag gegeben hat, an dem es mir möglich gewesen ist, die Zeit anzuhalten.«

Agua Fria, die wie benebelt von dem Eindringen der Erinnerung war, nickte kraftlos, wobei sie die Augen fest auf das funkelnde *Kristall* gerichtet hatte und alle Zellen ihres Körpers diese fremde Vergangenheit nachvollzogen: die Schwüle des Nachmittags, der Geruch nach frisch gedüngter Erde, die laue Mattigkeit, die dem Koitus folgt. Und wieder einmal erfuhr sie die Melancholie der unaufhörlich vergehenden Zeit; sie hatte Algodon, und doch verlor sie ihn im selben Augenblick; sie spürte den Ausbruch der Fülle und ahnte den Verfall. In Agua Frias genetischem Code speicherte sich das Wissen um einmal Vergangenes, die Totalität einer vollständigen Existenz. Sie war erst zwölf Jahre alt und hatte noch einen unberührten, jungfräulichen Körper, aber das *Kristall* ließ sie sich verzehren in Sehnsucht nach dem noch nicht Gelebten, Sehnsucht nach der Vergangenheit von Verbranntem Kork und nach dem, was sie in ihrem eigenen Fleisch erahnte. Dann erlosch das Glas und es wurde still.

Agua Fria blinzelte und erlangte das Bewußtsein der Gegenwart wieder. Sie hatte wie immer taube Muskeln, so als ob sie sich stundenlang überhaupt nicht bewegt hätte. Und doch stand die Sonne kaum eine Spur tiefer, waren ihre Strahlen nur ein wenig röter, schräger. Agua Fria wußte, daß erst einige Minuten vergangen waren; sie wußte es aufgrund ihres Verstandes und ihres Glaubens, denn so hatte es ihr ihre *Anterior* erklärt: Aber ihr starrer Körper weigerte sich, diese Augenscheinlichkeit zu akzeptieren. Agua Fria erwachte aus einem jahrhundertelangen Traum, der nur die Dauer eines Seufzers gehabt hatte, und dies war eines der Wunder des *Gesetzes, seine Macht sei gefürchtet.* Das Mädchen räkelte sich wohlig und horchte dabei auf das

Knacken ihrer Gelenke.

Verbrannter Kork hatte die Augen geschlossen und ruhte matt und winzig auf ihrem Wirrwarr von Kissen. Das *Kristall* war ihr aus der Hand gerollt und war jetzt erloschen; friedlich lag es zwischen den Falten der Decke. Agua Fria lehnte sich vorsichtig nach vorne und betrachtete das Antlitz der Greisin: Ihre Haut war grau und hatte eine mineralartige Textur angenommen. Sie sah eher aus wie eine in den dunklen Wüstenstein gehauene Skulptur als ein lebendiges Wesen. Vielleicht ist das schon alles gewesen, vielleicht ist sie schon gestorben, dachte die verwirrte Agua Fria. Aber in diesem Moment öffnete Verbrannter Kork die Augen, genau wie eine Eidechse, die wie ein Teil des Felsens scheint und die uns plötzlich beim Heben ihrer Augenlider mit ihrer lebendigen Gegenwart überrascht. Das Mädchen zuckte zusammen. Ihre *Anterior* lächelte kraftlos.

»Es bleibt uns keine Zeit mehr«, flüsterte sie, »ich habe versucht, das Beste von mir an dich weiterzugeben. Jetzt bist du Agua Fria, und durch dein Leben wird die Welt leben.« Das Mädchen nickte gerührt. So etwas Ähnliches hatte sie sich vorgestellt: einige feierliche Worte, die die Wichtigkeit des Augenblikkes unterstrichen. Sie war ein Mensch, der die Form liebte. Sie war nervös, fürchtete sie doch, nicht zu wissen, wie man sich den feierlichen Umständen entsprechend benehmen sollte. In ihren Ohren begann das Dröhnen dumpfer Schläge, ein Meeresbrausen, ein Geräusch wie von wirbelndem Blut in ihrem Kopf. Es war nicht unangenehm, es war aufregend. Noch nie in ihrem Leben war sie so aufgeregt gewesen wie in diesem Augenblick.

»Nein, wir haben keine Zeit mehr«, wiederholte die Greisin, wobei sie sich im Bett aufrichtete. »Wir haben für nichts mehr Zeit. Hör zu, Agua Fria, ich bin die letzte. Ich weiß es. Ich bin die letzte. Alle anderen sind Priester. Ich bin die letzte, und daher bist du es auch. Du mußt etwas unternehmen.«

»Etwas, aber was denn? Ich verstehe nicht. Was meinst du, soll ich tun? Bei was sind wir die letzten?«

Aber es schien, als ob die Frau sich bei dieser Anstrengung völlig verausgabt hatte, und sie ließ sich wieder leblos wie ein Stein mit geschlossenen Augen auf die Kissen fallen.

»Verbrannter Kork, bitte...«

Das Mädchen ergriff die Hand ihrer *Anterior*. Eine Hand wie aus Rauhreif, weich und kalt zugleich. Die Helligkeit im Zimmer wurde immer intensiver. Die untergehende Sonne stand jetzt genau dem Fenster gegenüber und durchflutete es völlig mit ihrem scharlachroten Licht. Verbrannter Kork öffnete mühsam die Augen.

»Es ist so ein schöner Abend... Agua Fria, erlaube nicht, daß sie dich zum Talapot bringen.«

»Zum Palast des Talapot? Aber warum denn?«

»Ich habe versucht, dir das Beste zu geben«, flüsterte sie, »ich hoffe, daß die Erfahrung meines Lebens dir nützlich sein wird... Bekämpfe sie, Agua Fria...«

Verbrannter Kork ließ den Kopf nach unten fallen. Ihr Körper zuckte leicht, dann streckte er sich so lange, bis er eine gelöste und vollkommene Ruhe erreicht hatte. Das war alles. Wie einfach, dachte Agua Fria und betrachtete dabei den winzigen und entspannten Körper. Wie einfach war es doch zu sterben, wenn es sich nicht um den wahrhaftigen Tod handelte. Etwas Feuchtes, Rauhes streifte ihr Bein; unter dem Bett streckte die Hündin, ein Welpe, den ihr Verbrannter Kork an dem Tag geschenkt hatte, an dem sie zwölf Jahre alt wurde, eine schwarze, zitternde Schnauze hervor.

»Bruna! Ich habe dich ganz vergessen. Was ist los, Bruna?« Die Hündin jaulte und robbte auf dem Bauch unter dem schützenden Bett hervor. Und sie blieb dort zwischen Agua Frias Füßen auf den Boden gedrückt, betrachtete sie mit unterwürfigen Augen und wedelte hoffnungsvoll mit dem Schwanz.

»Aber natürlich, Bruna«, sagte das Mädchen und streichelte ihren behaarten Kopf, »dich nehme ich mit.«

Und die Hündin hechelte vor Freude und leckte ihre Finger. Dich nehme ich mit, hatte Agua Fria gesagt. Und jetzt erst begann sie sich bewußt zu werden, was das alles bedeuten würde. Nämlich das Gebäude der *Außerordentlichen* zu verlassen und nach Magenta, nach Hause, zu der Geschäftigkeit des täglichen Lebens, zurückzukehren. Ihre *Anterior* war gestorben. Die Einführung war zu Ende.

Agua Fria stand auf. Ihr war schwindelig vor Aufregung. In ihren Ohren brauste das Rauschen der Welt, ein Geräusch, als ob Tausende von Jahren zusammenprallten. Sie blieb dort, mitten in der funkelnden Luft, in diesem rötlichen Gold einer schon fast untergegangenen Sonne stehen. Alles war gut, alles war angemessen: der Anfang und das Ende verschmolzen in diesem einzigartigen Moment, in dem langsamen Drehen des *Ewigen Rades*. Und dann passierte es: ihr Bauch erblühte und ihr erstes Blut begann zu fließen, feine Rinnsale von Menstruationsblut, das ihre Oberschenkel und Beine herunterfloß, und auf die Fliesen tropfte es Rubine, die Bruna sanftmütig aufleckte. Agua Fria blieb im Zauberbann dieses sterbenden Lichtes stehen und spürte, wie zwischen ihren Schenkeln diese rote Lebenssubstanz hervorquoll. Dann versank die Sonne in den Nebeln eines flüssigen Horizontes, und Dunkelheit senkte sich herab.

Agua Fria war bestrebt gewesen, das Ritual mit Sorgfalt und Eifer zu begehen, ganz so, wie es ihrem neuen Zustand eines Erwachsenen angemessen war. Sie benachrichtigte den Aufsichtspriester, der im *Wohnsitz der Außerordentlichen* lebte, vom Tod ihrer *Anterior* und blieb dann, wie es vorgeschrieben war, die ganze Nacht auf, sprach Gebete und hielt Totenwache. Kaum wurde es hell, kamen die Leichendiener und trugen das *Kristall* und Verbrannten Kork fort. Das erstere würde dem *Heiligen Brunnen* zurückgegeben, dort, wo auch die anderen Kristalle aufbewahrt wurden, während der Leichnam zu den Hügeln der Toten transportiert werden würde, um dort unter freiem Himmel auf einem großen hölzernen Rad aufgebahrt zu werden, damit die Geier den sterblichen Überresten den Garaus machen konnten. Die armen Unglückseligen, die am wahrhaftigen Tod starben, wurden ohne Pomp und in aller Eile begraben, ganz so, als wären ihre Körper ein schändliches Überbleibsel, das man so schnell wie eben möglich vom Antlitz des Planeten verschwinden lassen müßte. Aber die *Anteriores* besaßen das Anrecht auf das Todesritual; ihre sterbliche Hülle ernährte die Geier und durchzog so die klaren Himmel. Sich in den Teil eines bemerkenswerten Vogels zu verwandeln, war ein schönes Ende.

Nachdem sie ihre Verpflichtungen erledigt hatte und halbtot vor Hunger und verwirrt von der Nachtwache und ihren Gefühlen war, wandte sich Agua Fria der Stadt zu, die, wenn man zügig ging, eine halbe Wegstunde entfernt lag. Es war ein bewölkter, herbstlicher Morgen, Bruna trottete fröhlich hinter ihr her, und das Mädchen atmete voller Lust und genoß den Spaziergang und das Leben.

Sie nahm eine Abkürzung über die Felder und kam so schneller an die *Tür der aufgehenden Sonne,* das Stadttor, das ihrem Viertel am nächsten lag. Am Fuße der Mauer begannen die Handwerker ihre Stände aufzubauen, und die Schankwirte, die immer die ersten waren, die öffneten, riefen inmitten des Bratendunstes und des Dampfs der großen Kessel ihre Waren aus. Agua Fria näherte sich einem von ihnen und kaufte ein Stück Reiskuchen und eine große Tasse Milch mit Schmalz. Sie setzte sich an den Wegrand, um zu frühstücken, wobei sie ihr Essen mit der Hündin teilte und voll Befriedigung an ihre Heimkehr nach Hause dachte. Seit einer Woche hatte sie ihre Mutter schon nicht mehr gesehen, und sie genoß es, sich ihr Gesicht vorzustellen, wenn sie ihr erzählen würde, daß sie gekommen war, um zu bleiben, daß ihre Einführung zu Ende wäre und sie endlich im Besitz ihres Namens und somit erwachsen war. Der Stolz wärmte ihren Körper besser als der Napf dampfender Milch. Erwachsen! Jetzt erst fing das eigentlich Wichtige an: vor ihr lag eine glorreiche Zukunft. Sie war überzeugt davon, eine so weise und ausgezeichnete Frau zu werden, daß die Priester ihr das Vorrecht einräumen würden, im *Wohnsitz der Außerordentlichen* zu verkehren. Sie würde zur *Anterior* gewählt und so vor dem wahrhaftigen Tod gerettet werden.

»Das ist ja ein witziger Hund. Häßlich, aber sympathisch.« Agua Fria hob, aus ihren Träumereien gerissen, den Kopf. Vor ihr stand ein großer und spindeldürrer Junge mit Armen und Beinen wie aus Draht. Er trug den braunen Überwurf der Händler, ein, wenn man es genau betrachtete, niedriger Stand. Agua Fria hob das Kinn und runzelte die Stirn, ein Ausdruck, der voller Würde und Eleganz sein sollte.

»Es ist eine Hündin, und sie heißt Bruna. Meine *Anterior* hat sie mir geschenkt... Übrigens, sie ist gestorben«, beeilte sich Agua Fria hinzuzufügen. »Meine *Anterior* ist vergangene Nacht gestorben. Deshalb ist es heute das letzte Mal, daß ich das weiße Gewand der Kindheit trage. Ich bin gerade auf dem Weg nach Hause, und habe die Absicht zu studieren. Ingenieurwissenschaften, wie meine Mutter. Oder vielleicht Mathematik.«

»Wie schön...«, sagte der Junge, ohne sich im geringsten beeindruckt zu zeigen.

Im Grunde schien er sogar ein wenig belustigt mit diesem anmaßenden Lächeln, das mild auf seinem Gesicht tanzte. Was bildet sich dieser Dummkopf bloß ein, ärgerte sich Agua Fria. Natürlich war der Junge älter als sie, aber schließlich und endlich war er ja nur ein männliches Wesen.

»Kann ich mich zu dir setzen?«

Agua Fria zögerte einen Moment; sie hatte sich noch nicht entschieden, ob der Neuankömmling ihr mißfiel oder sympathisch war. Aber noch bevor sie antworten konnte, hatte sich der Junge schon mit einem befriedigten Schnaufer an ihrer Seite niedergelassen. Agua Fria entschied sich: Der Junge gefiel ihr absolut nicht. Jetzt, da er sich auf gleicher Höhe befand wie sie selbst, stellte sie fest, daß er älter war, als sie anfangs geschätzt hatte: sicher schon zwanzig, obwohl seine Magerkeit ihn wie einen Heranwachsenden aussehen ließ. Der Junge trank aus einer großen Tasse, die der trüben Farbe nach wohl Milch mit Bier enthielt. Milch mit Bier, und das so früh am Morgen! Agua Fria rümpfte voller Mißfallen die Nase. Also wirklich, diese Leute der niedrigen Berufsklassen wußten nichts von Selbstkontrolle und Disziplin.

»Wie heißt du?« fragte der Junge.

»Agua Fria«, antwortete sie.

Und dann vollzog sie feierlich den zeremoniellen Gruß und erklärte ihm so gut sie konnte ihren Namen: sie sprach von der Hitze des Nachmittags, von der nackten Schulter Algodons, von der Kälte des Wasserkruges. Sie war gerührt: Es war das erste Mal, daß sie ein Begrüßungsritual vollführte. Das *Gesetz* schrieb vor, daß jedesmal, wenn sich zwei Erwachsene formell begrüßten, sie sich gegenseitig die Bedeutung ihrer Namen erklären mußten. Und Agua Fria kannte die Bedeutung des ihrigen erst seit gestern. Der Junge hörte zwar aufmerksam zu, aber er zeigte mehr einen Ausdruck von Neugier als von wirklicher religiöser Ergriffenheit. Er hatte ein seltsames Gesicht, lang und schmal, mit einer zu großen Nase und einem zu feinen Mund. Es war ein unruhiges Gesicht, anfällig für nervöse Ticks und Zuckungen.

»Und du, wie heißt du?« fragte ihrerseits Agua Fria und hielt sich damit genau an das Ritual.

Aber der Junge führte den zeremoniellen Gruß nicht aus. Er lächelte nur und zuckte die Achseln.

»Also, ich heiße *Respektvoller Gesetzesstolz.*«

»›*Respektvoller Stolz des …*‹?«

»Ja, ja, ja«, unterbrach sie der Junge, »es ist ein gräßlicher Name, ich weiß. Unglücklicherweise war mein *Anterior* ein Priester, und dazu noch ein außergewöhnlich dummer Priester...«

Agua Fria verschlug es die Sprache.

»Die Priester können nicht dumm sein. Das *Gesetz* wählt sich seine Diener unter den Besten der Besten aus und nur...«

»...Und nur diejenigen, denen das *Kristall* einen Grad von Vollkommenheit gewährt hat, können danach trachten, in den Orden einzutreten«, rezitierte der Junge mit ironischem Singsang zu Ende. »Wie du siehst, kenne auch ich die *Ewigen Wahrheiten.* Aber ich kann dir versichern, daß es dumme Priester gibt... und sogar boshafte.«

»Aber...«

»Mein *Anterior,* zum Beispiel, war ein kompletter Esel. Ein Fanatiker. Stell dir mal vor, ein Mann, der von allen Erinnerungen seines Lebens etwas auswählt, das sich *Respektvoller Gesetzesstolz* nennt. Furchtbar, nicht? Ich habe schon immer überlegt«, fügte der Junge nachdenklich hinzu, »daß es sehr schwierig sein muß, einen einzigen Moment aus all den Erlebnissen eines ganzen Lebens auszuwählen. Eine alles überragende Erinnerung auszusuchen und so deinen Lehrling zu nennen. Wenn du *Anterior* wärst, was würdest du nehmen?«

Agua Fria zuckte verwirrt die Achseln.

»Ich weiß nicht...«

Aber in Wahrheit wußte sie es: Blutige Sonne, dachte sie und rief sich die Ekstase des vergangenen Nachmittags in Erinnerung. Natürlich war sie noch sehr jung und hatte noch ihr ganzes Leben vor sich.

»Ich habe festgestellt, daß fast alle Namen die Erinnerung an etwas Harmloses wachrufen«, fuhr der Junge fort. »Das heißt, die *Anteriores* pflegen einen Moment des Glücks zu wählen, der unmittelbar vor einem Unglück liegt oder einen Augenblick, in dem sie glücklich waren, eben weil sie noch nichts von den Schmerzen wußten, die ihrer harrten. So kommt es, daß fast alle Namen vor Selbstmitleid triefen oder ein Schmerzensschrei an die verlorene Unschuld sind. Kommt dir das nicht so vor?«

Agua Fria schluckte und wußte nichts darauf zu antworten. Sie hatte gerade ihr allererstes Begrüßungsritual vollzogen, und die einzigen Namen, die ihr bisher erklärt worden waren, waren ihr eigener und der von Verbranntem Kork. So hatte sie also keine Beurteilungsgrundlage, aber sie war natürlich nicht bereit, ihre Unerfahrenheit vor einem Jungen zuzugeben. Außerdem verstand sie nicht einmal genau, wovon er eigentlich sprach. Aber es kam ihr vor, als ob er schreckliche, ja sogar gefährliche Dinge sagte, Ketzereien. Agua Fria schlug beunruhigt die Beine übereinander, um sie sogleich wieder nebeneinanderzustellen. Sie sollte gehen, aber sie wagte nicht, das Begrüßungsritual zu unterbrechen. Sie würde warten müssen, bis der Junge ihr diesen seltsamen Namen erklärt hatte, der ihm gegeben worden war.

»Du redest wie ein Student«, sagte Agua Fria, um zu vermeiden, auf seine Frage antworten zu müssen.

»Ach ja? Und wie glaubt man, reden die Studenten?« fragte der Junge in seinem anmaßenden Ton. Aber dann wurde er umgänglicher und fügte schlicht hinzu: »Obwohl, doch, eigentlich studiere ich eine ganze Menge.«

»Aber diese Tunika...«

»Ich studiere, aber nicht offiziell. Ich studiere für mich. Ich bin Händler, ja. Meine Arbeit gefällt mir. Ich reise gern mit den großen Karawanen in der Welt herum...«, sein Gesicht verdunkelte sich, »obwohl die Welt sich langsam aber sicher auflöst und die Grenzen sich von Tag zu Tag mehr verwischen.«

Er schüttelte den Kopf, als wollte er eine Fliege abwehren, und schnell nahm sein so wechselhaftes Gesicht einen neuen Ausdruck an. Er lächelte:

»Auf den Reisen lernt man viel und trifft viele Menschen. Ich habe an unendlich vielen Begrüßungsritualen teilgenommen, und auf diese Weise habe ich das empirische Wissen gewonnen, um meine Theorie zu untermauern. Natürlich sind nicht alle Namen Klagen um die verlorene Unschuld. Meiner ist nicht einmal das. ›*Respektvoller Gesetzesstolz...*‹ Gräßlich! Nun ja, du kannst mich Respy nennen. Alle Welt kennt mich unter diesem Namen.«

Und er trank, ihr zuzwinkernd, seinen Napf Milch mit Bier aus.

»Aber, wie? Willst du mir denn nicht deinen Namen erklären?« rief sie aus.

»Wer? Ich? Natürlich nicht!« antwortete Respy energisch.

»Aber das... Das ist eine Sünde!«

»Blödsinn. Das Begrüßungsritual ist nicht mehr als eine Zeremonie zu Ehren derjenigen, die schon gestorben sind. Ich gebe ja zu, daß es eine schöne Sitte ist, unsere *Anteriores* durch die Erinnerung weiterleben zu lassen, aber die Sache verhält sich nun einmal so, daß ich meinen *Anterior* hasse und verachte und keinesfalls den Wunsch verspüre, ihn auf irgendeine Weise weiterleben zu lassen. – Sieh mal!« Er drückte mit der Hand die lange und deformierte Nase, die sich über dem Gesicht bog, als würde sie von keinerlei Knochen gestützt. »Merkst du was? Mein *Anterior* hat sie mir gebrochen. Er schlug mich mit seinem heiligen Stab.«

Agua Fria sprang mit einem Ruck auf die Füße, empört und wütend:

»Das hast du verdient, das hast du verdient...!« rief sie und floh, mit einer bellenden Bruna hinter sich, eiligst in Richtung der *Tür der aufgehenden Sonne.*

Agua Fria verlangsamte ihre Schritte, als sie, vom Laufen hörbar keuchend, in ihre Straße einbog. Das Treffen mit Respy hatte sie verstimmt, und eine undefinierbare Unruhe hatte sich ihrer bemächtigt. Ein Vorgefühl von Schwierigkeiten, von Unglück. Ihr erstes Begrüßungsritual nicht vervollständigt zu haben schien ihr wie ein düsterer Vorbote, eine Unordnung, die den Zorn des *Gesetzes, sein Erbarmen sei besungen,* auf sie herabbeschwören würde. Dieser dumme Junge; er hätte es verdient, wegen Ketzerei angezeigt zu werden. Agua Fria schnaufte entrüstet und entschloß sich dann, erst später darüber nachzudenken, denn sie war schon vor ihrem Haus angelangt und wollte sich die Freude des Nachhausekommens durch nichts trüben lassen. Sie verweilte einen Moment dabei, mit größtem Vergnügen die kleine Terrasse, die Ziegelsteinmauer, die umlaufende Bank zu betrachten, auf der in ihrer Kindheit ihre Mutter und sie so viele Winter die Sonne genossen hatten. Verwundert stellte sie fest, daß die Türen und Fensterläden geschlossen waren; und dabei sollte ihre Mutter um diese Zeit schon längst aufgestanden sein und sich für die Arbeit fertigmachen. Ganz plötzlich bemerkte Agua Fria, daß jemand sie beobachtete; sie hob den Kopf und hatte gerade genug Zeit, zu erkennen, daß sich zwei Häuser weiter ein Schatten aus einem offenen Fenster zurückzog. Wie einen Peitschenschlag spürte sie die Angst, aber die Gasse lag so friedlich da, daß die Angst augenblicklich wieder verschwand. Es handelte sich um eine Wohngegend, in der gut verdienende Berufsschichten lebten; eines der besten Viertel von Magenta. Agua Fria faßte den Türgriff und trat ins Haus.

Im ersten Augenblick konnte sie noch nicht erkennen, was eigentlich falsch lief, was genau das Problem war. Aber es war augenscheinlich, daß etwas passiert war, und zwar etwas Unheilvolles. Sie blieb mit trockenem Mund und bleiernem Herz bewegungslos in der Vorhalle stehen und schaute sich vorsichtig um. An ihrer Seite jaulte Bruna mitleiderregend und drückte dabei den Bauch auf den Boden. Im Haus war es dunkel und still, und Agua Fria brauchte einige Sekunden, um ihre Augen an die Dunkelheit zu gewöhnen.

»Mutter? Mutter!«

Sie erhielt keine Antwort. Ganz langsam traten die vertrauten Umrisse des Zimmers aus den Schatten hervor. Aber die Umrisse der Dinge pulsierten auf verwirrende Weise mit stofflicher Unbestimmtheit und abscheulicher Leichtigkeit. Dem Zimmer ging die Festigkeit ab, es war wie ein sich im Wasser spiegelndes Bild. Und die Gegenstände bebten ganz leicht, so als wollten sie sich dieser Eigenschaft des Flüssigen anpassen. Ihr Haus zitterte, ihr Heim entglitt ins Nichts! Agua Fria taumelte bei der Ungeheuerlichkeit ihrer Entdeckung wie unter einem Schlag und stützte die Hand auf die Mauer. Die Wand war eiskalt und fühlte sich weich und wackelig an. Ihr wurde übel. Aber dann bedeutete dies ja, daß... Und dennoch, nein, das war nicht möglich. Das Mädchen begann durch das Haus zu laufen und das Offensichtliche zu verleugnen. Sie trat in die Küche und betrachtete entsetzt den sich auflösenden Kamin, die gelatineartigen Stühle, die kleinen Nebelfetzen, die schon einige Gegenstände ausradiert hatten. Mit einem verzweifelten Schwung öffnete sie die Tür zum Zimmer ihrer Mutter... und ließ sich, ohne die Kraft zu haben, weiter auf den Füßen zu stehen, auf den Boden sinken. Das Zimmer bestand nur noch aus Nebel, einer grauen und furchterregenden Substanz. Das Bett, der Tisch und der Stuhl, auf dem ihre Mutter zu arbeiten pflegte, die Regale mit den Büchern... Alles war in dem alles verschlingenden Vergessen verschwunden. Einzig die Hälfte des Schrankes stand noch da, ein Gespensterschrank, von dem lediglich noch die wie mit Tusche in die Luft gezeichneten Umrisse geblieben waren.

Agua Fria brach in Tränen aus. Dies alles konnte nur bedeuten, daß ihre Mutter tot war. Daß sie den wahrhaftigen Tod gestorben war! Ihre Mutter war gestorben, und ihre Welt löste sich mit ihr auf. Aber wie war das denn nur möglich? Sie war eine noch junge Frau... und vereinte in sich alle Bedingungen, um in den

*Wohnsitz der Außerordentlichen* zu gelangen, zu einer *Anterior* ernannt zu werden. Agua Fria konnte die Sache mit dem Vater verstehen; sie begriff, daß ihn der wahrhaftige Tod vor vielen Jahren geholt hatte, denn schließlich und endlich war er von niedrigem Range und außerdem nichts weiter als nur ein Mann. Aber ihre Mutter war Doktor der Ingenieurwissenschaften, ein intelligenter und gebildeter Mensch, genoß soziale Anerkennung und hatte eine gute Arbeit. Sie war fruchtbar! Warum war sie nicht auserwählt worden? Agua Fria erinnerte sich jetzt mit brennendem Schmerz an die wachsende Besorgnis ihrer Mutter. Die Jahre vergingen, sie hatte schon fast ihr viertes Lebensjahrzehnt erreicht und war immer noch nicht zur *Anterior* gewählt worden. Dies war ein Thema, über das zu Hause nie gesprochen wurde, obwohl Agua Fria genau wußte, wie sehr ihre Mutter dies bedrückte. Manchmal hatte sie sie dabei entdeckt, zur Stunde der Abenddämmerung aus dem Fenster zu spähen, um zu sehen, ob sich vielleicht ein purpurner Wächter mit dem versiegelten Umschlag ihrer Ernennung dem Haus näherte. Aber er kam nie. Agua Fria schluchzte, und Bruna antwortete mit einem langgezogenen Heulen.

Jetzt war es nicht mehr zu ändern, und Agua Fria mußte sich mit der Grausamkeit des wahrhaftigen Todes, der einfach nur Zerstörung und daher reine Sinnlosigkeit war, auseinandersetzen. Voller Furcht hob sie langsam ihren Blick: oh nein, nicht auch noch die Decke. Diese hübsche mit Ziersimsen und Gipsreliefen verzierte Decke des Schlafzimmers; jetzt war es nur noch eine wabbelige, gräuliche Fläche, ein undurchsichtiges Brett aus Nebel. Das Mädchen schüttelte sich vor Kälte, einer tief aus dem Inneren kommenden Kälte, mit der das Vergessen die Dinge ausstattet. Wie oft, bei wie vielen Gelegenheiten, hatte sich Agua Fria während ihrer Kindheit in das Bett ihrer Mutter, in ihre warmen, liebenden Arme gelegt. Zum Beispiel, wenn sie krank war und das Fieber ihr die Luft vor den Augen tanzen ließ. Oder ganz einfach an Feiertagen, wenn Agua Fria, die sich damals noch Talika nannte, ihre Mutter aufweckte und die beiden sich noch ein ganzes Weilchen zwischen den Bettüchern räkelten und diese genußreiche morgendliche Faulheit bis zum Äußersten ausschöpften. Und sogar noch viel früher, als ihr Vater noch lebte und Agua Fria sich morgens erhob und auf Zehenspitzen zu ihnen schlich und sich in ihr Bett, unter die Kamelhaardecke gleiten ließ, und der Winter blieb jenseits des Fensters, und sie war die Königin in dieser Höhle aus Wärme und größtem Schutz. Bei diesen Gelegenheiten pflegte Agua Fria stundenlang die Decke zu betrachten und phantasierte sich Figuren in die Gipslocken, wobei sie mit den wandernden Sonnenstrahlen auf den Wänden spielte, dieser aufgehenden Sonne, die die Umrisse und Ausdehnung der Verzierungen mit ihrem aus Licht und Schatten bestehendem Finger veränderte. Aber jetzt war alles ein graues Magma, und Agua Fria konnte sich nicht mehr genau an die Zeichnungen der Decke erinnern: War es eine doppelte Borde aus Blättern? Hatte der Gips eine Verzierung mit schräger Schnittkante oder nicht? Wie viele Blumen gruppierten sich in den Ecken, in welche Richtung öffneten sich die Spiralen? Agua Fria hatte die beiden letzten Jahre im *Wohnsitz der Außerordentlichen* verbracht, und seit langer Zeit hatte sie der Decke keine Beachtung mehr geschenkt. Außerdem war ihre Einführung zwar schon zu Ende, aber man hatte ihr immer noch nicht die Kunst des *Bewahrenden Blickes* gezeigt. Sie hatte daher das letzte Mal, als sie die Decke betrachtete, dies noch auf jene nachlässige Weise getan, mit der wir Sterblichen es für gewöhnlich tun, nämlich auf vergeudende Art, indem wir schauen, als ob die Welt, die wir sehen, für immer weiterbestehen würde, als ob wir unsterblich wären. Und jetzt konnte sich Agua Fria nicht mehr erinnern. Sie brachte es nicht fertig, sich zu erinnern! Sie konnte den Entwurf aus Gips nicht mehr in ihr Gedächtnis zurückrufen, diese Zeichnungen, die sie so viele Stunden in ihrer Kindheit beschäftigt hatten und die jetzt für immer verloren waren.

Das Mädchen schloß die Augen und schrie. Sie schrie, während um sie herum die Materie des Hauses erschauerte und zusammenzuckte, versunken in den Kampf zwischen Sein und Vergehen. Sie schrie, weil sie unfähig war, den Schmerz dieses Verlustes zu ertragen, dieser Verstümmelung ihrer Existenz. Der sinnlose Tod ihrer Mutter und das Verschwinden der Welt. Sie würde es schaffen, sie mußte es einfach fertigbringen: Sie würde eine *Anterior* werden. Denn sie konnte die Schwere des Verlustes nicht ertragen.

»Agua Fria...«

Das Mädchen öffnete völlig überrascht die Augen. Vor ihr stand eine einzigartige Persönlichkeit, eine unwahrscheinlich dicke und unwahrscheinlich alte Frau, die in einen zerlumpten

Umhang von undefinierbarer Farbe gehüllt war. Es war eine Bettlerin, die dickste und älteste Bettlerin, die man sich überhaupt vorstellen konnte. Aber ihre Stimme war so hell und honigsüß wie die eines kleinen Mädchens.

»Was machst du hier? Was willst du?« herrschte Agua Fria sie an, die mit ihrem Schmerz allein sein wollte.

Die ungeheuerlichen Backen der Frau zitterten und zogen sich zu etwas zusammen, das wie ein Lächeln aussah.

»Ich will überhaupt nichts, Agua Fria. Du bist diejenige, die etwas will; ich habe etwas anzubieten.«

Und während sie dies sagte, seufzte sie und hockte sich ein wenig nieder, ganz als wolle sie es sich gemütlich machen, und zwar auf eine Art, die aussah, als ob sie sich auf ihren riesigen Bauch abstützte. Ihre Backen waren zwar zwei relativ feste, aber nichtsdestotrotz schlaff herunterhängende Taschen, wohingegen die Einbuchtung ihres Mundes und ihrer Augen zwischen Hügeln von Fett eingebettet waren, die von einem sich ständig in Bewegung befindlichen, höchst abstoßenden Netz von Falten umgeben waren. Ich will nichts von dir, dreckige Alte, dachte Agua Fria. Aber sie überraschte sich selbst dabei, wie sie mit zitternder Stimme sagte:

»Ich möchte meine Mutter wiederhaben.«

Die Alte schnalzte mit der Zunge und schaukelte auf ihrer Wampe.

»Nein, nein, nein. Das ist unmöglich. Hingegen kann ich dir erzählen, wie sie gestorben ist.«

Agua Fria schwieg.

»Es passierte gestern abend, und es war alles ganz einfach. Gestern war Markttag, und ein Stier ist den Hirten entwischt. Er rannte blindwütig durch die Stadt und wurde von seinen Besitzern verfolgt; und er bog gleichzeitig mit deiner Mutter in diese Straße ein. Er spießte sie nicht auf. Er drückte sie einfach an die Mauer. Sie starb in der Abenddämmerung, genau als die Sonne unterging.«

Im selben Augenblick, als Verbrannter Kork gestorben ist, dachte Agua Fria. Und begann zu weinen.

»Sie war also sofort tot?« schluchzte sie.

»Oh nein, nein«, lächelte die Alte, »der Zuchtbulle drückte ihr die Rippen ein und zerfetzte ihre Lungen, aber sie lebte noch eine ganze Weile. Sie erstickte, weißt du? Sie konnte nicht mehr atmen. Jeder Fetzen Luft schmerzte.«

Das Mädchen hielt sich die Hände vor die Ohren:

»Sei still! Sei still!«

»Sie kämpfte mit allen ihr zur Verfügung stehenden Mitteln um ein bißchen Atem. Auf der Suche nach Luft richtete sie sich krampfartig auf, öffnete den Mund und weitete gierig die Nasenflügel, aber ihre kaputten Lungen erstickten sie. Dann begann sie zu husten und Blut zu spucken, wobei ihr die Augen vor Panik aus dem Kopf quollen. Es war nicht angenehm, das versichere ich dir. Der wahrhaftige Tod läuft nicht so gemütlich ab wie der im *Wohnsitz der Außerordentlichen.*«

Die Alte schwieg. Agua Fria schluchzte zusammengekrümmt.

»Warum hast du mir das bloß erzählt... Ich wollte es gar nicht wissen, ich wollte es nicht wissen.«

»Aber es ist die Wahrheit. Über gewisse Vorkommnisse im ungewissen zu sein verhindert nicht, daß diese existieren.«

»Und das Wissen darüber auch nicht... und es tut so weh.«

»Aber dennoch kann das Wissen über die Wahrheit dir sehr nützlich sein... obwohl du es jetzt noch nicht verstehst. Auf die Dauer ist es immer die Unwissenheit, die am meisten schmerzt.«

Sie schwiegen einen Augenblick, während das Haus um sie herum rauschte und sich weiter auflöste.

»Zumindest weiß ich, daß ich, wenn ich hiergewesen wäre, auch nichts hätte machen können. Da ihre Verletzungen so schwer waren, war ihr Tod unvermeidlich«, flüsterte Agua Fria.

»Nein, nein, nein. Du irrst dich schon wieder. Ihr Tod war nur zu leicht zu vermeiden!« lachte die Alte.

»Aber...«

»Du bist noch sehr jung, Agua Fria. Und im höchsten Maße unwissend. Hast du dich nie gefragt, warum der weitaus größte Teil der *Anteriores* ein so fortgeschrittenes Alter erreicht?«

Auch Verbrannter Kork hatte manchmal diese Frage erwähnt. Aber sie hatte es nie fertiggebracht, ihre Andeutungen zu verstehen.

»Weil sie die Geeignetsten, die Besten sind...«, antwortete sie wage.

»Ts, ts, ts... Du bist ein sehr dummes Kind!« sagte die Bettlerin, wobei sie sich hin und her wiegte und wieder mit der Zunge schnalzte. »Nein, hör zu, im Inneren des Talapot gibt es Möglichkeiten, die seltsamsten und schrecklichsten Krankheiten zu heilen... Ein uraltes Wissen, das nur einige wenige kennen.«

»Zauberei...«, raunte Agua Fria.

»Oh nein. Es ist keine Zauberei. Das ist Wissenschaft. Aber für dich ist es unmöglich, den Unterschied zu verstehen. Wie auch immer, wenn eine *Anterior* krank oder verletzt wird, heilt man sie mit Hilfe dieser tausendjährigen Weisheit. Es ist zwar eine vom Menschen geschaffene Kraft und daher begrenzt, aber selbst so werden ganz beachtliche Erfolge erzielt. Die Wunden deiner Mutter zum Beispiel hätten mit dem Wissen des Talapot ganz leicht kuriert werden können.«

»Aber das ist unmöglich...«

»Nein, nein, nein. Warum versteifst du dich darauf, die ganze Zeit Blödsinn zu reden? Das ist absolut möglich. Ich selbst bin dort drinnen viele Male aufgeschnitten, zugenäht und wiederhergestellt worden. Wie stellst du dir wohl vor, wenn nicht auf diese Weise, werde ich dieses widerwärtige Alter erreicht haben können?«

»Wer bist du?« fragte Agua Fria, die ganz plötzlich mutlos geworden war.

»Auf diese Frage gibt es keine leichte Antwort, und außerdem entbehrt sie jeder Wichtigkeit... im Augenblick«, antwortete die Alte mit ihrem kreischenden Stimmchen. »Jetzt hör mir mal zu: präg dir gut ein, was ich dir jetzt sage, und vergiß es nie. Erstens, derselbe Fluß führt immer andere Wasser. Zweitens, tritt nicht in das Herz der Finsternis, ohne vorher herausgekommen zu sein. Und drittens, du wirst ein Gott werden, wenn du nicht die Augen deines Verstandes verschließt.«

»Und für was muß ich das alles lernen? Ich verstehe weder seinen Sinn noch wobei es mir helfen könnte...«

»Natürlich nicht. Das ist es ja gerade. Sieh mal, meine Liebe, ich hätte dir das alles auf eine vollkommen klare Art und Weise erklären können, aber das würde mich Zeit kosten, über die ich nicht verfüge, und außerdem würde es nichts nützen. In diesem Moment ist nämlich das wichtigste, daß du deinen Hohlkopf in Betrieb setzt. So habe ich mir überlegt, daß das alte System der Rätsel dir nützlich sein könnte.«

»Aber...«

»Genug geschwätzt. Denk daran, daß deine Mutter ungerechterweise und unnötig gestorben ist... und bewahr dieses Wissen im Grunde deines Herzens, auf daß es dort verwest und gärt. Die

Rache kann ein guter Anreiz für die Gedanken sein, zumindest im ersten Augenblick. Ich vertraue darauf, daß du später schwerwiegendere Gründe findest, um deinen Geist wach zu halten. Und jetzt muß ich gehen.«

Der alte Koloss erhob sich und erreichte überraschend behende die Tür.

»Warte!« schrie Agua Fria und sprang mit einem Satz auf die Füße.

»Mach dir keine Umstände, ich kenne den Weg. Nur noch eins: Wenn du mich treffen willst, gehe Richtung Norden.«

Und sie verschwand in dem Dämmerlicht der Vorhalle. War sie wirklich hiergewesen, fragte sich die verblüffte Agua Fria, um die sich alles zu drehen schien. Hatte dieses Ungetüm wirklich dort gesessen? Sie hatte Kopfschmerzen, und die Augen brannten ihr vom vielen Weinen. Sie schaute sich um: Die gespenstischen Umrisse des Schrankes waren schon völlig verschwunden, und der Nebel hatte schon begonnen, die sich windende Tür zu verschlingen. Aber halt: Auf der anderen Seite der Türschwelle stand ja ein Schatten, eine Masse, ein Mensch. Der Besucher durchschritt die Nebelfetzen und blieb vor ihr stehen.

*»Das Gesetz möge euch begleiten.«*

*»Und uns lehren, die Ewigkeit zu verstehen«*, stotterte sie, das Begrüßungsritual zu Ende führend.

Es handelte sich um einen Priester, einen großen Mann, der in seinem langen, violetten Umhang sehr beeindruckend aussah. Unter der Kapuze ahnte man seinen rasierten Schädel, und in der Hand trug er den heiligen Stab, dessen bronzenen Knauf er Agua Fria zum Kuß hinhielt. Nachdem sie dies getan hatte, kreuzte er die Arme, schloß halb die Augen und sagte mit einer einschüchternden Baßstimme:

»Ich bin gekommen, um dich mitzunehmen.«

»Mich? Warum?« erschrak das Mädchen.

»Das *Kristall* hat dich erwählt. Du wirst Priesterin werden. Du mußt mich zum Talapot begleiten, wo du deine Ausbildung beginnen wirst.«

Agua Fria verschlug es den Atem. Priesterin! Noch niemals war ihr eine solche Möglichkeit in den Sinn gekommen. Und es war keinesfalls eine Idee, die ihr besonders erfreulich schien.

»Und was passiert, wenn ich mich weigere?« wagte sie sich schüchtern vor.

»Du kannst dich nicht weigern. Es steht alles geschrieben. Es ist nicht möglich, das Schicksal zu ändern.«

Ja, so war es, das stand im *Gesetz,* und Agua Fria war ein frommes und folgsames Mädchen. Aber trotz allem spürte sie im Inneren eine verwirrende, von den Eingeweiden her stammende Abwehrhaltung, ein taubes Gefühl von Widerwillen beschlich sie bei dem Gedanken. Laß nicht zu, daß sie dich zum Talapot bringen, hatte Verbrannter Kork gesagt. Laß nicht zu, daß sie dich mitnehmen. Agua Fria sah sich um; die Reste des Hauses knisterten im Verfall, lagen in ihren letzten stofflichen Zügen. Wenn sie es recht überlegte, was konnte sie schon machen? Sie hatte keine Menschenseele mehr auf der Welt und war erst zwölf Jahre alt. Wie konnte sie nur schon allein die Vorstellung wagen, sich den Absichten des *Gesetzes* zu entziehen? Das *Kristall* möge ihr ihre gottlosen Zweifel verzeihen. Außerdem hatten ja die Priester schon aufgrund ihres Amtes den Zugang zum *Wohnsitz der Außerordentlichen* sicher. So hatte sie es also geschafft: sie würde nicht den wahrhaftigen Tod sterben, sie würde dem Verlust und dem Vergessen entkommen. Agua Fria seufzte:

»Und was wird aus meinem Hund? Es war meine *Anterior,* die ihn mir anvertraut hat.«

Der Priester senkte zeremoniell den Kopf:

»Wenn es ein Vermächtnis deiner *Anterior* ist, sollte man ihre Erinnerung respektieren. Du kannst ihn mitnehmen.«

»Danke, mein Herr!« rief das Mädchen mit ehrlicher Herzlichkeit aus. Und nachdem sie die verschüchterte Bruna gerufen hatte, ging Agua Fria mit dem Priester – fast zufrieden.

Magenta, die Hauptstadt des Reiches, war eine weitflächige Stadt, die in einer sandigen Tiefebene lag und vollständig von einer aus gebrannten Ziegelsteinen bestehenden Mauer umgeben war. Genau im Zentrum Magentas erhob sich ein einzigartiger Felsen, der aussah wie ein riesiger, mitten aus der Ebene herausragender Backenzahn; und oben, auf dieser verrückten Laune der Geologie, stand der Talapot, der Festungspalast des *Gesetzes.* Während Agua Fria dem Priester durch die Gassen Magentas hinterhereilte, hatte sie das Gefühl, als ob die ungeheure Felsenmasse und der Palast, der von sämtlichen Gassen der Stadt aus zu sehen war, auf sie hereinzubrechen drohten. Er war so allgegenwärtig wie das *Gesetz, seine Macht sei gefürchtet.*

Je näher sie dem Talapot kamen, um so dichter wurde das Gedränge, so als wären alle Einwohner der Stadt übereingekommen, gerade jetzt auf den Felsen zu steigen. Am Ende war es eine solche Menschenmenge, daß Agua Fria sich an der Tunika des Mannes festklammern mußte, um ihn nicht zu verlieren, denn der Priester bahnte sich im Schutz der Angst, die seine Gegenwart weckte, leicht den Weg. Durchgeschüttelt und wie untergegangen in diesem Meer von schwitzenden Körpern, glaubte das Mädchen schon, ohnmächtig zu werden. Hatte sie doch zwei Jahre in der Stille des *Wohnsitzes der Außerordentlichen* verbracht, umgeben von der heiteren, sattgrünen Aue eines kleinen Flußes, weit weg von Magenta, und in diesem tobenden Strudel fühlte sie sich krank und erstickt. Sie stellte fest, daß die Mehrheit der Leute das violette Bändchen, das Zeichen großer Feierlichkeiten, um die Stirn gebunden hatte, und durchforschte vergeblich ihr Gedächtnis nach der an diesem Tag fälligen Feier. Sie sah den schweigenden, düster dreinblickenden Priester an, der verächtlich die Leute mit seinem mit einem metallenen Griff versehenen Stab zur Seite schob; er schien nicht gerade ein redseliger Gesprächspartner zu sein, so daß Agua Fria beschloß, ihre Fragen für einen besseren Moment aufzubewahren.

Sie waren schon am Fuße des Felsens angekommen und betraten die serpentinenartige Straße, den einzigen Weg, um zum Gipfel zu gelangen. Sie stiegen, von einem stinkenden, vergnügten Menschenstrom getragen, wie im Flug hinauf. Laut knatterten malvenfarbene Fahnen an den schlanken, den Weg säumenden Masten, und eine Doppelreihe purpurfarbener Wächter, die an beiden Seiten standen, bemühte sich trotz des Gedränges der Menschenmassen die Haltung zu bewahren. Endlich betraten sie den Vorplatz des Palastes, und genau wie alle anderen, die um sie herumstanden, schaute das Mädchen überwältigt in die Höhe.

Agua Fria war schon oft auf dem Felsen gewesen, aber sie staunte immer wieder aufs neue. Der Festungspalast des Talapot war ein Megalithbau, der einzige seiner Art in der Stadt. Es war ein ungeheuer großer Würfel, mehr als dreihundert Meter lang und genauso hoch. Die Basis bildeten enorme Steinblöcke, die zwar geschliffen waren, aber unregelmäßige Formen hatten und ihm so das Aussehen einer gigantischen Mauer verliehen. Erst später, viel höher, begann der eigentliche Palast: Reihe an Reihe kleiner Fenster, die eingelassen waren in eine Wand aus grauen Steinen, die jetzt zu symmetrischen Blöcken geschnitten waren.

Vom Anfang des Fundamentes bis zu dem vor dreieckigen Ziegeln starrenden Daches waren es hundert Stockwerke. Und von den Füßen des Bauwerkes aus war es praktisch unmöglich, seine Spitze zu sehen.

An den Talapot angrenzend, lag im Norden der Tiefebene der Tempel, ein kreisförmiger Gebäudekomplex aus Steinen und reichlich verziertem Holz. Seine Form war eine Darstellung des *Ewigen Rades,* und sein Inneres war in zwei konzentrische Zonen aufgeteilt. Der äußere Ring beherbergte die heilige Schule für Erwachsene, dort lernte das gewöhnliche Volk die Geheimnisse des *Bewahrenden Blickes,* und in der zentralen Zone befand sich der Bereich, der den Gebeten und Liturgien vorbehalten war. Dem Tempel gegenüber befand sich auf einem kleinen, künstlichen Hügel der *Heilige Brunnen,* in dem die *Kristalle* aufbewahrt wurden. Acht purpurne Wächter, die wegen ihres wilden und einschüchternden Aussehens speziell dafür ausgesucht worden waren, bewachten den *Brunnen* Tag und Nacht. In einer Mauernische brannte unauslöschlich die Votivflamme, die gespeist wurde von den konstanten Opfergaben an wertvollstem Weihrauch. Palast, Tempel und Brunnen bildeten eine gewaltige, majestätisch anmutende architektonische Einheit.

Wieder einmal war Agua Fria hingerissen, überwältigt von dem Anblick einer derartigen Größe. Wie klein, wie unbedeutend war sie doch im Vergleich zu dem allmächtigen Mysterium des *Gesetzes.* Sie betrachtete den Vorplatz, der an den Seiten leicht anstieg und daher den Bürgern erlaubte, das, was sich im Zentrum abspielte, bequem beobachten zu können. Die Zeremonie, welche es auch immer war, hatte schon angefangen. Ein Bataillon von purpurnen Wächtern zog mit glänzenden Rüstungen und ausgerollten Fahnen an ihnen vorbei. Weiter hinten kamen die Reitknechte mit Pferden und Mauleseln, die violette Bänder in ihre Mähnen geflochten trugen, und dann die Kamele mit ihrem schaukelnden Gang, ihrem vergoldeten Zaumzeug und den großen, mit Bronzefarben bemalten Fußnägeln. Und dann waren da noch die Legionen von Grenzbewohnern: riesenhafte, rauhe Männer mit rötlichen Haarschöpfen, die an silbernen Nasenringen Bären mit sich führten, und kleine *Simohs* in ihren klingelnden, von Hundemeuten gezogenen Wägelchen und schließlich Elefanten mit geometrischen Zeichnungen auf ihren Kuppen.

Auf der Ehrentribüne beobachtete eine feierliche Gruppe von

Greisinnen das Fest mit der ihrer Würde angemessenen Unbeweglichkeit. Es handelte sich um den *Rat der Alten* von Magenta, die höchste Autorität der Stadt, aber natürlich kamen sie erst nach der allerhöchsten und unfehlbaren Macht der Priester. Sie hielten sich in ihren mit hohen Rückenlehnen versehenen Sesseln sehr aufrecht, trugen schwarze Umhänge mit silbernen Umschlägen, und die Sonne ließ die bernsteinernen Knäufe ihrer Amtsstäbe funkeln. Neben ihnen spielte eine Gruppe von priesterlichen Musikern die rituellen Instrumente: die Muscheltrompete mit ihrem trostlosen Heulen, die drei Meter langen Hörner, deren schrecklich tiefer Ton in den Eingeweiden widerzuhallen schien, die nachhallenden Gongs und die gigantischen Trommeln aus Schafsdärmen. Andere Priester versorgten vier enorme Feuerbekken mit Benzolharz und Zimtstangen, wobei sie aromatische, berauschende Rauchschwaden produzierten. Und im Hintergrund des Platzes tanzte die Bruderschaft der *Kalinin,* die Hermaphroditen und Homosexuellen, die, sobald sie ihre Veranlagungen erkannt hatten, ihre Familien verließen und in diesen niedrigeren Orden eintraten, dessen einzige Funktion darin bestand, bei religiösen Veranstaltungen oder öffentlichen Feiern zu tanzen. Und da waren sie, drehten sich in ihren satinierten, bunten Umhängen schwindelerregend um ihre eigene Achse und klapperten dabei mit kleinen Rasseln, die sie mit Lederriemen an ihren Fingern festgebunden hatten.

Agua Fria war bewegt und entzückt von der Pracht des Schauspiels. Etwas so Schönes, so Großartiges konnte nur Produkt einer allerhöchsten Macht sein. Hier, der ewigen Masse des Talapot gegenüber, berauscht von der Süße des Weihrauches und hingerissen von den uralten, tiefen Tönen der heiligen Musik, fühlte sich Agua Fria wie ein Teil des *Ewigen Rades,* war sie eine demütige Dienerin des *Gesetzes,* das kleinste und unwürdigste Teilchen eines allwissenden Ganzen. Das Mädchen schaute sich um. Auf den Gesichtern aller Anwesenden konnte man das gleiche Entrücktsein, die gleiche mystische Vereinigung erkennen. Wie hatte sie Respy, der alten Bettlerin, all diesen Verleumdern, diesen Lästerern, auch nur ihr Ohr leihen können. Das *Gesetz* war das *Gesetz,* und außerhalb des *Gesetzes* gab es nichts. Agua Fria bildete mit den Fingern die Form des *Kristalls* und bat inbrünstig, man möge ihr die notwendige Standhaftigkeit gewähren, um eine gute Priesterin zu werden. Sie hatte Tränen in den Augen, und es war ihr leicht ums Herz.

Die Musik hörte ganz plötzlich auf, und gleich einer Wolke, die ihren Schatten über die Felder wirft, begann sich die Stille über den Palastvorplatz auszubreiten. Aus dem Talapot trat eine große, schlanke Person. Sie war in eine lange, kobaltblaue Tunika gehüllt und trug eine dicke Goldkette auf der Brust.

»Das ist *Ihre Hoheit Schneeweiße Haut*«, flüsterte der Priester an ihrer Seite ehrfurchtsvoll, »Priesterin des *Inneren Kreises*.«

Agua Fria wußte zwar nicht, was der *Innere Kreis* war, aber sie wußte, daß die in Kobaltblau gekleideten Priesterinnen, die man selten zu sehen bekam, zur allerhöchsten Hierarchie des Ordens gehörten und direkt hinter der *Großen Priesterin*, der *Höchsten Mutter*, kamen, die ihrerseits Ozean hieß und die noch nie irgend jemand gesehen hatte, zumindest niemand, den das Mädchen kannte.

*Ihre Eminenz* ging langsam den Platz hinunter und bestieg die Ehrentribüne. Es herrschte eine derartige Stille, daß Agua Fria das Rascheln des schweren, kobaltblauen Stoffes zu hören meinte. Dann setzten aufs neue die Trommeln mit ihrem lauten und feierlichen Wirbel ein. Vier purpurne Wächter führten eine ältere, dickliche Frau auf den Platz. Ihr Umhang hatte die graue Farbe des Nebels und des Nichts und zeigte dem Mädchen an, daß es sich um eine Verdammte handeln mußte, und ein plötzlicher Schauer lief ihr wie ein kalter Windhauch den Rücken hinunter. Die Gruppe bewegte sich langsam im Rhythmus der Trommelwirbel nach vorne, bis sie schließlich vor der Tribüne, neben einem umfangreichen, mit einem violetten Seidentuch verhüllten Gegenstand stehenblieb, dem Agua Fria, die ganz berauscht vom Glanz der Feierlichkeiten war, keine weitere Beachtung geschenkt hatte. Zwei Priester entfernten dann den glänzenden Überwurf, und zum Vorschein kamen zwei große, zeremonielle Räder aus geschnitztem Holz mit Verstärkungen aus poliertem Metall. Die beiden heiligen Räder waren vertikal zueinander in einem komplizierten, seltsamen metallenen Rahmen aufgehängt, der mit Achsen, Laufrädern, großen hängenden Gewichten und einer kleinen Plattform versehen war, auf die sich die beiden Priester behende schwangen. Die purpurnen Wächter fesselten die Hand- und Fußgelenke der Frau mit dicken Lederriemen und knoteten die Enden der Bänder an den Achsen der Räder fest – so hing die Frau in der Mitte der mechanischen Vorrichtung, je einen Arm und ein Bein an jeweils eine Achse gefesselt. Dann schwiegen die Trommeln, und es schien, als ob die Welt für einige Sekunden stillstände: die auf den Seitenflügeln der seltsamen Vorrichtung stehenden Priester; die den Atem anhaltende und einmütig *Ihre Eminenz* betrachtende Menschenmenge; die mit gesenktem Kopf völlig bewegungslos stehende Verurteilte, deren Fesseln sich wie Schlangen weich um ihre Füße ringelten. Sogar die Federhelme der Wächter wirkten in dieser völligen Windstille wie versteinert. Schneeweiße Haut hob langsam ihren Arm; sie hielt ihn einige unendlich lange Sekunden oben und senkte ihn dann mit großer Heftigkeit, als ob sie einen Peitschenschlag ausführte. In diesem Moment bedienten die Priester einen Hebel, die Gewichte sackten mit grauenerregendem Gezische zu Boden und die großen Räder begannen, sich in schwindelerregendem Tempo und in Gegenrichtung zueinander in Bewegung zu setzen. Die Frau wurde in Windeseile unter einem dumpfen Knacken des zerfetzenden Fleisches und einem einzigen Schrei gevierteilt. Schon vom Körper getrennt, schlug der Kopf noch kurz in der Blutlache auf dem Boden hin und her, bevor er für immer aufhörte, sich zu bewegen. In der Luft explodierte ein von Tausenden von Mündern ausgestoßener Seufzer. Wieder begann das bedächtige Schlagen der Trommeln, und *Ihre Eminenz* kletterte schnell von der Tribüne hinunter und kehrte zum Talapot zurück. Aber Agua Fria blieb noch wie gelähmt mit auf die blutigen Überreste gehefteten Augen stehen. Dies war die erste öffentliche Hinrichtung, der sie beigewohnt hatte; es handelte sich nicht um etwas Alltägliches, war doch dies eine friedliche Welt. Oder war sie es vielleicht doch nicht? Sie krümmte sich. Von einem unwiderstehlichen Brechreiz geschüttelt, krümmte sie sich zusammen und erbrach sich über die graue, plattgetretene Erde. Der Priester betrachtete sie ungerührt.

»Und das...«, stammelte das Mädchen, »das alles nur, weil sie etwas Ketzerisches gesagt hatte?«

»Was möchtest du damit andeuten? Glaubst du vielleicht, eine Ketzerei sei nicht Sünde genug?« antwortete der Priester trocken.

Agua Fria kroch in sich zusammen.

»Aber nein, es ist nicht nur wegen Ketzerei«, fuhr der Mann in ruhigerem Tonfall fort. »Die Bekanntmachungen des Urteils waren an allen Ecken der Stadt angenagelt, aber natürlich befandest du dich ja im *Wohnsitz der Außerordentlichen*. Die Frau war nicht nur eine Ketzerin, sondern auch eine Verschwörerin. In ihrer Dummheit träumte sie davon, die Welt zu ändern, wo doch die Welt, wie wir alle wissen, etwas unveränderlich Fortbestehendes ist.«

»Aber…? Warum wurde sie so hart bestraft? Wenn doch ihre Träume unmöglich waren, wenn sie niemandem schadeten? Warum hat man sie nicht wie die anderen Verrückten in Ruhe gelassen?«

Die Augen des Priesters blitzten.

»Agua Fria, du bist ein kluges Mädchen, aber deine Unwissenheit läßt dich irren. Sicherlich konnte diese unbedeutende Frau weder den Priestern noch dem *Gesetz* irgendwelchen Schaden zufügen. Aber das gewöhnliche Volk ist voller primitiver Seelen, die sich von ihrem unheilvollen Beispiel hätten verwirren lassen können. Geschrieben steht es in unserem Schicksal als Wächter des *Kristalles,* daß wir rigoros jede Abweichung von der Norm bestrafen. Denn täten wir dies nicht, würden wir die uns übertragenen Aufgaben nicht erfüllen, und eine solche Durchbrechung der Ordnung würde schwerwiegende Konsequenzen nach sich ziehen; andere niedrige Wesen würden von der ketzerischen Lehre angesteckt, und am Ende müßten wir nicht nur einen, sondern Tausende von Unglücklichen vierteilen. Intelligente Menschen wie du, Agua Fria, bedürfen der Weisheit des *Gesetzes* mehr als sonst irgend jemand. Im Talapot wird dein Geist diszipliniert, und alle Fragen werden beantwortet werden. Und dann wirst du verstehen, daß alles, absolut alles, was wir tun, aus Liebe geschieht.«

Nachdem er dies gesagt hatte, zog sich der Priester die Kapuze nach vorne, vollführte eine halbe Drehung und wendete sich mit Entschlossenheit dem Palast zu. Agua Fria folgte ihm, wobei sie den Worten des Mannes nachsann und versuchte, aus ihnen irgendeine Erleichterung für ihre verwirrte, verschreckte Seele zu finden. Die Menschenmenge hatte sich aufgelöst, und in den Gesichtern war keine Spur mehr von der fröhlichen Stimmung zu sehen, mit der sie den Felsen hinaufgestiegen waren. Eilig, schweigend und mit ausweichendem Blick liefen sie weg, so als könnten sie ihren gegenseitigen Anblick nicht mehr ertragen. Der Priester wich geschickt den schweigenden Gruppen aus, überquerte den Vorplatz und gelangte bis an die große bronzene Tür, die in das zyklopische Fundament des Talapot eingelassen war und den einzigen Zugang zum Palast bildete. Mit beiden Händen ergriff er den schweren Türklopfer und ließ ihn fallen, wobei es widerhallend donnerte. Das Echo, das dieser Schlag in dem Metall geweckt hatte, war noch nicht verklungen, als sich die rechte Seite der Tür mit einem weichen Knarren öffnete. Verglichen mit dem mittäglichen Sonnenlicht, war das Innere des Gebäudes wie ein schwarzer, konturloser Tunnel. Agua Fria blieb erschrocken in der Tür stehen. Der Priester machte ihr ein Zeichen, einzutreten, und das Mädchen ging einige Schritte vorwärts und tauchte in den Schatten ein. Die Tür schlug schwer hinter ihr zu, während die Trommler auf dem Platz fortfuhren, die Luft mit ihren langsamen, traurigen Schlägen zu betäuben.

Sie waren wohl schon ungefähr eine Stunde hinaufgestiegen; erst auf einer engen, feuchten Treppe, die in die riesigen Steinblöcke gehauen war, und später dann durch ein Stockwerk nach dem anderen des Palastes. Agua Fria hatte bisher noch niemanden im Inneren des Talapot gesehen: die große Bronzetür schien sich von selbst geöffnet zu haben. Im Eingang, im Licht einer schwachen Fackel, die der Priester anzündete, glaubte das Mädchen den Anfang eines weiten, verstaubten und offensichtlich verlassenen Saales zu erkennen.

»Dies sind die Räumlichkeiten, in denen diejenigen des gewöhnlichen Volkes, die zu Anteriores auserwählt worden sind, im Gebrauch des *Kristalles* unterrichtet werden«, erklärte der Mann. »Aber nur die Priester oder Novizen wie du dürfen diese weiterführende Treppe benutzen.«

Es war ein anstrengender und beängstigender Aufstieg, vor allem im ersten Teil, als sie das Megalithfundament, die dunklen Eingeweide des Steines, durchquerten; die Fackel leuchtete kaum weiter als eine Armlänge, und über und unter ihnen sah man nur die glitschigen Mauern und ein immer gleiches Stück Treppe, bis sie dann endlich die Ebene der Fenster erreichten und der Priester die Fackel löschen konnte. Jetzt wurde die Treppe ein wenig breiter und bestand nicht mehr lediglich aus rohen Felsstücken, sondern aus sorgfältig gehauenen Stufen. Sie durchquerten die Stockwerke, ohne anzuhalten, und die großen Hallen, durch die sie hinaufstiegen, waren eine trostlose Ruinenlandschaft.

»Von den hundert Stockwerken des Talapot sind nur die drei

letzten bewohnt; die anderen werden nicht benutzt«, erklärte der Priester.

»Warum nicht?« »Das war schon immer so, so ist die Norm.«

Und nichtsdestotrotz schienen die Hallen die Illusion einer besseren Vergangenheit zu nähren. Jetzt waren sie leer und verwüstet, die Scheiben in den Fenstern waren zerbrochen, und sie waren überzogen von Spinnweben und großen, uralten Staubflokken, die blind über die kaputten Fliesen tanzten. Aber hier und da sah man zwar kleine, aber beunruhigende Einzelheiten: ein Stück eines blinden Spiegels, den schmutzigen, verblaßten Glanz einer Säule, die vielleicht einmal mit Gold verkleidet gewesen war, oder einige abgeblätterte Fresken, die so verwischt waren, daß sie auf dieser vom Zahn der Zeit angenagten Mauer kaum noch zu erkennen waren. Die Stockwerke blieben eins nach dem anderen hinter ihnen zurück, und sie stiegen immer noch in diesem schmutzigen, traurigen Licht, das die kleinen Fenster durchließen, weiter und weiter hinauf.

Endlich gelangten sie an eine Stelle, an der die Treppe über ihre ganze Breite von einer dicken Eisenkette versperrt war. Auf der anderen Seite der Kette saßen zwei abgezehrte, ehrwürdige Greisinnen, deren zerbrechliche, winzige Körper sich zwischen den Falten ihrer violetten Tunikas verloren.

»Das sind die Wächterinnen der Türe«, erklärte der Mann; und dann verbeugte er sich respektvoll vor ihnen und flüsterte den rituellen Gruß: »Das *Gesetz* möge mit Euch sein.«

Und Agua Fria dachte bei sich, wie malerisch diese Wächterinnen doch waren: wie könnten diese bedauernswerten Geschöpfe, die aussahen, als würden sie jeden Moment zusammenbrechen, den Eingang verteidigen? Aber Bruna hatte die Schnauze zwischen den Pfoten versteckt, drückte sich platt auf den Boden und weigerte sich, an den Alten vorbeizugehen. Agua Fria mußte das Tier auf den Arm nehmen, um es von dort wegzubringen.

Das Stockwerk, das sie jetzt betraten, war das achtundneunzigste und damit das erste bewohnte des Palastes, und es schien, zumindest was seine Struktur betraf, genauso zu sein wie die unteren, nämlich eine Abfolge von riesigen Sälen und geraden Gängen. Aber hier hatten die Fenster noch ihre Scheiben, und die Zimmer waren sauber. Ab und zu sah man einige Möbel, es waren aber so wenige und sie waren derartig über die ganze Weite der Gemächer verteilt, daß es schien, als ob die Bewohner des Gebäudes sich gerade im Umzug befänden. Da waren Hallen mit großen, verblichenen und von Motten angefressenen Teppichen; andere zeigten auf ihrem nackten Boden das launenhafte Muster ihrer Fliesen. In einem Zimmer sah man zwei rauhe, aus Holz gearbeitete, uralte und schon schwärzliche Stühle; in einem anderen strahlte voller Protz eine vergoldete und vollkommen unversehrte Harfe. Agua Fria folgte dem Lauf der federnden Riesenschritte des Priesters, ohne daß sie Zeit gehabt hätte, ihr neues Heim näher zu betrachten. Sie durchquerten viele Räume, wobei die Fenster immer links von ihnen blieben, bis sie in einen kleineren Raum mit eingebauten Wandschränken kamen. Ein junger Priester, der auf einer Bank zu schlummern schien, sprang mit einem Ruck auf die Beine, als die beiden eintraten.

»Das *Gesetz* möge mit Euch sein.«

»Und uns lehren, die Ewigkeit zu verstehen.«

Ohne ein weiteres Wort hinzuzufügen und als ob er genau wüßte, was er jetzt zu tun hätte, wies der junge Priester Agua Fria einen Sessel, der in der Mitte des Zimmers stand. Agua Fria setzte sich, und der Mann band ein Leintuch um ihren Hals. Seine Bewegungen waren, obwohl ihm zwei Finger der linken Hand fehlten, schnell und geschickt. Er zog eine Schere aus dem Inneren seines Umhangs und ergriff Agua Frias dicken, brünetten Haarzopf. Sie werden mich kahlscheren, dachte das Mädchen halb ohnmächtig vor Schrecken. Aber natürlich, wie hatte sie nicht schon vorher daran denken können.

»Agua Fria«, sprach der Priester, mit dem sie gekommen war, feierlich, »ich heiße Rauchendes Holz.«

Er vollzog die Begrüßungszeremonie und tauschte mit dem Mädchen die Bedeutung ihrer Namen aus.

»Ich bin der Tutor der Novizen, dein erster Lehrer«, fuhr Rauchendes Holz fort, während Agua Frias Locken eine nach der anderen sanft zu Boden fielen. »Wir sind jetzt im *Äußeren Kreis*, der ersten Station deiner Lehrzeit. Der *Äußere Kreis* umfaßt den gesamten Umfang der Fenster des Palastes. Du wirst einige Zeit in diesem Stockwerk bleiben, um dann später, in dem Maße wie deine Lehre fortschreitet, in das darüberliegende Stockwerk aufzusteigen und schließlich in das dritte und letzte. Dort ist der *Äußere Kreis* zu Ende, und meine Funktion wird beendet sein. Du wirst dann in den *Kreis der Schatten* kommen, deine zweite Station. Dieser *Kreis* ist unmittelbar im Inneren und fast schon das

Herz des Palastes. Er wird so genannt, weil das einzige Licht, das er erhält, von einigen offenen Jalousien zum *Äußeren Kreis* hin stammt, so daß man also dort in einem ewigen Halbdunkel lebt. Du wirst jetzt aufs neue die drei Ebenen durchlaufen müssen, nur daß du diesmal im höchsten Stockwerk beginnst und diese hier die letzte ist. Dann wirst du endlich in den *Kreis der Finsternis* kommen, den angrenzenden Ring, immer weiter ins Innere des Gebäudes vordringend, und dies ist die letzte Etappe deiner Lehrzeit. Wenn du ganz oben im *Kreis der Finsternis* angekommen und demnach wieder im höchsten Stockwerk bist, wirst du deine Studien beendet haben... es sei denn, daß dir das *Kristall,* da du ja eine Frau bist, den Vorzug gewährt, dich zur Kobaltpriesterin zu bestimmen. In diesem Fall, und nur dann, wirst du in den *Inneren Kreis* gelangen, der genau den Mittelpunkt des Palastes bildet und das Allerheiligste ist, dort, wo unsere *Mutter Ozean,* die *Hohepriesterin* des *Ordens,* wohnt.«

Rauchendes Holz und der junge Priester bildeten mit ihren Fingern die Form des Kristalls und verbeugten sich bei der Erwähnung des heiligen Namens dreimal feierlich. Dann fuhr der Friseur mit seiner Arbeit fort; Agua Fria spürte das unangenehme Kratzen der Rasierklinge auf ihrem Kopf.

»Das ist alles, was du im Augenblick wissen mußt«, sprach Rauchendes Holz weiter. »Der *Äußere Kreis* ist kein Kreis des Wissens, sondern ein disziplinarischer Kreis; hier werden wir deine Willenskraft und deine Sinne erziehen, eine wichtige Grundlage, um später ein tadelloses Priestertum zu erreichen. Befreie dich also von aller Neugier, denn deine Fragen werden nicht beantwortet werden. Und machen wir es kurz, denn es ist schon spät, und das Abendessen wird in wenigen Minuten beginnen.«

Das Abendessen! Ganz plötzlich wurde sich Agua Fria des Hungers und der Müdigkeit bewußt, die auf ihr lasteten. Es kam ihr vor, als hätte sie jahrhundertelang nichts mehr gegessen und sich jahrtausendelang in kein Bett mehr gelegt. In den letzten Stunden hatte sie eine vollständige Existenz durchlebt.

»Schon fertig«, sagte der Priester und nahm ihr dabei das Leinentuch ab. In dem Zimmer gab es keine Spiegel, und Agua Fria hob bei dem Versuch, ihr Aussehen zu erahnen, die Hände an den Kopf: der rasierte und weiche Schädel brannte ein bißchen. Der Priester mit der verstümmelten Hand hatte einen Schrank geöffnet und hielt ihr jetzt eine rosa Tunika hin.

»Zieh sie an!« befahl Rauchendes Holz.

Ein wenig befangen entledigte sich Agua Fria der Tunika ihrer Kindheit und legte das rosa Gewand an. Es war lang und hatte eine Kapuze wie die Ordenskleider der Priester. Der junge Mann gab ihr eine Kamelhaardecke, einen Napf und einen Holzlöffel, einen Becher aus Blech, ein Stück Seife, ein Handtuch, ein Paket Binden, eine Tunika zum Wechseln, zwei Unterhosen und eine Albendulawurzel zum Zähneputzen.

»Gehen wir«, sagte Rauchendes Holz ungeduldig. Und Agua Fria folgte ihm, den Turm ihrer Habseligkeiten auf den Armen balancierend.

Wieder durchquerten sie im sterbenden Licht der Abenddämmerung eine Menge leerer Hallen, bis sie zu einem großen Saal mit Pechfackeln an der Wand gelangten. In seinem Zentrum stand ein riesiger, roher Holztisch; die fünf Novizen, die sich an einer Ecke zusammendrückten, ließen die Ausmaße des Tisches noch gigantischer erscheinen. Es waren drei Jungen und zwei Mädchen, alle in Agua Frias Alter. Sie trugen rosa Tunikas, und ihre frischgeschorenen Schädel wiesen innerhalb eines milchigen Grautones verschiedene Schattierungen auf. Als sie in den Raum traten, standen alle mit auf dem Rücken verschränkten Armen und gesenktem Blick auf.

»Das sind deine Kameraden«, erklärte der Lehrmeister.

Agua Fria betrachtete sie neugierig. Und dann entdeckte sie ihn, trotz seines fehlenden Haares und obwohl er gewachsen war. Aber es waren dieselben langen, gebogenen Wimpern, dieselben hochgewölbten, runden Augenbrauen.

»Tuma, bist du es? Tuma!« rief sie glücklich und aufgeregt. Tuma, der Freund ihrer Kindheit.

Der Junge hob kurz den Blick, um ihn sofort wieder zu senken, ohne das geringste Zeichen des Erkennens von sich zu geben. Agua Fria, die ihn schon umarmen wollte, hielt verwirrt inne.

»Ich bin nicht mehr Tuma«, erklärte der Junge in unpersönlichem Ton, »ich heiße jetzt Glänzender Stein.«

Daraufhin vollzogen sie das vorgeschriebene Begrüßungsritual und erklärten sich, wenn auch in abgekürzter Form, denn der Priester äußerte schon Zeichen von Ungeduld, gegenseitig ihre Namen.

»Oh Tuma, wie sehr ich mich freue, daß du hier bist!« beharrte Agua Fria, als die Zeremonie vorbei war.

Aber der Junge hatte weiterhin den Kopf gesenkt und blieb stumm.

»Du bist gerade erst angekommen und weißt daher noch nicht, daß eine der Regeln dieses *Kreises* das Schweigen ist«, erklärte Rauchendes Holz mit schneidender Stimme. »Aber jetzt weißt du Bescheid, und ich vertraue darauf, daß du dich an die Vorschriften hältst. Essen wir, es ist spät.«

Alle setzten sich an den Tisch. Vor ihnen standen mit Schmalz geschlagene Milch, Feigen und eine große Schüssel geröstetes Hafermehl. Agua Fria fühlte sich von der Reaktion Glänzenden Steines verletzt und verwirrt, aber vor allem war sie hungrig, so daß sie beim Essen kräftig zulangte und auch ihre Hündin, die sich schon vorsorglich zwischen ihren Füßen niedergelassen hatte, heimlich fütterte. Dann folgte sie ihren Kameraden schweigend ins Badezimmer und später in den Schlafsaal, eine weite Halle, in der Hunderte von Pritschen standen. Aber die überwiegende Mehrzahl von ihnen war kaputt, es fehlten ihnen die Matratzen, und in ihren aus dem Leim gegangenen hölzernen Skeletten hatten die Spinnen ihre schönsten Netze gebaut. Nur etwa ein Dutzend Betten in einer Ecke der Halle war noch in Ordnung, und dorthin wendeten sich die Kinder. Agua Fria nahm eins von den freien und stellte ihre Habseligkeiten in das Regal, das an ihrem Kopfende hing. Sie zog sich schweigend aus und kroch unter die Decke.

»Das *Gesetz* möge mit uns sein«, sagte Rauchendes Holz.

»Und uns lehren, die Ewigkeit zu verstehen«, antworteten die Jungen und Mädchen.

Und der Priester ging und nahm die Fackel mit. Auf dem Rükken liegend, betrachtete Agua Fria die schwer auf ihr lastende Dunkelheit, die wie eine riesige Fledermaus mit schwarzen Flügeln von dem hohen Dach herabhing. Sie war allein. Allein in der Unermeßlichkeit des Talapot; und das Leben, das sie erwartete, erschien ihr wie etwas ganz Furchtbares. Ganz plötzlich erklang eine Stimme neben ihrem Ohr:

»Agua Fria!«

»Was...?«

»Sssssch! Ruhig, sprich leise, oder wir werden bestraft. Ich bin es, Glänzender Stein.«

»Oh, Glänzender Stein!« stöhnte das Mädchen.

Und einen Moment lang umarmten und küßten sie sich und

streichelten sich in der Dunkelheit über ihre rasierten Köpfe.

»Ich bin so glücklich, daß du hier bist«, murmelte Glänzender Stein heiser. »Vorhin konnte ich dir nichts sagen, man erlaubt uns überhaupt nichts, dieser Ort ist grauenvoll. Ich will kein Priester werden!«

»Ich auch nicht«, flüsterte Agua Fria, »aber es ist das *Schicksal.*«

»Ich glaube nicht an das *Schicksal*«, brummte Glänzender Stein aufbrausend. »Das heißt... Ich weiß es nicht, das *Kristall* möge mir vergeben. Aber ich will nicht hierbleiben, ich will nicht«, fügte er kläglich hinzu.

»Wann bist du gekommen?«

»Vor einer Woche... Ssssst... Ich glaube, ich höre etwas. Hör zu, Talika, ich muß gehen; was wir hier machen, ist sehr gefährlich.«

Und Glänzender Stein streichelte ungeschickt ihr Gesicht und verschwand ohne einen Laut in der Dunkelheit. Talika, er hatte sie Talika genannt, ihr früherer Name, der ihrer Kindheit; ein Name, der Erinnerungen weckte an längst vergangene, sonnige Nachmittage, den Geruch nach frischgebackenem Brot, den warmen Schoß ihrer Mutter. Agua Fria krümmte sich vom Schmerz gepackt unter der Bettdecke zusammen. Sie fühlte sich randvoll mit Tränen und in der Lage, ein nie mehr endendes Weinen anzufangen. Aber sie war so müde, daß sie, gerade als sie beginnen wollte zu weinen, auf der Stelle einschlief.

Man hatte schon eine ganze Weile tatenlos herumgesessen, und Agua Fria wurde langsam nervös. Sie waren in einem der Klassenzimmer, einem Raum mit gleich langen Wänden und einem halben Dutzend durchlaufenden Bänken. Das milchige Morgenlicht drängte sich durch die Fenster, und von dieser Entfernung aus war es dem Mädchen nicht möglich zu unterscheiden, ob draußen die Sonne schien oder ob es bewölkt war. Sie senkte wieder den Kopf und versuchte, sich artig zu benehmen. Ihre Kameraden verhielten sich bewegungslos wie Statuen, wobei sie die Augen fest auf den Boden geheftet hatten. Rauchendes Holz, der ihr gegenüber mit gekreuzten Armen und auf die Brust gesenktem Kinn in einem Sessel aus zerschlissenem rotem Samt saß, schien völlig in seine Meditationen versunken zu sein. Die Luft im Talapot roch ranzig, und in der Stille schien man den Herzschlag der Sekunden zu hören. Himmel, war das langweilig! Aus den Augenwinkeln heraus beobachtete Agua Fria neugierig die anderen Schüler. Neben ihr saß Tuma, das heißt Glänzender Stein, und weiter unten ein Mädchen, das ein Gesicht so rund wie der Mond hatte. Auf der Bank vor ihr saß ein dürrer, großer Junge, der älter zu sein schien als die übrigen; zu ihrer Rechten saß ein Wesen mit breiten Schultern, stark ausgeprägtem Kiefer und einem rohen Aussehen, welches Agua Fria im ersten Moment für einen Jungen gehalten hatte, das sich aber später als Mädchen entpuppte; am weitesten entfernt saß dann noch Opium, ein junges Ding mit gelblicher, kränklicher Gesichtsfarbe, auch sie eine ehemalige Schulkameradin von ihr, und sie trug einen Raben auf ihrer Schulter, ein Geschenk ihrer *Anterior.* Agua Fria drehte sich vorsichtig um: dort, gehorsam neben der Tür sitzend, befand sich die zerzauste Bruna, die mit gespitzten Ohren völlig auf ihre Herrin konzentriert war.

»Schon gut, Agua Fria. Es sieht ganz so aus, als ob du heute morgen etwas unruhig wärst«, sagte Rauchendes Holz sanft.

Agua Fria zuckte zusammen und richtete sich sofort auf.

»Daher meine ich, wir sollten bei dir anfangen. Komm her!« Das Mädchen trat aus der Reihe und näherte sich dem Meister. Rauchendes Holz versenkte die Hand im Inneren seiner weiten Tunika und zog eine Handvoll Holzstäbchen hervor.

»Jetzt hör mir aufmerksam zu, Agua Fria, und konzentrier dich genau auf alle meine Worte, denn nichts von dem, was ich sage, ist umsonst. Ich werde zwei von diesen Holzstäbchen nehmen…«

Der Priester kramte einen Moment herum, streckte dann den Arm aus und zeigte drei Stäbchen.

»Wieviel Stäbchen habe ich hier, Agua Fria?«

»Drei, mein Herr.«

Rauchendes Holz wandte das Gesicht in Richtung Fenster und verharrte eine Weile so, wobei er augenscheinlich friedlich und gelassen in den Anblick des verwaschenen, traurigen Lichtes versunken war. Agua Fria wippte gelangweilt mit dem Gewicht ihres Körpers von einem Fuß auf den anderen und schweifte in Gedanken zu der Frage, ob wohl noch viel Zeit zum Essen fehlte. In diesem Moment richtete sich der Meister mit der Geschwindigkeit einer gespannten Feder auf und schlug mit dem bronzenen Knauf seines Stockes auf den Kopf des Mädchens. Agua Fria schrie verblüfft auf und fiel auf die Knie. Alles drehte sich und dröhnte um sie herum, und als sie die Augen wieder öffnete, sah sie, wie eine rote Flüssigkeit langsam auf die trüben Fliesen tropfte. Sie führte die Hand an die Stirn und zog sie voller Blut zurück. Sie stöhnte.

»Sehen wir mal, Opium, erzähl Agua Fria, wieviel Stäbchen ich in der Hand habe!« sagte Rauchendes Holz und schwang die drei Hölzchen.

»Zwei, Meister«, antwortete das Mädchen, während es, gelber denn je, aufstand.

»Genauso ist es, zwei! Agua Fria, meine Liebe, wieviel sind es?«

Noch immer auf den Knien liegend, antwortete das Mädchen mit kaum hörbarer Stimme: »Zwei..., mein Herr.«

»Bist du sicher?«

»J-J-Ja, Herr...«

»Und wenn ich dir jetzt sage, es sind drei?«

»Dann sind es drei, Herr.«

»Aber siehst du denn nicht, daß es nur zwei sind?«

»Ja! Zwei, zwei...«

»Warum lügst du?!« donnerte Rauchendes Holz. »Du siehst ganz deutlich, daß es drei sind... Schau sie dir an! Es sind drei, nicht wahr?«

»O Herr...!« Agua Fria brach in Tränen aus. »Es sind drei, Herr, ja, ich sehe drei.«

»Aber ich sage dir doch, daß es drei sind. Wieviel sind es, Agua Fria?«

Das Mädchen schluchzte trostlos und schwieg.

»Wieviel sind es?!«

»Zwei!«

»Bist du sicher?«

»Ja! Nein... Ich weiß es nicht...«

»Wieviel sind es, Agua Fria?«

»Drei! Zwei! O Meister, bitte, ich weiß es nicht... Wie Ihr es bestimmt.«

Das Mädchen warf sich dem Priester zu Füßen, und einen Moment lang war im Zimmer nur ihr Schluchzen zu hören.

»Es ist gut, Agua Fria«, sagte Rauchendes Holz sanft. »Steh auf.«

Das Mädchen stand auf. Der Priester streichelte ihr sanft über den Kopf und tastete mit einem Finger die Form ihrer geschwollenen Augenbraue ab.

»Geh zum Bruder Kurator, damit er diese Wunde behandelt. Und erinnere dich«, fügte der Priester hinzu, wobei er die Hand hob, in der jetzt nur noch zwei Stäbchen waren: »Es sind zwei. Siehst du? Und es sind immer zwei gewesen, seit dem Anfang aller Dinge.«

Die Tage vergingen, die Wochen und auch die Monate, alle zogen sie vorbei in einer abstumpfenden Routine, die keine Spur in der Erinnerung hinterließ und einen Tag nach dem anderen in ein und denselben, verwirrenden Alptraum verwandelte. Gelegentlich sahen sich die Novizen genötigt, rückwärts zu gehen oder stundenlang in der Hockstellung zu verweilen, und diejenigen, die auf den Boden fielen, weil ihre Muskeln taub wurden, erwartete eine harte Strafe. An anderen Tagen mußte der Inhalt einer riesigen Tonne Mehl in eine andere Tonne geschafft werden, die sich in der entgegengesetzten Ecke der großen Halle befand, wobei sie mit ihren Händen eine Schale bilden und darauf achten mußten, nichts zu verschütten oder dreckig zu machen; nur um dann später das Mehl aufs neue in die erste Tonne zurückzubringen. Schon seit langem hatte Agua Fria aufgehört, nach dem Sinn dieser Dinge zu fragen, und klammerte sich jetzt nur noch an einen einfachen Überlebenskodex und an die Hoffnung, jede Nacht in ihr Bett zu gelangen, ohne während des langen Marsches durch den Tag zuviel gelitten zu haben. Die Nacht und die zwei Stunden Freizeit, die sie jeden Tag vor dem Abendessen genießen konnten, waren die einzige Atempause. Ihre Kameraden pflegten die freie Zeit dazu zu nutzen, sich auf ihren Betten auszustrecken und zu versuchen, in einer von Krämpfen geschüttelten Benommenheit das Bewußtsein zu verlieren. Agua Fria aber nahm die Gewohnheit an, sich in den trostlosen Sälen des Palastes zu verlieren, wobei ihre Schritte in der abgestandenen Luft widerhallten und die arme Bruna ihr einen glücklichen Hund vorspielte und aufgeregt um sie herumsprang. Hatte sie sich dann erst weit genug von der bewohnten Zone entfernt, lehnte sich das Mädchen aus dem Fenster und beobachtete, wie sich die Abenddämmerung herabsenkte auf Magenta, da unten, ganz weit unten, ein undeutlicher, kaum zu erkennender Fleck aus roten Dachziegeln, und doch, das wußte Agua Fria genau, war es eine Stadt, eine richtige Stadt mit ihren Häusern, Straßen, Geschäften und mit ihren Bewohnern, die nach einem Arbeitstag friedlich nach Hause zurückkehrten. Das war das Leben, das wirkliche Leben, das sich in der Weltabgeschiedenheit des Talapot hinter seinen unerklärlichen und weitentfernten Mauern kaum ahnen ließ. Und Agua Fria dachte erstaunt daran, daß auch sie einmal durch diese Spielzeugstraßen spaziert war und daß vielleicht damals irgendein rosafarbener, in Gefangenschaft gehaltener Schatten, wie jetzt sie selber, Agua Fria, von diesem Himmel herab um ihre Freiheit beneidet hatte.

Den Schülern war es strengstens verboten, miteinander zu sprechen; das galt sogar in ihrer Freizeit, und es nutzte nichts, sich in den einsamen Sälen zu verlieren, denn irgendwie kam der Meister immer dahinter. Aber Glänzender Stein und sie brachten es fertig, dem Schweigen einige Worte und ab und zu ein verstecktes, in aller Eile geflüstertes, kurzes Getuschel abzuringen. Und vor allem waren sie immer zusammen; sie setzten sich nebeneinander, aßen Ellenbogen an Ellenbogen, und in dieser ständigen Nähe fanden ihre Körper immer wieder die Möglichkeit, sich zu berühren: ein leichtes Vorbeistreichen beim Einschenken des Wassers oder ein schneller Händedruck beim Durchschreiten einer Tür. Diese Berührungen waren wie Balsam.

Aber Rauchendes Holz mußte etwas bemerkt haben. Eines Tages rief er sie zu sich und stellte eine Schüssel voller Glaskugeln vor sie hin:

»Seht ihr diese Schüssel Glasperlen? Nun gut, ich werde sie jetzt auf den Boden schütten, und ihr sollt sie auflesen. Nehmt so viele, wie ihr könnt, und seht zu, dies so schnell wie möglich zu tun. Denn derjenige von euch beiden, der am Ende weniger hat, erhält drei Peitschenhiebe.«

Nachdem er dies gesagt hatte, verschüttete der Meister die Perlen über die Fliesen. Agua Fria zuckte zusammen: sie hatte die Peitsche schon in Aktion gesehen und glaubte nicht, dies aushalten zu können. Die Panik zog ihr einen rötlichen Schleier vor die Augen; sie warf sich zu Boden, krabbelte, biß, kratzte und stieß, um an die Glaskugeln zu kommen. Am Ende zählten sie nach, und sie hatte fünf mehr. Der Meister zog Glänzendem Stein oberhalb der Gürtellinie die Kleider aus und band ihn mit dem Gesicht nach unten auf eine Bank. Die aus mehreren geknoteten Riemen bestehende Peitsche pfiff dreimal in der Hand von Rauchendem Holz, und der zarte Rücken des Jungen platzte auf und färbte sich blutig. Agua Fria weinte nicht. Der Junge auch nicht.

Später, am selben Tag, während der zwei Freistunden, ging Agua Fria in die abgelegenste Ecke des Palastes. Sie trat in einen großen, rechteckigen Saal, dessen Wände mit schmutzigem, zerbrochenem Marmor verkleidet waren, und ließ sich in einer Ecke auf den Boden fallen. Ihr Kopf glühte: Sie wurde den Verdacht nicht los, daß Glänzender Stein sie absichtlich hatte gewinnen lassen, als hätte er nicht bis zuletzt gekämpft. Sie kam sich niederträchtig, schuldig und unglücklich vor; aber was hätte sie denn tun können? Sie war eine Frau, und die Frauen ertragen keine Gewalt. Sie preßte sich die Hände an die Schläfen, so als könnte sie auf diese Weise die Erinnerung zermalmen, die ihr schmerzhaft im Kopf hämmerte.

Da hörte sie ein Geräusch, ein ganz leichtes Rascheln. Sie hob die Augen und entdeckte Glänzenden Stein, der vor ihr stand. Sie betrachteten sich eine Weile schweigend, und dann wandte sich der Junge langsam zu der entgegengesetzten Ecke des Saales und setzte sich dort, genau ihr gegenüber, unter einigen Schwierigkeiten auf den Boden. Sie sahen sich über die weite, trostlose Halle hinweg aus der Entfernung an. Sie bewegten keinen Muskel, sie verzogen nicht einmal eine Miene; sie sahen sich nur eine Zeit, die unendlich zu sein schien, an, während die Sonne unterging und die Nacht damit begann, eine Herde von Schatten unter dem hohen Dach des Palastes zusammenzutreiben.

Von diesem Tag an sahen sie sich viel öfter, und zwar immer in demselben Saal. Sie setzten sich, ohne ein Wort zu sprechen, an gegenüberliegende Wände. Und sie liebkosten sich über die ranzige Luft und die Abenddämmerung hinweg mit ihren Blicken.

Sie waren inzwischen schon im dritten Stockwerk, der letzten Ebene des *Äußeren Kreises*, angelangt und hatten immer noch keinen anderen Priester gesehen als den unerbittlichen Rauchenden Holz und den Bruder Kurator mit der verstümmelten Hand, der ihnen alle drei Wochen den Schädel schor, sie mit Seife und Abendulawurzel versorgte, ihnen das Essen servierte und ihre ihnen zur Strafe zugefügten Wunden heilte, und das alles, ohne jemals ein Wort von sich zu geben. Abgesehen natürlich von den alten Wächterinnen an der Tür, die neben den Ketten aßen und schliefen, um nur ja nie ihren Posten zu verlassen. Kurz nach ihrer Ankunft im Palast hatte das stämmige Mädchen, das wie ein Junge aussah, versucht, aus dem Talapot zu fliehen. Die Alten hielten sie schlagartig auf, indem sie sie nur ansahen. Das Mädchen, das Eiserner Span hieß, blieb gelähmt und wie eine Statue auf der Türschwelle stehen, bis Rauchendes Holz sie abholte.

»Niemand kann seinem Schicksal entkommen, und daher kann auch niemand aus dem Talapot fliehen«, urteilte der Meister und bestrafte das Mädchen mit zehn Peitschenhieben. Es waren dies die ersten Schläge, die Agua Fria sah.

Je länger ihr Aufenthalt im Talapot dauerte, um so seltener, aber auch um so strenger wurden die Strafen. Hatten sie doch alle gelernt, dem Priester wie automatisch zu gehorchen. Seit sie sich im obersten Stockwerk aufhielten, war niemand mehr durchgepeitscht worden; Rauchendes Holz schien zufrieden zu sein, und die Novizen glaubten schon, die einfachen Geheimnisse ihrer kargen täglichen Routine zu beherrschen. Aber eines Nachts stürzte der Meister zur Unzeit in ihren Schlafsaal.

»Alle aufstehen. Es ist spät, und das Frühstück wartet schon.«

Die Novizen betrachteten verblüfft die schwarzen Rechtecke, die die Nacht vor die Fenster gelegt hatte, aber sie zogen sich sofort an, wortlos, ungeschickt und schläfrig, tasteten blind nach ihren Tunikas und stolperten über die Kanten ihrer Betten.

»Es ist ein schöner Tag, nicht wahr, Agua Fria?« fragte Rauchendes Holz in beiläufigem, leutseligem Ton.

Das Mädchen blickte durch die Fenster: Der letzte Mond des Sommers stand in vollem Glanz am Himmel.

»Ja, Meister, sehr schön.«

Fünf Tage lang ließ Rauchendes Holz sie nachts aufstehen und tagsüber schlafen. Sie liefen herum, arbeiteten und aßen bei dem dürftigen Licht des Vollmondes, denn es war ihnen nicht erlaubt, Öllampen zu entzünden. Bei Tagesanbruch hingegen machten sie Kerzen an, und der Meister verhielt sich, als seien sie wirklich von Dunkelheit umgeben. Es war zweifelsohne eine verrückte Situation, aber den disziplinierten Novizen fiel es nicht allzu schwer, sich ihr anzupassen, und nach kürzester Zeit gelangte Agua Fria zu der Überzeugung, schon immer so im Halbdunkel gelebt zu haben. Nur Opium schien Probleme mit der Dunkelheit zu haben. Opium, die schon ein von Natur aus kränkliches Mädchen war und nicht gut sehen konnte, verbrachte die Tage damit, überall anzustoßen, Dinge runterzuwerfen und furchtsam die Wände abzutasten. Eines Nachts, zur Frühstückszeit, schüttete sie einen Napf kochender Milch mit Schmalz über sich. Sie stieß einen spitzen Schrei aus und begann zu weinen.

»Opium!« sagte Rauchendes Holz.

Das Mädchen weinte noch heftiger.

»Opium, komm her!«

Verzagt und schluchzend näherte sich das Mädchen dem Meister.

»Opium, ich habe versucht, dich zu erziehen«, seufzte Rauchendes Holz traurig. »Ich habe versucht, dich zu unterweisen, aber du hast nichts gelernt. Du hältst dich für körperlich schwach und bist voller Selbstmitleid. Aber der Körper ist lediglich das Instrument unseres Willens. Es gibt keine schwachen Körper, es gibt nur ungeordnete, verwirrte Geister. Du bist davon überzeugt, daß es jetzt Nacht ist, und fühlst dich verloren und blind. Wenn du verstanden hättest, daß es Tag *ist,* hättest du keinerlei Schwierigkeiten, zu sehen. Dein Geist macht dich blind, nicht deine Augen. Unglückliche, wie wirst du im *Kreis der Schatten* überleben wollen, wenn du nicht in der Lage bist, mit den Augen des Geistes zu sehen. Du liebst dein eigenes körperliches Elend mit krankhafter Liebe und bist eingesperrt im Gefängnis deines Selbstmitleides. Nun gut, Opium, geben wir diesem Selbstmitleid Nahrung, bis es zerbricht. Kommt alle her!«

Die Novizen sprangen auf.

»Geht einer nach dem anderen an ihr vorbei und bespuckt sie!« Sie taten es. Natürlich taten sie es. Zuerst das Mädchen mit dem vollmondrunden Gesicht und dann Kieselstein und dann Agua Fria. Während Agua Fria den Speichel im Mund sammelte, während sie auf Opium spuckte, fühlte sie sich völlig leer. Da war nur der Drang nach Gehorsam, die Erleichterung des ausgeführten Befehls. Aber die stämmige Eiserner Span, die als letzte übrig war, baute sich vor Opium auf und begann ihren dicken Kopf von einer Seite auf die andere zu bewegen.

»Spuck!« befahl der Priester.

Und Eiserner Span rührte sich nicht.

»Spuck!«

Und da machte das Mädchen etwas Ungewöhnliches, Einzigartiges: sie hob ihr ungeschliffenes Gesicht, sah Rauchendes Holz an und sagte:

»Nein!«

Sie erhielt zwanzig Peitschenschläge und blieb blutend und besinnungslos auf der Bank liegen. Dann wischte Rauchendes Holz sich mit zitternder Hand über das Gesicht und sagte:

»Bringt sie zum Bruder Kurator. Seht zu, daß er sie anständig heilt.«

Sie hoben sie mit größter Vorsicht auf. Mit Tränen in den Augen und voller Dankbarkeit gegenüber Rauchendem Holz, der ihnen erlaubt hatte, sich um sie zu kümmern.

Vier Wochen später passierte das Unglück. Sie hatten den gewöhnlichen Tages- und Nachtrhythmus wiedererlangt, und eines Nachts, als alle im allertiefsten Schlaf lagen, öffnete sich gewaltsam und wie von einem Donnerschlag begleitet die Schlafsaaltür. Es war Rauchendes Holz; im tanzenden Licht der Fackel schien der ihn umwehende Umhang in Flammen zu stehen, und sein Schatten wirkte riesenhaft groß. Das dachte wenigstens Agua Fria, verschlafen und erschrocken, wie sie war. Der Priester durcheilte das Zimmer mit großen Schritten, und mit der gleichen Bewegung, mit der ein Henker das Beil erhebt, hob er die Lampe hoch. Da konnten sie es alle deutlich sehen: Opium und Eiserner Span lagen aneinandergekuschelt im selben Bett und waren völlig fassungslos, schlafend in ihrer Umarmung überrascht worden zu sein. Während eines ganz kurzen Augenblickes sprach niemand ein Wort. Und dann zerschnitt ein herzerweichender Schrei die Stille. Es war Opium, die, wie von ihrem eigenen Geschrei vorwärtsgetrieben, sich jäh aus den Armen ihrer Freundin riß, bis zum nächsten Fenster rannte und sich hinunterstürzte. Stunden später, als die Morgendämmerung sich schon hervorwagte, konnte man immer noch Opiums Raben sehen, der blind vor Kummer über dem abgestürzten Körper seiner Herrin schwebte und verzweifelt nie enden wollende Kreise in die Luft zeichnete.

Es war schon spät am Tag, als Agua Fria den Auftrag erhielt, Opiums Besitztümer zusammenzupacken und ins Lager zurückzubringen. Sie fand den Bruder Kurator mit zwischen den Händen versunkenem Kopf auf der Bank sitzen. Er gab ein monotones Geleier von sich, das das Mädchen anfangs für das Rezitieren von Gebeten hielt.

»Bruder, ich komme, um Ihnen Opiums Sachen zu bringen...«, sagte sie. Aber der junge Priester gab keinerlei Anzeichen von sich, ihre Gegenwart wahrgenommen zu haben.

»Bruder...«

Sie hielt inne und wußte nicht, was sie nun tun sollte. Es schien ihr, als ob sie in dem besessenen Gemurmel des Mannes immer wieder »esistnichtwahresistnichtwahr« erkannte. Agua Fria wurde unruhig. Sie deponierte ihre Ladung auf der Bank und drehte sich, schon bereit, so schnell wie möglich zu verschwinden, um. Plötzlich klammerte sich die verstümmelte Hand des Priesters an ihr Handgelenk. Seine drei Finger schienen wie aus Eisen zu sein.

»Es geht zu Ende...«, raunte der Mann heiser. »Nach euch sind nur noch drei Novizen gekommen, und seit langer Zeit kommt überhaupt niemand mehr...«

Agua Fria sah ihn entsetzt an: Der Priester hatte gerötete, fiebrig glänzende Augen.

»Vorsicht!« flüsterte er mit irrem Gesichtsausdruck und hielt dabei einen Finger vor die Lippen. »Sie haben ein Abhörsystem, die Wände haben Ohren... Alles ist gelogen, alles! Das *Gesetz* gibt es nicht. Man verfolgt mich! Sie werden uns alle umbringen...«

Erlaub ihnen nicht, dich zum Talapot zu bringen, das hatte Verbrannter Kork an ihrem letzten Tag gesagt. Es war das erste Mal in all diesen Monaten, daß Agua Fria an ihre *Anterior* dachte. In Wahrheit war es seit langem das erste Mal, daß sie überhaupt dachte. Das Mädchen spürte, wie ein Funken Vernunft sich durch die Nebel ihres betäubten Kopfes arbeitete. Sie hatte Angst. Aber der Anflug von einem Gedanken wuchs in ihr und breitete sich schmerzhaft immer weiter aus. Ein Sturzbach von verwirrenden Eindrücken und Erinnerungen begann von ihr Besitz zu ergreifen. Die kristallisierte Erinnerung ihrer *Anterior* wurde wach: Erlaube nicht, daß man dich zum Talapot bringt... Und wenn der Bruder Kurator nun in seinem Delirium eine grundlegende Wahrheit ausdrückte? Erschrocken versuchte Agua Fria, ihren Gedankengang zu stoppen und zu der bequemen Stumpfheit der Disziplin zurückzukehren. Aber sie schaffte es nicht. Ihre nach Luft schnappende Mutter, die langsam und qualvoll starb. Ihr sich in nichts auflösendes Haus. Das Lächeln der alten Bettlerin. Der irrsinnige Schrei Opiums. Plötzlich zerbrach die Wirklichkeit des Talapot um das Mädchen herum, und zwischen den Ruinen schien sich eine schreckliche Erkenntnis ihren Weg zu bahnen.

»Agua Fria!«

Es war Rauchendes Holz, der gerade in das Zimmer getreten war. Der junge Priester stand sofort auf und zog sich, seinem Blick ausweichend und die verstümmelte Hand hinter dem Rükken versteckend, einige Schritte zurück.

»Agua Fria«, dröhnte die Stimme von Rauchendem Holz, »nimm deine Sachen. Es ist soweit, du wirst in den *Kreis der Schatten* aufrücken.«

Durch die Fenster des Saales unterschied man kleine Rechtecke eines grauen, verwaschenen Himmels, den Agua Fria sehnsüchtig betrachtete, würde sie den Himmel doch für lange Zeit nicht mehr sehen.

Zitternd vor Kälte wechselte Agua Fria im Lager der ersten Ebene ihre rosa Kleidung gegen eine andere ein, die, wie sich das Mädchen in der Dämmerung festzustellen bemühte, leuchtend rot zu sein schien. Von den sechs Novizen, das heißt eigentlich fünf, wenn man Opium abzog, waren nur drei in den nächsthöheren *Kreis* aufgestiegen: der hochgewachsene Junge, Glänzender Stein und sie selbst. Sie standen hier an ihrer Seite und zogen sich in der kalten, modrigen Luft um. Der neue Bruder Kurator, ein dicklicher Mann mit glänzenden Augen und einem Affengesicht, hüpfte dienstbeflissen und geschäftig um sie herum. Die Kuratoren, das wußte Agua Fria jetzt, waren Priester der niedrigsten Kategorie, deren Karriere gescheitert war und die nicht einmal das Recht besaßen, ihre eigenen Namen zu benutzen.

Die dicken Jalousien, die in die Mauer eingelassen waren und sie mit dem *Äußeren Kreis* verbanden, ließen nur eine substanzlose Helligkeit, einige erbärmliche Lichtfetzen, herein. Die Ecken des Raumes lagen in furchterregender Undurchsichtigkeit, waren undeutliche, aus Schatten gebaute Nester. Aus einem dieser Schatten trat jetzt eine kleine, in die violette Tunika der Priester gehüllte Person.

»Das *Gesetz* möge mit Euch sein.«

»Und uns lehren, die Ewigkeit zu verstehen.«

»Meine Kinder, ich bin Unruhiger Schlaf, die Tutorin des *Kreises der Schatten.*«

Und alle vollzogen sie die rituelle Begrüßung und erklärten sich ihre jeweiligen Namen.

»Hier beginnt eure eigentliche Einführung«, erklärte die Frau. »Ihr seid jetzt an einer Grenze angelangt. Und genau so, wie hier weder Licht noch Dunkelheit, sondern eine ewige Dämmerung herrscht, befinden sich auch eure Seelen in einem Durchgangsstadium in Richtung Perfektion, sozusagen auf halbem Weg zwischen der Unwissenheit und der Weisheit.«

Die Priesterin machte eine Pause und lächelte dann freundlich. Es war eine schon in die Jahre gekommene Frau, rundlich, mit weichen Gesichtszügen und klaren blauen Augen.

»Hier zünden wir lediglich die Fackeln an, wenn es Nacht wird, und selbst dann benutzen wir so wenig Lampen wie möglich. Aber die Dunkelheit sollte euch nicht sorgen; ihr werdet sehr bald lernen, daß man das Licht in sich trägt, und nach kürzester Zeit werdet ihr euch hier wohlfühlen. Dieser, meine Lieben, ist ein *Kreis des Wissens*. Ihr werdet der inneren Welt zugewandt leben, und es ist daher angebracht, die trügerische Außenwelt im Halbdunkel begraben zu lassen. Jetzt könnt ihr alles fragen, was ihr wollt; ich bin hier, um eure Zweifel zu zerstreuen.«

Die Kinder standen stocksteif da, schwiegen nervös und hatten die Augen demütig auf den Boden geheftet.

»Habt keine Angst«, beharrte sie, »hier herrscht keineswegs das Gesetz des Schweigens. Ihr könnt so viel sprechen, wie ihr wollt.«

Aber die Novizen schwiegen weiterhin.

»Kommt, kommt... Sicher habt ihr etwas zu fragen. Sucht in euren Köpfen, setzt euer Gehirn in Gang!«

›Setzt euer Gehirn in Gang‹, wiederholte Agua Fria für sich. Aber ihr Kopf schien wie gelähmt zu sein. Ihr Kopf war ein Chaos aus verstümmelten Gedanken, aus Gedankengängen, die unter der Tyrannei des Gehorsams begraben lagen. Nach einem Jahr im *Äußeren Kreis* verursachte ihr die Idee, wieder eine eigene Meinung haben zu können, Angst und Schwindel. Und trotz alledem bewegte sich auf dem Grund ihres Bewußtseins etwas: ein Unbehagen, eine nicht zu definierende Unruhe. Und eine von weit her kommende Frage kämpfte sich den Weg zu ihren Lippen vor.

»Warum?« flüsterte sie schließlich.

»Was sagst du?«

»Warum?« wiederholte das Mädchen nun hörbarer und sah Unruhigen Schlaf schüchtern an.

»Was meinst du, Agua Fria?«

Und Agua Fria dachte an Opium. Und an ihre um jeden noch so schmerzhaften Atemzug kämpfende Mutter. Sie dachte an den blutenden Rücken von Eisernem Span und an die Einsamkeit des Talapot.

»Warum das alles? Warum durften wir untereinander nicht sprechen? Warum wurden wir manchmal ohne jeden Grund bestraft? Warum mußten wir soviel Angst ertragen?« murmelte das Mädchen.

Und zu ihrer größten Überraschung brach sie in Tränen aus. Sie hatte schon lange nicht mehr vor anderen geweint. Aber die herzlichen Augen von Unruhigem Schlaf schmerzten sie. Die Priesterin lächelte und nickte verständnisvoll mit dem Kopf.

»All diese Antworten, Agua Fria, wird dir das Wissen vermitteln. Dies ist es, was du in diesem *Kreis* lernen wirst. Im Moment kann ich dir nur sagen, daß die Disziplin des *Äußeren Kreises* notwendig ist, um den Willen zu brechen und auf den rechten Weg zu bringen. So wie die Rosen beschnitten werden müssen, um zu wachsen und kräftig zu werden, so müssen eure Geister von den Unreinheiten der niedrigen Instinkte gereinigt werden, um später im Schoße des *Gesetzes* zu blühen. Dies war schon immer so, so ist die Norm«, schloß die Priesterin.

Und dann reichte sie Agua Fria ein Taschentuch zum Trocknen ihrer Tränen.

Von seiner Architektur her ähnelte der *Kreis der Schatten* dem *Äußeren Kreis* in allem, nur sein Gesamtdurchmesser war kleiner. Aber dieser Unterschied war in der unendlichen Abfolge von riesigen, in der Undefinierbarkeit des Halbdunkel noch größer erscheinenden Hallen schwer zu erkennen. Die bewohnbaren Gemächer waren gleich: derselbe Speisesaal mit dem gewaltigen Tisch, der weitläufige Schlafsaal voller nichtbenutzter Betten, die Bäder mit ihrem zerkratzten und immer feuchten Steinboden. In den düsteren Hallen gewann das Schweigen einen besonderen Klang, so eine Art rauschenden, flüssigen Widerhall, wie es ihn unter Wasser gibt. Die vom Urbeginn an stillstehende Luft war kalt und roch nach Metall.

Ansonsten plätscherte die Zeit in friedlicher Langsamkeit dahin. Die Kinder gewöhnten sich schnell an die Dämmerung, und nach kurzer Zeit stellten sie fest, daß die Schatten unendlich viele Schattierungen besaßen. Nur Bruna blieb stundenlang neben den Jalousien liegen und preßte die Schnauze gierig gegen das durchlöcherte Holz. Agua Fria spürte Mitleid mit dem Tier und hatte aus alten Lappen ein paar einfache Bälle hergestellt, die sie nach der Hündin warf, um sie abzulenken. Aber Bruna legte sich, nachdem sie einige Minuten mit lustloser Höflichkeit gespielt hatte, traurig hin und fuhr fort, vom Licht zu träumen.

Morgens wurde debattiert. Unruhiger Schlaf schlug ein Thema vor, sie gaben ihre Meinung dazu ab, es wurde diskutiert, und am Ende erklärte ihnen die Priesterin das Wesen der Dinge, die für alle Ewigkeit gültige Wirklichkeit. Auf diese Weise lernten sie, daß die Welt etwas immer Gleichbleibendes und Absolutes war und daß der Begriff der Veränderung nicht mehr war als eine Sinnestäuschung.

»Stellt euch einen kleinen Tropfen Wasser vor, der, niedrigen Temperaturen ausgesetzt, gefriert. Eine einfache Seele, die nie Eis gesehen hat, wird jetzt denken, das Wasser wäre im Raum verschwunden, und an seiner Stelle läge nun ein Fetzen festes Material, etwa ein Stück gefeilter weißer Marmor oder ein Zuckerkristall. Und dennoch ist diese Eisträne genau dasselbe, was es vorher war. Sie enthält in sich immer noch den unveränderlichen Geist des Wassers, nur sind unsere Augen nicht in der Lage, den ihr innewohnenden, unveränderlichen Atem, ihre ewige Identität, zu erkennen. Nun gut, auf dieselbe Art und Weise fallen wir beim Betrachten der Welt gelegentlich auf das ketzerische Blendwerk von Evolution und Veränderung herein. Ist ja unser Blick begrenzt und schafft es nicht, das Gesamte, das unerschütterliche Drehen des *Ewigen Rades*, zu verstehen«, so sprach beispielsweise Unruhiger Schlaf.

Und ihre Worte fielen wie flüssiges Blei in die Gehörgänge der Studenten.

Nachmittags lernten sie die Kunst des *Bewahrenden Blickes*, und bald begannen sie die Säle des Palastes zu durchlaufen, um sie für immer ihrem Gedächtnis einzuprägen. Um auf bewahrende Weise zu sehen, erklärte die Priesterin, mußte man wissen, wie man das immerwährende Wesentliche der Dinge, wie zum Beispiel die Seele des Wassers, die sich im Eis versteckt, erkennen konnte. Zeit und Raum als vom Körper gesteckte Grenzen mußten überwunden werden; und in einer Art energiegeladenem Geistesblitz mußte man erkennen, daß man ein Teil des Ganzen war, nämlich dessen, was sein wird, und dessen, was gewesen ist. Um diesen begnadeten Zustand, dieses mystische Entzücken zu erreichen, unterwies sie Unruhiger Schlaf in den alten, rituellen Methoden, die da waren: die Konzentration; die Meditation; die innere Leere durch das ständige Wiederholen der Gebete; die geistige Vorstellung von komplexen Mustern; die Kontrolle über den eigenen Körper mit Hilfe der Disziplinierung der Muskeln. Agua Fria machte schnell Fortschritte und brauchte jeden Tag weniger Zeit, um zur Ekstase zu gelangen. Das Mädchen zog sich in eine der weit entfernt liegenden Hallen zurück und setzte sich in eine von Schatten bewohnte Ecke. Dann begann sie das Bewußtsein zu verlieren, geistig mit ihrer Umgebung zu verschmelzen. Sie ließ sich durchdringen von dem Stein der Mauer und der versteckten Harmonie der Fliesen. Immer mehr fühlte Agua Fria in sich die Gegenwart ihrer *Anterior* und später dann der *Anterior ihrer Anterior* und aller *Anteriores,* die es je gegeben hatte. Dann war Agua Fria nicht mehr Agua Fria, sondern ein Teil der Mauer und des Raumes, sie war das Material, aus dem das Leben besteht. Und in diesem Moment existierten weder Tod noch Zeit noch Schmerz.

Es gab Augenblicke, da war das Mädchen im *Kreis der Schatten* unendlich glücklich.

Sie waren schon auf der zweiten Ebene des *Kreises,* als Glänzender Stein eines Tages zu ihr sagte:

»Es ist nicht gerecht, daß du, nur weil du eine Frau bist, die Möglichkeit bekommst, in den *Inneren Kreis* zu gelangen, und ich, nur weil ich ein Mann bin, diese Möglichkeit nicht habe.«

Agua Fria brach in Gelächter aus. Sie lagen auf einem abgewetzten, uralten Teppich in einer der verlassenen Hallen des Palastes.

»Das war schon immer so, so ist die Norm«, antwortete sie mit singender Stimme.

»Unsinn! Was hast du, was ich nicht habe? In welcher Hinsicht bist du besser als ich?«

Agua Fria lächelte in der Dunkelheit schweigend vor sich hin;

sie dachte an die vielen Beispiele, die sie ihm jetzt nennen könnte, aber sie wollte ihren Kameraden nicht beleidigen.

»Was soll ich dir darauf antworten, Glänzender Stein... Selbstverständlich sind wir verschieden, das ist klar.«

»Ach ja? Natürlich sind unsere Körper verschieden, aber sonst nichts.«

Agua Fria drehte sich belustigt, aber von dieser Diskussion leicht irritiert, auf den Bauch. Aus dem Teppich stieg eine tausendjährige Staubwolke.

»Red keinen Unsinn, Glänzender Stein. Es ist offensichtlich, daß euch gewisse Grenzen gesetzt sind!«

»Wirklich? Welche denn?«

»Oh, also, das ist doch offensichtlich! Wir sind Mütter, wir sind die Lebensspender«, antwortete das Mädchen mit eitlem, schulmeisterlichem Lächeln.

»Aber schließlich tragen auch wir unseren Teil dazu bei, oder etwa nicht?«

»Aber das kann man doch nicht vergleichen, das ist doch nicht dasselbe. Es ist unser Blut, unser Körper. Die Kinder gehören uns. Ihr habt ja nicht einmal die Möglichkeit zu wissen, ob ihr wirklich die Väter seid, es sei denn, die Frau will und kann euch eure Mitarbeit in diesem Prozeß bestätigen.«

»Mitarbeit? Wir sind grundlegend wichtig! So wichtig wie ihr, oder ich würde sogar sagen, noch wichtiger. Und außerdem seid ihr Frauen fast alle unfruchtbar.«

»Und ihr auch. Aber es ist nun einmal so, daß eure Unfruchtbarkeit nicht wichtig ist, während dagegen die unsere eine Staatsangelegenheit ist. Es wäre völlig egal, wenn all ihr Männer unfruchtbar wäret außer einem, wenn es nur genug Frauen gäbe, die Mütter sein könnten.«

»Das zeigt doch, daß wir wichtiger sind. Ein einziger Mann kann den Grundstock legen zu vielen Leben.«

»Das zeigt doch, daß ihr nicht mehr seid als nur eine Zutat in diesem Prozeß. Ohne Wasser kann man kein Fleischgericht kochen, aber Fleisch ist das Wesentliche des Gerichtes, das Nahrungsmittel.«

»Ich bin anderer Meinung.«

»Es interessiert mich wenig, ob du meiner Meinung bist oder nicht: die Dinge liegen nun einmal so, und es war schon immer so, so ist die Norm.«

Für einen Moment schwiegen sie verärgert. Und dann begann Agua Fria aufs neue zu sprechen:

»Und da sind noch viele andere Dinge. Zum Beispiel die Gewalttätigkeit. Ihr seid gewalttätige, aggressive Wesen, die sogar fähig sind zu töten. Ihr verhaltet euch in dieser Beziehung wie Tiere. Wir Frauen hingegen ertragen Gewalt nicht und üben sie auch nicht aus. Wir sind euch und eurer Brutalität haushoch überlegen.«

»Na klar... Ihr tötet nicht, aber ihr gebt den Befehl zu töten. Ich wüßte zu gern, was schlimmer ist«, meinte Glänzender Stein bitter.

Für einen Moment glaubte Agua Fria den Arm von *Ihrer Eminenz* Schneeweiße Haut zu sehen, der die Luft wie ein kobaltblauer Blitz zerschnitt, um so den Beginn der Exekution anzuzeigen. Aber nein, trotz alledem war das nicht dasselbe.

»Es ist nicht dasselbe, Glänzender Stein. Befiehlt eine Frau Strafe oder Tod, wird sie dabei nicht wie ihr von der Gewalttätigkeit bewegt, sondern sie ist durch Nachdenken und den Gehorsam gegenüber den Vorschriften des *Gesetzes* dort hingelangt...«

»Ja, schon. Mir kommt es nur so vor, als ob die Vorschriften des *Gesetzes* sehr dunkel sind und jeder sie so auslegt, wie es ihm gerade paßt.«

»Was du da sagst, ist eine Ungeheuerlichkeit, Glänzender Stein, eine Blasphemie«, erklärte Agua Fria in geduldigem, schulmeisterhaftem Ton, »außerdem spielt es keine Rolle. Nehmen wir einmal an, du hast recht. Also gut, auf alle Fälle ordnet ihr Männer nicht nur Gewalt an, sondern führt sie auch aus, während wir uns darauf beschränken, sie zu befehlen, was ja der geistigere und edlere Teil ist. So daß wir also, man betrachte es, wie man wolle, immer noch die Überlegenen sind!« schloß sie triumphierend.

»Wir sollen Gewaltanwendung befehlen? Wann? Ihr laßt uns doch zu keinerlei Machtposition gelangen!«

»Was soll denn das? Sieh dir doch die Offiziere der purpurnen Wächter an. Oder Rauchendes Holz! Vergleiche Rauchendes Holz mit Unruhigem Schlaf, und du wirst feststellen, was eine Frau von einem Mann unterscheidet. Sieh mal, Glänzender Stein, ich mag die Männer sehr, ganz ehrlich. Ihr seid unschuldiger, schlichter, emotioneller. Aber genau das, was ja gerade euren Charme ausmacht, verwandelt sich in eine Gefahr, wenn ihr die

Absicht hegt, den euch zugewiesenen Platz zu verlassen.«

»Ach ja? Und warum?«

»Aber das ist doch offensichtlich! Man kann euch keine verantwortungsvollen Posten besetzen lassen, denn es fehlt euch das nötige Feingefühl. Die Macht berauscht euch; der Sinn für Maß und die geistigen Dimensionen geht euch ab. Außerdem seid ihr ja, wie du wohl weißt, biologisch nicht in der Lage, die geheimen Kräfte auszuüben.«

Unruhiger Schlaf hatte ihnen von der Hypnose erzählt. Es handelte sich um ein geheimgehaltenes Wissen, hatte sie erklärt, das die zukünftigen Priesterinnen im *Kreis der Dunkelheit,* der nächsten und letzten Station ihrer Unterweisung, erlernen würden. Nur die Frauen konnten diese höchste Kenntnis erlangen; die Männer hatten sich als genetisch unfähig erwiesen, solch feinste Dimensionen der Seele zu entwickeln. Seit Agua Fria von diesem Privileg wußte, hatte sie sich auserwählt und machtvoll gefühlt, ganz so, als wäre sie von einem magischen Finger berührt worden.

»Genau!« rief Glänzender Stein mit Nachdruck aus und richtete sich auf. »Das ist auch eines der Dinge, die ich so ungerecht finde. Wer behauptet eigentlich, daß wir für das Geheimnis der Hypnose ungeeignet sind?«

»Das war schon immer so, so ist die Norm.«

»Also, ich glaube, es ist eine Lüge. Es ist eine Lüge! Begreifst du es denn nicht? Ich glaube, daß wir genauso geeignet sind wie ihr, aber daß ihr uns den Zugang zur Hypnose nicht erlaubt, denn damit würde eure Macht abnehmen. Aber ich nicht. Ich werde mich nicht damit abfinden, Agua Fria. Du kannst dich darauf verlassen, ich werde anders sein... ich werde bis ganz nach oben gelangen!« sagte Glänzender Stein hitzig, und seine Augen glänzten in der Dunkelheit.

Wie männlich er doch ist, dachte Agua Fria. Da saß er, glühend vor Ehrgeiz, geblendet von der animalischen Gewalt seiner Wünsche. Das typische Benehmen eines Mannes. Aber die Worte des Jungen hatten in ihr eine vage Ruhelosigkeit ausgelöst, eine Art sinnloser Melancholie. Sie schwieg einige Minuten und betrachtete voller Überdruß die seltsame Struktur der Schatten.

»Agua Fria...«

»Was?«

»Es geht zu Ende. Das, was der Bruder Kurator gesagt hat,

stimmt. Die erste Ebene des *Äußeren Kreises* ist schon leer. Es gibt keine Novizen mehr.«

Agua Fria hatte Glänzendem Stein das seltsame Verhalten des Priesters mit den abgeschnittenen Fingern erzählt. Das Mädchen richtete sich völlig verblüfft auf und stützte sich auf ihre Ellenbogen.

»Was sagst du da? Woher weißt du das?«

Glänzender Stein lächelte:

»Ich bin dort gewesen.«

»Dort? Im *Äußeren Kreis?*«

»Ja... Und es ist nicht das erste Mal, daß ich es mache.«

»Du bist verrückt! Rauchendes Holz wird dich vernichten!«

»O nein! Ich bin klüger als er!« prahlte Glänzender Stein. »Eigentlich ist es ganz einfach. Die Zugänge sind nicht bewacht. Sie bauen zu sehr auf unsere Angst. Es kommt ihnen nicht in den Sinn, daß es jemand wagen könnte, in den *Äußeren Kreis* zurückzukehren. Man muß nur ein bißchen vorsichtig sein... und keinerlei Lärm machen. Du weißt ja, Rauchendes Holz ist fähig, jedes Geräusch wahrzunehmen.«

»Und es ist wirklich niemand dort?«

»In der nächsthöheren Ebene habe ich vier Novizen gesehen, drei neue Jungen und Eisernen Span, die immer noch im *Äußeren Kreis* ist. Das ist alles.«

»Aber dann...«

»Ich weiß nicht, was los ist, Agua Fria. Aber ganz sicher ist etwas im Gange. Etwas anderes, das *Kristall* möge mir verzeihen, etwas Neues.«

Sie schwiegen einen Moment und waren ganz überwältigt von der Unglaublichkeit ihrer Vorahnungen.

»Agua Fria...«

»Ja.«

»Agua Fria, ich schlage dir etwas vor. Einen Versuch, ein Experiment, ein geheimes Abkommen.«

»Was?«

»Wenn wir in den *Kreis der Dunkelheit* kommen und du Unterweisungen in der Hypnose erhältst, erklärst du sie mir. Zeig mir alles, was sie dir zeigen. So werden wir feststellen, wer recht hat. Du wirst sehen, daß auch ich, obwohl ich ein Mann bin, die geheimen Kräfte beherrschen kann. Wirst du das tun?«

Das ist nicht möglich, dachte Agua Fria. Es ging gegen das Gesetz, gegen die seit Urzeiten bestehende Sitte; es war sündig und vergeblich, und Glänzender Stein würde es niemals schaffen, dieses höchste Wissen zu erlernen; es war gefährlich, denn würden sie entdeckt, hätten sie eine schreckliche Strafe zu erwarten. Und dann dachte Agua Fria noch, daß der Vorschlag des Jungen eine Ungeheuerlichkeit wäre, etwas völlig Sinnloses. Und dann gab sie, sich aufs neue auf den Rücken drehend, einen tiefen und resignierten Seufzer von sich und sagte:

»Ja.«

Sie hatten schon vierzehn Monate im *Kreis der Schatten* verbracht, als Unruhiger Schlaf eines Tages mit dem *Kristall* erschien.

»Dieses Glas ist der Anfang alles Existierenden, und in ihm ist die Erinnerung aller Dinge enthalten.«

Das *Kristall* lag leicht schimmernd, eine kalte Glut zwischen den Schatten, in der Hand der Priesterin.

»Noch bevor es die Zeit gab, hat das *Kristall* schon existiert. Es ist nämlich die Zeit eine Schöpfung des *Kristalls,* eine barmherzige Sinnestäuschung, die uns Menschen gegeben worden ist, damit unser schwacher Verstand nicht an der nicht zu ertragenden Betrachtung der Unendlichkeit zerbricht.«

Agua Fria betrachtete aufmerksam das leuchtende Prisma; es hatte eine ovale Form und war etwas größer als das von Verbranntem Kork, oder es kam dem Mädchen zumindest so vor. »Das *Kristall* manifestiert sich im *Gesetz,* das ist die allem Existierenden zugrundeliegende Ordnung der Dinge. Und damit wir seine Perfektion genießen und bewundern können, sind wir Menschen mit einem dafür ausreichenden Wissen versehen worden. Aber das Universum formiert sich mit nie endender Harmonie in einem Organismus, der beim Einfachsten angefangen bis zum Vielschichtigsten reicht; und so wie das Wesen einer Lindenblüte einfacher ist als das eines Löwen, so gibt es auch niedrigere und höhere menschliche Wesen, die alle von jeher und für alle Zeiten ihren Platz in der Ewigkeit der hierarchischen Stufenleiter besetzen. Den am weitesten entwickelten Geistern ist das Privileg gewährt worden, dem Priesterorden anzugehören, die Wächter der Norm zu sein. Und selbst unter uns gibt es noch Ränge, von den unbedeutenden Brüdern Kuratoren bis ganz hoch hinauf zum

Stamm der Hohepriester, der *Höchsten Mütter,* die uns raten und uns leiten.«

Unruhiger Schlaf hielt einen Moment inne, und alle machten sie bei der Nennung der höchsten Macht die drei rituellen Verbeugungen.

»Es gibt eine Menge Kristalle wie dieses«, fuhr die Priesterin fort, »aber alle sind das *Kristall.* In der Reinheit und Exaktheit ihrer geometrischen Formen spiegelt sich die Ordnung der Welt wider. Das *Kristall* ist die Verdichtung des Unendlichen in einem Tropfen.«

Alle waren sie in respektvollem Schweigen versunken. Unruhiger Schlaf schloß die Hand über dem *Kristall,* und die Funken verschwanden in ihrer Faust.

»Meine Kinder, dies ist meine letzte Unterweisung gewesen. Euer Aufenthalt im *Kreis der Schatten* ist zu Ende. Es ist an der Zeit, daß ihr in den *Kreis der Finsternis* kommt, wo zwar niemals Licht eindringt, aber die Weisheit erstrahlt. Dort werden euch der Gebrauch des *Kristalles,* die heiligen Gesänge, die Liturgie und die Kenntnisse der heiligen Bücher beigebracht. Agua Fria wird darüber hinaus die Fähigkeit der Hypnose erlernen. Packt eure Sachen, es ist an der Zeit, Abschied zu nehmen.«

In den *Kreis der Finsternis?* Aber wie war das denn möglich, fragte sich die überraschte Agua Fria. Sie waren doch noch auf der zweiten Ebene des *Kreises der Schatten!* Das Mädchen sah sich um, aber in den Gesichtern ihrer Kameraden zuckte keine Miene.

»Aber Meisterin, wie sollen wir denn schon in den *Kreis der Finsternis* kommen? Müssen wir denn nicht noch ein Stockwerk hinuntersteigen?«

»Liebes Mädchen, wovon sprichst du?« antwortete Unruhiger Schlaf lächelnd. »Es gibt kein unteres Stockwerk.«

Agua Fria öffnete verblüfft den Mund.

»Aber Rauchendes Holz hatte uns erklärt, daß alle *Kreise* drei Ebenen besitzen und...«

»Mein Kind, du irrst dich. Rauchendes Holz konnte so etwas gar nicht sagen. Er konnte es nicht sagen, weil es nämlich nie eine dritte Ebene gegeben hat. Seit dem Anfang der Zeit waren im Talapot lediglich die letzten zwei Stockwerke bewohnt. Das war schon immer so, so ist die Norm«, antwortete die Frau geduldig und freundlich.

Das Mädchen spürte, daß sich das Zimmer um sie zu drehen begann und sich zu ihren Füßen ein Abgrund öffnete.

»Das kann nicht sein…«, widersprach sie benommen und schwach. »Ich bin auf der dritten Ebene des *Äußeren Kreises* gewesen…«

»Nein, Agua Fria, das ist unmöglich. Es gibt nur zwei Ebenen. Das war schon immer so!« erwiderte Unruhiger Schlaf mit Nachdruck.

›Es gibt nur zwei Ebenen‹ , wiederholte die Stimme der Disziplin in Agua Frias Ohren, und alle Zellen ihres Körpers, im Gehorsam geübt, akzeptierten automatisch die Worte von Unruhigem Schlaf. Es gibt nur zwei Ebenen, wiederholte das Mädchen abgestumpft; die Priesterin hatte recht, sie war nie auf der dritten Ebene gewesen. Eine seltsame Benommenheit bemächtigte sich ihres Verstandes, und ihre Erinnerungen verwischten und gerieten durcheinander. Aber nein! Agua Fria schüttelte den Kopf. Es stimmte nicht. Es stimmte einfach nicht! Die drei Ebenen existierten. Das Mädchen klammerte sich verzweifelt an diese kleine Gewißheit, und langsam aber sicher wurde ihre Erinnerung wieder klar, und die Benommenheit begann sich aufzulösen.

»Meisterin, das ist nicht wahr, ich war da, ich war…«, sagte sie mit dünnem Stimmchen und wurde furchtbar rot dabei.

Unruhiger Schlaf seufzte.

»Meine Kinder, sagt Agua Fria, wieviel Stockwerke es im Palast gibt.«

»Zwei, Meisterin!« antworteten die Kameraden einstimmig.

Agua Fria betrachtete mit empörtem Erstaunen ihre Mitschüler.

»Aber Glänzender Stein, wie kannst du so etwas sagen?«

»Weil es die Wahrheit ist, Agua Fria, und die Wahrheit ist unabänderlich«, antwortete die Priesterin. »Es gibt nur zwei bewohnte Stockwerke im Talapot, und das ist schon immer so gewesen.«

So war es also wahr, sagte sich das Mädchen. Es kamen keine Novizen mehr in den Talapot, und die dritte Ebene war geschlossen worden. Genauso waren wohl früher nach und nach die siebenundneunzig vorhergehenden Stockwerke zugemacht worden. Daher also die Ausmaße der Säle, der Umfang des Eßtisches, die Dutzende von unbenutzten Betten, die in den Schlafsälen verstaubten. Es waren die Überreste einer besseren Vergangenheit.

Die Welt veränderte sich. Agua Fria biß die Zähne aufeinander. Derselbe Fluß führt immer anderes Wasser, hatte die alte Bettlerin gesagt, und jetzt verstand das Mädchen ihre Worte. Denn die Wirklichkeit war nicht unveränderlich, sondern im Gegenteil ein ununterbrochenes Werden, etwas sich ständig Veränderndes. Agua Fria fühlte in sich die Kraft der Sicherheit, die Macht eines nicht zu brechenden Willens. Sie hob den Kopf und sagte in herausforderndem Ton:

»Vorher gab es drei, Meisterin.«

»Zwei.«

»Drei!«

Unruhiger Schlaf versteckte einen Moment lang ihren Kopf in den Händen. Dann hob sie das Gesicht. Es hatte einen traurigen Ausdruck.

»Kommt mit mir, meine Kinder.«

Schweigend folgten sie ihr bis zum Vorratslager. Der rundliche, diensteifrige Bruder Kurator stand lächelnd auf und rieb sich die Hände.

»Der Weg zur Weisheit ist lang und anstrengend«, erklärte Unruhiger Schlaf, während sie dem Mann ein Zeichen machte, »und gelegentlich betrügt uns unser unzuverlässiger Körper und verleitet uns zu Irrtümern.«

Während die Priesterin sprach, zog der Bruder Kurator einen schweren Holzblock in die Mitte des Raumes.

»Der Irrtum verwandelt sich, hat er sich erst einmal des Geistes bemächtigt, in eine Krankheit der Seele. Liebe Kinder, Agua Fria ist krank. Sie beharrt auf ihrem Irrtum, und damit macht sie sich eines schweren Vergehens schuldig.«

An diesem Punkt angekommen, drehte sich Unruhiger Schlaf zu Agua Fria um und heftete ihre blauen, gleichmütigen Augen auf sie. Das Mädchen spürte, wie alle Muskeln in ihrem Körper starr wurden. Sie versuchte sich zu bewegen, aber sie konnte es nicht: Sie war vollkommen gelähmt.

»Je mehr Wissen ein Mensch besitzt, desto verantwortlicher und schuldiger ist er auch, was seine Sünden betrifft«, fuhr die Priesterin fort, »deshalb sind die Strafen im *Kreis des Wissens* auch strenger als die, die im *Äußeren Kreis* verhängt werden. Wie ihr wohl wißt, kann ich als Frau keine Gewalt ausüben. Aber der Bruder Kurator wird die Erfüllung des *Gesetzes* übernehmen.«

Der Priester lächelte honigsüß und holte ein großes, schweres, dreieckiges Messer aus dem Schrank. Unruhiger Schlaf fügte hinzu:

»Hört alle zu! Für jedes schwere Vergehen, dessen ihr euch schuldig macht, wird euch ein Finger abgehackt, angefangen mit dem kleinen Finger der linken Hand, dann der Ringfinger, der Mittelfinger und so immer weiter, bis man mit der einen Hand fertig ist, dann kommt die andere dran. Dies ist dein erstes Vergehen, Agua Fria. *Möge das Gesetz geachtet werden.*«

Die Priesterin sah aufs neue das Mädchen an, und dieses fühlte sich zu ihrem Entsetzen gezwungen zu laufen. Ihre Beine bewegten sich gegen ihren Willen und trugen sie neben den Holzblock. Einmal dort angekommen, erhob sich automatisch ihr linker Arm und ihr kleiner Finger blieb ausgestreckt und wie gelähmt auf dem Block liegen. Der Bruder Kurator stellte sich neben sie und hob langsam das Messer. Das Mädchen wollte schreien, aber konnte nicht.

»Es sind zwei, Agua Fria. Es sind immer zwei gewesen«, sagte Unruhiger Schlaf sanft.

Und die Klinge fiel herab und zerschnitt die Schatten mit einem metallenen Blitz.

Der *Kreis der Finsternis* lag in ewiger Nacht. Den dicken Steinmauern, die hier nicht mit Kalk verputzt waren, entwichen klebrige Tränen, das kalte Schwitzen von Jahrhunderten. Agua Fria wandte sich zum Lesesaal, wobei sie mit blinder Sicherheit die dunklen Gänge abschritt. Sie hatte gelernt, ihre Schritte zu zählen, die Ecken und Türen auswendig zu lernen, ihre Handkante an die klebrige, schwitzende Wand anzulehnen, um sich zu orientieren. Nach der letzten Krümmung des Ganges konnte sie den schwachen und weit entfernten Schimmer der beleuchteten Bibliothek sehen, der auf diese Distanz wie ein Leuchtturm strahlte. Im *Kreis der Finsternis* wurden üblicherweise Fackeln benutzt, und zwar in der Küche und im Vorratslager; auch zu einigen Unterrichtsstunden, und um die heiligen Bücher zu studieren. Aber das tagtägliche Leben der Novizen spielte sich ab, ohne daß man auf irgendein Licht rechnen konnte. Das schwierigste war gewesen, sich daran zu gewöhnen, in dieser totalen Dunkelheit zu essen. Den gerösteten Hafer in den Napf mit Milch und Schmalz zu tunken, diesen zu kleinen Kugeln zu formen und sie zum Mund zu führen, ohne daß man ganz genau wußte, was man da eigentlich aß, wobei man den instinktiven Widerwillen, den einem die Vorstellungskraft suggerierte, unter Kontrolle behalten mußte.

»Du hast zuviel Phantasie, Agua Fria«, pflegte ihre Tutorin, Schwarze Erde, zu sagen. »Die Phantasie kann eine positive Eigenschaft für niedrigere Wesen sein, aber für gut trainierte Geister, die die Gesamtheit aller Antworten kennen, wirkt sie sich nur störend aus. Denke daran, daß es außerhalb des *Gesetzes* nichts gibt. Warum also die Zeit damit verlieren, sich gefährlichen Tand vorzustellen. Das ist ein riskantes Spiel, Agua Fria.«

Das Mädchen betrachtete dann den rosafarbenen Stumpf ihres verlorenen Fingers, diese noch frische Narbe, die ab und zu an ihrer Hand schmerzte und ihr so die Risiken der Disziplinlosigkeit ins Gedächtnis rief. Und sie senkte den Kopf und tat so, als ob sie demütig gehorchte. Aber sie konnte nicht vermeiden, daß ihr Hirn sich mit Träumereien füllte, manchmal sogar ziemlich düsteren, wie zum Beispiel während dieses Essens im Dunkeln, wenn sie die gräßlichsten Abartigkeiten zwischen dem Essen befürchtete, wie beispielsweise Insekten zwischen dem Hafer oder ein Stück Käse, das von einer Ratte angeknabbert worden war, oder eine wurmstichige Frucht. Andererseits gab es auch Momente, in denen Agua Fria sich geistig der düsteren Umgebung entzog und Stunden damit verbrachte, sich schöne bunte Landschaften vorzustellen. Im Gegensatz zu dem, was Schwarze Erde glaubte, schien die Dunkelheit des *Kreises* in dem Mädchen ihre Fähigkeit zum Märchenhaften und zur Zuflucht in ihre innere Welt nur noch zu verstärken. Jeden Tag lebte sie mehr in sich selbst und weiter von der priesterlichen Realität entfernt, so als ob Schritt für Schritt in ihr die Überzeugung heranreifte, daß sie hier ein Eindringling wäre, eine Fremde, die nur vorübergehend der Diktatur des Ordens unterworfen war. So führte sie ihr Leben unter der Maske einer perfekten Unterordnung in einem unbehaglichen Zwiespalt.

»Das *Gesetz* möge mit uns sein.«

»Und uns lehren, die Ewigkeit zu verstehen«, antwortete die alte Bibliothekarin.

Der *Kreis der Finsternis* war bewohnter als die anderen. Außer dem Bruder Kurator und der Tutorin beherbergte dieser *Kreis* noch die Bibliothek, die Lehrer der *Alten Kenntnisse* und ein Dutzend Priesterinnen und Priester, die, wie Agua Fria erfahren konnte, die allerhöchsten Spezialgebiete studierten, von der heiligen Musik bis zu den kompliziertesten medizinischen und technischen Wissensgebieten. Agua Fria kniff, geblendet von den Fackeln des Lesesaales, die Augen zusammen. Im Licht gewann die Welt Tiefe, Volumen und Farben. Das Mädchen betrachtete gierig das schimmernde Violett der Tunika der Bibliothekarin und das Dunkelrot ihrer eigenen Kleidung. Die Farben waren es, die sie in der in Schatten getauchten Welt am meisten vermißte. Voller Melancholie zog sie die Stirn in Falten; nach dem, was man ihr erzählt hatte, herrschte im *Inneren Kreis,* dem *Allerheiligsten* der *Allerhöchsten Mutter,* die vollständigste Dunkelheit. Nicht ein einziges Licht, keine einzige Fackel erleuchtete je diesen geschlossenen Raum, dieses Loch aus tiefster Schwärze. Das *Kristall* möge mich vor einem solchen Schicksal bewahren, dachte Agua Fria erschüttert. Hoffentlich würde sie nie zur Kobaltpriesterin ernannt, nie in diesen ewigen Sarg eingesperrt werden.

»Ich glaube mich erinnern zu können, daß du das *Zweite Buch* der *mechanischen Kenntnisse* studierst, stimmt das, Agua Fria?« fragte die Bibliothekarin, wobei sie in einem enormen Heft blätterte.

»Ja, Schwester.«

»Hier ist es!« sagte die Priesterin und reichte ihr mit einer Verbeugung einen Band. »Das *Gesetz* möge dich erleuchten.«

Agua Fria nahm eine Lampe und setzte sich an ein Pult. Höchst vorsichtig öffnete sie das heilige Buch. Es war uralt, und seine gelben Seiten, die so starr und zerbrechlich waren wie trockenes Laub, knirschten mitleiderregend. Die Einbände waren verbeult und angeschimmelt, und gelegentlich fehlte eine Seite. Das Mädchen kam zu der Stelle, an der sie am vorigen Tag aufgehört hatte und hielt den Atem an: die heiligen Bücher beunruhigten sie. Sie bewunderte und fürchtete die Macht dieser verborgenen Kenntnisse, dieses hermetischen Wissens. Sie stützte die Ellenbogen auf den Tisch und begann zu lesen:

»Verbrennungsmotor

Die explosive Mischung, bestehend aus Benzin und Luft, die im Vergaser dosiert worden ist, wird in die Verbrennungskammer gespritzt, die den oberen Teil des Zylinders ausmacht, in dem sich der Kolben bewegt. Dieser liegt mit Hilfe von runden Schellen, genannt Kolbenringe, eng am Zylinder an, um eventuelles Entweichen zu vermeiden.«

Das war kompliziert, sogar sehr kompliziert. Aber später würden ihr die Lehrer des *Alten Wissens* alles, was sie nicht verstanden hatte, erklären. Manchmal, wenn Agua Fria es geschafft hatte, etwas von diesen unglaublichen Geheimnissen zu begreifen, quälten sie Selbstzweifel, und sie fragte sich, ob nicht die Priester vielleicht doch recht hatten. War dieses Wissen nicht wirklich zu mächtig, um es jedem zugänglich zu machen? Und in diesen Augenblicken fühlte sich Agua Fria der Norm näher und ihren Gewohnheiten verbundener als sonst.

Innerhalb der Mauern des Talapot erschienen die Monate wie Jahrhunderte und die Jahre wie Jahrtausende. Agua Fria kam es so vor, als ob sie schon eine Ewigkeit in diesem Gefängnis verbracht hätte. Ihr vorheriges Leben war kaum noch mehr als eine blasse Erinnerung, die so irreal und substanzlos war wie die Erinnerung an einen vor langer Zeit geträumten Traum.

»Erinnerst du dich?«

»Woran?«

»Wie alles vorher war... Bevor wir hier hereinkamen«, erklärte Agua Fria. »Erinnerst du dich?«

»Nein.«

Glänzender Stein war sehr groß geworden; Agua Fria reichte ihm kaum noch bis an die Schulter. Sein Rücken war breiter geworden, und alle seine sich außen abzeichnenden Knochen hatten eine außerordentliche Festigkeit angenommen, und es schien, als ob sie von innen her seine zarte Kinderhaut bedrängten. Er sah seltsam aus, halbfertig; seine Bewegungen waren so ungeschickt, als hätte er sich noch nicht an die neuen Ausmaße seines Skelettes gewöhnt. Beide waren sie schon siebzehn Jahre alt. Wenn sie Glänzenden Stein ansah, kam es Agua Fria in den Sinn, daß auch sie sich sehr verändert haben mußte. Aber im Talapot gab es keinen einzigen Spiegel.

Sie hatten sich in einem feuchten, abgelegenen Zimmer versteckt. Der aufsteigende Rauch der Fackel bildete in dieser stehenden Luft, in der kein Windhauch wehte, eine senkrechte Linie. Jeden Tag versteckte sich Agua Fria in diesem Raum, um an Glänzenden Stein das, was sie über die Hypnose lernte, weiterzugeben. Sie lehnte die Tür an, damit der Lichtschein sie nicht verriet, und postierte Bruna an der entgegengesetzten Seite des Ganges. Das Mädchen hatte der Hündin gezeigt, wie man Wache hielt. Witterte das Tier die Gegenwart eines Menschen, kam sie mit gesträubtem Fell und leise winselnd zu ihnen, um sie zu warnen. Dann löschten sie die Flamme, versteckten die geraubte Fackel zwischen der Kleidung und begannen über irgend etwas zu sprechen. Aber es kam fast nie jemand.

Glänzender Stein machte schnelle Fortschritte. Zu Agua Frias größten Überraschung schien er nicht die geringsten genetischen Schwierigkeiten zu haben, das Geheimnis der Hypnose zu beherrschen. Die unendlichen Feinheiten dieser Kunst und seine kaum erahnbaren Mysterien schlugen in dem hungrigen und sensiblen Geist von Glänzendem Stein ganz natürlich ihre Wurzeln, und er kam mit Hilfe des machtvollen priesterlichen Trainings im gleichen Rhythmus wie Agua Fria im Labyrinth dieser undurchsichtigen, angsteinflößenden Disziplin voran. Beide hatten sie schon einen höheren Wissensstand erreicht, und manchmal vertrieben sie sich die Zeit damit, ihre Kraft im Wettkampf zu messen, wobei sie versuchten, einen geistigen Schutzwall aufzubauen, um nicht der hypnotischen Anziehungskraft des anderen zu erliegen. Bis jetzt hatte Agua Fria immer gewonnen, aber das Siegen wurde für sie immer anstrengender, immer schwieriger.

»Meinst du das im Ernst? Erinnerst du dich wirklich nicht mehr?«

»Nein!« rief Glänzender Stein.

Und er schlug sich die Hände vors Gesicht.

»Was ist los mit dir?« fragte Agua Fria besorgt und beugte sich über ihn.

Da hob der Junge das Gesicht und blickte sie starr an. Agua Fria spürte seine Kraft wie eine Welle auf sich zukommen, ein alles niederreißendes Wurfgeschoß, das in ihren Kopf eindrang. Sie versuchte, ihren Geist zu befreien, sich auf die Kontrolle über ihren Körper zu konzentrieren, sich gegen die Vereinnahmung durch Glänzenden Stein zu wehren. Aber sie konnte es nicht. Ihre Muskeln waren stocksteif, ihr Wille erlosch in ihr wie eine schlecht versorgte Lampe. Und als sie den Kampf aufgab, begann sie zu sehen. Sie sah eine strahlende, kühle Abenddämmerung, eine Gruppe säuselnder Schwarzpappeln, das Wasser eines Flusses, das schäumend zwischen den Steinen dahinsprang. Sie sah die altbekannten Felder, die den *Wohnsitz der Außerordentlichen* umgaben und auf die sich schon die langen Schatten des frühen

Abends malten. Es roch nach frischgeschnittenem Heu, nach erstem Regen, und die Sonne war eine weiche und warme Gegenwart auf ihrer Haut. Es war eine Welt, in der weder der Talapot noch der Tod, weder der Verlust noch die Angst existierten. Es war die heile Welt der Kindheit und der Unwissenheit. Dann bebte das Bild und zerbrach. Das Mädchen befand sich aufs neue in dem saft- und kraftlosen Inneren des Talapot, beim schmutzigen Licht einer Fackel und mit einer jahrhundertealten Kälte in den Knochen.

»Dieses Mal habe ich dich besiegt...«, sagte Glänzender Stein sanft.

Agua Fria schwieg. Eine Träne lief ihre Wange hinunter.

»Hör zu, ich erinnere mich nicht, weil ich mich nicht erinnern möchte. Es tut zu weh«, murmelte er und streichelte schüchtern über das nasse Gesicht des Mädchens. »Aber du hast es ja gesehen. Es ist da. Die Erinnerung ist noch da wie eine Wunde. Ich wollte dich nicht zum Weinen bringen, Agua Fria. Es tut mir leid. Ich dachte, du würdest gerne noch einmal den alten Fluß, die Wiesen, die Welt von früher sehen...«

Verunsichert hielt er inne. Und dann beugte er sich über sie und küßte ungeschickt ihre Lippen.

In diesem Moment entbrannte im Inneren Agua Frias ein Feuer, und die Natur forderte zum ersten Mal ihr Recht. Die kristallisierte Erinnerung von Verbranntem Kork machte der Erinnerung an andere Häute, feuchte Geheimnisse und ehemalige Umarmungen den Weg frei. Glänzender Stein und Agua Fria wälzten sich, ganz berauscht von dem sie völlig überraschend gepackten Begehren, mit um sie herumfliegenden Umhängen über den Boden. Die Fackel fiel hinunter, und in dem verschütteten Öl erlosch ihre Flamme. Aber auch in der Dunkelheit machten sie mit diesem geheimnisvollen Spiel ihrer Körper weiter.

»Du bist jetzt fast mit deiner Unterweisung fertig, Agua Fria«, sagte die Tutorin, Schwarze Erde, »bald wirst du die violette Tunika der Priester erhalten.«

Sie hatten gerade eine Sitzung über hypnotisches Training beendet, und die Frau schien mit der Leistung ihrer Schülerin zufrieden zu sein. Agua Fria rutschte unruhig auf dem Stuhl hin und her: Die Idee, Priesterin zu werden, gefiel ihr nicht. In letzter Zeit hatte sie vage, verwirrende Hoffnungen auf eine Flucht gehegt, und der Erhalt der violetten Tunika schien ihr wie das Ende all dieser Wünsche zu sein und einer lebenslänglichen Verdammung gleichzukommen.

»Und was wird dann passieren, Meisterin?«

»Die Gemeinschaft der Kobaltpriesterinnen studiert die Leistung der Novizen, und je nach ihren Fähigkeiten werden die neuen Priester der einen oder anderen Aufgabe zugeteilt. Einige werden sofort in die Diözesen der Provinzen und Grenzgebiete geschickt. Die anderen, die mit höheren geistigen Fähigkeiten, bleiben im *Kreis der Finsternis* und spezialisieren sich in einem von ihnen gewählten Gebiet. Das werden später die Tutoren der Novizen, die Lehrer des *Alten Wissens*... Aber dein Fall, Agua Fria, liegt anders. Man hat mir mitgeteilt, daß du in den *Inneren Kreis* aufsteigen wirst. Du wirst eine Kobaltpriesterin werden.«

Und indem sie das sagte, verbeugte sich Schwarze Erde feierlich vor dem Mädchen.

»O nein, nicht in den *Inneren Kreis!*« stöhnte Agua Fria, ohne ihre Angst und Abneigung zu verbergen.

»Was ist los mit dir? Warum sagst du so etwas?« fragte Schwarze Erde mit hochgezogenen Augenbrauen.

Agua Fria ließ sich auf die Knie fallen:

»Bitte, Meisterin, ich bitte Sie, ich möchte nicht in den *Inneren Kreis!*«

Schwarze Erde wich zurück und wehrte brüsk die flehenden Arme des Mädchens ab.

»Kobaltpriesterin zu werden ist die höchste aller Ehren, ein Privileg«, sagte sie trocken, »du solltest grenzenlos dankbar sein. Ich werde über dein seltsames Benehmen Bericht erstatten müssen.«

Agua Fria stützte den Kopf auf den Boden, und die Fliesen fühlten sich eiskalt und klebrig an. Der *Innere Kreis* mit seiner ewigen Dunkelheit. Für den Rest ihres Lebens im Herzen des Steines begraben. Nie mehr würde sie das Licht sehen. Und Glänzenden Stein auch nicht. Sie keuchte zusammengekrümmt und versuchte ihre Panik zu beherrschen. Ihr Fingerstumpf, der brannte und schmerzhaft zog, riet ihr zu Besonnenheit und Verstellung.

»Verzeihung, Meisterin«, murmelte sie, »es war die Überraschung, der Überschwang der Gefühle. Die Angst, dieses Privileg nicht zu verdienen. Ich fürchte mich davor, zu scheitern und einer solch großen Verantwortung nicht gewachsen zu sein.«

Schwarze Erde betrachtete sie forschend, als wollte sie die Wahrheit ihrer Worte abwägen.

»Mach dir darum keine Sorgen«, sagte sie schließlich vorsichtig. »Es steht alles in deinem Schicksal geschrieben, und das *Kristall* kann sich unmöglich irren. Glaube nur, und du wirst die nötige Kraft besitzen.«

»Ja, Meisterin.«

Am Ende überzeugte die außerordentliche Sanftmut des Mädchens Schwarze Erde, und sie fügte mit dem Hauch eines Lächelns fast freundlich hinzu:

»Ich bin überzeugt davon, daß du eine gute Kobaltpriesterin werden wirst.«

Und sie verließ das Zimmer und nahm zum Glück die Fackel mit. Zum ersten Mal war Agua Fria dem undurchsichtigen Schutz der Dunkelheit, dieser Maske aus Schatten, dankbar, hinter der sie jetzt ihre Verzweiflung verstecken konnte. Auf der Suche nach Glänzendem Stein, den sie in der Bibliothek vorzufinden hoffte, tastete sie sich durch das Labyrinth von Zimmern. Fliehen... Ihre Schritte bewirkten ein säuselndes Echo in den leeren Hallen. Sie mußte aus dem Talapot fliehen! Aber Agua Fria wußte, daß dies ein Wunschtraum war. Um sie herum drängte sich eine Dunkelheit, die einem den Verstand und den Atem raubte. Das wäre von jetzt an ihre Welt.

Neben ihr knurrte die unsichtbare Bruna drohend.

»Was ist los, Bruna?«

Das Tier fauchte und bewegte sich unruhig hin und her. Man konnte ganz deutlich das Kratzen seiner Pfoten auf dem Boden hören.

»Was ist denn nur mit dir los?« beharrte Agua Fria.

Und sie beugte sich hinunter und tastete auf der Suche nach dem Körper der Hündin durch die Luft. Ganz plötzlich umklammerte eine Hand ihr Handgelenk. Das Mädchen schrie auf, und die andere Hand suchte nach ihrem Mund und hielt ihn zu. Agua Fria wurde von einem größeren und stärkeren Körper als dem ihren an die schmierige Wand gepreßt.

»Agua Fria! Du bist Agua Fria, ich habe dich erkannt, als du mit deinem Hund sprachst...«, zischelte ihr eine verängstigte Stimme direkt ins Ohr. »Schrei nicht, mach keinen Lärm, ich werde dir nichts tun... Du mußt mir helfen, Agua Fria. Ich sitze in der Falle! Ich bin von allen Seiten eingekreist!«

Diese verkrampfte Stimme, dieses Gemurmel wie im Fieber... Der Angreifer zog sie in eine Ecke, und erst dort lockerte er den Druck seiner Hand. Agua Fria tastete diese Hand vorsichtig ab: es fehlten ihr der kleine und der Ringfinger. Es handelte sich um den Bruder Kurator des *Äußeren Kreises*.

»Bruder! Was macht Ihr denn hier?« raunte das Mädchen.

»Sie verfolgen mich, sie haben mich entdeckt, sie jagen mich wie einen Hund... Du mußt mir helfen. Sie werden mich töten!« stöhnte der Mann.

»Wer? Wer verfolgt Euch?«

»Sie. Die Kobaltpriesterinnen. Schneeweiße Haut. Sie werden mich vierteilen wie Leuchtenden Blitz.«

Agua Fria erinnerte sich an den Tag der großen Zeremonie, den Trommelwirbel, das Knarren der Muskeln der Frau, als sie auseinandergerissen wurde.

»Hier können wir nicht bleiben«, flüsterte sie, »kommt mit mir.«

Sie ergriff die zitternde Hand des Priesters und schleifte ihn hinter sich her. Sie wußte, wohin sie ihn brachte: Manchmal vertrieb sich Agua Fria die Zeit damit, sich vorzustellen, wo sie sich, falls dies notwendig werden würde, verstecken könnte. Sie durchquerten geräuschlos die dunklen Gänge und gelangten ungesehen bis zu der Tür der Küche, in der der Bruder Kurator sich bemühte, beim Licht einer Fackel das Abendessen vorzubereiten. Sie huschten in das nebenliegende Zimmer, eine weitläufige, verwahrloste Vorratskammer. Körbe mit Früchten und große Tonkrüge mit Butter und Mehl, die vom Widerschein der nahen Küche schwach beleuchtet wurden, reihten sich an der Wand auf. Agua Fria öffnete mehrere Tonkrüge, bis sie einen leeren fand; sie half dem Priester hinein und verschloß ihn wieder. Dann begab sie sich in die Bibliothek und tat so, als ob sie mit größter Aufmerksamkeit das seltsame und schreckliche Geheimnis des Elektronenmikroskops studierte.

Tief in der Nacht, als alle schliefen, standen Agua Fria und Glänzender Stein auf und schlichen in der vollkommenen Dunkelheit in die Küche. Jeder Schritt und jedes Rascheln ihrer flatternden

Umhänge schienen in Agua Frias Ohren gewaltig anzuschwellen und hallten wie ein Donnerschlag wider. Sie hatte furchtbare Angst. Es war so schlimm, daß es eigentlich Glänzender Stein war, der darauf bestand, zu gehen und ihn zu sehen. Und jetzt ließ die Angst ihren Mund trocknen und entfachte Wirbelstürme in ihrem Kopf.

Die Küche war leer und still, aber die glimmende Asche beleuchtete den Kamin. Glänzender Stein zündete eine Fackel an, und sie betraten den Vorratsraum, wobei sie die Tür hinter sich schlossen. Sie öffneten den Deckel eines Tongefäßes, und ein völlig verschreckter, vor Angst schlotternder Mann kletterte heraus und sah Glänzenden Stein mit verwirrten Augen an.

»Macht Euch keine Sorgen, Glänzender Stein wird Euch nicht verraten. Ihr könnt ganz beruhigt sein.«

Der junge Priester vergrub das Gesicht in den Händen. Sein Umhang war dreckig und zerrissen, und auf seiner rechten Wange waren Spuren von getrocknetem Blut.

»Was wird mit mir geschehen?« stöhnte er. Und dann, autoritär und drohend: »Ihr müßt mir helfen, ihr müßt mir helfen!«

»Wenn du Hilfe willst, wirst du uns zuerst erklären müssen, was eigentlich hier los ist!« antwortete Glänzender Stein trocken.

Der Priester fiel in sich zusammen.

»Sie haben mich entdeckt…«, wimmerte er. »Sie wissen, daß ich einer von ihnen bin…«

»Von wem?«

»Von den Rebellen. Sie sind viele. Innerhalb und außerhalb des Palastes. Man hat die zweite Ebene geschlossen!« rief er plötzlich völlig unzusammenhängend aus. »Es gibt jetzt nur noch ein bewohntes Stockwerk im Talapot.«

»Nur noch diesen Stock?« wunderte sich Agua Fria.

Aber der Mann schien sie nicht zu hören. Er flüsterte aufgeregt: »Seit zwei Jahren ist im Reich kein einziges Kind mehr geboren worden! Die Welt stirbt aus, es ist bald zu Ende…«

»Aber wer seid ihr denn, ihr Rebellen, was wollt ihr?« fragte Glänzender Stein.

»Wir wollen das Reich stürzen, mit der Diktatur des Ordens ein Ende machen, bevor es zu spät ist. Wir wollen die Wahrheit. Leuchtender Blitz kannte die Wahrheit. Sie war unser Anführer. Sie wurde auf dem Palastvorhof gevierteilt.«

»Und was ist die Wahrheit?« beharrte Glänzender Stein.

»Ich weiß nicht. Ich weiß es nicht. Aber ich weiß, daß die despotische Tyrannei des Ordens und die grenzenlose Raffgier der Priester die Welt dem Ende zutreiben!« verkündete der Mann mit dem Singsang eines eine Lektion hinunterleiernden Menschen. »Leuchtender Blitz sagte, man solle Richtung Norden gehen. Immer Richtung Norden. Und daß sich dort, noch jenseits der großen Sumpfgebiete, in der Hochebene, die *Große Schwester* befindet, die auf alles eine Antwort hat. Sie weiß es. Sie kann uns sagen, wie wir die Zerstörung der Welt verhindern können.«

In den Norden. Immer Richtung Norden. Wie die alte Bettlerin, dachte Agua Fria.

»Hört zu«, zischte der Priester etwas gefaßter, »ich kenne einen Weg, aus dem Talapot zu kommen. Deshalb bin ich hier, im *Kreis der Finsternis*. Es gibt eine geheime Treppe, deren Tür hinter einem der Schränke des Lagers versteckt ist. Aber man braucht einen speziellen Schlüssel, um sie aufzuschließen, und diesen Schlüssel bewahrt der Bruder Kurator auf. Agua Fria, du bist eine Frau. Man hat dir die Macht der Hypnose gezeigt, und du könntest den Bruder Kurator zwingen, dir zu sagen, wo er den Schlüssel versteckt.«

Fliehen... dann war es also trotz allem möglich zu fliehen! Aber Moment mal, dachte Agua Fria, einen Moment. Warum sollte man diesem Mann trauen. Schließlich und endlich war er ein Priester. Warum sollte man sich überhaupt in sein riskantes Spiel, in sein Schicksal einmischen? Und wenn sie jetzt in ihren Schlafsaal zurückkehrte? Wenn sie sich ins Bett legen und alles vergessen würde, hätte sie nichts zu befürchten. Sie war eine gute Schülerin. So gut, daß sie für den *Inneren Kreis* auserwählt worden war, für das Herz der Dunkelheit. Ganz plötzlich fühlte sie, wie sich ihr Nacken mit kaltem Schweiß bedeckte und sich ihr die Kehle zuschnürte. Ihr Körper hatte die Antwort erraten, noch bevor es ihr Kopf tun konnte. Wie der Lichtstrahl eines Leuchtturms öffnete sich die Klarheit ihren Weg in Agua Frias Geist. Ja, das war es. Genau das war es! Tritt nicht in das Herz der Finsternis, ohne vorher herausgekommen zu sein, hatte die alte Bettlerin gesagt. Und sie hatte recht. Sie hatte recht! Sie würde nicht in den *Inneren Kreis* gehen: Sie würde fliehen. Das war sie Verbranntem Kork und ihrer auf grausame Weise umgekommenen Mutter schuldig. Das war sie auch sich selbst schuldig. Agua Fria seufzte und spürte die Erleichterung eines Menschen, der eine sehr schwierige Entscheidung gefällt hatte.

»Ich werde den Schlüssel beschaffen. Und mit Euch fliehen«, erklärte sie mit heiserer Stimme und trockenem Mund.

»Und mit mir«, sagte Glänzender Stein, »auch mit mir.«

In der frühen Morgenstunde, zu der Zeit des Hahnenschreies, stellte sich der Bruder Kurator, der früher als alle anderen aufstand, in der Küche ein, um das Feuer zu entzünden. Gähnend und fröstelnd, die weite Tunika fest um sich gezogen, kam er an und zuckte zusammen, als er Agua Fria neben der sterbenden Glut der Feuerstelle kniend fand.

»Was machst du denn hier?«

»Verzeihung, Bruder, aber ich fühle mich nicht wohl. Ich glaube, ich bin krank«, antwortete das Mädchen demütig.

»Und warum hast du nicht deiner Tutorin Bescheid gesagt, wie es deine Pflicht ist?«

»Ich dachte, da es ja schon fast Zeit zum Aufstehen war... Und es ist auch nichts Ernstes, nur Magenschmerzen. Ich dachte, Ihr könntet mir vielleicht einen lindernden Tee geben. Ich wollte Schwarze Erde nicht belästigen.«

»Du dachtest, du dachtest...«, knurrte der Mann und ging nervös im Zimmer auf und ab, »hier hat man nicht zu denken, sondern lediglich zu gehorchen. Du hast schwer gegen die Regeln verstoßen. Ich glaube nicht, daß dein Verhalten den Beifall deiner Tutorin finden wird.«

Soll er doch bloß eine Fackel anzünden. Soll er doch endlich eine Lampe anmachen, dachte Agua Fria beklommen, denn sie benötigte das Licht, um ihre hypnotischen Kräfte auszuüben. Aber der Priester umkreiste sie weiterhin in dem rötlichen Schein der Glut, wobei er Abstand hielt und sie mißtrauisch betrachtete. Der Bruder Kurator wußte nur zu gut, daß Agua Fria mit ihrer Unterweisung fast am Ende war, und verspürte ihr gegenüber die dumpfe Angst aller männlichen Wesen vor den Priesterinnen, ein Argwohn, der wohl aus ihrem Gefühl der Unterlegenheit rührte. Glänzender Stein hätte es einfacher gehabt, ihn zu hypnotisieren, denn seine Kenntnisse hätten ihn überrascht. Aber der Junge wollte seine frevlerische Beherrschung dieser Kunst nicht offenbaren.

»Man wird Schwarze Erde benachrichtigen müssen!« meinte

der Mann mürrisch.

Agua Fria zuckte zusammen, und für einen kurzen Moment war sie versucht wegzulaufen. Aber das wäre eine Flucht ins Nichts gewesen. Unter großer Anstrengung beherrschte sie sich und senkte den Kopf als Zeichen völliger Unterwerfung.

»Ja, Bruder, Ihr habt recht. Ich habe mich falsch verhalten. Es tut mir leid. Ich nehme an, Schwarze Erde wird jeden Augenblick eintreffen. Aber vielleicht wäre es das beste, sie aufzusuchen.«

Und während sie dies sagte, stand sie mit großer Entschlossenheit auf.

»Also gut...«, knirschte der Mann, zwar immer noch von Zweifeln geplagt, aber schon etwas ruhiger. »Wenn ich es mir recht überlege, können wir doch warten, bis sie kommt. Es kann ja nicht mehr lange dauern.«

Schweigend kniete sich Agua Fria wieder hin. Licht, Licht! Soll er doch endlich eine Lampe anzünden, bevor die Tutorin einträfe. Ihre Beine zitterten, und ihr Kiefer war vor lauter Anspannung wie verrenkt. Es ist ein Traum, sagte sich das Mädchen; nichts von alledem ist real, es ist nichts weiter als ein böser Alptraum. Um sie herum kleidete sich die Dunkelheit in den rötlichen Atem der Glut, und das Zimmer erschien ihr mit diesen, wie dem Delirium entsprungenen, weichen Linien verwischt und gespenstisch. Es mußte einfach ein Alptraum sein! Ganz sicher hatte sie sich nicht auf so etwas Wahnsinniges wie eine Flucht eingelassen, sich in keine regelwidrige Handlung verstrickt. Nein, wahrscheinlich lag sie, die gehorsame Novizin des Ordens, in ihrem Bett im gemeinsamen Schlafsaal und träumte diese schreckliche Szene. Und konnte nicht selbst dies ein Teil desselben, verzweifelten Alptraumes sein; wie hatte ihr dies nur nicht früher in den Sinn kommen können? Vielleicht befand sie sich in Wirklichkeit ja in ihrem Kinderbett, in dem gemütlichen Haus ihrer Mutter, und träumte nur davon, eine Novizin des Talapot zu sein, die ihrerseits davon träumte, aus dem Palast zu entfliehen. Bei dem Versuch, mit Hilfe des Schmerzes aus diesem beängstigenden Dämmerzustand aufzuwachen, krallte sie sich die Fingernägel in das Handgelenk. Aufwachen und den Frieden und die Sicherheit ihres Kinderzimmers mit einem sich sanft durch die halbgeöffneten Fenster drängenden Sonnenaufgang wiederfinden. Und aus dem Nebenzimmer kam das rhythmische, friedliche Pfeifen des mütterlichen Atems.

Aber die Fingernägel bohrten sich ein, die Haut platzte auf, es traten sogar einige Blutstropfen heraus, aber die Welt fuhr fort, das zu sein, was sie nun einmal war, nämlich ein Ort des Schrekkens. Es gab keinen Ausweg aus der grausamen Wirklichkeit, in der sie lebte. Sie wimmerte und schlug die Hände vor das Gesicht.

»Tut dir immer noch der Magen weh?« fragte Bruder Kurator.

»Ja!«

»Also gut, ich werde dir einen Tee zubereiten.«

Agua Fria blieb das Herz zwischen zwei Schlägen stehen, als sie aufgrund des Glanzes, der sich zwischen ihren Fingern durchzwängte, feststellte, daß der Priester endlich eine Fackel angezündet hatte. Sie blieb ganz ruhig, ohne die Hände vom Gesicht zu nehmen; sie wollte den Bruder Kurator nicht erschrecken. Sie hörte ihn mit dem Wasserkessel hantieren, Gefäße in dem Schrank verschieben und im Saal hin und hergehen. Sie hörte das Kochen des Wassers, das Klingeln eines Löffels, und sie flehte zu dem *Kristall,* Schwarze Erde möge noch nicht erscheinen.

»Hier hast du es.«

Agua Fria spreizte ein wenig die Finger; sie sah genau vor sich die schmutzigen Falten des priesterlichen Umhangs und seine unter dem Saum hervorschauenden Füße. Es hatte jetzt zu passieren oder nie. Jetzt oder nie. Jäh hob sie den Kopf und heftete ihre Augen in die des Bruders. Der Mann taumelte wie von einem Stein getroffen zurück; die Tasse glitt aus seiner Hand und zersprang auf dem Fußboden in tausend Scherben. Er war gefangen. Die *Macht* funktionierte. Es funktionierte! Agua Fria stand auf; der Priester blieb weiterhin gelähmt, und nur seine aus den Höhlen quellenden Augen gaben Zeugnis seines inneren Kampfes ab.

»Du hast es geschafft!« rief Glänzender Stein und kam mit dem jungen Priester aus dem Lagerraum, wo sie sich versteckt gehalten hatten. »Beeilen wir uns, Schwarze Erde kann jeden Moment eintreffen.«

Agua Fria hörte kaum, was sie sagten. Sie betrachtete ihr Opfer und fühlte sich wie berauscht von ihrer Macht. Dies war ein neues, überwältigendes, ja fast bösartiges Gefühl. »Los, komm! Mach schnell!« drängte Glänzender Stein.

»Gib mir den Schlüssel zu der Geheimtür!« sagte das Mädchen mit zitternder Stimme.

Der Priester bewegte sich wie ein Automat, mit abgezirkelten, genau bemessenen Bewegungen. Er schob die Glut der Feuerstelle mit einer Schaufel zur Seite und hob dann mit Hilfe eines Messers einen der widerstrebenden Ziegelsteine auf. Er steckte die Hand in das Loch und zog einen kleinen Gegenstand heraus, den er Agua Fria hinhielt. Es war ein Schlüssel, eine platte Metallstange mit einem komplizierten Profil.

»Und was machen wir jetzt mit ihm?« zischelte Agua Fria.

»Töte ihn!« knurrte der junge Priester.

Das Mädchen spürte, wie sich der giftige Zauber ihres Machtbewußtseins regte. Wenn ich wollte, dachte sie, könnte ich ihm befehlen, den Kopf in die glühende Asche zu stecken, und er sähe sich gezwungen, mir zu gehorchen. Aber dieser Gedanke verursachte ihr Übelkeit und ein sofortiges, heftiges Widerstreben.

»Nein, nein! Wir können ihn im Vorratslager lassen. Bis er entdeckt wird, sind wir längst weg.«

Sie versteckten den Mann in einer der leeren Tonnen und durchquerten dann in größter Anspannung und geräuschlos den dunklen Talapot. Es war schon sehr spät, und die anderen waren sicher schon aufgestanden. Sie zündeten die Fackel wieder an und betraten das Lager; dies war zwar gefährlich, aber sie benötigten das Licht, um die Geheimtür zu finden. Mit der Lampe in der Hand begann der junge Priester die Holzleisten der Schränke zu untersuchen. Er schien sofort fündig zu werden. Er zerrte an den Brettern, und eins von ihnen wich zurück und gab die schwarze Höhlung eines Schlosses frei.

»Das ist es!« rief der Priester triumphierend. »Gib mir den Schlüssel.« In diesem Augenblick fing Bruna an zu knurren: In der Gangbiegung tauchte der Widerschein einer Lampe auf. Glänzender Stein und der Priester versteckten sich im Inneren eines Schrankes; aber Agua Fria, die als Wache neben der Tür stehengeblieben war, hatte keine Zeit mehr, sich zu verbergen. Sie drehte sich um und sah dem Besucher entgegen.

»Was machst du hier? Wo ist Glänzender Stein?« fragte Schwarze Erde beim Betreten des Raumes mit finsterer Miene.

»Er ist sicher im Speisesaal, Meisterin. Ist es denn nicht Frühstückszeit?«

»Ich komme von dort, und ihr beide habt gefehlt. Was machst du eigentlich hier?«

»Ich bin gekommen, Albendulawurzel zu verlangen, denn sie ist mir ausgegangen. Aber ich kann den Bruder Kurator nicht finden.«

»Ich auch nicht…«, sagte Schwarze Erde in besorgtem Ton. »Was soll denn diese brennende Fackel dort auf dem Boden, neben der Mauer?«

»Ich weiß es nicht, Meisterin. Als ich ankam, lag sie schon hier. Gerade weil ich das Licht gesehen hatte, glaubte ich ja, den Bruder Kurator hier anzutreffen.«

Schwarze Erde beobachtete das Mädchen mißtrauisch.

»Ich weiß zwar nicht, was hier vor sich geht. Aber es gefällt mir überhaupt nicht.«

In diesem Moment trat aus dem Schatten und aus der Stille eine Figur und schien in der Tür Gestalt anzunehmen, deren kobaltblaue Kleidung wie eine kalte Flamme um sie herumwehte.

»*Ihre Eminenz!*« rief Schwarze Erde aus und verbeugte sich zutiefst vor dem Neuankömmling.

Auch Agua Fria verbeugte sich. Ihre Beine zitterten so sehr, daß sie kaum das Gleichgewicht halten konnte. Es war *Ihre Eminenz* Schneeweiße Haut, die Priesterin des *Inneren Kreises,* die damals die öffentliche Hinrichtung geleitet hatte. Seitdem waren zwar mehr als vier Jahre vergangen, aber Agua Fria konnte dieses Adlerprofil, diese gewölbte Stirn ohne Augenbrauen und diese tief eingesunkenen, stechenden Augen nicht vergessen. Bruna drückte ihren Bauch auf den Boden und knurrte die Priesterin dumpf an, so als ob auch sie ihr grausames, drohendes Wesen gewittert hätte.

»Darf ich Euch fragen, welchem Umstand wir die Ehre Eures Besuches zu verdanken haben, *Eure Eminenz?*« fragte Schwarze Erde.

»Nein, darfst du nicht!« antwortete die Priesterin verächtlich.

Und sie wendete sich zu dem Mädchen und sah sie nachdenklich an.

»Also du bist Agua Fria… Und bist für den *Inneren Kreis* bestimmt worden.«

Genau da bemerkte Agua Fria den Angriff. Sie spürte, wie die Macht sie wie ein elektrischer Schlag durchzuckte; sie sah sich selbst in den schwarzen Pupillen von Schneeweißer Haut und wußte, daß sie der Hypnose erlegen war. Mit übermenschlicher Anstrengung und während sie spürte, wie alle ihre Muskeln starr wurden, konzentrierte sich Agua Fria darauf, einen Schutzwall aufzubauen, wie sie es sooft mit Glänzendem Stein geübt hatte. Sie kanalisierte ihre geballte Willenskraft auf den Zeigefinger ihrer rechten Hand und schaffte es, ihn ein paar Millimeter zu bewegen. Ihr ganzer Körper war gelähmt, aber dieser Finger bebte unmerklich. Und dieses winzige, krampfhafte Beben war eine ungeheure Heldentat, eine schmerzende Anstrengung. »Schädel; Hals; Schulter; Oberarm; Ellbogen; Unterarm; Handgelenk; Fingerglieder; Fingergelenke; Fingernägel«, wiederholte Agua Fria im Geiste und schickte verzweifelt den die Bewegung auslösenden Nervenimpuls den Körper hinunter, wobei sie spürte, wie der Befehl wie ein glühender Lavastrom durch ihre tauben Muskeln rann. »Schädel; Hals; Schulter; Oberarm; Ellbogen;... den Finger bewegen... Unterarm; Handgelenk; Handfläche... beweg ihn!...Fingerglieder; Fingergelenke; Fingernägel«, und der durch Konzentration und ihren Wunsch befreite Zeigefinger streckte sich mühsam.

Aber Schneeweiße Haut hatte nichts bemerkt. Es lächelte *Ihre Eminenz* jetzt mit seltsam starrem Gesicht, wobei sich ihr Mund verzog.

»Sehr gut, Agua Fria... Zukünftige Kameradin des *Inneren Kreises«,* sagte sie in verkrampftem Ton, »sehen wir einmal, ob du diese Ehre auch verdienst. Ich bin auf der Suche nach einem Abtrünnigen. Weißt du etwas von dem Bruder Kurator des *Äußeren Kreises?«*

Schädel; Hals; Schulter. Schneeweißer Haut nicht zuhören. Unterarm; Ellbogen. Sich auf die unendlich kleine Bewegung ihres rebellischen Fingers konzentrieren.

*Ihre Eminenz* sah Agua Fria mit überraschtem Ausdruck an. »Was ist los? Hast du mich nicht gehört?«

»Ellbogen; Unterarm; Handgelenk...«, wimmerte Agua Fria kläglich.

»Was ist denn das?« donnerte Schneeweiße Haut und drehte sich wütend zu der Tutorin um. »Wer hat ihr denn Techniken der Hypnoseabwehr gezeigt?!«

Schwarze Erde fiel leichenblaß auf die Knie.

»Ich nicht, *Eure Eminenz,* ich bin es nicht gewesen, ich weiß nichts davon!«

Schneeweiße Haut packte Agua Fria und versenkte einen schrecklichen Blick in ihre Augen.

»Aber es wird dir nichts nutzen, kleine Idiotin. Du bist nämlich nicht stark genug. Erzähl mir alles. Wo ist der Bruder Kurator?«

»Fingernagel; Fingernagel; Fingernagel!«

»Sag es mir!«

»Er hält sich mit Glänzendem Stein im dritten Schrank von rechts versteckt.«

Die Kobaltpriesterin lächelte und ließ das Mädchen los. Sie drehte sich zu ihrer aus vier muskulösen Priestern bestehenden Wachtruppe um, die in der Tür des Lagers warteten, und machte ihnen ein befehlendes Zeichen mit der Hand.

»Ihr habt es gehört. Ergreift sie!«

Die Priester wendeten sich zu dem bezeichneten Schrank und zerrten Glänzenden Stein und den jungen Kurator heraus. Der leichenblasse, völlig fassungslose Glänzende Stein wehrte sich nicht. Aber der Kurator schlug um sich und wand sich verzweifelt.

»Ich will nicht sterben! Tut mir nichts! Ich will nicht sterben!« brüllte er heulend und wie ein Tier geifernd, während die Priester ihn wegschleppten.

Schneeweiße Haut lächelte kalt:

»Ich freue mich, dich wiederzusehen, Weißer Faden. Und eingedenk unserer alten Freundschaft verspreche ich dir, mich persönlich um dich zu kümmern. Aber jetzt bringen wir dies erst einmal zu Ende.«

Sie hielt die gelähmte Agua Fria am Arm fest und schüttelte sie gewaltsam.

»Erzähl mir alles: Was habt ihr vorgehabt, warum...«

Und genau in diesem Augenblick passierte etwas Unglaubliches, gänzlich Unerwartetes: die immer gehorsame Bruna stürzte sich auf die Kobaltpriesterin und schlug die Reißzähne in ihr Bein. All das spielte sich im Bruchteil einer Sekunde ab, dauerte kaum einen winzigen Moment.

Schneeweiße Haut kreischte und fiel auf den Boden, wobei sich das Mädchen aus ihrer hypnotischen Macht befreite. Glänzender Stein und der junge Priester versuchten ihren Häschern zu entkommen. Schwarze Erde versetzte der Hündin einen Fußtritt, der sie an die nahe Mauer prallen ließ. Und Agua Fria rannte in Richtung des Geheimganges, holte den Schlüssel hervor und öffnete die Türe. Vor ihr lag eine enge, steile, in Stein gehauene Treppe. Sie zögerte einen Moment.

»Flieh, Agua Fria, flieh!« hörte sie Glänzenden Stein rufen, der wieder von den Priestern gepackt worden war.

Die hinkende, wimmernde Bruna betrat vor ihr den Gang.

Agua Fria entschied sich. Sie sprang ins Innere des Treppenhauses und schloß hinter sich mit dem Schlüssel die dicke, schwere Metalltüre ab. Plötzlich fielen die Stille und die Dunkelheit wie eine enge Decke über sie. Verängstigt und vorsichtig stieg sie die ersten Stufen hinab, wobei sie sich langsam ihren Weg in der Dunkelheit ertastete. Aber dann begriff sie, daß die Schnelligkeit ihre einzige Chance war, denn es war ja möglich, daß es einen zweiten Schlüssel gab, und auf jeden Fall würde man versuchen, sie am Ausgang abzufangen. Und dann stürzte sie sich blind die Treppe hinunter, glitt aus, nahm drei Treppenstufen auf einmal und rollte manchmal ein langes Stück des widerlich feuchten Tunnels hinunter. Sie warf sich, ihre Angst bezähmend, in diesen steinernen Abgrund und flog in der Dunkelheit der Freiheit entgegen.

*Teil 2*
# Auf dem Weg in den Norden

Die purpurnen Wächter kamen im Morgengrauen, kurz vor Sonnenaufgang, zum zweiten Mal. Bei dem Eifer, den sie an den Tag legten, mußte es sich um eine wirklich wichtige Angelegenheit handeln. Sie stürzten in das kleine Lager, durchsuchten sämtliche Zelte und stocherten in den großen Milchkesseln herum, die die Diener zum Kochen über die gerade angezündeten Feuerstellen gehängt hatten. Die Händler wurden in der Mitte des Lagers zusammengerufen; viele von ihnen waren nur halb angezogen und zitterten wie verängstigte Schafe. Der Hauptmann der purpurnen Wächter lief mit finsterer Miene die Reihen ab; sein Atem zeichnete eine feine Wolke aus Dampf in die kalte, bläuliche Luft.

»Ich werde es euch jetzt zum zweiten und letzten Mal erklären: Derjenige, der einen Abtrünnigen versteckt oder ihm sonst Hilfe leistet, wird mit dem Tod bestraft!« brüllte er schließlich. »Und derjenige, der irgend etwas über die geflohene Frau hört und es uns nicht sofort mitteilt, wird mit der Amputation der rechten Hand bestraft.«

Niemand rührte sich, niemand sagte etwas. Für einen Moment war auf dem Platz nur das Pfeifen des Windes zu hören. Über ihren Köpfen begannen die obersten Stockwerke des Talapot im Widerschein der aufgehenden Sonne rosarot zu glühen. Eine rauhe Stimme durchbrach das Schweigen.

»Auch ich erkläre dir jetzt zum zweiten und letzten Mal, Hauptmann, wir wissen von nichts.«

Das war Diamant, die höchste Chefin der Karawane. Da stand sie, ungekämmt und eiligst in ihre braune, mit goldenen Biesen versehene Tunika gewickelt, doch selbst so war sie noch eine imponierende Figur. Diamant hatte keine Angst vor dem Hauptmann; sie betrachtete ihn mit diesem kalten, verächtlichen Blick, den nur mächtige, reife Frauen an sich haben. Der Hauptmann runzelte die Stirn und milderte seinen beleidigenden Ton.

»Ist gut«, grunzte der Mann. »Verschwindet von hier. Sofort. Ihr habt eine Stunde, um den *Felsen* zu verlassen.«

Die Frist war mehr als ausreichend, denn die Händler hatten schon fast alle ihre Gerätschaften zusammengepackt. Sie hatten vorgehabt, noch am selben Morgen abzureisen und sich mit dem Hauptteil der Karawane, die sie außerhalb der Stadt erwartete, zu vereinen, um sich dann auf die lange Reise zu den Grenzgebieten im Osten zu machen. Auf dem *Felsen* gab es nichts mehr für sie zu tun; an den vorherigen Tagen hatten sie alle noch anstehenden Geschäfte mit den Priestern des Talapot, die von ihnen zweimal im Jahr mit Stoffen, Gebrauchsgegenständen und unverderblichen Lebensmitteln versorgt wurden, abgeschlossen. Also packten sie alle mit an. Die großen Zelte aus Büffelleder fielen dumpf auf den gefrorenen Boden, die Feuer wurden gelöscht, die schaukelnden Kamele und die kräftigen Maulesel wurden gesattelt und bepackt. Und kaum waren vierzig Minuten vergangen, als schon die ersten Tiere den Abstieg begannen. Die purpurnen Wächter kontrollierten jedes einzelne Gepäckstück und sahen sich jedes Gesicht genau an. Als die Händler am Fuß des *Felsens* ankamen, lugte die Sonne schon über die Hausdächer, und ihre Strahlen kämpften darum, den eisigen Wintermorgen ein wenig zu wärmen.

Während der Zug unter großen Schwierigkeiten die engen Straßen Magentas passierte, löste sich ein schlaksiger, unansehnlicher Junge von seinem Platz am Ende des Konvois und schlug einen schnelleren Schritt an, bis er die Spitze der Gruppe erreichte. Er war auf der Suche nach Diamant, die stolz und protzig auf dem Rücken eines schweren Kaltblüters saß, dessen Zaumzeug reichlich mit Seidenquasten verziert war. Erst einmal auf gleicher Höhe mit ihr, trottete der Junge ungeschickt neben ihr her und sah sie zwar an, sprach aber kein Wort.

»Ihr beide«, befahl da Diamant ihren Dienern, die an ihrer Seite schritten, »geht und schaut nach der Ladung der Kamele!«

Und dann zog sie eine kleine Dose Schnupftabak heraus und nahm eine Prise.

»Willst du?«

»Nein, meine Herrin«, antwortete der Junge respektvoll.

Diamant nieste, steckte das Döschen wieder ein und gab einen tiefen, zufriedenen Seufzer von sich.

»Ich wollte...«, stotterte der Junge, »ich wollte Euch für Eure Hilfe danken. Wenn Ihr meinen neuen Diener nicht in die Liste der Karawanenmitglieder aufgenommen hättet, die Ihr gestern nacht dem Hauptmann gegeben habt, hätte der arme Junge vielleicht Schwierigkeiten bekommen.«

»Oh, du brauchst dich nicht zu bedanken! Ich habe es einfach nicht gern, von so einem unverschämten Soldätchen Befehle zu erhalten. Vor allem dann, wenn es nichts zu verheimlichen gibt, nicht wahr? Wo es sich doch um einen armen Diener handelt und keineswegs um diese Frau, die sie suchen. Hab ich nicht recht?«

»Ja... Ja, natürlich«, stammelte der Junge.

Zu seinem größten Schrecken brach da die Frau in ein brüllendes Gelächter aus, das ihre fleischigen, schneeweißen Wangen auf und nieder bewegte. Ganz plötzlich aber verhärtete sich ihr Gesichtsausdruck.

»Also, ich sage dir, spar dir deine Dankesversicherungen. Ich hätte lieber, daß du mir irgend etwas anderes gibst. Vergiß nicht, daß ich vor allem ein Mensch bin, der ein gutes Geschäft auszunutzen versteht. Ich denke, die Hälfte deiner Güter wird ausreichen. Du kannst veranlassen, daß dein... dein neuer Diener den mir zustehenden Teil bringt. Du brauchst dich nicht mehr persönlich zu bemühen.«

Nachdem sie dies gesagt hatte, machte Diamant hoheitsvoll eine Geste der Verabschiedung, gab ihrem Pferd die Sporen und ließ den Jungen in einer Staubwolke zurück.

Wieder an seinem Platz am Ende der Karawane angekommen, war der Junge in einer schrecklichen Laune.

»Babo!« fuhr er seinen Diener an, einen jungen, stummen, dunkelhäutigen und zerlumpten Menschen, der um den Kopf den blauen Turban der Südländer trug. »Verteile unsere Ladung auf die zwei Kamele, sieh zu, daß beide Posten genau gleich groß sind, dann nimmst du das ältere Kamel und übergibst es mitsamt seiner Ladung Diamant.«

Babo sah ihn ungläubig an.

»Hast du nicht gehört, du Dummkopf? Und beeile dich! Ich will meine Schulden bei dieser Hexe so schnell wie möglich begleichen...«

Babo kehrte, nachdem er den Auftrag ausgeführt hatte, mit hängendem Kopf zurück und gesellte sich wieder zu dem finster dreinblickenden Jungen. Eine Weile marschierten sie schweigend und ohne sich anzusehen nebeneinander her, bis sie an die Stadtmauer gelangten. Dort bot sich ihnen, gerade als sie das *Tor der aufgehenden Sonne* passierten, ein großartiges Schauspiel: Vor ihnen erstreckte sich über die gesamte Ebene hinweg die unendliche, in allen Farben schillernde Schlange der Karawane, die lärmend und zum Abmarsch bereit wartete. Die Spitze dieses sich dahinschlängelnden Zuges verlor sich am Horizont, und von überall her erschallte ein Durcheinander von menschlichen Rufen und dem Gebrüll der Tiere.

Die beiden Jungen hielten einen Augenblick an und genossen das Panorama. Der stumme Babo wendete sich, nachdem er sicher war, daß sie weder gehört noch gesehen werden konnten, ganz leise flüsternd an seinen Begleiter:

»Es tut mir leid. Es tut mir leid, Respy, ganz ehrlich. Ich bedauere sehr, daß du wegen mir so viele Schwierigkeiten hast.«

»Fünf Jahre! Diese zwei elenden Kamele haben mich fünf Jahre gekostet.«

»Oh, es tut mir so leid, so leid...«

»Weißt du eigentlich, was jedes dieser Viecher kostet? Von der Ladung will ich erst gar nicht sprechen!«

Babo schwieg und schluckte die Tränen hinunter.

»Wenn es dir so leid darum tut, warum hast du es dann getan? Warum hast du mich nicht verraten?« brach es am Ende heiser und voller Verbitterung aus ihr heraus.

Respektvoller Gesetzesstolz sah sie aus den Augenwinkeln heraus an, kräuselte seine überdimensional große Nase und räusperte sich nervös.

»Und was hätte ich deiner Meinung nach tun sollen? Sie hätten dich gevierteilt. Glaubst du vielleicht, ich hätte mit einer solchen Last auf dem Gewissen leben können? Aber es war schon Pech, daß es ausgerechnet mich treffen mußte. Ausgerechnet mich! Wo ich mich nicht einmal an dich erinnert habe! Warum mußte ich mich auch nur an jenem Morgen zu dir setzen. Ich darf doch zumindest protestieren, nicht wahr? Ich darf doch zumindest Dampf ablassen, oder etwa nicht?«

Babo hüllte sich in Schweigen.

»Also gut, du hast recht. Ich kann es nicht. Verdammtes Pech!« gab Respy zähneknirschend nach. »Also gut, es stimmt, Agua Fria, dich trifft keine Schuld.«

Agua Fria schluckte einmal heftig und brach dann in lautes Schluchzen aus.

»Komm, komm schon, nun beruhige dich! Du verwischst dir den Ruß im Gesicht, und sie werden diese abstoßend weiße Hautfarbe entdecken, die du in Wirklichkeit hast. Also gut, es tut mir leid. Ich bin ein roher Klotz. Was bedeutet schon so ein dämliches Kamel mehr oder weniger? Im Grunde sind es doch lediglich fünf umsonst gearbeitete Jahre...«

Das Mädchen schneuzte sich mit dem Zipfel ihres schmutzigen Turbans und streichelte eine erbarmungswürdig aussehende Hündin, die sich an sie schmiegte. Es war Bruna, die sie geschoren hatte, damit sie nicht erkannt werden würde. Kahl, wie sie war, humpelte sie daher und drängte sich vor Kälte zitternd an die Knie des Mädchens.

»Komm, gehen wir. Wir fallen zurück«, sagte Respy.

Und auf der Suche nach irgendeinem Organisator, der ihnen für den langen Marsch ihren Platz in der Karawane zuweisen könnte, setzten sie ihren Weg fort.

In der entbehrungsreichen, sich langsam dahinschleppenden Monotonie des Marsches verging eine Woche nach der anderen. Anfangs durchzogen sie mehrere wichtige Städte; sie schlugen ihre Zelte vor den Toren der Stadtmauern auf, widmeten sich einige Wochen lang dem Handel und versorgten sich mit den für die kommende Wegstrecke notwendigen Vorräten. Sie verkauften Seide und Gewürze und erwarben stählernes Werkzeug oder feingewebte Wolltücher, die sie dann später, an einem anderen Ort der Welt, gewinnbringend verkaufen würden. Färbemittel aus Omal, Bernstein vom Schwarzen See, Degen und Pflüge aus Manat; die besten Produkte der verschiedenen Regionen, durch die sie zogen, wurden begutachtet, man feilschte, und es wurde in nie endenden, lautstark geführten öffentlichen Verhandlungen gekauft und verkauft. Ab und zu gab es Ärger, und dann war es Diamant, die oberste Chefin, der es oblag, den Frieden und die Ordnung wiederherzustellen. Nur gut, daß sie von allen ausreichend gefürchtet wurde und daß daher die Geschäfte innerhalb eines noch vertretbaren friedlichen Rahmens abgeschlossen wurden.

Später dann, während die Zeit verstrich und sie sich immer weiter von Magenta entfernten, wurden die bewohnten Zentren seltener. Die Städte wichen den immer kleiner und elender werdenden lausigen Nestern. Und die Dämpfe meldeten sich, Teile der Welt, die der Nebel des Vergessens und des Nichts verschlungen hatte. In der Luft lag eine ganz besondere Traurigkeit, ein schreckliches, unheilverkündendes Etwas. In vielen Dörfern war schon seit Jahren kein Kind mehr geboren worden. Die *Wohnsitze der Außerordentlichen* waren verlassen und befanden sich mit ihren zerbrochenen Fensterscheiben und dem Unkraut, das ihre Scharniere sprengte, in einem ruinierten Zustand. Sogar die Votivflamme war in den Tempeln erloschen: fast alle Priester der ländlichen Diözesen waren gestorben, und der Talapot hatte keinen Ersatz geschickt. Die ihrem Schicksal überlassenen, alt gewordenen Dorfbewohner, denen niemand mehr die vorgeschriebenen Liturgien zelebrierte, waren verroht, abgestumpft und in melancholische Gleichgültigkeit gefallen. Man vernahm in den Dörfern der Ebenen weder Lachen noch Singen. In den Augen der Bewohner stand die Angst vor dem wahrhaftigen Tod, zu dem sie alle verdammt waren.

Die Verzweiflung und Sinnlosigkeit führten gelegentlich zu einer nicht zu erklärenden Gewalttätigkeit: Agua Fria sah sogar einmal zu ihrer größten Verblüffung einen mit Faustschlägen und Bissen ausgetragenen Kampf zwischen zwei Frauen. Die Tiefebene hatte sich in ein gefährliches Pflaster verwandelt, und Diamant ordnete an, daß die Karawane ständig von einigen gutbewaffneten Wächtern begleitet werden sollte. Aber auch die Wächter konnten nicht verhindern, daß die Karawane von der in der Luft liegenden Traurigkeit heimgesucht wurde. Die Händler waren unruhig und verängstigt; nachts, in der anheimelnden Wärme der Lagerfeuer, kommentierten die Älteren vor ihren engsten Freunden den schnellen Verfall der Region und wie sehr sich die Situation seit der letzten Karawane in den *Osten,* an der sie teilgenommen hatten, verschlimmert hätte. Sie sprachen im Flüsterton und warfen nervöse Blicke um sich, wußten sie doch, daß das Zugeben von Veränderungen eine strafbare Ketzerei, eine Blasphemie, war. Alle wünschten sie, endlich zu der *Weißen Hügelkette* zu gelangen und die Ebene hinter sich zu lassen.

Am Anfang wurde Agua Fria ganz krank bei dem Gedanken, was wohl mit Glänzendem Stein passiert sein mochte. Nachts wachte sie voller Panik und laut schluchzend auf, und Respy sah sich gezwungen, sie unter Gewaltanwendung festzuhalten, bis die Krise überstanden war. Agua Fria sah einen gefolterten, seiner Glieder beraubten und auf dem Strafblock festgeschnallten Glänzenden Stein. Das Entsetzen hatte sich derart ihrer Phantasie bemächtigt, daß sie fast den Verstand verloren hätte. Einige Wochen lang verzehrte sie das Fieber; Respy mußte einen Maulesel mieten, auf dessen Rücken er das Mädchen festband, damit sie weiterhin mit der Karawane Schritt halten konnten. Aber irgendwann gewann der Überlebensinstinkt die Oberhand; langsam ging es Agua Fria besser, und sie begann zu weinen. Sie weinte um Glänzenden Stein, ihren Liebhaber; und um Glänzenden Stein, den Freund ihrer Kindheit, dieses Kind, das während der letzten Jahre ihr einziger Trost gewesen war. Inzwischen war der Junge sicher schon gestorben und befand sich somit jenseits des Leidens. Agua Fria verspürte jetzt für ihn die unendliche Melancholie des Verlustes; aber das war ein Schmerz, mit dem man weiterleben konnte.

So war sie also beinahe glücklich. Nach dem langen Eingeschlossensein im Talapot überwältigte sie die Weite des Horizontes. Sie arbeitete hart; das Kamel mußte beladen und entladen, das Zelt aufgebaut, gegen Wind, Hagel und Regen gekämpft und tagelang über steile Wege marschiert werden, wobei sich der Mund mit Staub füllte oder man bis zu den Knien im Morast versank. Aber sie fühlte sich stark und frei und erfüllt von einer unbezähmbaren Vitalität. Haare sprossen auf ihrem geschorenen Kopf, und bald brauchte sie den Turban nicht mehr zu tragen; ihre auf dem Marsch von Wind und Sonne gegerbte Haut benötigte keine Farbe mehr. Auch Bruna hatte ihr Haarkleid wiedererlangt, und es war borstiger und dichter als je zuvor, ein dickes Winterfell, mit dem die Natur sie vor der Kälte schützte. Der Fußtritt von Schwarzer Erde hatte ein leichtes Hinken hinterlassen, das sie nie wieder loswurde, aber das Tier schien so glücklich wie nie und trottete unermüdlich den Zug auf und ab, so als fühlte es sich verantwortlich für das Wohlergehen der gesamten Karawane. Sie hatte eine Reihe Verehrer gehabt, und der Wurf Welpen, den Agua Fria unter den Mitreisenden verteilte, war von überraschender Form und Farbe. Das Leben ging weiter, trotz allem.

Nachts, in der schwermütigen Einsamkeit der Tiefebene, wenn sie sich todmüde um das Lagerfeuer fallen ließen, pflegte Respy von seinem Bruder zu erzählen:

»Alles läuft genauso ab, wie Mo es vorausgesagt hat. Er hatte mich schon vor langer Zeit auf das, was auf uns zukommen würde, hingewiesen: keine Geburten, die Dämpfe des Nichts, den Verfall. Die Welt stirbt. Du solltest Mo kennenlernen; er weiß alles.«

Agua Fria hatte Respy schätzengelernt. Er war zwar trocken, langweilig und pedantisch, aber unter seiner aufsässigen Schale verbarg sich ein gerechtes und großzügiges Herz. Das Mädchen begann den Verdacht zu hegen, Respys Bemerkungen und seine kurzen, bestimmten Sätze wären im Grunde nichts anderes als die Wiederholung dessen, was irgendwann einmal dieser geheimnisvolle Bruder, den er so sehr bewunderte, gesagt haben mochte. Und daß er, obwohl er sich immer den Anschein eines abgehärteten, zynischen Menschen gab, lediglich ein großes Kind war, das wußte, daß es häßlich war, und das sich daher in sich selbst verschloß. Jetzt, auf dem Boden vor den Flammen sitzend, wobei er seine spindeldürren Arme und Beine zusammengeklappt hatte, sah er aus wie eine zu einem gewaltigen Sprung ansetzende Heuschrecke. Es herrschte mit diesem in ihrem Rücken heulenden Wind eine besonders unfreundliche Nacht. Agua Fria betrachtete eine Weile die tanzenden Flammen, und dann hörte sie sich eine überraschende Äußerung von sich geben:

»Respy, ich glaube, es ist an der Zeit für mich zu gehen.«

Und ihre eigenen Worte verblüfften und erschreckten sie. Vor diesem Augenblick hatte Agua Fria sich noch keinerlei Gedanken über ihre Zukunft gemacht. Aber sowohl ihr Körper als auch ihr Geist waren jetzt völlig wiederhergestellt, und ganz tief in ihrem Inneren hatte sich dunkel ein Drang zur Tat eingenistet, der Wunsch, ihrem Dasein irgendeinen Sinn zu geben. Respys Gesicht verzog sich in einem schrecklichen, nervösen Tick.

»Warum? Warum mußt du gehen?«

»Ich weiß es nicht. Ich kann doch nicht für immer in dieser Karawane bleiben.«

Und kaum hatte sie dies ausgesprochen, wußte Agua Fria, daß es die Wahrheit war. Daß sie Verbranntem Kork, ihrer Mutter, Glänzendem Stein und auch sich selbst gegenüber eine Verpflichtung hatte. Daß sie die *Große Schwester* suchen gehen mußte, so wie es der Priester mit der verstümmelten Hand gesagt hatte.

»Und warum nicht?« stotterte Respy. »Bleib bei mir. Haben wir ein bißchen Glück und laufen die Geschäfte gut, kannst du dein eigenes Kamel erstehen. Die Arbeit eines Händlers ist schön. Du bist frei, reist herum, bist von niemandem abhängig...«

Für einen Moment stellte sich Agua Fria ihr Leben in der Steppe vor. Lange Märsche in leuchtenden Sonnenaufgängen und weichen Abenddämmerungen. Eine nie endende Reise im langsamen Trott der Tiere, wobei man die Weite der Welt atmen konnte und nur die eine Sorge hatte, die nächstfolgende Etappe mit Gewinn abzuschließen. So vergingen die Jahre, sie würde verschiedene Völker und verschiedene Männer kennenlernen, vielleicht könnte sie sogar ein Kind empfangen; Altersfalten würden sich langsam in ihre gegerbte Haut eingraben, und eines Tages, an einem Tag, der schon in ihrem Kalender markiert war, würde sie für immer die Augen schließen und in der Bodenlosigkeit des Todes verschwinden; des wahrhaftigen Todes. Denn Agua Fria war ja eine Abtrünnige und wußte, daß sie auf jeden Fall zum wahrhaftigen Tod verdammt war; aber hier, versehen mit dem Trost eines immer gleich bleibenden Horizontes und umgeben von einer grandiosen Landschaft, mit der man zu verschmelzen schien, kam ihr dieses absurde und schmerzliche Ende erträglicher vor. Ja, Agua Fria liebte die Karawane, und einen kurzen Moment lang wollte sie glauben, daß sie diese einfache, rauhe Existenz bis zum Ende auskosten könnte. Aber nein, es war unmöglich.

»Ich kann nicht, Respy. Bliebe ich hier, wäre alles sinnlos: mein im Talapot erworbenes Wissen, die dort verbrachten Jahre, meine Flucht aus dem Palast, der Tod von Glänzendem Stein...«

»Aber das Leben selbst ist sinnlos. Das meine nicht nur ich, sondern auch mein Bruder Mo, und der ist ganz schrecklich weise.«

»Also ich weigere mich, ich weigere mich einfach zuzugeben, daß es keinen Sinn hat!«

Sie waren beide zu beunruhigt, um weiterzusprechen, und schwiegen daher eine Weile, während das Feuer vor ihnen Funken sprühte und die Nacht mit dem Aroma verbrannten Holzes versüßte.

»Ich bin Waise, habe von klein auf weder Vater noch Mutter«, sagte Respy endlich sehr langsam, »und das letzte Mal, als ich meinen Bruder gesehen habe, war ich erst fünfzehn Jahre alt. Seitdem bin ich ununterbrochen gereist. Ich habe kein Zuhause und niemanden in der Welt, der mit einer brennenden Kerze auf meine Rückkehr wartet. Das ist mir egal. Ich habe dieses Leben gewählt, und es gefällt mir. Aber manchmal verspüre ich eine Art Schwindel, als ob der Wind in meinen Eingeweiden und nicht in der Ebene bläst. Bleib bei mir, bitte.«

»Es tut mir leid, Respy. Es tut mir wirklich leid.«

Der Junge hockte sich hin und schürte gemächlich das Feuer. »Und wohin willst du gehen?«

Richtung Norden, hatten die alte Bettlerin und der verstümmelte Priester gesagt. Richtung Norden schien ihr die kristallisierte Erinnerung von Verbranntem Kork einzuflüstern.

»Wahrscheinlich Richtung Norden.«

»Warte zumindest, bis wir nach Aural kommen. Jetzt müssen wir die *Weiße Hügelkette* überqueren, und das ist eine schwierige Strecke. Es ist besser, du machst das innerhalb der Karawane. Jenseits der Berge liegt Aural, die Hauptstadt des Goldes. Es ist die letzte große Stadt des Ostens und das Ende der Karawane. Dort kehren wir um, und du kannst weiter in Richtung Norden ziehen.«

Agua Fria nickte.

»Mein Bruder Mo lebt irgendwo Richtung Nordosten. Ich war nie dort, aber ich glaube, ich könnte den Ort finden. Seit acht Jahren habe ich ihn nicht mehr gesehen. Vielleicht könnte ich dich Richtung Norden begleiten. Wir könnten Mo besuchen. Ich bin sicher, daß Mo dir von großem Nutzen sein kann.«

»Das scheint mir eine großartige Idee!« antwortete das Mädchen begeistert.

Respy betrachtete Agua Fria starr. Sein langes und knochenlos scheinendes Gesicht verzog sich zu einem seiner schrecklichen Ticks. Er stand auf und versetzte dem Sand einen Tritt, bedeckte die Holzscheite und löschte fast das Feuer.

»Aber wenn ich es mir recht überlege, warum sollte ich dir eigentlich helfen? Wenn du gehen willst, dann geh doch. Aber mit mir brauchst du nicht zu rechnen«, murmelte er heiser.

Dann drehte er sich um und verschwand in der Dunkelheit.

Diamant hatte zwei Kinder; ohne Zweifel war diese außerordentliche Fruchtbarkeit ein einflußreicher Faktor in ihrer erfolgreichen Karriere gewesen und bewahrte ihr die Macht, die sie jetzt zur Schau stellte. Der Ältere war ein Sohn, ein unsympathischer, schweigsamer Junge von ungefähr fünfundzwanzig Jahren; seine Aufgabe war es, die Maulesel und Kamele von Diamant zu versorgen, und außerdem war er so eine Art Aufseher der Horden von Dienern, die seine Mutter besaß.

Er war ein in sich gekehrter, hart arbeitender Mann, aber er galt als brutal, und obwohl man ihn allgemein respektierte, empfand doch eigentlich niemand für ihn echte Zuneigung. Die Tochter war gerade siebzehn Jahre alt. Ihr Gesicht war so rund und weiß wie das ihrer Mutter, und ihre volle und etwas kindliche Schönheit würde wohl schnell verblassen. Das Mädchen, dessen Name Süße Erinnerung war, reiste direkt hinter ihrer Mutter auf dem Rücken einer rassigen Stute und war sich ihrer Eigenschaft als Thronfolgerin zutiefst bewußt: sie benahm sich wie die Prinzessin eines Barbarenstammes und war immer darauf bedacht, ihren höheren Rang herauszustellen. Diamant schien dieses frühe Streben nach Befehlsgewalt des Mädchens gut zu gefallen, und behandelte sie auch ihren Sohn wie einen einfachen Knecht, so zeigte sie doch ihrer Tochter gegenüber eine große Zuneigung und äußerste Nachgiebigkeit. Ab und zu übertrug sie ihr die Führung; so war es zum Beispiel Süße Erinnerung gewesen, die der Karawane vorstand, während ihre Mutter mit den Priestern des Talapot verhandelte.

Agua Fria fürchtete sich vor Süßer Erinnerung; sie war in der Tat das einzige bedrohliche Element, das sie in der ganzen Karawane ausgemacht hatte. In den Monaten, die sie nun schon unterwegs waren, hatte Agua Fria keinerlei Schwierigkeiten gehabt, ihr Geschlecht und ihre Identität zu verbergen. Ihre Brüste waren flach, und außerdem band sie sie fest; sie trug die Tunika der Männer, die von einem Gürtel zusammengehalten wurde, an dem ein für die Südstaaten typischer, scharfer Dolch hing. Die Händler, alles alte Hasen in diesem Handwerk, waren Menschen, die, abgeklärt durch die Risiken des erzwungenen Zusammenlebens, peinlich genau die Intimsphäre ihrer Nachbarn respektierten. Das ungeschriebene Gesetz der Karawane verlangte Solidarität in der Gefahr, wie zum Beispiel im Falle eines Feuers oder Orkans, bei Überschwemmung oder Explosion. Aber abgesehen von all diesen außergewöhnlichen Ereignissen, war jede Gruppe darauf aus, zur Vermeidung eventueller Probleme sich so isoliert wie möglich zu halten.

Aber Süße Erinnerung schien überall gleichzeitig zu sein. Eines Nachts tauchte sie heimlich in der Dunkelheit auf, und wenn Bruna nicht gewesen wäre, die knurrend ihre Ankunft ankündigte, hätte sie die falsche Stummheit Agua Frias entdeckt. Bei diesem ersten Mal grüßte Süße Erinnerung trocken und setzte sich, ohne ein einziges Mal um Erlaubnis gebeten zu haben, zu ihnen ans Feuer. Sie rauchte eine kleine Pfeife, und als sie damit zu Ende war, ging sie fort, ohne ein Wort von sich gegeben zu haben. Von da an begann sie jede zweite oder dritte Nacht zu kommen. Sie setzte sich und rauchte schweigend ihre Pfeife, wobei sie die beunruhigte Agua Fria ununterbrochen anstarrte. Die Besuche der Erbin begannen eine Qual zu werden. Agua Fria versuchte sich mit dem Gedanken zu beruhigen, daß es sich um einen mehr oder weniger routinemäßigen Vorgang handelte, daß nämlich Süße Erinnerung die Karawane mit einem gleichgültigen, polizeimäßigen Diensteifer bewachte. Aber bald begriff sie, daß dem nicht so war, sondern daß das Mädchen nur aus dem einzigen Grunde kam, nämlich um sie zu sehen, und sie fürchtete, unter ihrer Verkleidung entdeckt worden zu sein. Sie war derartig besorgt, daß sie sogar in Erwägung zog, die Karawane zu verlassen; aber sie hatten schon den Aufstieg zu der *Weißen Hügelkette* begonnen, und die Härte des Weges hielt sie zurück.

Eines Nachts kam Süße Erinnerung zu Pferde. Sie war von der Spitze der Karawane hergaloppiert und machte einen aufgelösten, verschwitzten Eindruck. Sie hockte sich dicht neben Agua Fria hin und zündete wie immer ihre winzige, feingearbeitete Pfeife an. Aber kaum hatte sie die Hälfte geraucht, da hielt sie inne. Sie streckte ihre rechte Handfläche in der Luft aus und schüttete langsam den Inhalt des Pfeifenkopfes auf ihre Hand. So verweilte sie einen Moment und sah Agua Fria mit einem seltsamen Lächeln ihres Puppenmündchens an, während sich die glühende Asche in ihre Haut fraß. Dann schloß sie ruckartig die Hand und erstickte so die Glut. Als sie sie wieder öffnete, konnte man ganz deutlich die Umrisse der Wunde sehen, die die Verbrennung hinterlassen hatte. Angeekelt versuchte Agua Fria aufzustehen; aber das Mädchen packte sie in Windeseile am Handgelenk. Es war das linke, und Süße Erinnerung tastete die Hand mit einem weichen, vorsichtigen Finger ab: die verhornte Handfläche, die vier von Arbeit und Kälte rauh gewordenen Finger, den blauschwarzen Stumpf ihres amputierten kleinen Fingers. Dann sprang die Erbin auf, bestieg ihr Pferd und verschwand in der Dunkelheit.

»Sie hat dich entlarvt«, stöhnte Respy.

»Sie hat mich entlarvt«, wiederholte Agua Fria für sich. Aber irgend etwas in ihrem Inneren sagte ihr, daß dies nicht der Fall war. Es war da noch etwas anderes, eine undeutliche, undefinierbare Bedrohung. In dieser Nacht fiel eine Menge Schnee, und am Morgen war die Welt weiß und wie leergefegt.

Sie bereiteten gerade das Frühstück vor, als zwei Knechte von Süßer Erinnerung erschienen.

»Das Gesetz möge mit Euch sein«, grüßten sie feierlich.

»Und uns lehren, die Ewigkeit zu verstehen«, antwortete Respy.

»Unsere Herrin, Süße Erinnerung, schickt uns, Euch zu bitten, Ihr möget ihr einige Minuten Euren Diener leihen. Sie hegt Zweifel, wie sie sich in einer Partie Dong entscheiden soll, und dachte sich, da Euer Diener ja aus dem Süden ist, weiß er doch sicherlich ihr Problem zu lösen.«

»Mein Diener?« stammelte Respy; ein nervöses Zucken lief schlagartig über sein Gesicht. »Aber... Das geht nicht, er...«

»Es ist nur für einen Moment, mein Herr«, antwortete einer der Gesandten. »Ich bleibe solange hier und helfe Euch, die Zelte abzubauen.«

Agua Fria nickte heimlich, wobei sie Respy ein bejahendes Zeichen machte. Ihr blieb nichts anderes übrig, als Folge zu leisten; sich zu weigern hätte nur Verdacht erregt.

»Also gut, ja... Gut, geht in Ordnung.«

Agua Fria verließ den entsetzten Respy und wendete sich mit dem Diener der Spitze der Karawane zu, wobei sie sich mühsam ihren Weg in dem weichen Schnee bahnte. Sie spürte keine direkte körperliche Bedrohung, wußte sie sich doch durch die Macht der Hypnose geschützt, die ihr erlauben würde, sich aus jedweder sich stellenden Zwangssituation zu befreien. Aber der Gebrauch der Hypnose bedeutete das Ende ihrer Verstellung, und ihr Status einer Abtrünnigen würde offenbar werden. Und dann wäre nicht nur sie, sondern auch Respy dem Zorn des *Gesetzes* ausgeliefert, das einen sehr langen Arm hat.

Das Zelt von Süßer Erinnerung war groß und luxuriös und war, um eine stärkere Isolierung zu erreichen, aus doppelter Büffelhaut genäht. Den Boden bedeckten dicke Teppiche, und die anheimelnden Flammen einiger Ölleuchten ließen die aus poliertem Kupfer gearbeiteten Wasserbecken funkeln. Süße Erinnerung lag auf dem Bett ausgestreckt. Sie trug einen außerordentlich feinen braunen Seidenumhang; neben ihr stand auf einem kleinen Tisch ein Dongbrett mit den sich mitten im Spiel befindenden Steinen. Im Zentrum des Zeltes erwärmte ein dickbäuchiges Kohlebecken die Luft. Der Diener hatte sich zurückgezogen. Sie waren allein.

»Komm näher, Babo. Du heißt doch Babo, nicht wahr?«

Agua Fria nickte.

»Komm näher!«

Süße Erinnerung hatte sich im Bett aufgesetzt. Sie trug goldene Gehänge in den Ohren, und die kindlichen Lippen waren knallrot geschminkt. Was für eine sonderbare Art der Morgentoilette in einer Karawane und dazu noch in diesen gottverlassenen Bergen, dachte Agua Fria. Und neben sie tretend, konnte sie ihr Parfüm, einen schwindelerregenden Moschusgeruch, wahrnehmen.

»Dong kommt aus deiner Heimat, du wirst mir daher sicher helfen können. Sag, was muß ich tun, um die dreieckige Spielmarke zu retten? Kann ich quer über das Brett in das gegnerische Feld ziehen?«

Agua Fria betrachtete das Spielbrett. Sie erinnerte sich kaum noch an die Regeln des Dong, hatte sie doch lediglich in ihrer Kindheit einige ganz einfache Partien mit ihrem Vater gespielt.

»Was würdest du in einer solchen Situation tun?« beharrte Süße Erinnerung. »Zieh du! Ich sitze hier schon die ganze Nacht und warte, daß du kommst... und ziehst. Die Tage in der Karawane sind so nervtötend langweilig!« sagte sie und verzog dabei das Gesicht. »Zieh!«

Verwirrt ergriff Agua Fria, ohne genau zu wissen, was sie nun tun sollte, die dreieckige Spielmarke. Sie mußte sich erinnern. Es war absolut notwendig, einen richtigen Zug zu machen, oder das Mädchen würde ihre falsche Identität entdecken. Ja, Respy hatte recht: Süße Erinnerung hegte einen Verdacht und hatte die Sache mit dem Dong als Falle vorbereitet, um ihr Alibi, sie käme aus dem Süden, zu überprüfen. Sie mußte richtig ziehen oder sie war verloren. Agua Fria schluckte und drehte den Stein zwischen ihren Fingern. Das gestreifte Spielbrett tanzte vor ihren Augen. Sie streckte die Hand aus, und Süße Erinnerung packte sie mit gierigem, eisernem Griff.

»O Babo, Babo!«

Die Erbin war mit großer Heftigkeit aufgesprungen. Das Spielbrett fiel um, und die hölzernen Spielsteine verteilten sich mit dem Geräusch fallenden Regens über den Boden. Süße Erinnerung umarmte Agua Fria mit bemerkenswerter Kraft: sie war zwar kleiner, aber viel korpulenter.

»Babo, du gefällst mir. Du weißt doch schon lange, daß du mir gefällst.«

Ich gefalle ihr, entsetzte sich Agua Fria und wich vor dem leidenschaftlichen Drängen des Mädchens zurück.

»Du bist anders. Du bist so schön. So zart. Du gefällst mir, Babo, Du bist ein vom Glück gesegneter Junge, denn ich gebe dir die Erlaubnis, mich zu berühren und mich zu lieben.«

Und sie versuchte, sich auf die Zehenspitzen stellend, Agua Fria zu küssen. Aber diese drehte den Kopf weg; der Lippenstift des Mädchens hinterließ eine blutrote Spur auf ihrer Wange.

»Was ist los mit dir?« fragte Süße Erinnerung irritiert und stampfte nervös mit dem Fuß auf den Boden. »Habe ich dir nicht gesagt, daß du mir gefällst? Wovor hast du Angst? Ich habe dir erlaubt, mich zu berühren. Hör zu, ich werde deinem Herren einen meiner Diener geben, und du bleibst bei mir. Ich bin sogar bereit, etwas für dich zu zahlen, wenn dein Herr sich sehr anspruchsvoll gebärden sollte. Wir kommen jetzt in die Berge. Hier wirst du keine Kälte erleiden, und es gibt genug zu essen... Küß mich!«

Agua Fria trat einen Schritt zurück und schüttelte wie wild den Kopf.

»Nein? Wie nein? Was soll dieses Nein heißen?« rief das Mädchen aus, während ein dunkelroter Schleier sich über ihre weißen, runden Wangen breitete.

Und nur noch aus gierigen Händen und Lippen bestehend, warf sie sich aufs neue auf sie; ihre Leidenschaft war so groß, daß Agua Fria sich nur unter Gewaltanwendung aus ihren Armen reißen konnte.

»Idiot!« fauchte Süße Erinnerung mit vor Wut und Scham verzerrtem Gesicht. »Dummkopf! Sämtliche Männer dieser Karawane sind verrückt danach, mich zu umarmen, verstehst du mich? Alle! Und du, ein elender Knecht, ein tauber, dreckiger, dunkelhäutiger Südländer, wagst es, mich zurückzuweisen... Was ist los? Magst du etwa keine Frauen? Bist du etwa ein Kalinin? Und wenn du einer bist, wie kommt es, daß du nicht bei den Deinen bist und dich in bunte Seidenkleider hüllst? Du dreckiges Schwein, verächtliche Ratte, Esel, Schwachkopf, verlauster Südländer, Floh, impotente Rotznase! Wie kannst du es wagen, mich zurückzustoßen!«

»Eine wirklich interessante Szene!«

Süße Erinnerung zuckte zusammen und wandte ihr hochrotes Gesicht der Tür zu: Da stand ihr Bruder, der mit über der Brust verschränkten Armen voller Ironie verächtlich lächelte.

»Ich stelle fest, geliebte Schwester, daß du jetzt nicht mehr nur den Knechten nachstellst, sondern ihnen sogar gestattest, dich zu demütigen.«

»Schwachkopf! Du verstehst überhaupt nichts. Ich werde Mutter erzählen, daß du schon wieder ohne Erlaubnis in mein Zelt gekommen bist und mich belästigt hast!« schrie Süße Erinnerung. Und dann drehte sie sich zu Agua Fria um, und indem sie sich unter offenkundiger Anstrengung zusammenriß, grunzte sie trokken: »Verschwinde. Verschwinde!«

Etwas, was das Mädchen augenblicklich tat, wobei sie durch den Schnee rannte und rutschte. Die Karawane glich einem Ameisenhaufen aus arbeitenden Männern und Frauen, die die Zelte abbauten, die Tiere beluden und alles für den unmittelbar bevorstehenden Abmarsch vorbereiteten. Mitten in diesem Durcheinander erwartete sie ein blasser und aufgeregter Respy; seine unaufhörlichen Schritte hatten eine schmutzige Spur im frischen Schnee hinterlassen.

»Was ist passiert?« fragte er im selben Moment, in dem er sie ankommen sah.

»Weißt du was, Respy?« antwortete Agua Fria und ließ sich atemlos auf ein Bündel gefrorener Decken fallen. »Sie sind alle älter. Fast alle. Es sind kaum noch Jungen meines Alters in der Karawane...«

Von diesem Tag an entfachten sie, um sich vor unliebsamem Besuch zu schützen, das Feuer nur noch im Inneren des Zeltes, das eine konische Form hatte und eine sich oben befindende, kaminartige Öffnung besaß. Diese Maßnahme erstaunte niemanden, denn es herrschte große Kälte, und alle versuchten, soviel Zeit als möglich unter einem Dach zu verbringen. Aber es gab Nächte, in denen sie, während das Feuer prasselte und ihnen der Rauch Tränen in die Augen trieb, draußen ein wölfisches Kratzen eines seine Runde drehenden Raubtieres zu hören glaubten. Eine begierige, keine Ruhe findende Seele in der Trostlosigkeit des Schneegestöbers.

Zuerst traf es die Maulesel, später dann verschwanden alle Hunde. Nur die Kamele, Tiere von legendärer Widerstandskraft, hielten durch; und sogar unter ihnen begannen die Schwächsten zu sterben, und die übrigen sahen mit ihren leeren Höckern, die ihnen wie kraftlose Hautfetzen über die Rücken hingen, den sich unter dem Fell abzeichnenden Knochen und den sie über und über bedeckenden eitrigen Wunden außerordentlich elend aus. Der Kalender verkündete zwar schon lange den Frühling, aber das Klima schien diesen Umstand zu ignorieren; einige späte, aber um so heftigere Schneefälle hatten die Wege der *Weißen Hügelkette* in ein nur unter größten Schwierigkeiten passierbares Gebiet verwandelt. Die hochgelegenen Weideflächen, mit denen die Händler gerechnet hatten, um ihre Tiere zu füttern, lagen unter meterhohem Eis begraben, starke Schneegestöber blendeten die Händler, und ihre Gesichter wurden von unsichtbaren, scharfen Eisfingern zerkratzt. Zwei Knechte, die die räumliche Orientierung in dieser blendend weißen Hölle verloren hatten, stürzten in einen Abgrund. Gelegentlich schlug die ganze Karawane einen falschen Weg ein, und der Irrtum wurde erst entdeckt, als sie auf die Nebelzone, die die Welt verschlingende Grenze des Nichts, das die Welt auflöste, stießen; dann merkten sie, daß sie von dem Weg nach Osten abgekommen waren, denn die besagte Route war ganz bewußt von vielen aufeinanderfolgenden Generationen von Händlern mit dem *Bewahrenden Blick* betrachtet worden und blieb auch weiterhin festumrissen und deutlich.

So lange benötigten sie für diese Etappe, daß ihnen kaum noch Brennstoff und Lebensmittel blieben. Seit geraumer Zeit schon ernährten sie sich nur noch von Tee mit ranzigem Schweinefett und geröstetem Hafermehl. Sie verzehrten die Maulesel, wenn diese armen, nur noch aus Haut und Knochen bestehenden Tiere zusammenbrachen. Sie aßen die Hunde, und Agua Fria mußte Bruna anbinden und sie immer bei sich halten, damit sie nicht auch, wie ihre Jungen vor ihr, in irgendeinem Suppentopf landete. Die Kamele kauten verrückt vor Hunger auf ihrem Zaumzeug und den Spitzen der aus Büffelleder benähten Zelte herum.

Sie begannen unter der Plage des Skorbuts zu leiden. Sie waren alle so erschöpft und überladen, daß sie die Kranken nicht mitschleppen konnten, und mehr als einer blieb mit blaugefrorenen, unglaublich geschwollenen Beinen zurück und wartete auf den einsamen Tod im Eis. Manchmal, wenn der Wind günstig stand, hörte man sie noch Stunden später schreien, ein weit entferntes, schrilles Stöhnen. Und die Händler hörten es mit derselben

Gleichgültigkeit, mit der sie das Heulen des Windes vernahmen.

Bis eines Tages, als sie einen Hügel erklommen hatten, an der Spitze der Karawane ein Geschrei ausbrach, das mit blitzartiger Geschwindigkeit den ganzen Zug herunterlief. Vor ihnen lag ein Meer niedrigerer Berge, zwischen denen allmählich hier und da kleine grüne Täler und immer saftigere und weitflächigere Weiden auftauchten, bis sie dort unten mit der trockenen Ebene verschmolzen, auf der sich das funkelnde Aural drängte. Dies war das Ende der *Weißen Hügelkette*: die Karawane hatte ihr Ziel erreicht. In dieser Nacht bauten sie ihre Zelte in dem ersten schneefreien Tal auf und schliefen den tiefen, erholsamen Schlaf der mit knapper Not Entkommenen. Kein Geräusch war zu hören, kein Seufzer, keine Bewegung; nicht einmal die Tiere ächzten in dieser ruhigen, siegreichen Nacht.

Agua Fria schlug die Augen auf und betrachtete das dunkle, schäbige Zeltdach; durch die Spalte am Eingang fiel das gräuliche Licht der Morgendämmerung. Das Mädchen seufzte; dies war ihr letzter Tag in der Karawane. In wenigen Stunden würden sie Aural erreichen, und dort begann ihr Marsch in Richtung Norden. Sie betrachtete Respy, der sorgfältig in eine Decke gewickelt neben ihr schlief. Man sah nur sein Gesicht, dieses lange, formlose und häßliche Antlitz mit einer vom Eis geröteten Nase und den aufgrund der erlittenen Entbehrungen scharf hervortretenden Wangenknochen. Sie würde ihn schrecklich vermissen. In einem Anflug von Zärtlichkeit streckte sie die Hand aus, hielt aber auf halbem Weg in der Bewegung inne.

»Ich schlafe nicht«, murmelte Respy, ohne die Augen zu öffnen.

»Was?«

»Ich schlafe nicht.«

Der Junge entwandt sich der festen Umklammerung seiner Decke und schaute sie an.

»Du gehst.«

Es war keine Frage.

»Ja«, antwortete Agua Fria.

Respy betrachtete mit gerunzelter Stirn das Zeltdach. Wie gut er für mich gesorgt hat, dachte Agua Fria. Wie lieb er mich behandelt hat. Eine Träne floß sanft aus Respys Augenwinkel.

Diese dicke Träne war das einzige, was sich in dem Gesicht des Jungen bewegte.

Oh Respy, Respy, schrie es in Agua Fria. Sie mußte etwas tun. Ihm etwas geben. Ihm ein Geschenk anbieten, bevor sie ging. Das Mädchen streckte die Hand aus und begann sein Gesicht zu streicheln. Ganz langsam. Mit der Fingerkuppe folgte sie der Tränenspur. Sie begehrte ihn nicht, aber sie liebte ihn. Sie beugte sich über ihn und küßte ihn auf die Lippen.

Respy schnaufte und richtete sich ruckartig auf.

»Nein, Agua Fria. Nein.«

»Warum nicht?« Der Junge senkte den Kopf.

»Du bist wie Süße Erinnerung. Du glaubst, wir Männer wären immer bereit«, sagte er in stockendem Ton, »aber ich mag keine Liebesabenteuer, keine Almosen.«

Agua Frias Gesicht erglühte in heftigstem Dunkelrot. Mit einem Satz sprang sie auf die Füße, warf sich die Decke über die Schulter und ging, von Bruna gefolgt, nach draußen. Die Karawane wachte langsam auf, und einige verschlafene Knechte gingen umher und sammelten trockenes Gestrüpp, um damit ein Feuer anzufachen. Das Lager stand auf einer Hochebene; einige hundert Meter weiter unten, am Fuß des steil abfallenden Hanges, lag Aural. Agua Fria ging bis zum Rand des Abgrunds und setzte sich auf den Boden. Von hier oben aus betrachtet, war die Minenstadt eine buntscheckige Masse dunkler Würfel, ein geometrisches Labyrinth, auf dem verstreut einige flackernde Lichter lagen. Weiter hinten begann das unbewegliche Meer der Steinwüste, und im Hintergrund sah man die schwerfällige, dunkelviolette Masse einer neuen Bergkette. Das Mädchen nahm einen tiefen Atemzug und fühlte sich etwas beruhigter. Es war zwar kalt, aber angenehm; es war eine klare und schneidende Kälte. Es roch nach brennendem Holz und nach frisch geröstetem Hafer, und hinter ihrem Rücken hörte sie den Lärm der Karawanenteilnehmer, das Scheppern von Töpfen, Husten, barsche oder fröhliche Stimmen. Bruna gähnte und fing an, sich gewissenhaft die Vorderpfoten zu lecken, und war bald ganz versunken in ihre morgendliche Pflege. Es war dieser namenlose Moment, in dem die Nacht auf den Tag stieß; und über den Himmel, an den Horizont gedrängt, zog ein glühender Lichtstrahl. Wie schön war doch die Welt, dachte Agua Fria und schloß die Augen, um dieses köstliche Aroma der Feuer, diesen frischen Geruch der gerade erwachten Erde, besser auszukosten.

Aber als sie die Augen wieder öffnete, war es passiert. Es war passiert! Dort, rechts, im Hintergrund, war ein Teil der alten Berge vom Nebel des Vergessens verschlungen worden. Während einiger Sekunden erbebte am Horizont immer noch das altehrwürdige Profil seiner Granitmassen; aber dann lösten sie sich in den Dämpfen des Nichtseins auf, als wären sie nicht mehr als ein Rauchzeichen. Tonnen von Materie, Millionen Jahre Geschichte waren für immer verpufft; jemand war in genau diesem Moment am wahrhaftigen Tod gestorben und hatte einen Teil der Welt mitgerissen. Entsetzt beeilte sich Agua Fria, die Landschaft mit ihrem *Bewahrenden Blick* zu festigen, um sie so vor dem Nichts zu schützen. Aber es war ein vergebliches Unterfangen, unmöglich: die Welt war riesig, und die Kraft ihres Blickes war begrenzt. Sogar jetzt, nachdem sie sich diese Landschaft in ihr Gedächtnis eingeprägt hatte, wußte sie, daß sie nur genau diesen Blick, genau von dieser Stelle aus, gerettet hatte; von einer anderen Perspektive als der ihren aus konnten die Berge weiterhin im Magma des Nichts dahinschmelzen. Der Nacken des Mädchens bedeckte sich mit kaltem Schweiß; sie war der letzte Mensch gewesen, der diese Landschaft als Ganzes genießen konnte. Das letzte menschliche Wesen, das die Schönheit dieses Sonnenaufgangs hinter den Bergen vollständig betrachten konnte.

»Agua Fria...«

Es war Respy. Das Mädchen wandte ihm ein verstörtes Gesicht zu.

»Sie sind weg, Respy. Dort, im Hintergrund. Siehst du dieses graue Loch in der Hügelkette? Die Berge sind verschwunden, während ich sie betrachtet habe.«

Respy stützte eine Hand auf ihre Schulter und drückte sie sanft.

»Ich werde dich begleiten. Wir werden Mo besuchen gehen. Wir gehen zusammen.«

Die Spitzen der Berge begannen sich im Widerschein eines rosaroten Lichtes zu färben. Neben so viel Glanz erschien das Nebelloch um so dunkler, fast schon massiv.

Aural, das durch die beeindruckende *Weiße Hügelkette* von der Zivilisation getrennt lag und von einer Steinwüste umgeben wurde, war eine Insel inmitten eines Meeres aus Trostlosigkeit. Im Sommer war es glühend heiß, während im Winter die Kälte die Erde aufplatzen ließ. Es war eine Stadt voller Kontraste, von blendendem Glanz bis zu Schatten, die so dunkel waren wie flüssige Tinte. Abgesehen von einigen wenigen und daher unsagbar wertvollen Brunnen, hing die Trinkwasserversorgung von der Eisschmelze in den Bergen ab; man verwahrte das Wasser in großen Behältern, in denen es einen abgestandenen, metallischen Geschmack annahm. Bei einem langen, heißen Sommer konnte es passieren, daß die Reserven aufgebraucht wurden; dann sahen die Bewohner sich gezwungen, beschwerliche Exkursionen in den ewigen Schnee der Berge zu organisieren, um einige Eisblöcke herzuschaffen, mit denen sie ihre ausgetrockneten Felder befeuchteten und ihren Durst löschten. In Aural war Wasser so wertvoll wie Gold.

Um hier herzukommen, um sich in diesem staubigen, abgelegenen Loch begraben zu lassen, mußte man entweder furchtbar verzweifelt oder übermäßig ehrgeizig sein. Es war daher verständlich, daß sich unter den Einwohnern von Aural die abgehärtetsten und raffgierigsten Menschen befanden und solche, die, unangepaßt und vom Glück verlassen, hier die letzte Gelegenheit zum Erfolg suchten. Die Gegend war reich an Gold, aber die besten Adern wurden schon abgebaut, und kaum einer von hundert Neuankömmlingen schaffte es, eine ausreichend rentable Ader zu finden. Dafür mußten sie sich immer tiefer in die Wüste begeben, und allein das Wasser, das sie in regelmäßigen Abständen in der Stadt oder an den außerhalb gelegenen Brunnen zu kaufen gezwungen waren, kostete sie für gewöhnlich mehr als das wenige Edelmetall, das sie der Erde entrissen. Viele der Goldsucher verdursteten oder wurden vom Fieber, das in dem verfaulten Wasser lauerte, dahingerafft.

Die jährliche Händlerkarawane war die einzige Verbindung der Goldsucher mit der Außenwelt, und ihre Ankunft bedeutete ein großes Ereignis; während die Expedition in das Innere der Stadt vordrang, versammelte sich zu ihrem Empfang spontan eine Menschenmenge. Es handelte sich um die außerordentlichste Versammlung von Wesen, die Agua Fria jemals gesehen hatte: sie gehörten allen Rassen und aller Herren Länder an, und viele von ihnen schienen von den Barbaren abzustammen. Die meisten verachteten die Kleidervorschrift, und ihre Ausstaffierung stellte eine unbeschreibliche Mischung von Fetzen und Farben dar. Mitten in diesem Chaos leuchteten die Uniformen der purpurnen Wächter, die weiterhin in großer Zahl in der Stadt stationiert waren, um die Bank und die Wasserbehälter zu schützen, die von den Priestern verwaltet wurden. Die reichliche Vertretung der Soldateska und die Tatsache, daß alle Bewohner übertrieben bewaffnet waren, verliehen Aural das Aussehen einer sich im Belagerungszustand befindenden Festung, die kurz vor dem Ausbruch einer grausamen Schlacht stand.

Die Sonne begann unterzugehen, und obwohl sie sich kaum am Anfang des Sommers befanden, herrschte schon eine erdrückende Hitze. Die Tiere wirbelten Wolken von feinem, rötlichem Staub auf, der an der verschwitzten Haut klebenblieb. Die Menge brüllte, schubste sich herum und fragte nach Nachrichten von draußen, nach den wertvollen und höchst seltenen Briefen oder nach den Bestellungen, die sie den Händlern im Vorjahr aufgetragen hatten.

»Die goldene Harfe! Habt ihr mir die goldene Harfe mitgebracht?« brüllte ein klotziger Wüterich.

Er war von Kopf bis Fuß in Schwarz gekleidet, und an seinem massiv goldenen Gürtel baumelten zwei große Kürbisse. Seine Riesenfinger mit dreckigen und zerbrochenen Fingernägeln schienen sich nicht gerade für das Harfenspiel zu eignen.

»Das ist ein Brunnenbesitzer«, erklärte Respy. »Siehst du die Kürbisse an seinem Gürtel? Das sind die Symbole seines Ranges. Er hat das Glück gehabt, einen Brunnen zu finden, und ist damit unermeßlich reich und mächtig geworden.«

»Beruhigt euch, beruhigt euch! Macht euch keine Sorgen!« verkündete Diamant laut. »Es gibt genug für alle! Aber dieses Jahr, meine lieben Freunde, ist alles ein bißchen teurer. Dieses Jahr, meine Brüder, sind die Preise in die Höhe geschossen! Es ist für uns sehr schwierig gewesen, bis hierher durchzudringen. Fast hätte es uns das Leben gekostet! Dieses Jahr wollen wir nichts verdienen, wir haben lediglich vor, unsere Kosten zu decken!«

Und die Minenarbeiter murrten, protestierten und diskutierten, während der rote Staub spiralförmig durch die Luft flog und die verwirrte, schwindelige Agua Fria sich an das ausgehungerte Kamel Respys lehnen mußte, um nicht umzufallen.

Schließlich gelangten sie zu dem großen Marktplatz. Diamant versicherte, daß der Handel nicht vor dem nächsten Tag beginnen würde, und die murmelnde Menge verlief sich langsam. Die wohlhabendsten unter den Händlern gingen, um sich Unterkunft in den Hotels der Stadt zu suchen, während ihre Diener sich auf dem Marktplatz einrichteten und sich um die Ladung und die Tiere kümmerten. Respy verhandelte über die wichtigsten Einkäufe wie Futter für das Kamel und frische Früchte für sie selbst, und dann ließ er Agua Fria das Zelt aufbauen und verschwand geheimnisvoll. Als er zwei Stunden später zurückkehrte, war das Mädchen gerade dabei, das Abendessen vorzubereiten. Es herrschte schon tiefste Dunkelheit, eine mondlose, schwarze und warme Nacht.

»Hier ist es!« sagte Respy und warf dabei einen kleinen Beutel vor Agua Frias Füße.

Das Mädchen öffnete ihn; er enthielt eine Handvoll Goldmünzen.

»Was ist das?«

»Ich habe das Kamel und seine ganze Ladung an Diamant verkauft. Natürlich hat sie mich betrogen. Diese alte Hexe ist ein Blutsauger! Aber so sparen wir viele Markttage und können schon morgen aufbrechen.

»Oh Respy, warum hast du das getan... jetzt habe ich dich wirklich ruiniert.«

»Ach, glaub das nicht. Diamant hat mehrere Tiere auf dem Weg durch die Berge verloren und gierte danach, ihren geschrumpften Warenberg zu vergrößern. Ich habe im Grunde genau das erhalten, was ich am Anfang der Reise zu verdienen gedachte... nur daß Diamant viel mehr aus allem herausholen wird. Dieses Jahr werden die Händler die Goldsucher ausnehmen wie Weihnachtsgänse. Es wird eine harte und unangenehme Feilscherei werden, und es tut mir nicht im geringsten leid, dies zu verpassen, das versichere ich dir. Außerdem laufen hier zu viele purpurne Wächter herum. Es wird das beste sein, so schnell wie möglich von hier zu verschwinden.«

Respy sammelte die Münzen ein und hing sich den Beutel um den Hals, wobei er ihn unter der Kleidung versteckte.

»Morgen werden wir frische Pferde und Proviant kaufen. Wenn wir beim Morgengrauen aufstehen, könnten wir, wenn die Sonne über den Bergen erscheint, schon unterwegs sein!«

Sie gingen also früh schlafen, lang noch bevor um sie herum der Lärm des gerade aufgebauten Lagers verstummte.

Die Nacht wich schon langsam einer stillen Morgendämmerung, als Agua Fria ganz plötzlich von dem frenetischen Gebell Brunas geweckt wurde.

»Was ist los?« murrte sie im Halbschlaf.

»Scht!« flüsterte Respy, der sich auf seinem Lager halb aufgerichtet hatte. »Es sind sicher Diebe...«

Der Junge zog sein Schwert hervor und stand ganz leise, von Agua Fria gefolgt, auf. Es war eine drückend warme Nacht, und sie trugen lediglich dünne lange Hemden. Mit größter Vorsicht schoben sie die Zeltplane im Eingang beiseite. Die Hündin, die mit dem Rücken zu ihnen stand, schien mit aufgeregtem Knurren den Einlaß zu verteidigen. Aber ein Angreifer war nicht zu sehen.

»Wie komisch...«

Sie gingen, durch das Verhalten des Tieres neugierig geworden, nach draußen. Agua Fria entdeckte sie als erste: Dem Zelt gegenüber, halb zwischen den Schatten verborgen, saß Süße Erinnerung. Sie hatte die Arme vor der Brust verschränkt und lächelte mit befriedigtem, boshaftem Gesichtsausdruck.

»Das *Gesetz* möge mit euch sein, Babo... oder wie immer du auch heißen mögest«, sagte Süße Erinnerung.

Und dieser Satz schien das Unwetter auszulösen. Aus der Dunkelheit stürmten Dutzende purpurner Wächter, warfen sich auf Respy und Agua Fria und machten sie geschickt bewegungsunfähig. Brunas Nackenhaare sträubten sich, und sie stürzte sich auf die Angreifer, wobei sie nur knapp einigen Säbelhieben entkam.

»Nein, Bruna, nein!« schrie Agua Fria; und die Hündin jaulte und rannte fort.

»So bist du also gar nicht stumm...«, sagte Süße Erinnerung, Silbe für Silbe betonend. »Und wie mir scheint, bist du nicht einmal ein Mann...«

Während sie dies sagte, riß die Erbin jäh am Kragen von Agua Frias leichtem Hemd und entblößte ihre Brust.

»Habe ich es mir doch gedacht!« rief sie triumphierend.

Und das war das letzte, was sie sagen konnte. Agua Fria lähmte sie mit einem funkensprühenden Blick. Dann versuchte sie, sich loszureißen und die Hypnose auch auf die Wächter anzuwenden, aber irgend jemand bedeckte ihre Augen mit einer festsitzenden Binde. Ihrer Macht beraubt, kam sich Agua Fria völlig hilflos vor. Die Wächter zerrten erbarmungslos an ihr herum, und harte Finger gruben sich in ihre Arme. Sie hörte ihre Häscher einen respektvollen, ängstlichen Gruß murmeln und nahm an, daß eine Person höheren Ranges eingetroffen war.

»Was ist mit dem Mädchen passiert?« fragte eine tiefe, träge Frauenstimme.

»Die Festgenommene hat sie gelähmt, Herrin. Es scheint, daß sie die Macht der Hypnose beherrscht«, antwortete ein Wächter.

»Ach ja, wie interessant. Ich glaube, wir haben da einen hübschen Fang gemacht. Wir hatten schon Nachricht aus dem Talapot bekommen, in der wir auf die Existenz einer Abtrünnigen aufmerksam gemacht wurden.«

Eine Priesterin! Der Neuankömmling war eine Priesterin, begriff Agua Fria entsetzt. Sie zappelte in den Armen der Wächter, aber erreichte damit lediglich, daß sich deren starke Arme noch fester um ihren Körper klammerten.

»Man soll sie töten! Man soll sie töten!« hörte sie Süße Erinnerung mit einem hysterischen Schluchzen schreien; offensichtlich hatte die Priesterin sie von dem Bann befreit.

»Bringt beide in den Kerker!« befahl die Frau.

Als sie dies hörte, erinnerte sich Agua Fria plötzlich mit schlechtem Gewissen daran, daß Respy ja auch noch da war. Der Junge hatte weder geschrien noch sich beklagt, er hatte keinen Laut von sich gegeben; und auch als man sie in größter Eile durch ein Labyrinth von nachhallenden Straßen schleppte, die Agua Fria sich mit ihren verbundenen Augen nicht merken konnte, hörte man nichts von ihm. Am Ende ließ man sie beide an Händen und Füßen gefesselt in einem überhitzten und übelriechenden Zimmer liegen.

»Wir sind allein, Agua Fria... Ich glaube, wir sind in einer Zelle des priesterlichen Palastes«, raunte Respy mit gebrochener Stimme. »Was glaubst du, werden sie mit uns machen?«

Grauenvolles. Verstümmelungen und Grauenvolles. Das Mädchen kannte nur zu gut die unerschütterliche priesterliche Grausamkeit, und die Panik ließ ihre Phantasie eine unendliche Zahl von Schrecken produzieren. Aber sie sagte nichts. Die Angst hatte ihr die Sprache verschlagen.

»Agua Fria! Warum antwortest du nicht?... Oh, möge das *Kristall* uns beistehen... Was wird aus uns werden?«

Eine ganze Weile lang weinte Respy, und Agua Fria zitterte; beide waren sie in die lähmende Betäubung derjenigen gefallen, die genau wissen, daß sie verloren sind. Da hörte das Mädchen, wie der Riegel zur Seite geschoben wurde. Sie machte sich steif und wünschte zu sterben. In genau diesem Moment sterben, nur um nicht leiden zu müssen.

»Du!« hörte sie Respy rufen.

»Sssst! Leise!« flüsterte eine männliche Stimme, die Agua Fria nicht erkennen konnte.

Sie spürte die Klinge eines Messers an ihren Handgelenken, und schon waren ihre Hände frei. Sie riß sich das Tuch vom Gesicht. Zu ihren Füßen kniete der Sohn von Diamant, der Bruder von Süßer Erinnerung, und war gerade dabei, ihr die Fußfesseln durchzuschneiden. Der Mann band auch Respy los und machte ihnen ein Zeichen, ihm zu folgen. Sie schlichen lautlos aus der Zelle. Draußen lagen die zwei purpurnen Wächter schlapp auf dem Boden.

»Drogen«, murmelte der Händler.

Und er schubste sie in Richtung eines dunklen, engen Ganges. Sie gelangten durch eine kleine, in einem Seitenflügel des Gebäudes gelegene Tür ins Freie. Es war immer noch dunkel, aber der Himmel wies schon jenen tiefen Schimmer auf, der der Morgendämmerung vorausgeht.

»Wächter!« knurrte der Sohn von Diamant gebieterisch und ließ sie zusammengeduckt in der Türe warten, bis die zwei Wachsoldaten hinter einer Ecke verschwunden waren.

Dann liefen sie los. Atemlos überquerten sie einen weiten, leeren Platz und drängten dann erleichtert in die dunklen Gassen des alten Aural. Sie folgten immer noch dem Mann, liefen eine ganze Weile im Eilschritt hinter ihm her und entfernten sich dabei immer mehr vom Zentrum, bis sie in eine Randzone gerieten, die mit ihren verfallenen Lagerhallen und Hausskeletten verlassen zu sein schien. Sie landeten in einer engen Sackgasse, in der es nach Müll stank. Dort standen an einem Pfosten angebunden drei Pferde.

»Hier habt ihr Reittiere«, sagte der Mann barsch, wobei er selber auf das rassigste von ihnen stieg. »Sie sind ausgerüstet; ihr habt Lebensmittel und Wasser für drei Wochen.«

»Ich kann dich nicht bezahlen, man hat mir den Beutel mit dem Gold weggenommen«, sagte der verblüffte Respy, der völlig durcheinander war.

Agua Fria griff sich an die Brust und stellte befriedigt fest, daß dort immer noch der Schlüssel zu der Geheimtreppe im Talapot war, den sie immer an einem Lederbändchen um den Hals trug.

»Schwachkopf! Glaubst du etwa, ich mache das wegen des Geldes!« antwortete der Mann in brutalem Ton.

»Und warum hast du es gemacht?« fragte Agua Fria.

Der Mann zuckte verächtlich mit den Schultern. Sie verließen die Sackgasse, und der Sohn von Diamant wies ihnen einen einsamen, staubigen Weg.

»Dort kommt man aus Aural heraus. Nun haut endlich ab. Ich hoffe, euch nie mehr wiederzusehen!«

Und indem er dies sagte, riß er sein Pferd herum und wendete sich in Richtung der Stadt.

»Um deine Mutter zu schützen?« beharrte Agua Fria mit lauterer Stimme.

Der Händler gab, ohne ein Wort zu antworten, seinem Pferd die Sporen. Aber einige Meter weiter riß er gewaltsam das Tier zurück und drehte sich zu ihnen um.

»Aus Rache!« rief er.

Und dann verschwand er in der Dunkelheit.

Die Steinwüste war ein weißglühendes Feuerbecken, ein Meer von gequälten Felsen. Sie galoppierten den ganzen Tag, während eine glühende Sonne auf die rote Erde brannte, immer Richtung Norden, bis weißer, klebriger Schaum die Pferde bedeckte. Es waren nicht gerade die geeignetsten Tiere, um diese ausgetrocknete, steinige Unendlichkeit zu durchqueren. Sie ritten eine Weile aufs Geratewohl, denn die guten Karten mit der Aufzeichnung aller Wege und Wasserstellen war im Lager geblieben. Genau wie beim Überqueren der Berge wiesen sie die Dämpfe des Nichts auf eine Abweichung vom gewöhnlichen Weg hin; dann versuchte Respy mühselig, sich an die Karten und damit an den richtigen Weg, den der Wasserstellen und des Lebens, zu erinnern. Zumindest hegten sie die Hoffnung, nicht verfolgt zu werden, denn die Priester würden sie auf dem Weg in die Berge suchen, die mit jedem Tag eisfreier und somit immer passierbarer wurden. Auch der Sohn von Diamant hatte nicht damit gerechnet, daß sie sich in die Wüste wagen würden, denn sie hatten kaum Futter für die Tiere mit, und das Wasser war sowieso viel zu knapp. Ein Mangel an Voraussicht, der sie leicht das Leben kosten konnte. In der ersten Nacht, als sie anhielten, um auszuruhen, entdeckten sie einen Leichnam. Es handelte sich um einen älteren Mann mit einer vernarbten Haut, die aussah wie altes Leder und mit Geschwüren überzogenen, ausgetrockneten Lippen; um seinen Hals baumelte ein Beutel aus Schlangenhaut mit einer Handvoll winziger Goldkörner. Ein niedriger Preis für ein Leben. Und Agua Fria kam es in den Sinn, daß auch sie so enden könnten, nämlich besiegt von der roten, in Flammen stehenden Erde und mumifiziert von dem glühenden Atem einer bleiernen Sonne. In jener Nacht, als die Felsen um sie herum beim Abkühlen knirschten, tauchte eine durstige und erschöpfte Bruna auf. Sie war den ganzen Tag auf ihren Spuren hinter ihnen hergelaufen, bis sie sie endlich erreicht hatte.

Ein Tag nach dem anderen verstrich in dieser trostlosen Landschaft, die immer dieselbe zu sein schien. Der Horizont spannte sich um sie wie ein Brett aus wabbeliger Gelatine. Sie hatten kaum noch Wasser, und auf den halb verdursteten Pferden konnten sie nicht mehr reiten. Da entdeckten sie eines Morgens weit entfernt einen grünen, saftigen Fleck.

»Ein Brunnen! Das muß ein Brunnen sein!« rief Respy aus. Ihre letzten Kräfte mobilisierend, rannten sie in diese Richtung; der grüne Punkt wurde langsam größer und leuchtete zwischen den Felsen wie ein Smaragd. Zuerst konnten sie die gezackten Kronen der hohen Palmen unterscheiden, und dann, ein Stückchen weiter, berauschte sich die Luft an dem exquisiten Aroma feuchter Pflanzen. Die Pferde wieherten, Bruna bellte aufgeregt, und alle tauchten sie in den Schatten der Oase, in ihre wohltuende Kühle. Zwischen den Palmen drängten sich Obstbäume, und über ihren Köpfen rauschten die Blätter und sangen die Vögel. Es war der Gesang des Lebens selbst. Agua Fria erinnerte sich nicht, schon jemals einen so schönen Flecken Erde gesehen zu haben.

»Wohin glaubt ihr wohl, daß ihr geht?«

Respy und Agua Fria hielten ruckartig an. Vor ihnen hatte sich ein halbes Dutzend mit Messern und Keulen bewaffnete Männer aufgebaut. In ihrer Mitte stand eine ältere, hochgewachsene und massige Frau, über deren Brust zwei mit Riemen befestigte goldene Äxte baumelten und an deren Gürtel ein Kürbis hing. Sie war es, die gesprochen hatte.

»Ich habe euch etwas gefragt. Wohin glaubt ihr wohl, daß ihr in solcher Eile geht?«

Die Frau trug ihr Haar zu einer Unmenge kleiner, öliger Zöpfe geflochten. Ihr linkes Auge bedeckte eine Klappe aus Eidechsenleder.

»Wir sind... wir sind Goldsucher, Herrin«, sagte Respy. »Wir haben uns verirrt und brauchen Wasser. Das *Kristall* hat unsere Schritte geleitet.«

»Goldsucher... daß ich nicht lache!«

Und sie lachte schallend, wobei sie die Hände auf ihre runden Hüften stützte und ein vollständig goldenes Gebiß enthüllte. Auch die Männer lachten, aber es war ein lustloses, düsteres Gelächter.

»Glaubt ihr vielleicht, ich wäre blöd; ihr und Goldsucher? Hier? Und mit diesen guten Pferden? Und ohne Werkzeug?«

Niemand rührte sich, niemand sagte etwas. In der Stille hörte man nur die Vögel piepsen.

»Ich heiße Kaola, und diese Wasserstelle gehört mir. Und ich denke nicht daran, euch die Bedeutung meines Namens zu erklären, unter anderem deshalb, weil er mir von keiner *Anterior* gegeben worden ist und weil das *Kristall* mich einen feuchten Kehricht interessiert!« fügte die Frau hinzu. »Und um ganz ehrlich zu sein, es interessiert mich ebenfalls nicht, wer ihr seid und was ihr hier sucht. Aber ich mag es überhaupt nicht, wenn man mich für dumm verkauft. Das macht mich rasend, wirklich rasend! Und ihr wollt mich doch nicht zum Rasen bringen, nicht wahr?«

»Ja, Herrin... Ich wollte natürlich sagen, nein...«, stotterte Respy.

»Gut. Also kommen wir zur Sache. Ihr seid durstig, und ich habe Wasser. Was habt ihr, was ihr mir dafür geben könntet?«

»Wir haben... Gold«, sagte Agua Fria und machte einen Schritt nach vorne und zeigte Kaola die kärgliche Handvoll Goldspäne, die sie bei dem Kadaver gefunden hatte und die sie auf ihre Handfläche geschüttet hatte.

»Und das nennt ihr Gold? Daß ich nicht lache!«

Die Frau hielt sich die Seiten und lachte aufs neue auf dieselbe übertriebene Art, wobei sie von dem gehorsamen Eselsschrei der Männer begleitet wurde.

»Mit diesen goldenen Staubkörnern spülen wir hier das Geschirr! Mit dieser erbärmlichen Menge werdet ihr nicht einen einzigen Tropfen meines Wassers kaufen können.«

»Aber Herrin, das ist alles, was wir haben!« sagte Respy verzweifelt.

»Wer nicht bezahlt, trinkt nicht. Das ist das Gesetz der Wüste.«

»Wenn Ihr uns kein Wasser gebt, ist das so gut wie ein Todesurteil... Bitte, habt Erbarmen...«, flehte der Junge.

»Wer nicht bezahlt, trinkt nicht.«

Ich könnte die Hypnose anwenden, dachte Agua Fria. Aber dann würde es offensichtlich werden, daß sie eine Abtrünnige war. Auch wußte sie nicht, ob es in der Oase nicht noch mehr Menschen gab.

»Die Pferde. Wir geben Euch die Pferde!« sagte Agua Fria.

»Hmmmmmm... das klingt schon besser«, antwortete Kaola und kratzte sich ihren klebrigen Kopf. »Natürlich befinden sich diese Tiere in sehr schlechtem Zustand.«

»Ihr selbst habt gesagt, es wären sehr gute Pferde.«

»Ja, das stimmt, aber sie sind bis auf die Knochen abgemagert. Außerdem nützen sie euch sehr wenig. Ein Pferd ist kein sehr nützliches Tier mitten in der Wüste.«

»Drei Schläuche Wasser und Proviant für eine Woche, und die Tiere gehören Euch.«

»Zwei Schläuche Wasser.«

»Und Proviant.«

»Einverstanden. Zwei Schläuche Wasser und Proviant. So lautet das Geschäft!« sagte Kaola.

Agua Fria seufzte und schickte im Geiste ein Dankgebet an das *Kristall*. Die Männer setzten sich in Bewegung, und in weniger als einer Stunde wurden für Agua Fria und Respy zwei umfangreiche Ballen mit den ihnen von Kaola versprochenen Wasserschläuchen, Datteln, Mandeln, Dörrfleisch und Orangen hergerichtet.

»Ihr habt großes Glück gehabt, auf mich zu stoßen«, sagte die Frau mit einem breiten Lächeln ihres metallbestückten Mundes. »Ich hätte meinen Männern auch befehlen können, euch zu töten, und die Pferde wären mein gewesen, ohne daß ich euch etwas für sie hätte geben müssen. Genau das und nichts anderes ist es, was die Mehrheit der Brunnenbesitzer, die ich kenne, getan hätte. Aber ich bin eine Frau von Ehre. In der Tat habt ihr großes Glück gehabt.«

»Und trotzdem hättet ihr uns sterben lassen, wenn wir nichts gehabt hätten, um euch zu bezahlen...«, grollte Respy.

»So ist das Leben, du kleiner Dummkopf. So sind die Spielregeln. Du kommst vom Westen, aus den Städten, das sieht man dir an. Du bist ein feiner Pinkel, der den Wert der Dinge nicht kennt. Vor dreißig Jahren gab es hier nichts als Felsen. Vor dreißig Jahren war das nichts weiter als das Herz der Hölle. Und dann kam ich. Ich allein! Und entdeckte diese Wasserstelle. Und pflanzte Palmen und Obstbäume, baute Wasserbecken und legte Gemüsebeete an. Alle Blätter, die du hier siehst, verdanken mir ihr Leben, alle Kräuter, alle Schatten und alle Vögel. Ich bin Gott und habe aus dem Nichts eine Welt erschaffen. Kannst du das begreifen? Ich bin Kaola und habe die Wüste besiegt! Mit meinem Blut habe ich Tag für Tag diesen Sand begossen, meine Tränen haben sie Nacht für Nacht zum Blühen gebracht. Und du maßt dir an zu verlangen, daß ich dir mein Wasser schenke! Daß ich nicht lache.«

Aber sie lachte nicht. Niemand lachte.

»Und jetzt verschwindet!« knurrte die Frau. »Nicht für alles Gold der Welt könnt ihr euch das Privileg erkaufen, eine Nacht in meinem Paradies zu verbringen.«

Während der größten Hitze verließen sie die Oase, und die Wüste empfing sie mit ihrem glühenden Atem. Das Gewicht der Proviantballen, die sie auf den Rücken trugen, drückte sie zu Boden. Mutlos betrachteten sie den trostlosen, zitternden Horizont.

»Mein Bruder Mo lebt zwischen grünen Wiesen. Und es gibt dort Farne und Flüsse und Wälder, die so dicht sind, daß das Licht nicht durch die Blätter der Bäume dringt.«

»Aber Respy, du hast doch gesagt, du wärst noch nie dort gewesen...«

»Mein Bruder Mo lebt zwischen grünen Wiesen...«

Und sie begannen ihren Marsch zwischen der Hölle der Sonne und der glühendheißen Erde.

Sie marschierten mehrere Tage, und jeder Tag erschien ihnen gleich. Um das Austrocknen zu vermeiden, marschierten sie nachts und ruhten sich aus, wenn die Sonne am heißesten brannte. Gegen Abend, wenn sie ihr improvisiertes Lager abbauten und ihren Marsch fortsetzten, kniff Respy immer die Augen zusammen und betrachtete hoffnungsvoll das Steinmeer.

»Heute verlassen wir die Wüste... Wir müßten fast am Ende sein, nach den Karten zu schließen, dauert die Durchquerung nur drei Wochen.«

Dann knüpfte er mit zitternden Fingern seinen Gürtel auf und zählte die Kerben, die er jede Nacht in das abgewetzte Leder geritzt hatte. Er runzelte die Stirn, zog den Mund kraus, verzählte sich und mußte wieder von vorne anfangen.

»Dreißig Tage! Das kann nicht sein... Ich habe mich sicher geirrt...«, sagte er und war immer wieder aufs neue überrascht von dem Ergebnis.

Er ließ noch einmal die Finger mit großer Konzentration über das Leder laufen.

»Dreißig Tage... Heute verlassen wir die Wüste, Agua Fria.«

Und sie liefen einem Horizont hinterher, der erbarmungslos vor ihnen zurückwich. Die Landschaft wurde zusehends immer mehr vom Nichts verschlungen, die Dämpfe folgten in immer kürzeren Abständen. Aber es tauchten auch kleine Sträucher auf, ein völlig verkümmertes, vertrocknetes Gebüsch, das tot schien, aber an die Felsen geklammert überlebte. Und der Anblick dieser beharrlichen Pflanzen machte ihnen Mut; schienen sie doch die Nähe einer grüneren, bewohnbaren Welt anzukünden.

Aber eines Nachmittags wachte Agua Fria schreiend auf. Noch bevor sie die Augen geöffnet hatte, spürte sie ganz deutlich, daß irgend etwas nicht stimmte. Sie richtete sich auf und blickte um sich: Die Wüste war in einer grauen, nicht mit Händen zu fassenden Wolke versunken. Während sie schliefen, waren sie von den Nebeln des Vergessens überwältigt worden.

»Respy!«

Rücken an Rücken standen sie auf, so als müßten sie sich gegen ein Rudel hungriger Wölfe verteidigen. Von der Welt waren nur noch einige kleine Teilchen Materie übriggeblieben: der leere Umriß eines Felsens, die Andeutung eines Spaltes zwischen zwei Steinen, eine Eidechse, die inmitten der Dämpfe wie wild zappelte. Fetzen von Realität, die in einem verwirrenden Magma von Schatten schwebten und die sich schon bald, ohne eine Spur zu hinterlassen, auflösen würden. Wenig später war schon nichts mehr übrig, und man konnte in diesen trostlosen Schwaden, in denen sich nichts rührte, Himmel und Erde nicht mehr unterscheiden. Aber obwohl auch er im Nebel lag, so bewahrte doch der Boden noch immer seine Festigkeit und war somit der einzige räumliche Anhaltspunkt, mit dem sie rechnen konnten. Es war, als ob sie durch einen von Nebelschwaden überzogenen Sumpf wateten oder als ob sie schlafwandelten. Sie packten ihre Sachen und begannen zu laufen, obwohl sie keine Ahnung hatten, ob die Richtung, die sie eingeschlagen hatten, die richtige war.

Das Nichts umgab sie mit einem immer die gleiche Intensität besitzenden kalten, milchigen Glanz und einer krankhaften aschgrauen Farbe, die die Verneinung aller Farben war. Hier drinnen gab es weder Nacht noch Tag, und das Fehlen jedweder räumlichen Koordinaten bewirkte ein beängstigendes Schwindelgefühl. Agua Fria mußte all ihre im Talapot erworbene Disziplin, all ihre Kontrolle über Muskeln und Geist aufwenden, um sich aufrecht zu halten und die Wahnvorstellung des Schwindels zu bekämpfen. Aber Respy, der kein priesterliches Training absolviert hatte, verlor ständig das Gleichgewicht. Er fiel hin und wußte, verwirrt und ängstlich, wie er war, nicht, in welche Richtung er wieder aufstehen mußte. So blieb er liegen und strampelte im Nebel herum, bis es Agua Fria gelang, ihn wieder auf die Füße zu stellen. Bruna hingegen schien keinerlei Probleme zu haben, sich fortzubewegen. Es sah so aus, als ob ihr animalischer Instinkt die genaue Position des Erdmittelpunktes diktierte. Sie ließ sich von der Erdanziehungskraft leiten, ohne dabei dem rationalen Betrug der Sinne zum Opfer zu fallen.

Im Nichts war es unmöglich, die verflossene Zeit abzuschätzen, ja es war nicht einmal ganz klar, ob sie überhaupt verfloß. Sie aßen, wenn sie Hunger hatten; wenn sie sehr erschöpft waren, fielen sie für eine Weile in einen von Alpträumen heimgesuchten Halbschlaf. Es herrschte absolute Stille. Nicht einmal das Echo ihrer Schritte war zu hören.

»Respektvoller Gesetzesstolz, Respektvoller... Ja, ja, ja«, flüsterte Respy.

»Was sagst du?«

»Nichts. Respektvoll. Respektvoller Gesetzesstolz, Stolz, Stolz...«

Er tat dies, um die dröhnende Leere, die ihm in den Ohren hallte, zu bekämpfen. Wenig später begann auch Agua Fria eine Litanei zu flüstern. Sie wiederholte völlig automatisch die alten Gebete, die sie im Talapot gelernt hatte:

»O *Kristall,* der du meine Geburt und die Wechselfälle meines Lebens bestimmt hast, hilf mir zu begreifen, daß alles Existierende notwendig ist... O *Kristall.*«

Und kaum waren die Worte ihrem Mund entschlüpft, schien der Nebel sie schon verschluckt zu haben.

Jedesmal, wenn sie sich zum Schlafen hinlegte, kostete sie es größere Mühe, wieder aufzuwachen. Der Nebel des Vergessens ließ ihre Muskeln steif werden und ihren Geist abstumpfen. Sie einigten sich darauf, immer abwechselnd zu schlafen, um sich gegenseitig zu helfen, dieser Benommenheit leichter zu entkommen. Aber die Auswirkungen des Nichts begannen auch im Wachzustand spürbar zu werden. Es war, als ob die Dämpfe ihre Energien verschlangen und ihr Blut in eine dickflüssige, kalte und träge dahinfließende Masse verwandelten. Sie hörten auf, miteinander zu sprechen, und nach und nach ließen sie die wenigen ihnen noch verbleibenden Vorräte einfach liegen. Sie verspürten keinen Wunsch mehr zu leben.

Irgendwann legte sich dann Respy auf den Boden und rollte sich zusammen. Er bewegt sich nicht mehr, dachte Agua Fria. Aber es war ihr gleichgültig. Es verging eine ganze Weile. Er bewegt sich nicht mehr, wiederholte das Mädchen für sich und machte einen Versuch, sich unter Aufbietung aller ihrer Kräfte zu konzentrieren.

»Respy«, murmelte sie mit trockener Kehle. »Respy! O *Kristall,* das du meine Geburt und die Wechselfälle meines Lebens bestimmt hast, o *Kristall*...«

Sie kniete neben dem Jungen nieder, flüsterte Gebete und wiegte sich hin und her, bis sich Respys Beine in den Dämpfen aufzulösen begannen und die Hündin anfing zu jaulen. Dann setzte sie wie automatisch ihren Marsch durch diesen dichten, totenstillen Nebel fort. Wozu dieses sinnlose Laufen, schienen ihre Knochen, ihre Sehnen und ihr Blut, das dickflüssiger als Lava war, zu fragen. Warum sich anstrengen und weitergehen? Und jeder Schritt wurde mühseliger und unsinniger.

Sie ließ sich auf die Knie sinken und streckte sich langsam auf den Bauch aus. Der Nebel war von blendender Helligkeit, und einen Augenblick lang wußte sie nicht, ob sie die Augen offen oder geschlossen hatte. Sie mußte ihre Augenlider berühren, um festzustellen, daß sie hochgezogen waren und daß also das, was sie sah, oder besser gesagt nicht sah, die Leere war, die von der Welt übriggeblieben war. Und in dieser Leere würde auch sie verschwinden und vom Wirbel des Nichts aufgesogen werden. Dieser Gedanke erschreckte sie nicht mehr; die Dämpfe schienen in ihr Gehirn eingedrungen zu sein und mit ihren eisigen Fingern all ihre Gefühle und Ideen eingefroren zu haben. Im Nebel ausgestreckt, gab Agua Fria sich auf und erwartete die Aufzehrung, ohne sich bewußt zu sein, auf was sie eigentlich genau wartete. Sie hielt die Augen offen und glaubte ganz schwach das Vorhandensein einiger gespenstischer Kräuter unter ihr wahrzunehmen. Das ist eine Wahnvorstellung, überlegte sie unter größter Anstrengung: aber sie erkannte in dem Dampf einige feine Stengel, die so zerbrechlich aussahen, als wären sie noch nicht ganz zu Ende gezeichnet worden, und sie glaubte sogar, etwas Pflanzenartiges an ihrer auf den Boden gepreßten Wange zu spüren.

Da durchzuckte sie ein stechender Schmerz, eine tiefe Melancholie bemächtigte sich ihrer, denn die Wahnvorstellung hatte ihre Erinnerung und mit ihr die Sehnsucht nach dem Leben geweckt. Wie hart dies alles ist, dachte sie. Und eine Unmenge Erinnerungen bestürmte sie, andere Gräser, andere Wiesen, die Felder ihrer Kindheit und Jugend, eine frische Brise im Gesicht, der Hautgeruch eines geliebten Wesens. Wie hart das Sterben doch ist, stöhnte sie, während irgendwo weit weg ein Hund wütend bellte. Agua Frias Augen wurden feucht, und die gespenstischen Pflanzen verschwammen hinter einem Tränenschleier, und die endgültige Dunkelheit war schon so furchtbar nahe. Aber der Hund bellte weiter, und das Mädchen spürte, daß sich irgend etwas neben ihr bewegte, irgend etwas sie berührte, sie umdrehte, sie abtastete; kleine, warme, verschwitzte Händchen, wirklich winzige Hände, die sie an den Handgelenken packten und über den Boden zerrten. Plötzlich wurde die Luft süßer, leichter. Vielleicht war das der Tod, dachte Agua Fria und öffnete die Augen und betrachtete einen intensiv blauen Himmel und eine strahlende, blendend helle Sonne.

Das erste, was Agua Fria beim Aufwachen sah, war eine Zimmerdecke aus hellem, rohem Holz. Großzügig schien die Sonne durch die Fenster und tauchte alles in ein goldenes, warmes Licht. Aber was waren denn das für seltsame Fenster, wunderte sich das Mädchen; sie waren klein und unbegreiflich niedrig. Jetzt, wo sie darauf achtete, war eigentlich auch die Decke zu nah. Und neben ihr stand ein Liliputanerschaukelstuhl mit entzückenden Kissen von der Größe eines Taschentuches. Weiter hinten standen eine Winzigkeit von Wandschrank und ein Tisch von lächerlichen Ausmaßen. Agua Fria lag auf dem Boden eines Puppenhauses.

Bruna an ihrer Seite bellte euphorisch und begann begeistert ihre Wangen zu lecken.

»Du bist genau rechtzeitig aufgewacht, ich mache gerade Frühstück«, säuselte eine Stimme hinter ihrem Rücken.

Agua Fria drehte sich um; an einem Zwergenherd machte sich ein ganz außergewöhnliches Persönchen zu schaffen. Ohne Zweifel handelte es sich um eine erwachsene Frau, obwohl sie wie ein etwas verwelktes, kleines Mädchen aussah. Sie hatte ansprechende Gesichtszüge und war ebenmäßig proportioniert, obwohl sie einfach unglaublich klein war: kaum fünf Handlängen groß.

»Wie fühlst du dich?« fragte das Wesen.

»Gut... Ein bißchen durcheinander. Ich habe Hunger.«

»Das wundert mich nicht. Du schläfst schon anderthalb Tage. Wenn du gegessen hast, wird es dir wieder gutgehen.«

Agua Fria schob das Durcheinander von winzigen Decken, mit denen sie zugedeckt war, zur Seite und stand auf, wobei sie sich den Kopf an einem Dachbalken stieß. Sie brummte und rieb sich die Stirn. Die Zwergin hatte gerade die Teller auf den niedrigen Tisch gestellt.

»Es wird das beste sein, wenn du dich auf den Boden setzt. Ich glaube, auf einem Stuhl wirst du vielleicht etwas... hmmm, etwas ungemütlich sitzen«, sagte die Frau mit ausgesuchtem Zartgefühl, so als ob die Größe Agua Frias ein körperlicher Defekt wäre, den man aufgrund seiner guten Erziehung nicht zu erwähnen hat.

Das Mädchen setzte sich an den Tisch, und eine Zeitlang tat sie nichts anderes als essen. Sie aß Käse mit Blaubeerkompott, gerösteten Hafer, geriebene Äpfel mit Nüssen und Honig, Dörrfleisch vom Hirsch, frischgebackene Brötchen, die vollständig in ihren Mund paßten, und pochierte Eier. Die Frau neben ihr beobachtete mit einer Mischung aus bewunderndem und zufriedenem Gesichtsausdruck, wie sie ein Gericht nach dem anderen verschlang. Endlich lehnte sich Agua Fria gesättigt und von einem angenehmen Gefühl körperlichen Wohlbefindens durchdrungen an die Wand. Das seltsame Geschöpf hatte eine kleine Pfeife angezündet und betrachtete sie mit mütterlichem Lächeln.

»Du heißt Agua Fria, nicht wahr? Das hast du mir erzählt, als ich dich fand. Ich heiße Wirbelwind«, sagte das Frauchen und vollzog dabei eine witzige zeremonielle Begrüßung voller Temperament.

Und sie erklärten sich gegenseitig die Bedeutung ihrer Namen. Ein Streifen Sonne schob sich träge über den Tisch und ließ die Blechbecher, die so klein wie Fingerhüte waren, funkeln. Durch das Fenster sah man eine Landschaft mit bläulichen Hügelketten und duftenden Wäldern, die wie aus dieser frischen, durchsichtigen Luft, die den Bergen im Sommer eigen ist, herausgeschnitten wirkten. Agua Fria erinnerte sich dunkel, eine ähnliche Pracht gesehen zu haben, als sie zu der Hütte gelangte, aber zu diesem Zeitpunkt war sie zu schwach und verwirrt gewesen, um sie gebührend bewundern zu können. Jetzt hingegen wurde sie von der Schönheit des Panoramas überwältigt. So weit ihr Blick reichte, wies die Welt eine perfekte Festigkeit auf.

»Wie schön es hier ist…«, seufzte Agua Fria. »Es sieht nicht so aus, als ob das Nichts bis hierher vorgedrungen wäre.«

»Wir sind eine Gemeinschaft von etwa zweihundert Menschen, die über diese hohen Täler, die du dort siehst, verstreut wohnen, und wir schützen unser Gebiet gewissenhaft mit Hilfe des *Bewahrenden Blickes*«, erklärte die Frau. »Die Nebel beginnen weiter hinten, auf der anderen Seite der Berge, einen halben Tagesritt von hier. Auf dem Rücken meines Ponys ist es etwas mehr. Du erinnerst dich wahrscheinlich nicht mehr daran, aber so lange haben wir gebraucht, um von dort, wo ich dich aufgelesen habe, zurückzukehren.«

»Ich verstehe das nicht, Wirbelwind. Wie kam es, daß du dich gerade dort aufgehalten hast? Was hast du so weit von deinem Haus entfernt getan?«

»Gewartet.«

»Gewartet. Auf wen?«

»Auf dich habe ich gewartet. Das heißt, nicht gerade auf dich. Aber ich wußte, daß da irgend jemand war. Ich wußte es! Und ich hatte recht!« brüstete sich die Zwergin voller Stolz.

»Aber…«

»Weißt du, ich habe ein wenig Okkultismus studiert… Und ich beherrsche einige der *Namenlosen Künste*. Wir haben eine besondere Gemeinschaft. Alle sind wir auf der Flucht vor dem Gesetz hierhergekommen, denn wir teilen den gleichen Wunsch nach Wissen. Wir sind gebildete Leute, und wir lehren uns gegenseitig unser jeweiliges Wissen. Und ich, mußt du wissen, beherrsche die Telepathie. Sie ist eine meiner Begabungen. Und zwei oder drei Tage, bevor ich dich fand, begann ich schon deine Gegenwart wahrzunehmen. Ich spürte dein Leiden... oder besser euer Leiden, denn mir scheint, ihr wart zwei...«

»Ja...«

Das Frauchen lächelte frohlockend und zufrieden.

»Siehst du? Ich bin nämlich sehr gut in Telepathie, das muß man mir lassen, keine falsche Bescheidenheit... Die Sache ist die, eure Angst und eure Verzweiflung erreichten mich, sie gelangten durch den Äther in Wellenlinien bis zu mir. Anfangs versuchte ich sie zu ignorieren, aber die Zeichen waren so deutlich, daß ich immer unruhiger wurde; sie waren einfach unwiderstehlich. Es kam also der Augenblick, an dem ich dann nicht mehr anders konnte und euch suchen gehen mußte. Ich hielt dort an, wo die Dämpfe anfingen, und wartete. Und die Zeichen wurden immer schwächer. Bis ich deine Hündin aus dem Nebel herauslaufen sah. Sie bellte verzweifelt und lief immer wieder in den Nebel zurück. Ich folgte ihr, und nach wenigen Metern fand ich dich. Wie du siehst, war alles ganz einfach... für jemanden, der meine Fähigkeiten besitzt. Nun denn, ich glaube, auch du weißt etwas über die alten Künste, nicht wahr? Du bist Priesterin, stimmt's?«

Agua Fria zuckte zusammen.

»Woher weißt du das?«

Wirbelwind lächelte.

»Wegen des Fingers...«

Das Mädchen errötete und versteckte ihre verstümmelte Hand.

»Ja, ich bin Priesterin... oder fast. Aber wie kannst du nur so viele Dinge wissen?«

»Ich habe dir doch schon gesagt, dies ist eine ganz besondere Gemeinschaft. Unter uns gibt es zwei Priester; zwei Abtrünnige. Und sie haben uns viele Sachen gelehrt. Beide haben Amputationen wie du.«

Agua Fria betrachtete sie mit plötzlichem Mißtrauen:

»Besitzt du etwa auch das Wissen der Hypnose?«

Wirbelwind machte ein verdrossenes Gesicht.

»Nein, unglücklicherweise nicht. Unsere zwei Priester sind Männer und konnten diese Kunst nie lernen. Aber wenn du lang genug bei uns bleibst, könntest du uns vielleicht unterrichten...«, sagte sie gierig.

Niemals, dachte Agua Fria. Die Hypnose war die Grundlage ihrer Macht, das Geheimnis ihrer Kraft. Niemals.

»Ja, natürlich, vielleicht…«, antwortete sie unbestimmt.

Sie betrachtete neugierig die Frau: ihr winziges Gesicht, ihre zarten Knochen, die kleinen Händchen, die sich um die Miniaturpfeife klammerten. Kokett, klein, tadellos. Eine Frage kam Agua Fria in den Sinn:

»Und hier«, sagte sie, »seid ihr alle… so?«

»Wie?«

»So… von solcher Statur«, das Mädchen wurde verlegen.

Wirbelwind lachte.

»O nein! Ich bin die einzige, die so klein ist. Das *Kristall* hat es so gewollt. Genauso wie es große Felsen aus rauhem Stein und winzige Edelsteine von grenzenlosem Wert gibt: vollkommene Smaragde, reinste Diamanten…«, sagte das Wesen mit entwaffnender Schlichtheit.

Ein Schatten bedeckte ganz plötzlich die Hüttentür, und der Kopf des Mannes, der durch den Eingang hineinsah, kam Agua Fria unverhältnismäßig groß vor.

»Ah, es ist Mo!« rief die Zwergin. »Warte, Mo, wir kommen sofort raus.«

»Mo?« fragte Agua Fria überrascht.

»Ja, natürlich, wolltest du ihn denn nicht sehen? Als ich dich fand, sagtest du mir, daß du ihn suchst. Gestern habe ich ihm die Nachricht geschickt, er solle herkommen.«

Der mythenumwobene Mo, der legendäre Bruder! Die Erinnerung an Respy tat ihr weh, wühlte sie auf. Hier ist er, dachte Agua Fria melancholisch. Ich habe ihn gefunden, Respy, ich habe ihn gefunden.

Sie gingen aus der Hütte heraus. Mo wartete riesengroß und seelenruhig neben der Türe auf sie. Er war sehr hochgewachsen, noch größer als Respy, aber vielleicht wirkte er durch seinen größeren Umfang auch nur so. Er war ein Mann von ungefähr dreißig Jahren, stark und athletisch, und die Arbeit im Freien bei jedem Wind und Wetter hatte seine Haut gegerbt. Abgesehen davon hatte er die gleiche, zu lange Nase und das gleiche häßliche, sensible Gesicht wie Respy; nur daß Mos Züge fester und markanter waren und ihnen die nervöse Unbeständigkeit fehlte, die das Gesicht seines Bruders quälte.

»Wie ist er gestorben?« fragte der Mann statt einer Begrüßung schlicht.

Agua Fria fuhr zusammen.

»Er hat nicht gelitten. Wirklich, er hat überhaupt nicht gelitten. Er hat sich im Nebel ausgestreckt und sich selbst aufgegeben.«

Mo stimmte ihr mit einem Nicken seines Kopfes ernst zu.

»Der Nebel des Vergessens ist immer so. Als erstes tötet er deine Lebensgeister«, bemerkte er mit klingender Baßstimme. Dann schwieg er.

»Er hat mir viel von dir erzählt«, fügte Agua Fria furchtbar nervös hinzu, »er hat dich sehr geliebt.«

Aufs neue nickte Mo bestätigend und blieb weiterhin gleichmütig. Agua Fria fühlte sich langsam gereizt.

»Du kannst mit mir kommen«, sagte der Mann endlich. »Ich habe ein Bett frei… und zwar eins für deine Größe.«

Agua Fria drehte sich zu Wirbelwind um, die zustimmend lächelte. Dem Mädchen behagte die Idee, mit diesem schweigenden, verschlossenen Menschen fortzugehen, nicht besonders, aber sie begriff, daß ihre Gegenwart sich in der sauberen Hütte der Zwergin verwirrend gigantisch ausnehmen mußte.

»Gut, danke.«

Sie verabschiedete sich von Wirbelwind, und beide zogen sofort von dannen. Sie wanderten durch Wiesen mit hochstehendem, geschmeidigem Gras und durch farnbewachsene, nach Moos duftende Schluchten, ohne daß Mo auch nur ein Wort von sich gab. Agua Fria beobachtete ihn aus den Augenwinkeln heraus, sah, wie er mit seinen rauhen, verhornten Händen geschickt die Zweige zur Seite bog, und war enttäuscht und wütend: Der berühmte Mo schien so gar nichts Besonderes an sich zu haben. Er war nichts weiter als ein einfacher, ungehobelter Bauer.

Die Abtrünnigen hatten ihre Siedlung Renaissance genannt, einen etwas hochtrabenden Namen, wie Agua Fria fand. Renaissance bestand aus einer Gruppe von Tälern, die sich an den Hang einer imposanten Bergwand lehnten. Ein weltabgeschiedenes Paradies, in dem die zweihundert Geächteten ein bäuerliches, ruhiges Leben führten.

Dreimal in der Woche versammelte sich die Gemeinde auf einer Waldlichtung, die mehr oder weniger gleich weit von allen Behausungen entfernt lag und auf der sie einige schmucklose Baracken errichtet hatten. Dort setzten sie sich um prasselnde Feuer und tauschten untereinander die Künste aus, die sie beherrschten, oder unterrichteten sich gegenseitig in den *Namenlosen Wissenschaften*. Einer erklärte die grundlegenden Kenntnisse über den inneren Rhythmus, zeigte, wie man den Pulsschlag verlangsamen oder mit der Willenskraft die Körpertemperatur erniedrigen konnte; ein anderer unterwies seine Kameraden in den Halluzinationen hervorrufenden und heilenden Kräften der Kräuter. Andere, wie die Telepathen, waren bewandert in den längst in Vergessenheit geratenen, uralten Künsten des Geistes; und andere schließlich beherrschten die Geheimnisse der Mechanik oder Chemie, wie zum Beispiel die Zwergin Wirbelwind, die abgesehen von ihren spiritistischen Fähigkeiten auch noch in der Lage war, ein schwarzes Pulver herzustellen, das sich, hielt man eine Flamme in seine Nähe, entzündete, dampfte und unter mächtigem Getöse explodierte. Schwarzpulver nannte sich diese Substanz, und Agua Fria kannte seine Existenz aus den alten Büchern, die sie im Talapot studiert hatte. Aber sie beobachtete hier das erste Mal seine Wirkung, und sie konnte nicht aufhören, sich darüber zu wundern, daß ein so zerbrechlicher, delikater Winzling wie Wirbelwind sich ausgerechnet auf die Handhabung einer so spektakulären, dröhnenden Materie spezialisiert hatte.

Agua Fria wunderte sich sehr über eine derartige Menge von verschiedenartigsten Kenntnissen, aber sie brachte es nicht fertig, unter den Abtrünnigen heimisch zu werden. Die Selbstzufriedenheit dieser kleinen Gemeinschaft rüttelte an ihren Nerven, denn in gewisser Weise kam sich Agua Fria ihnen allen überlegen vor. Schließlich und endlich besaß sie die Macht der Hypnose, ein geheimes, rituelles und allerhöchstes Wissen. Sie war im Talapot ausgebildet worden, und wenn sie gewollt hätte, wäre sie Kobaltpriesterin geworden. Aber sie hatte es nicht gewollt. Darum gab es hier niemanden ihresgleichen; sie hatte sich von den Ihrigen distanziert, und ein Zurück war nicht möglich. In der Karawane, in der sich ständig verändernden Welt der Nomaden, in der sie von absolut undurchsichtigen Individuen umgeben war, allein unter Tausenden von Einsamen, hatte sich Agua Fria beschützter und ausgeglichener gefühlt. Aber in Renaissance schienen die Abtrünnigen sich darauf versteift zu haben, alles miteinander zu teilen, sich gegenseitig zu kennen und zu ergänzen, wie in einem pennälerhaften Glückstraum als ein einziges großes Herz zu schlagen, und das Mädchen fühlte sich unfähig, diesen Traum zu teilen.

Die Verdammten waren nichts weiter als eine pittoreske Mischung zwischen Bauer und Zauberer, sagte sich Agua Fria; und sie war stolz darauf, anders zu sein.

Nichtsdestotrotz gab es zwischen den Abtrünnigen eine Frau, die ganz besonders weise war und Agua Frias Aufmerksamkeit mächtig anzog. Sie hieß Scharade und war die Führerin der Gemeinschaft. Denn obwohl man in Renaissance den Traum von Gleichheit lebte und erklärte, daß man keine Anführer besaß und daß es keinerlei Diskriminierung wegen des Geschlechts gab, so war doch deutlich zu erkennen, daß alle stillschweigend die Autorität Scharades anerkannten. Wie immer in solchen Fällen handelte es sich um eine reife Frau. So weit waren sie also mit ihrer Prahlerei einer neuen, wiedergeborenen Welt gekommen, dachte Agua Fria belustigt.

Scharade besaß unter anderem die Gabe der Telekinese, wobei sie Gegenstände von unglaublichen Ausmaßen, ohne sie zu berühren, allein mit Hilfe ihres Willens im Raum bewegte. Die Frau benutzte polierte Kugeln aus Knochen, um den Neulingen das Lernen zu erleichtern. Vor dem Feuer hockend, strich sie erst mit ihrer Hand die Erde glatt, wobei sie Zweige und kleine Steinchen entfernte. Dann legte sie mit äußerster Ruhe zwei oder drei Kugeln auf den Boden, die jeweils nur einige Zentimeter voneinander entfernt waren. Einer nach dem anderen versuchten die Schüler, sich zu konzentrieren und in das dunkle Geheimnis der Bewegung einzudringen, um den leblosen Gebilden Leben einzuhauchen. Aber dies war eine sehr schwierige Kunst, und selbst die Fortgeschrittensten unter ihnen schafften nicht mehr, als den Kugeln ein leichtes Zittern abzuringen. Agua Fria fand sich jede Nacht an Scharades Feuer ein und beobachtete mit stillem Interesse das Schauspiel.

In einer dieser Nächte rief Scharade das Mädchen und nötigte es, neben ihr Platz zu nehmen.

»Versuch du es einmal, Agua Fria, aber mach es langsam.«

Wie gelähmt von einem verwirrenden Gefühl von Aufregung und Angst, versuchte das Mädchen sich an all die Ratschläge der Frau zu erinnern. Das wichtigste war, die absolute Gegenwart des eigenen Organismus zu spüren, um dann später, so lauteten Scharades Worte, das Bewußtsein von sich selbst zu verlieren und sich völlig auf die Oberfläche der Kugel zu konzentrieren, ihre Geometrie und ihr Material zu verinnerlichen, als wäre es ein Teil von einem selbst; seinen Willen in die Knochenseele des zu bewegenden Gegenstandes zu verbeißen, um dann endlich mit der wunderbaren Leichtigkeit, mit der man einen Finger rührt, die Kugel zu bewegen. Agua Fria versuchte sich zu konzentrieren. Sie wollte es gut machen. Sie mußte es einfach besser machen als die anderen. Die sich widerspiegelnden Flammen tanzten auf den polierten Kugeln, und für einen Moment glaubte das Mädchen sogar, daß sie sich einige Millimeter bewegten. Aber nein, sie blieben weiterhin bewegungslos und unerschütterlich dort liegen, tote organische Materie. Agua Fria errötete:

»Ich kann es nicht!« murmelte sie beschämt.

Scharade beugte sich zu ihr vor und runzelte die Stirn:

»Warum denkst du nicht einfach einmal weniger an dich und versuchst es wirklich? Du weißt, was ich meine. Du kannst es!«

Der Vorwurf brannte Agua Fria in der Seele, aber dann dachte sie: Sie hat ja recht, *ich* kann. Sie horchte auf das heftige Schlagen ihres Herzens und begann den ruhigen Strom des Blutes in ihren Venen wahrzunehmen. Langsam aber sicher fing die alte Priesterdisziplin an, sie zu entspannen; sie wurde sich der Form und des Gewichtes ihrer Beine bewußt, der Breite ihrer Schultern, der klopfenden Behaglichkeit ihres Bauches. Sie spürte jeden einzelnen ihrer Finger und das unendlich langsam wachsende Haar auf ihrem Kopf. Ihre ganze Gestalt war eine Masse aus Sehnen und Muskeln, bebendes Gewebe, elementares, lebendiges Material. Agua Fria stand mit der Karawane auf der Hochebene. Sie befand sich im feuchten Inneren des Talapot. Sie schwamm sogar im Bauch ihrer Mutter. Zeit und Raum existierten nicht mehr; sie war Blatt und Erde, Wind und Felsen, ein nicht zu unterscheidender Teil des Universums. Sie war eine Kugel aus poliertem Knochen, reinste atomare Spannung. So fand Agua Fria die Essenzen der Welt wieder, dieses unwahrscheinliche, blinde Bestreben der Dinge, ihr Wesen, diese kolossale Energie der Moleküle, beizubehalten. Es war ein ähnlicher Prozeß wie der, der ablief, wenn sie sich der Hypnose bediente, und genau als ob sie hypnotisierte, so ließ Agua Fria auch jetzt ihre Kraft aus sich herausströmen. Die elfenbeinerne Kugel erzitterte, sprang in die Luft und stieß gegen die Kugel, die ihr am nächsten lag. Bruna, von der plötzlichen Bewegung in Rage versetzt, warf sich auf die Knochenstücke und biß wütend hinein. Dem Mädchen, das ganz verdutzt von seinem Erfolg war, entwand sich ein Schnauben.

»Gut. Für das erste Mal war das sehr gut. Ich wußte, daß du es schaffen würdest!« rief die Frau mit befriedigtem Ausdruck im Gesicht aus.

Und Agua Fria blähte sich vor Stolz und dachte, daß Scharade die einzige Person in ganz Renaissance war, die in der Lage war, sie zu verstehen und zu schätzen.

In Renaissance gab es vier Kinder, das jüngste war gerade vier Jahre alt geworden; seit seiner Geburt hatte es in der Siedlung keine Schwangerschaft mehr gegeben. Trotz des unverhältnismäßigen Stolzes, mit dem sich die Abtrünnigen immer auf ihre kleine Welt bezogen, wußten sie im Grunde doch, daß auch hier das Leben langsam verlosch. Wenn die Sonne unterging, betrachteten sie ihr Paradies, und während die Sonne die Wipfel der Bäume und die feuchten, schattigen Wälder erglühen ließ, begriffen sie, daß dieser Tag, der gerade zu Ende ging, einen Tag weniger in dem großen Weltkalender bedeutete. Hinter den Geräuschen der Tiere und Pflanzen in den fruchtbaren Tälern ahnten die Abtrünnigen das Knacken, ja fast ein Klagen, das den Dingen entweicht, die verwesen.

Vielleicht war es gerade dieses Gefühl, welches Mos Wesen verbitterte. Oft setzte sich der Bruder Respys auf den Felsen hinter seiner Hütte neben dem Fluß und blieb dort viele Stunden lang mit verschwommenem Blick und fest aufeinandergepreßten, schneeweißen Lippen sitzen, in einen melancholischen Zustand versunken, der durch die Vorahnung vom Tod der Schönheit heraufbeschworen wird. Mo war ein extrem schweigsamer, schon fast barscher Mensch. Aber gleichzeitig war er auch höflich und überraschend aufmerksam. Er erfüllte alle Bedürfnisse Agua Frias, noch bevor diese sie aussprechen konnte, so als könnte er ihre Gedanken lesen. In den Wochen, die das Mädchen jetzt schon in seiner Hütte wohnte, hatte es keinerlei Streit und keinen Grund zur Klage gegeben. Aber auch kein Anzeichen von Freundschaft oder einen Moment des Vertrauens. Jeden Morgen sagte sich Agua Fria, daß sie aufbrechen, ihre Reise in Richtung Norden fortsetzen müßte, aber sie blieb und betrog sich selbst mit der Ausrede, ihre Kenntnisse in der Telekinese bei Scharade erweitern zu wollen. Unseligerweise wurde ihr Interesse für Mo von Tag zu Tag größer. Es faszinierte sie diese seltsame Mischung aus Widerborstigkeit und Empfindlichkeit, aus Gleichgültigkeit und liebevoller Umsorgung, mit der er sie behandelte. Eines Nachts schlüpfte sie aufs äußerste gereizt von seiner unüberwindlichen Distanz zu ihm ins Bett. Aber der Mann wies sie mit freundlicher Härte zurück.

Einige Tage später, als sie beim Abendessen saßen, ließ Mo verlauten:

»Morgen gehen wir auf die Jagd.«

Der Satz, der doch nur halblaut ausgesprochen worden war, hatte dennoch eine befehlsmäßige Strenge.

»Wer?« fragte Agua Fria.

»Wir. Du und ich.«

»Ich?« wunderte sich das Mädchen. »Ich werde selbstverständlich nicht gehen.«

»Hör zu, Agua Fria, es wird bald anfangen zu schneien, und wir brauchen Proviant für den Winter. Es wäre angebracht, etwas Fleisch zu räuchern. Morgen gehen wir jagen.«

»Aber warum soll ich dich denn begleiten?«

»Ich möchte nicht, daß du mich begleitest, ich möchte, daß du auch jagst.«

Sie und töten! Undenkbar, unmöglich. Frauen waren von Natur aus unfähig, Gewalt auszuüben. Ihre biologische Konstitution stellte sie auf eine höhere Stufe der geistigen Evolution. Es handelte sich keineswegs um ein physisches Hindernis; es war vielmehr ein ererbter, grundsätzlicher und endgültiger Widerwille. Ein in ihren genetischen Code eingraviertes Tabu. Genau wie die Fische unfähig waren zu fliegen oder die Vögel nicht unter Wasser überleben konnten, so blieben die männlichen Wesen Gefangene ihres primitiven, wilden Gewaltinstinktes, während den Frauen diese im Blute liegende Schwäche abging.

»Aber Mo, das ist unmöglich«, erklärte Agua Fria geduldig. »Ich kann das nicht tun.«

»Und warum nicht? Hast du mir nicht erzählt, daß du schießen kannst?«

Ja, das stimmte. Innerhalb des breitgefächerten Unterrichtsstoffes, den das Mädchen im Talapot erhalten hatte, war sie auch in der Handhabung von Pfeil und Bogen und Armbrust ausgebildet worden, aber es war nur auf eine Zielscheibe geschossen worden. Es handelte sich um eine geistige und körperliche Konzentrationsübung, und es wurde eine solche Beherrschung der Sinne und Muskeln von ihnen erwartet, daß sie am Ende in der Lage waren, mit verbundenen Augen ins Schwarze zu treffen. Ja, Agua Fria konnte gut schießen, sogar sehr gut.

»Darum geht es nicht. Ich kann es einfach nicht. Ich kann nicht!« ärgerte sich das Mädchen. »Wir Frauen können keine Gewalt ausüben, das solltest du eigentlich wissen.«

»Aber später könnt ihr dann das Fleisch essen, das andere gejagt haben, nicht wahr?«

»Und was hat das eine mit dem anderen zu tun?«

»Sehr viel«, antwortete Mo trocken. »Agua Fria, wir sprechen vom Winter. Von den Vorräten. Von unseren Vorräten. Wenn du diesen Winter essen willst, mußt du jagen gehen.«

»Ich kann nicht...«, beharrte das Mädchen beklommen.

»Du kannst!«

»Und außerdem will ich gar nicht!« rief sie wütend.

»Du hast keine andere Wahl. Hier in Renaissance bist du auf dich selber angewiesen. Jagen können oder nicht kann von einem Moment zum anderen lebensentscheidend sein. Du mußt mit mir kommen.«

Und Agua Fria fühlte sich verloren. Die harte, träge Stimme Mos ließ keinen Raum für Weigerungen.

Sie standen sehr früh auf und ließen die sich beklagende Bruna in der Hütte zurück, damit sie das Wild nicht verschreckte. Noch bevor die Sonne aufgegangen war, hatten sie schon neben dem Fluß, zu Füßen der Berge und direkt neben einem Tümpel Wachposten bezogen. Hinter Gestrüpp verborgen, verhielt sich Agua Fria genau so wie Mo es ihr, bevor er in Richtung eines anderen Versteckes zwischen den Bäumen verschwunden war, geraten hatte, nämlich vollkommen bewegungslos. Es herrschte eine schreckliche Kälte, die, weil das Mädchen ganz ruhig saß, langsam und hinterlistig ihre Gliedmaßen eroberte, ihre Gelenke steif und ihre Hände klamm werden ließ und ihre Füße in schmerzhafte Eisblöcke verwandelte. Vom Boden, der von einer dicken Schicht herbstlicher, halb verfaulter Blätter bedeckt war, stieg ein stechender Modergeruch. Und der schwarzbraune Nachthimmel über ihrem Kopf begann sich langsam im Blau der Morgendämmerung zu färben; später dann nahm er den verwaschenen Grauton der ersten Sonnenstrahlen an, und es kam dieser Augenblick eines jeden Morgens, an dem einem die Luft so leicht vorkommt wie sonst nie.

Hungrig, durchnäßt und zähneklappernd machte Agua Fria der Gedanke, Mo nachgegeben zu haben, ihn zu begleiten, immer wütender. Wenn ein Hirsch auftaucht, werde ich nicht einmal in der Lage sein, den Bogen zu spannen, dachte sie und kam sich schwach und fiebrig vor. Obwohl sie eigentlich keinerlei Sorge hatte, den Bogen etwa nicht richtig benutzen zu können; aber die Zeit, die sie zusammengekauert in ihrem Versteck gesessen hatte, kam ihr inzwischen unendlich vor, und sie hatte mittlerweile schon fast vergessen, daß sie hier war, um zu jagen. Dies alles, die Starre ihrer Muskeln, ihre ungemütliche Stellung und die schneidende Kälte, hatten sich in eine Art absurde, ihr von Mo aufgezwungene Prüfung verwandelt, eine quälende Feuerprobe, der sie sich unterziehen mußte, obwohl sie sich jetzt, abgestumpft wie sie war und Opfer ihrer Müdigkeit, die Gründe nicht mehr erklären konnte. So widmete sich Agua Fria also lediglich dem Durchhalten, war sie ja ein hartes und entbehrungsreiches Leben gewöhnt. So vergingen die Minuten, während die Sonne am Himmelsbogen hinaufkletterte und das mit Reif bedeckte, knirschende Gebüsch, das ihr als Versteck diente, langsam aber sicher auftaute.

Es war schon ziemlich spät am Morgen, als sie ein seltsames Zittern in dem ihr gegenüberliegenden Gebüsch, auf der anderen Seite des Tümpels, wahrzunehmen glaubte. Automatisch spannten sich ihre Muskeln. Die Schläfrigkeit verschwand, und ganz plötzlich bestand Agua Fria nur noch aus Augen, Nase und Ohren. Ohne auch nur mit einer Wimper zu zucken, beobachtete sie das Gebüsch, und begierig nahm sie eine Witterung auf. Aber die Sekunden vergingen, ohne daß etwas passierte. Agua Fria seufzte und entspannte sich. Da teilte sich mit dem Geräusch trockenen Laubes das Gebüsch, und in der Öffnung erschien ein Wild. Groß, stark, geschmeidig. Es hielt den Kopf hoch und schnupperte nervös in der Luft. Mißtrauisch machte es auf seinem Weg zum Wasser zwei Schritte nach vorne und einen zurück, immer bereit, sich blitzartig umzudrehen und zu fliehen. O nein, o nein, dachte Agua Fria mit trockenem Mund und dröhnenden Ohren, hoffentlich geht es nicht weg, kommt es nur ein wenig näher, gibt mir genug Zeit. Geschickt und ganz sanft, mit kaum wahrnehmbaren, aber exakten Bewegungen, legte Agua Fria einen der mit Metallspitzen versehenen Pfeile an und spannte den Bogen. Das Wild stand jetzt am Wasser und trank genüßlich, wobei es aber die haarigen Ohren hinter seinem Kopf gespitzt hatte und aufmerksam auf jedes verdächtige Geräusch lauschte. Es ist mir preisgegeben, dachte Agua Fria und machte sich schußfertig; es ist mir preisgegeben, ich könnte es mit einem einzigen Pfeil erlegen. Aber das Mädchen konnte sich nicht entschließen, ihre Hände, die im Kampf zwischen Widerwillen und Wunsch wie gelähmt waren, schwitzten.

Da hob das Tier, so als hätte es den rasenden Herzschlag Agua Frias vernommen, ruckartig den Kopf und schaute direkt in die Richtung des Eindringlings. In ihrem Versteck wie versteinert, dachte das Mädchen nur, es kann mich nicht sehen. Aber das Wild schien seine Augen in die ihren gebohrt zu haben, und in seinen Pupillen glänzte ein Ausdruck vollständigen, fatalen Begreifens, dieser seit Urzeiten existierende Blick, den der Gejagte auf seinen Jäger wirft. Während dieses atemberaubenden Momentes schien die Welt stillzustehen: das Tier und Agua Fria, die Schaumkronen auf dem Fluß, die raschelnden Blätter, die Sonne und die substanzlosen Wolken, alles erstarrte in einer plötzlichen Ruhe, die kaum einen Herzschlag lang dauerte. Und dann spannten sich unter der samtweichen Haut jäh die mächtigen Muskeln der Kreatur, und das Wild schoß mit einem verzweifelten, übermächtigen Satz in die Luft. Jetzt, drängte die atavistische Erinnerung des Mädchens. Jetzt! befahl der elektrische Schlag, den ihr Gehirn den Rücken hinunterjagte. Der Pfeil schwirrte durch die Luft und bohrte sich in den weichen Bauch des Tieres. Das Wild fiel, mitten im Sprung getroffen, wie ein Stein auf den Boden. Agua Fria stand auf und stürzte sich auf die Beute.

»Ich habe es getroffen, ich habe es getroffen, ich habe es getötet!«

Sie zitterte wie Espenlaub; noch nie war sie so aus dem Häuschen gewesen. Mit zwei Sprüngen erreichte sie ihr Opfer: Da lag es, genau dort, wo es hingestürzt war. Aber es war noch nicht tot. Das Geschöpf stöhnte und wand sich vor Angst und Schmerz, wobei es versuchte, sich aufzurichten und die Flucht fortzusetzen. Es zitterte heftig, und seine halb gelähmten Hinterläufe rutschten in der Lache, die aus seinem eigenen Blut bestand, aus oder verhaspelten sich ungeschickt und peinvoll in dem Schaft des Pfeiles, der sich ihm grausam neben dem Oberschenkel eingebohrt hatte. Als schlüge ihr jemand in den Bauch, entwich Agua Fria die Luft, die sie noch in den Lungen hatte. Zwischen den Zweigen erschien Mo, schweigend und exakt wie immer beugte er sich über das

Wild, hielt seinen Kopf fest und schnitt ihm mit einem Jagdmesser die Kehle durch. Aus dem Hals des Tieres schoß ein Blutstrahl, seine Läufe schlugen noch kurz um sich, bevor sie für immer aufhörten, sich zu bewegen. Die schönen, sensiblen Augen blieben offen. Noch hatte der Tod sie nicht verschleiert; sie wirkten wie sehr lebendige, verletzte, menschliche Augen.

»Ein guter Schuß, Agua Fria«, sagte Mo sanft und wischte das Messer am Rücken des Tieres ab. »Mach dir keine Sorgen, ganz sicher wird dir das nächste Mal das Töten nicht mehr so unangenehm vorkommen... aber auch nicht so befriedigend.«

Das Mädchen stimmte mit einer zitternden Bewegung ihres Kopfes zu. Und nachdem sie sich einige Schritte entfernt hatte, erbrach sie sich über dem trockenen Laub.

Zwei Tage später gingen sie auf die Waldlichtung, um an dem Unterricht teilzunehmen. Agua Fria, die weiterhin die Geheimnisse der Kinästhesie studierte, setzte sich an Scharades Feuer; aber sie konnte sich nicht konzentrieren und verließ die Runde nach wenigen Minuten. Sie fühlte sich unruhig und unglücklich; um sie herum fanden sich die Abtrünnigen zu verschiedenen, bestens zusammenpassenden Gruppen zusammen, und alle schienen ihren Platz im Leben zu haben, nur sie nicht. So irrte das Mädchen verloren und einsam durch den Wald und fühlte sich so ruhelos wie ein Storch, der sich aus Versehen in einer Gruppe Wildgänse wiederfindet. Agua Fria begriff nicht, was eigentlich mit ihr los war. Früher, im Talapot, war sie ein stolzer Querdenker gewesen, ein Kenner der Wahrheit in einer aus Betrug zusammengeschweißten Welt. Aber jetzt hatten sich die Rollen vertauscht. Es waren die anderen, die den Sinn der Dinge zu verstehen schienen, während sie verloren war und im dunkeln tappte. In Renaissance war alles anders. Männer gaben Frauen Meisterlektionen, Frauen waren in der Lage zu töten... wie sie selber es zwei Tage vorher getan hatte. Und dann dieser allen gemeinsame Wille, eine absurde gleichberechtigte Gemeinschaft aufzubauen. Die Abtrünnigen behandelten Agua Fria freundlich, aber sie trauten ihr nicht. In Wirklichkeit beachtete man sie überhaupt nicht, man schien ihr keinerlei Wichtigkeit beizumessen. Nicht einmal Mo. Der erst recht nicht.

Sie wurde es leid, ziellos über die Waldlichtung zu irren, und sie setzte sich an Wirbelwinds Feuer, an dem auch Mo saß. Die Zwergin hatte gerade ihre Telepathieklasse für beendet erklärt, und die Gruppe war in einer angeregten Unterhaltung begriffen, eine kurze Pause, bevor ein anderer der Anwesenden, ein kräftiger Mann mit buschigen Augenbrauen, sie im Gebrauch der Heilkräuter unterrichten würde. Man sprach von der Weite der Welt und der Macht der *Namenlosen Kenntnisse,* und Wirbelwind prahlte voll kindlichen Stolzes von den beeindruckenden Eigenschaften dieses schwarzen Pulvers, das mit durchdringendem Zischen brannte und mit dessen Hilfe sie spektakuläre Explosionen produzieren konnte. Agua Fria hörte ihr einige Minuten mit zusammengebissenen Zähnen und seltsam gereizt zu. Aber dann konnte sie sich nicht mehr zurückhalten und unterbrach abrupt das Geplapper der Zwergin:

»Schwarzpulver! Dieses Pulver ist nichts weiter als Schwarzpulver, und ich habe es schon vor Jahren im Talapot studiert.«

Die Abtrünnigen schauten sie erstaunt an; ihre Verdutztheit verstärkte die Wut des Mädchens nur noch.

»Ihr glaubt wohl, alles zu wissen!« knurrte Agua Fria, obwohl eine innere Stimme sie zur Vorsicht mahnte, ihr riet, den Mund zu halten. Aber das Mädchen konnte nicht mehr aufhören. »Ihr glaubt wohl, ihr wißt alles, und dabei wißt ihr überhaupt nichts. Wißt ihr vielleicht, was Elektrizität ist? Und der Verbrennungsmotor? Oder ein Filmprojektor? Daß ich nicht lache!«

Schwitzend und mit hochrotem Kopf schwieg sie. Und die Antwort der Abtrünnigen kam ruhig und mit eisiger Kälte. Ja, natürlich kannten sie dies alles, hatten doch die zwei in Renaissance lebenden Priester genau wie sie die alten Bücher im Talapot studiert; und sie versuchten sogar, ein kleines Wasserkraftwerk an einem der Flüsse der Zone zu bauen. Was sie nicht beherrschten, war die Kunst der Hypnose, denn Agua Fria hatte sich ja nicht herabgelassen, ihnen die einzige Kunst, die sie beherrschte, beizubringen, obwohl sie selbst dabei war, die Telekinese zu erlernen, und somit von den Kenntnissen der Abtrünnigen profitierte. Es war also sie, die nichts zu begreifen schien.

Die Worte der Verdammten drangen wie Messerstiche in Agua Frias Ohren, und das Mädchen kam sich gleichzeitig lächerlich, dumm und todunglücklich vor. Ihre Augen füllten sich mit Tränen.

»Es tut mir leid...«, stammelte sie.

Und sie rannte fort, um ihre Verwirrung zu verbergen. Sie hielt am Waldrand an und starrte, ohne sie wirklich zu sehen, auf die hohen Bäume und kämpfte darum, mit dem Gefühl von Scham fertig zu werden, das ihr die Kehle zuschnürte.

»Agua Fria.«

Es war Mo. Das Mädchen wimmerte und wich ein paar Schritte zurück.

»Ich glaube, ich habe dir noch nie erzählt, wie ich heiße«, fuhr der Mann sanft fort zu sprechen. »Alle Welt nennt mich Mo, aber mein wirklicher Name ist Moment des Zweifels. Meine *Anterior* war eine außerordentliche Frau. Ja, eine Frau. Das ist nicht verwunderlich, sondern einfach etwas, das gelegentlich vorkommt, wenn es nicht genug Lehrlinge gibt und man keinen vom gleichen Geschlecht wie die *Anterior* finden kann. Ich bin aus Rhus, ich weiß nicht, ob du das kennst... Es liegt in der Seenzone, im Westen. Ein winziger Ort, in dem es nicht viele Jugendliche gab. Wie auch immer; mir teilten sie also eine weibliche *Anterior* zu. Ich hatte großes Glück. Ich habe dir ja schon gesagt, daß sie ein ganz außergewöhnlicher Mensch war. Sie widmete sich den Naturwissenschaften. Sie studierte bis in die kleinsten Teilchen die Zusammensetzung der lebendigen Organismen und praktizierte viele Jahre die Medizin. Eines Tages, als sie noch jung war, wurde sie in den priesterlichen Palast von Rhus gerufen. Ein kleiner Palast, der nur ein halbes Dutzend Priester beherbergte. Einer von ihnen, fast noch ein Kind, war gerade erst aus Magenta gekommen; es war dies sein erster Bestimmungsort nach seiner Priesterweihe. Er mußte einen sehr schweren Fehler begangen haben, oder vielleicht war auch die Oberpriesterin von Rhus nur besonders grausam. Jedenfalls hatten sie ihm die linke Hand amputiert. Der Stumpf war brandig geworden, und als man endlich meiner *Anterior* Bescheid gab, war nichts mehr zu machen. Meine *Anterior* bat die Priesterin, den Jungen doch zu hypnotisieren, um sein schreckliches Leiden zu lindern, aber die Frau wollte es nicht tun: dann versuchte sie ihm ein schmerzlinderndes Gebräu zu verabreichen, und auch dies wurde ihr verboten. Das *Gesetz* befahl, daß die Strafen abschreckend schmerzhaft zu sein hatten. Der Priester hielt, da er jung und kräftig war, noch einen ganzen Tag durch. Damals hatte meine *Anterior* eine glänzende Karriere vor sich. Sie war für den *Wohnsitz der Außerordentlichen* auserwählt worden und trotz ihrer Jugend schon die Ärztin des priesterlichen Palastes. Sie war reich, mächtig und genoß großen Respekt, und zweifelsohne hätte sie ihr Leben im *Rat der Alten* beendet. Aber diese langen Stunden, die sie an der Seite des schreienden Jungen verbrachte, trübten ihre Befriedigung über das schon Erreichte. Beunruhigt und beklommen, bedrängt von dem Keim des Zweifels, verließ sie den priesterlichen Palast. Ein Zweifel, der Früchte trug und sich in ihrem Bewußtsein festbiß. Sie trat von ihrem Posten als offizieller Arzt zurück und verzichtete auf ihre Privilegien. Dadurch wurde sie eine verdächtige, unbequeme Person. Sie lebte in Armut, widmete sich der Forschung und fragte nach dem Warum der Dinge. Natürlich kam sie nicht in den *Rat der Alten,* und fast hätte sie noch ihr Recht am *Wohnsitz der Außerordentlichen* verloren, obwohl sie es am Ende doch nicht wagten, ihr dies zu nehmen. Vielleicht liegt hier auch der Grund, warum man ihr einen männlichen Lehrling zuwies. Und dieser ihr Schicksal verändernde Moment des Zweifels ist der Ursprung meines Namens.«

Mo schwieg. Der Wald war ein Flammenmeer von kupferfarbenen Blättern, und in der Luft schien das stechende Aroma des nahenden Winters zu liegen.

»Ich verstehe dich, Agua Fria, ich glaube, ich verstehe dich«, fuhr Mo fort. »Durch die kristallisierte Erinnerung meiner *Anterior* weiß ich, was es heißt, seine Privilegien zu verlieren, und kenne die Ruhelosigkeit, die dies mit sich bringt. Und ich weiß auch, wie schwierig es für dich war, auf die Jagd mitzukommen... und ich ahne den Grund, warum du niemals der Unterweisung eines männlichen Wesens dein Ohr geschenkt hast. Eigentlich hast du nur Scharade als Lehrerin akzeptiert.«

Das war die längste Rede, die Agua Fria jemals von Mo gehört hatte. Sie schaute ihn verstohlen an, und der Mann lächelte, als er es bemerkte, leicht. Er kam zu ihr, legte seinen Arm um ihre Schulter und drückte sie gegen seine Brust.

»Bedenke, daß ich die Erinnerung meiner *Anterior* besitze. Daß ich das Leben einer Frau in meinem Gedächtnis gespeichert habe. Ich kenne nur zu gut all die Winkel einer weiblichen Seele.«

Im Schutz von Mos Armen schien die Welt plötzlich kein feindlicher, fremder Aufenthaltsort mehr zu sein. Eine behaarte Raupe, so groß wie ein Finger, krabbelte den Baumstamm vor ihnen hinauf. Sie war von grauer Farbe, und ihre in Segmente aufgeteilte Oberfläche zeigte eine symmetrische Anordnung von feinen Borsten. Sie bog ihren rundlichen Körper; sie brachte das hintere Ende neben das vordere und streckte sich dann langsam wieder in ihrem gequälten, kaum wahrnehmbaren Vorwärtskommen. Auf solch mühevolle Weise und in winzig kleinen Schritten vollzog sich ihre nie endende Reise den Baumstamm hinauf. Mit welcher Entschiedenheit und unendlichen Sicherheit bewegte sie sich. Sie war eine Raupe, Tochter, Enkelin und Urenkelin von Raupen; Mutter, Großmutter und Urgroßmutter von Wesen wie sie selbst. Sie alle hatten dasselbe genetische Muster, identische Segmentierung und ähnlich angeordnete Borsten: eine geleeartige Masse, der die enorme Vielfalt der Fauna Leben eingehaucht hatte. Agua Fria schloß berauscht von der unveränderlichen Ordnung der Welt die Augen. Etwas Eisiges, Leichtes strich über ihre Stirn; es war der erste Schnee des Winters. Dicke, vereinzelte Schneeflocken, die so leicht waren, daß sie in der Luft zu schweben schienen. Und auch ihre zerbrechliche Struktur besaß eine fehlerlose Zeichnung, ein vollkommenes Gleichgewicht. Nein, die Welt konnte einfach nicht zu Ende gehen, sagte sich die von soviel Harmonie geblendete Agua Fria. Und sie spürte so etwas wie Trost und eine unglaubliche Erleichterung. Sie hob das Gesicht und sah Mo an. Sie, die Abtrünnigen, wußten also doch Bescheid. In Renaissance hatten sie den versteckten Sinn der Dinge entdeckt.

»Es tut mir leid«, sagte das Mädchen. »Es wird nicht wieder vorkommen.«

»Ich weiß«, antwortete Mo, während er mit seinen rauhen Händen ihre Wangen streichelte.

Und bevor er sie küßte, fügte er noch mit heiserer Stimme hinzu:

»Eines Tages werde ich es bereuen. Eines Tages wird es mir leid tun, das weiß ich genau. Aber jetzt ist es mir egal.«

Zuerst kam der Schnee, dann das Eis, das den Schnee in einen knirschenden Spiegel verwandelte. Und dann schneite es aufs neue und fror wieder, und die Welt bedeckte sich langsam mit aufeinanderfolgenden weißen, vom Eis glasierten Kappen. Die Abtrünnigen besuchten weiterhin die Versammlungen auf der Waldlichtung, aber viele fehlten jetzt bei dem Treffen, und manchmal waren die klimatischen Bedingungen so ungünstig, daß die Zusammenkünfte überhaupt ausfielen. An diesen Tagen zwängten sich Schneestürme mit furchterregendem Geheul in die

Täler, und die einzige Art der Verbindung zwischen den isolierten Hütten war der Austausch von Brieftauben. Aber der Sturm zog vorbei, und aufs neue trafen sich die Abtrünnigen, dick in Wolfspelze gepackt und mit Schneeschuhen an den Füßen, auf ihrer Lichtung, um mit dem Unterricht fortzufahren.

Seit dem Tag, an dem Moment des Zweifels ihr seinen Namen erklärt hatte, hatte Agua Fria begonnen, den Abtrünnigen die Geheimnisse der Hypnose beizubringen. Einer der Priester und Scharade waren ihre begabtesten Schüler; Mo und Wirbelwind kamen nur langsam vorwärts, und der andere Priester bewies trotz des harten Trainings im Talapot vom ersten Augenblick an eine notorische Unfähigkeit, die Feinheiten dieser alten Kunst zu verstehen. Auch begann das Mädchen sich zu anderen Feuerstellen zu gesellen und eignete sich Grundkenntnisse verschiedener Wissensgebiete an. Sie gewöhnte sich daran, zur Jagd zu gehen, wobei sie die Bräuche der Tiere lernte und sich im Spurenlesen übte, auch zeigte sie Bruna, geräuschlos der Spur der Tiere zu folgen und ganz ruhig zu bleiben, um die Beute nicht mit ihrem Gebell zu verjagen. So vergingen Agua Frias Tage zwischen der Jagd, ihren Aufgaben auf der Farm, ihren Studien und dem süßen, gezähmten Feuer in Mos Armen. Endlich hatte sie sich in Renaissance integriert. Um ehrlich zu sein, war das, was sie sich jetzt wirklich wünschte, nicht nur eine Integration, sondern sie wollte mit dem Leben der Gemeinschaft verschmelzen. Sie kam sich vor wie ein kleines Mädchen, das von Anfang an alle Geheimnisse des Lebens erlernen mußte. Und sie lernte schnell, gierig und war süchtig danach, sich mit Überzeugungen vollzustopfen.

»Hör zu, Agua Fria, das Leben ist eine flüchtige Substanz. Es kann nur von der Seite betrachtet werden, wenn du es direkt von vorne ansiehst, entzieht es sich dir«, sagte Mo ihr gelegentlich. Er war ängstlich besorgt um den Glauben seiner neu Bekehrten und legte dabei eine geheimnisvolle Art an den Tag, die sie nicht ganz verstand.

Aber Agua Fria sah allem mit der Sorglosigkeit eines Menschen, der nichts zu verlieren hat, direkt ins Gesicht.

Sie beeilte sich, auf den Ruinen ihres ehemaligen Glaubens ein neues Imperium zu errichten. Zum ersten Mal seit Jahren war sie frei von Angst. Denn Furcht benötigt ein früheres Wissen von Verlust, eine Erinnerung an vergangenes Unglück, aber das Mädchen war jetzt so beschäftigt mit der unbegrenzten Lust an der Gegenwart, daß in ihr kein Platz für Erinnerungen blieb.

Sie lernte die Namen von Bäumen und Pflanzen, die sie nie gesehen hatte, und sich selbst in den Abtrünnigen wiederzuerkennen, als ob sie einen einzigen tröstlichen Körper bildeten. Sie lernte mit Mo die Wonnen einer anderen Liebe. Glänzender Stein war der Schlüssel zu einer unbekannten, inneren Dimension gewesen, das Erblühen des Fleisches, ein erstes, turbulentes Feuer. Aber Mo war ein langsam brennendes Feuer, dessen Flammen wärmten, aber nicht verbrannten. Es waren Kameradschaft und der Wille, sich wirklich zu lieben. Und jeden Tag fügten sie dem wohlgeordneten Feuer einen weiteren Holzscheit hinzu.

Eines Nachts auf der Waldlichtung, während außerhalb der Baracken der Wind pfiff und sie Arm in Arm vor dem funkensprühenden Kamin saßen, verweilte Wirbelwinds Blick einen Moment mit hungrigem, melancholischem Ausdruck bei ihnen. Sie kniff ihre Puppenaugen zusammen, und ein Seufzer entrang sich ihrer winzigen Brust:

»Sie sind so rauh, die Männer... alle sind sie so rauh und so groß...«, murmelte sie unzusammenhängend.

Die arme Wirbelwind unterscheidet sich wirklich von den anderen, sagte sich Agua Fria mit einem von Erleichterung durchdrungenen Mitleid; und es ist ein verhängnisvoller, schmerzhafter Unterschied. Deshalb wollte sie, Agua Fria, sich nicht mehr andersartig fühlen. Sie wollte eine der Abtrünnigen sein, Teil dieses beschützenden Ganzen, dieser perfekten, wohlgeordneten Gemeinschaft. Im Schutz ihres neuen Glaubens und ihrer neuen Familie glaubte das Mädchen, ewig in Renaissance leben zu können.

Gegen Ende des Winters, als die fahle Sonne schon die vereiste Erde aufbrach, begannen sich seltsame Dinge abzuspielen. Einige Tage lang erreichte sie eine ungewöhnliche Menge von Tauben mit Botschaften, die Mo verstohlen und mit gerunzelter Stirn las. Zwei Abtrünnige besuchten ihn, und er ließ sich mit ihnen auf lange Diskussionen ein, an deren Ende sich seine Miene noch weiter verdüstert hatte. Mo war wieder in sein langes Schweigen der ersten Zeit zurückgefallen, in eine mürrische, schwermütige Stummheit, und selbst den erbittertsten Verhören Agua Frias gelang es nicht, ihm auch nur ein einziges Wort zu entlocken. So verstrich eine traurige, sorgenvolle Woche, und es kam der Augenblick, zu der Versammlung zu gehen und am Unterricht teilzunehmen. Aber zu Agua Frias großer Überraschung wandten sie sich beim Verlassen der Hütte nicht der Waldlichtung zu, sondern gingen den Berghang hinauf, wobei sie mühevoll durch den weichen Schnee stapften. Sie liefen ein paar Stunden, und erst auf der Höhe eines Felsens, der sich auf halbem Weg zur Bergspitze befand, hielten sie atemlos an. Zu ihren Füßen lag Renaissance, enge, helle, zwischen Tannenwälder gedrückte Täler, und über allem eine Sonne, die das Eis wie Edelsteine funkeln ließ.

»Was ist los? Warum sind wir hierhergekommen? Willst du mir vielleicht endlich erklären, was mit dir los ist?«

Mo sah sie an, ohne etwas zu sagen. Dann streckte er den Arm aus und zeigte nach vorne. Agua Fria betrachtete verwirrt die scharfe, bläuliche Linie der Hügel. Und da bemerkte sie es. »Es ist hier…«, flüsterte sie.

Es war dort. Die Dämpfe des Vergessens, das Ende, das Nichts. Das Bergprofil hatte seine gewöhnliche Schärfe eingebüßt. Der Horizont war jetzt ein brennender, zitternder Streifen, ein Schlachtfeld, auf dem sich der gewaltige Kampf der Materie abspielte. Da war der Nebel des Vergessens, der also trotz ihres festen Glaubens an das Gegenteil auch Renaissance verschlingen würde.

»Ihr habt mich angelogen…«, wimmerte Agua Fria.

»Wer?«

»Ihr habt mir erzählt, ihr hättet den Erhalt Renaissances unter der Kontrolle des *Bewahrenden Blickes*!« verzweifelte das Mädchen.

Mos Gesicht verdüsterte sich.

»Und das stimmte. Aber anscheinend reichte unsere Anstrengung nicht aus. Du siehst ja, auch hier geht die Welt unter.«

Die Welt geht unter! Aber was war denn dann mit der innigen Harmonie der Dinge? Mit der notwendigen, bis ins kleinste Detail gehenden Ordnung? Was war aus dem Projekt der Abtrünnigen geworden, aus diesem idealen Renaissance, in das sie so viel Vertrauen gesetzt hatte?

»Es kann nicht sein. Es stimmt nicht«, murmelte Agua Fria. Und da klärte Mo sie auf. Daß nämlich der Frieden in der Zone vorbei war. Daß in Anbetracht des nahen Endes Kämpfe ausgebrochen waren. Die Abtrünnigen hatten sich in verschiedene Gruppen gespalten. Die Abenteurer und Kämpfer unter ihnen hatten in Erwägung gezogen, Renaissance zu verlassen und gegen den Nebel des Nichts zu kämpfen. Die praktischer Veranlagten waren trotz des Risikos, gefangengenommen zu werden, bereit, nach Magenta zu ziehen, denn sie waren der Überzeugung, die Hauptstadt des Reiches wäre das letzte, was verschwinden würde. Dann waren da schließlich noch diejenigen, die dafür waren, zu bleiben; einige, die Schwächsten unter ihnen, schlossen vor dem Dröhnen der sich im Todeskampf befindenden Materie die Ohren und erklärten pathetisch, daß doch gar nichts passierte; andere resignierten und erklärten melancholisch, man könnte genausogut in Renaissance sterben wie anderswo; und dann war da noch eine dritte Gruppe, die die Idee verteidigte, daß, wenn sie alle in Renaissance bleiben und sich dem bewahrenden Kampf gegen das Vergessen widmen würden, ihre Gegend den Sieg davontragen und als einzige, grüne Insel voller Leben inmitten des Nichts weiterbestehen würde. Scharade gehörte zu den letzteren, und da sie mächtig und impulsiv war, hatte sie schließlich die Stimmung in der Gemeinschaft vergiftet. Denn es wollten diejenigen, die den Wunsch hatten, im Tal zu bleiben, niemandem erlauben wegzugehen, war ihnen doch klar, daß sie dem Vordringen des Verfalles immer weniger entgegentreten konnten, je kleiner ihre Zahl wurde. Im Verlauf einer hitzigen Diskussion mit ihrem Nachbarn war Scharade so weit gegangen, über ihn den kochenden Inhalt eines Topfes, den die alte Führerin mit Hilfe ihrer telekinetischen Kräfte durch die Luft fliegen ließ, zu schütten. Der Mann erlitt schwere Verletzungen; seine Anhänger waren schon dabei, sich zusammenzuschließen, um ihn zu rächen. Die Hälfte der Abtrünnigen hatte begonnen, sich zu bewaffnen, und es pfiff dieser ungesunde, glühende Wind, der immer ein Anzeichen bevorstehender Kriege ist.

»Aber dann lagt also auch ihr falsch!« rief Agua Fria aus.

»Wovon redest du? Was willst du damit sagen?« antwortete Mo gereizt. »Alles, was wir versucht haben, war, zu überleben.«

Und trotzdem schienen die Abtrünnigen alles so klarzusehen, waren sie sich ihrer so sicher! Und sie hatte ihnen vertraut. Sie hatte ihnen geglaubt. Nur um jetzt festzustellen, daß alles eine Lüge gewesen war. Diese Raupe, die sie im letzten Herbst den Baum hatte hochkriechen sehen und deren Struktur so perfekt und so harmonisch war, sie war also nichts weiter als ein Unfall der Natur, ein gleichermaßen ungeordneter Klumpen Materie, der sich bald in der Leere seines eigenen Schattens auflösen würde.

»Warum hast du es mir nicht schon früher gesagt, warum hast du nichts davon gesagt, als die Nachrichten eintrafen?!« schrie sie und fühlte sich hintergangen.

Der feine Mund Mos begann ganz leicht zu zittern.

»Weil ich Angst hatte, daß du dann gehen würdest.«

Agua Frias Wut wich einem gereizten Verständnis.

»Und du, was gedenkst du zu tun?« flüsterte sie.

Mo blickte zu Boden.

»Ich bleibe hier. Ja, ich bleibe. Vielleicht hat Scharade recht. Obwohl ich es nicht glaube. Aber wie dem auch sei, ich ziehe es vor, hier zu sterben. Hier ist mein Zuhause.«

Feigling, dachte Agua Fria. Ein feiger Schwächling. Wie konnte er nur mit in den Schoß gelegten Händen hierbleiben, während um ihn herum die Welt zusammenbrach. Man mußte etwas unternehmen. Man mußte es zumindest versuchen. Geh Richtung Norden, hatte man ihr gesagt. Suche die *Große Schwester*. Die *Große Schwester* wird wissen, wie man den Nebel aufhalten kann, sie wird die Antwort kennen.

»Also ich gehe!« sagte sie herausfordernd.

Mo schloß die Augen.

»Bitte... Ich bitte dich, Agua Fria...«, flüsterte er angestrengt, »bleib bei mir.«

Mos Flehen durchzuckte sie wie ein brennender Peitschenhieb und weckte ihre Zweifel. Aber nein, es war nicht möglich. Es gab keine Zukunft mehr. Der Traum war ausgeträumt. Sie war gerührt, ballte die Hand zur Faust und antwortete:

»Es tut mir leid, Mo. Ich gehe fort.«

»Ich wußte es«, sagte er, »ich habe es gewußt. Ich hätte dir nie erlauben dürfen, in mein Leben zu treten.«

Das also war der Grund gewesen. Mos Distanz während der ersten Zeit, seine freundliche Kühle, seine Fremdheit. Es war nur die Angst gewesen, sich hinzugeben, die Angst vor den Schmerzen des Verlustes. Sie betrachtete Mo mit schmerzlicher Zärtlichkeit: sein Gesicht sah trostlos, häßlich und zerbrechlich aus. Noch nie hatte er Respy so ähnlich gesehen wie in diesem Augenblick.

Eine Woche später, die Schneeschmelze hatte schon eingesetzt, der Fluß führte eine schäumende Wassermenge mit sich, und man konnte das Grün förmlich sprießen sehen, ging sie fort. Ausgerüstet war sie mit festem Schuhwerk und guter Kleidung, reichlich Proviant für sich und Bruna, einer Auswahl von Heilkräutern, einem Messer und einer Axt, Bogen und Pfeilen, Karten, Ratschlägen und all der gesammelten Erfahrung ihrer achtzehn bewegten Lebensjahre. Sie ging fort, ohne sich noch einmal umzudrehen, und spürte Mos schweren Blick auf ihrem Nacken ruhen und in ihren Armen die schmerzliche Abwesenheit seines Körpers. Sie durchwanderte gerade den Engpaß, durch den man Renaissance verließ, als es anfing zu schneien. Große, leichte Flocken, wie die des vergangenen Herbstes. Vollkommenste Kristalle, in denen sie noch vor einigen Monaten das Abbild eines ewigen Universums abzulesen geglaubt hatte. Sie öffnete den Mund, und einige Schneeflocken schwebten sanft auf ihre Zunge nieder. Kaum, daß sie einen ganz zarten Eindruck von Kälte wahrnahm, der nur kurz dauerte. Die Schneeflocken mit ihrer wunderbaren Architektur und ihrer harmonischen Symmetrie lösten sich, ohne eine Spur zu hinterlassen, in nichts auf.

Die Zeit, die dann folgte, war die bitterste, dunkelste und traurigste ihres Lebens. Agua Fria lernte das Gefühl der völligen Einsamkeit kennen; schwerfällig folgte ein Tag dem anderen, ohne einen Menschen, in dem man sich erkennen konnte und dessen Blick einem Zeugnis davon ablegen konnte, daß man wirklich existierte. Niemand erwartete sie, niemand kannte sie, niemand erinnerte sich ihrer. Sie zog durch Dörfer und Wüsten, Wälder und heruntergekommene Gehöfte, Sümpfe aus schwarzer Erde, die aufgrund eines unaufhörlich auf sie einprasselnden Regens langsam verfaulten, und gelegentlich vergingen ganze Wochen, ohne daß sie auch nur ein einziges Wort mit einem menschlichen Wesen gewechselt hätte. Eingetaucht in diese schwindelerregende Abfolge von verschiedenen Zeiten und Orten, die doch immer dieselben zu sein schienen, beschlichen Agua Fria sogar manchmal Zweifel, ob sie eigentlich wirklich existierte.

Aber sie kam immer weiter Richtung Norden. Immer Richtung Norden.

Sie lernte eine Menge. Je mehr ihr die Einsamkeit in Fleisch und Blut überging, desto mehr traten Eigenschaften in Agua Fria zutage, von deren Existenz sie keine Ahnung gehabt hatte. Es waren die Schlauheit des um sein Leben Kämpfenden, die Tricks eines herdenlosen Wolfes. Sie gewöhnte sich daran, jede Nacht, bevor sie sich zum Schlaf hinlegte, mit dem *Bewahrenden Blick* eine Linie bis zum entferntesten Punkt des Horizontes zu ziehen, damit sie die Nebel des Nichts nicht wieder während des Schlafes überfallen konnten; und dank dieser Vorsichtsmaßnahme konnte sie sich bei zwei Gelegenheiten davor retten, von den Dämpfen verschlungen zu werden. Sie lernte, keine Fragen zu stellen und Fremden zu mißtrauen, alleine mit der schweren Bürde der Angst und jeder Art von Stimmung fertig zu werden. Sie lernte, niemals in ihrer Aufmerksamkeit nachzulassen und sich mit Hilfe der Hypnose gegen die Angriffe von Räubern und Verrückten zu schützen; die Welt war ein unbewohnbarer Ort geworden. Das Ausüben der Jagd, in der sie sich zur Expertin entwickelt hatte, war der wichtigste Beitrag zu ihrer Verpflegung. Sie wurde älter, vor allem in ihrem Inneren. Bruna war mit ihrer Zuneigung und ihrer grundsätzlichen Zufriedenheit ihr einziger Trost. Ohne die Hündin und ihre lebendige, warme Gegenwart hätte sie den Marsch durch die Hochebenen, die trostlosen, verlassenen Berge ohne einen einzigen Baum, ohne ein einziges Haus, durch die der Wind heulte und in denen die Gletscherbäche donnerten, nicht ausgehalten. Sie sprach mit Bruna, als würde sie sich mit Mo unterhalten; und das Tier setzte sich ganz ruhig vor sie hin, spitzte seine haarigen Ohren und hörte ihr zu.

Sie gelangten immer tiefer in den Norden, und um sie herum befand sich die Welt im Zustand der Verwesung. Die Grenzgebiete, immer schon abgelegen und arm, waren jetzt Opfer eines mörderischen Verfalles. Die Dämpfe des Nichts umfingen in ihrer tödlichen Umarmung immer mehr Gegenstände, verschlangen Wälder und Horizonte. Und jene Zonen, die noch ihre geometrische Festigkeit besaßen, zeigten ebenfalls schon Anzeichen der Zersetzung. Manchmal kam Agua Fria durch kleine, verlassene Dörfer, deren Ziegelmauern schon halb verfallen waren, deren Türen unheimlich in ihren Angeln knarrten und in denen der Nebel des Vergessens bereits große Pfützen zwischen den Ruinen gebildet hatte. Die Felder lagen brach, die Versorgung aus der Hauptstadt war unterbrochen worden, und die Menschen wurden vom Hunger gegeißelt. Ehemalige Bauern, jetzt verzweifelte und wilde Wegelagerer, verunsicherten die Straßen. In den wichtigsten Städten herrschte das Chaos. Die Tempel waren eingestürzt oder von den Flüchtlingen aus den Dörfern besetzt worden; seit langem schon war kein einziges Kind mehr geboren worden, und zwischen den Ruinen des *Wohnsitzes der Außerordentlichen* wuchsen Bäume.

In einigen Städten versuchten die nun dezimierten und verängstigten ehemaligen Autoritätspersonen noch immer, auf pathetische Weise den Anschein von Ordnung aufrechtzuerhalten. In anderen Gebieten hatte das Chaos sein eigenes Gleichgewicht hervorgebracht, und Banden von Männern und Frauen, die stärksten und erbarmungslosesten des ganzen Landstriches, hatten die Macht an sich gerissen und setzten ihren Willen auf grausame und keinen Widerspruch duldende Weise durch. Schließlich gab es noch andere Städte, in denen eine schwachsinnige Euphorie zu herrschen schien; die jeweils neuen Herren widmeten sich, wie berauscht von ihrer plötzlichen Macht, dem Genuß ihrer Privilegien und der Anhäufung von Reichtümern, so als gäbe es immer noch eine unendliche Zukunft. In diesen Städten spielte man verbotene Spiele und handelte mit Juwelen, mit Lebensmitteln oder mit Sex; und in ihren Straßen, in denen Ehrgeiz und blinde Wut herrschten, konnte in jedem Moment alles nur Erdenkliche passieren. Aber normalerweise gingen die Dörfer, ohne Aufsehen zu erregen, langsam aber sicher zugrunde; die in tiefster Niedergeschlagenheit befangenen Menschen schienen gewillt zu sein, aus Melancholie zu sterben. Agua Fria, die inzwischen von der allgemeinen Traurigkeit angesteckt worden war, kam durch diese verfallenen Länder immer mehr nach Norden.

Durch die Jagd und das Sammeln von Früchten und eßbaren Wurzeln beschaffte sie sich Nahrung; außerdem verrichtete Agua Fria alle Arbeiten, die sie bekommen konnte. Am Anfang hackte sie Holz, schor Schafe, half den Bauern bei der Arbeit oder gerbte Leder und erhielt dafür Unterkunft, Lebensmittel und manchmal auch etwas Geld, mit dem sie notwendige Dinge erwerben konnte: neue Pfeile, ein Messer, Schuhe. Aber je weiter sie nach Norden kam, um so spärlicher wurden die Arbeiten. Die Herden waren auf die Hälfte reduziert, die Felder trugen kaum noch Früchte, und in den Städten drängten sich Horden von verzweifelten, landlosen Bauern, die für eine Handvoll gerösteten Hafer alles zu tun bereit waren.

Zu dieser Zeit entschloß sich Agua Fria, sich der im Talapot und in Renaissance erworbenen medizinischen und botanischen Kenntnisse zu bedienen. Aus spanischem Rohr flocht sie eine Kette und hängte dann ein winziges, durchlöchertes Schneckenhaus daran, denn dies war das Erkennungszeichen der Heilkundigen in den nördlichen Zonen, und bot ihre Dienste bei der Heilung von Kranken an, eine Beschäftigung, die in diesen unseligen Gebieten ziemlich einträglich war. Und dennoch zweifelte Agua Fria lange, bevor sie sich zu diesem Schritt entschloß, denn die Menschen waren durch die vielen Scharlatane, die sich im Schutze des Chaos zu Heilkundigen erklärt hatten, durch Schaden klug geworden und zeigten sich mißtrauisch und gewalttätig, wenn der Kranke nicht augenblicklich gesund wurde. Außerdem, fürchtete das Mädchen, zeigte sie ganz ohne Tabus ihr besonderes Wissen, daß sie leicht die Aufmerksamkeit auf ihre Person lenken und sich als eine Abtrünnige verraten könnte. Aber in den Grenzgebieten gab es kaum noch purpurne Wächter, und seit sie Renaissance verlassen hatte, war sie auf keinen Priester mehr gestoßen. Der Talapot schickte schon seit langer Zeit keine Kleriker mehr in die Grenzgebiete, und die alten waren inzwischen alle eines natürlichen Todes gestorben oder von wütenden Horden, die nach Verantwortlichen für ihr Unglück suchten, an denen sie ihr ganzes Elend rächen konnten, abgeschlachtet worden. Die Nordländer hatten so das *Gesetz* und die guten Sitten verloren; selten hörte Agua Fria noch die Begrüßungsrituale oder ein Gebet. Verwirrt und ihrer Erinnerung ledig und ohne Vorschriften und Einschränkungen, irrten die Männer und Frauen ziellos und wie Schiffbrüchige durch die Straßen.

Als Agua Fria an einem windigen Mittag in die Stadt Lulabay kam, sah sie eine Handvoll Menschen, die schweigend und mit düsterer Miene etwas auf dem Marktplatz beobachteten. Mitten auf dem runden Platz, neben einigen kahlen, vertrockneten Bäumen, die sicher früher, als sich noch jemand darum kümmerte, sie zu gießen, einmal voller Blätter gewesen waren, konnte das Mädchen einen auf dem Boden kauernden Lumpenhaufen ausmachen. Das Knäuel bewegte sich: es handelte sich um eine junge Frau mit wirren Haaren und schmutzigem Gesicht. Sie umklammerte mit ihren Armen ein zusammengeschnürtes Lumpenbündel und wiegte es hin und her, als wäre es ein Kind. Dann hob sie das unförmige Bündel über ihren Kopf:

»Ein Kind! Ich habe ein Kind bekommen. Warum feiert ihr es nicht? Ich habe ein Kind bekommen!« rief sie mit heiserer Stimme.

Und dann lachte sie und wiegte aufs neue das Bündel mit großer Sanftheit. Agua Fria, die glaubte, zwischen den Tüchern einen rosa, fleischfarbenen Fleck erkannt zu haben, verspürte einen Funken Hoffnung.

»Hat sie wirklich ein Kind bekommen? Ist es möglich, daß jemand nach so langer Zeit geboren worden ist?« fragte sie begierig den ihr am nächsten Stehenden.

Aber der Mann betrachtete sie mit argwöhnischem Blick von Kopf bis Fuß und zuckte dann die Schultern.

Agua Fria begann sich der Frau zu nähern. Immer stärker nahm sie das Summen der Fliegen und einen süßlichen, Übelkeit erregenden Geruch wahr. Als sie bei den Bäumen ankam, war der Gestank schon unerträglich. Bruna, die völlig aus dem Häuschen war, begann zu bellen und sie zu umkreisen. Die Frau hob den Kopf und heftete ihren dunklen Blick auf Agua Fria.

»Möchtest du meinen Sohn sehen? Aber faß ihn nicht an, er ist noch sehr klein, und du könntest ihm weh tun…«

Dort zwischen den Lumpen, steif und schon ein wenig aufgedunsen, konnte man den Leichnam eines Neugeborenen erkennen. Sein Körper war normal. Sogar der Kopf. Aber sein Gesicht hatte nicht eine einzige Körperöffnung: über die Augen, den Mund und die winzige Nase spannte sich eine zarte, dichte Membran. Wahrscheinlich war das Baby tot geboren worden; und Agua Fria malte sich die Erwartung aus, die diese Schwangerschaft, vermutlich die erste seit vielen Jahren, in dem Dorf geweckt haben mußte. Neun Monate lang, während die Welt um sie herum sich auflöste, hatten sich die Einwohner Lulabays an diese Hoffnung auf Leben und Zukunft geklammert. Der schwellende Bauch der Göttin. Nur um dann später mit entsetztem Fatalismus festzustellen, daß der Verfall des Universums erbarmungslos war und lediglich Ungetüme gebar. Das mußte es wohl gewesen sein, was die Frau hatte verrückt werden lassen; der abrupte Wechsel von der rettenden Göttin zur Botschafterin der Dunkelheit. Agua Frias Kehle zog sich vor unerträglichem Mitleid zusammen; Mitleid mit der Frau und mit Lulabay; mit Renaissance und mit dem gesamten Norden, mit Magenta und vor allem mit sich selbst. Unbewußt und wie automatisch ließ sich das Mädchen auf die Knie fallen, kreuzte die Arme vor der Brust und begann, während sie mit Zeigefinger und Daumen die Form des *Kristalles* nachbildete, die melodischen, sanften Verse des Totenrituals zu singen. Die Frau hob ruckartig den Kopf, und in ihren verwirrten Augen schien ein Funken von Verstand aufzuleuchten. Als ob die bekannten Harmonien der uralten Liturgien sie in die frühere Welt, in eine geordnete und präzise Wirklichkeit, zurückversetzt hätten. Als das Mädchen sich der Ungeheuerlichkeit dessen, was sie da tat, bewußt wurde, brach die Litanei auf Agua Frias Lippen abrupt ab. Das Totenritual war eine heilige Handlung und konnte lediglich von Priesterinnen oder Priestern durchgeführt werden. Sie hatte sich verraten.

Sie drehte den Kopf, um die Wirkung ihres Gesanges auf die Umstehenden abzuwägen: Frauen und Männer betrachteten sie mit verdutztem, ängstlichem Gesichtsausdruck und wichen, als Agua Fria sie ansah, ihrem Blick aus und begannen sich zu zerstreuen. Ich muß so schnell wie möglich hier weg, dachte das Mädchen. Sie wandte sich an die Frau.

»Dein Sohn ist tot. Er muß begraben werden.«

Die junge Frau preßte die traurigen Lumpen an ihre Brust und fing an zu weinen. Dann legte sie jäh das Baby auf den Boden, sprang auf die Füße und rannte weg. Agua Fria grub zu Füßen der entlaubten Bäume mit ihrem Messer ein kleines Loch in die weiche Erde. Mit zwei Fingern legte sie erschüttert und angeekelt den verwesenden Leichnam hinein und bedeckte ihn eiligst. Die dicken, metallisch glänzenden Fliegen schwirrten in ihrer vergeblichen Suche nach der Beute über der aufgewühlten Erde.

Agua Fria stand zum Gehen bereit auf und rief Bruna. Aber als sie sich umdrehte, stieß sie fast mit zwei Greisen zusammen, die sich an sie drängten. Die Männer sahen sie begierig und aufgeregt an. Agua Fria zuckte zusammen.

»Was ist los? Was wollt ihr?«

Aber die Alten fuhren fort, sie demütig und auf beunruhigende Weise anzustarren, ohne zu antworten, ohne sich zurückzuziehen. Agua Fria zuckte die Schultern und versuchte ihnen auszuweichen. Einer der zwei Alten klammerte sich mit sehniger, zitternder Hand an die Falten ihrer Tunika.

»Das *Gesetz* möge mit Euch sein...«, krächzte der Alte mit kaum wahrnehmbarem Flüstern.

»Und uns lehren, die Ewigkeit zu verstehen«, antwortete Agua

Fria mißtrauisch.

»Verlasse uns nicht, verehrungswürdige Priesterin!« flehte der Mann.

»Ich bin keine Priesterin.«

»Laß uns nicht allein, verehrte Frau!« wimmerte der andere, dessen faltige Äuglein voller Tränen standen.

»Laßt mich los! Ihr irrt euch, ich bin nicht...«

»Seit langer Zeit schon fehlt uns der Trost des *Gesetzes*«, fuhr der erste Alte fort. »Wir haben gesündigt, und das *Kristall* hat uns bestraft und uns zum Unglück verdammt. Verehrteste Priesterin, du darfst nicht fortgehen. Du mußt uns die alten Riten lesen, und vielleicht wird dann die Welt wieder das, was sie vorher war.«

»Ich bin keine Priesterin.«

»O Schwester, o Meisterin, erbarme dich unser! Wir haben alles verloren. Verweigere uns nicht den Trost des *Gesetzes,* barmherzige Priesterin! Wir bitten dich von ganzem Herzen darum.«

Zu Agua Frias Füßen kauernd, zitterten und winselten die Greise, wobei sie den Saum ihres Umhanges umklammerten. Das Mädchen war gerührt und warf einen Blick um sich: Alle waren sie verschwunden, der Platz war verlassen.

»Habt ihr keine Priester in Lulabay?« fragte sie schließlich.

Die Alten schluchzten.

»Großmütige Herrin! Wir hatten zwei, aber sie wurden getötet. Wir haben gesündigt! Unsere Strafe wird schrecklich sein.«

»Und purpurne Wächter! Habt ihr purpurne Wächter?« hakte sie vorsichtig nach.

Die Alten hoben ein wenig das tränenüberströmte Gesicht.

»Nein, verehrteste Priesterin. Auch die sind getötet worden. Wir haben gesündigt! Unsere Stra...«

»Es ist gut«, unterbrach sie Agua Fria. »Hört mir zu: Ich bin auf dem Weg zu einem furchtbaren Ort, der weit weg ist. Ich kann nicht bleiben; noch heute werde ich Lulabay verlassen. Aber wenn ihr mir schwört, es niemandem zu erzählen, bin ich bereit, da ihr es so sehr wünscht, vor meiner Abreise einige Gebete mit euch zu rezitieren.«

»O ja, verehrteste Herrin, vielen Dank, tausend Dank!« begeisterten sich die beiden Alten, wobei sie Agua Fria die Hand küßten und ein freudiges, schwärzlich blitzendes Lächeln aufsetzten.

Die drei wendeten sich in Richtung des Tempels, der auf der

anderen Seite des Platzes stand. Das kleine Gebäude zeigte Spuren eines erst kürzlich stattgefundenen Brandes; die steinernen Mauern hatten dem Zugriff der Flammen standgehalten, aber der Dachstuhl hatte in einer der Ecken der Anlage nachgegeben. Ruß schwärzte die Wände und ließ das im Inneren herrschende Halbdunkel noch dunkler erscheinen. Der Felsaltar, der im Zentrum des runden Saales stand, hatte auf seiner polierten Oberfläche ein blindes, leeres Loch. Die Tempelstürmer hatten das *Kristall*, das dort eingelassen worden war, herausgerissen. Hier und dort waren noch unversehrte Stücke des Blattgoldes vorhanden, das früher die Wände überzogen hatte, und es funkelte düster zwischen den Schatten. Agua Fria baute sich vor dem Altar auf und vollzog die rituellen Verbeugungen.

»Gebet an die Großherzigkeit des *Kristalles*!« verkündete sie und begann zu singen; einen leichten, feinen Sprechgesang, der wie die Brise eines Frühlingsmorgens war. Es war ein Bittgebet, der Teil der Liturgie, den Agua Fria den Umständen entsprechend am angemessensten empfand. Sie flehte um Gnade und Verständnis, und ihre sich hebende und senkende Stimme zeichnete zarte Harmonien in die Luft, während die Alten mit heiserer Stimme, aber erstaunlich fest, einfielen und den musikalischen Kontrapunkt gaben. Plötzlich glaubte das Mädchen eine neue Stimme zu vernehmen; sie drehte sich um und stellte fest, daß zwei Personen in den Tempel getreten waren, ein Mann mittleren Alters und eine ältere Frau. Während sie den alten Sprechgesang rezitierte, füllte sich der Saal langsam mit Menschen. Frauen und Männer aller Altersklassen glitten geräuschlos in das verbrannte Kirchenschiff und fügten dem Chor ihre Stimme zu. Die Melodie der Bittgesänge wurde immer komplizierter: schwermütige Rhythmen, abgestufte Wechselgesänge, süßeste musikalische Klagen. Die Kantate gewann an Glanz und Transzendenz, und in der Stimme der Gläubigen zitterten die Tränen. Und doch waren sie es gewesen, dachte Agua Fria, die die Priester getötet hatten, sie, die den Tempel in Brand gesteckt und das *Kristall* herausgerissen hatten. Aber waren denn sie nicht noch früher selber die Opfer der willkürlichen Grausamkeit des *Gesetzes* gewesen. Ein Sonnenstrahl zwängte sich durch das Loch in der Decke, öffnete sich einen glühenden Weg im Halbdunkel und ließ die verrußten Überbleibsel des Blattgoldes funkeln. Atheistin, Abtrünnige und Skeptikerin, ließ sich Agua Fria doch von der Schönheit dieses Gesanges einlullen. Es war alles gelogen, und trotzdem bedeutete das Chorritual Linderung, einen seltsamen Trost. In dieser in den letzten Zügen liegenden, blassen und dem Untergang geweihten Welt bot die Liturgie die melancholische Sicherheit ihres tausendjährigen Bestehens und ihrer Schönheit.

Die Monate vergingen, und Agua Fria hatte den Eindruck, daß sie, obwohl sie immer weiter nach Norden vordrang, mit ihrer Suche nicht weiterkam. Anfangs vorsichtig und diskret, später dann schon unverblümter, fragte das Mädchen in allen Dörfern, durch die sie zog, nach der *Großen Schwester*. Niemand konnte ihr Auskunft über sie geben, nur eine verschrumpelte Alte, die aus Tindah, der Pforte zur Tundra, stammte, versicherte ihr, in ihrer weit zurückliegenden Kindheit von der Existenz einer sehr weisen Alten gehört zu haben, die in der Nähe ihres Dorfes im ewigen Schnee lebte. Aber diese Alte, bedachte die Frau, mußte schon vor vielen Jahren gestorben sein.

Agua Fria befand sich schon hoch im Norden und sah sich gezwungen, ihren Marsch einige Tage zu unterbrechen, um Füchse und Wölfe zu jagen, aus deren Fellen sie sich wärmende Kleidung herstellte. Nachdem sie die Felle gegerbt und genäht hatte, blieben ihr noch einige Fuchsfelle, die sie in den Rucksack steckte, um mit ihnen im nächsten Dorf Handel zu treiben, und dann setzte sie ihren Marsch in Richtung Daday fort. Dies war die letzte wichtige Stadt in den nördlichen Grenzgebieten. Sie wußte aus Informationen, die sie auf dem Weg aufgeschnappt hatte, daß Daday eine *eingenommene Stadt* war; das bedeutete, daß eine Bande Krimineller die Macht an sich gerissen hatte. Es mußte sich aber um eine ziemlich gut organisierte Bande handeln, denn je näher sie der Stadt kam, desto größere Schärfe und Dichte schien die Landschaft anzunehmen; die Nebelzonen wurden kleiner, und auf den Wiesen weidete zahlreiches Vieh. Die Nacht brach schon herein, als sie an die Tore von Daday, einer alten, befestigten Stadt, gelangte. Sie wurde von einem Paar muskulöser, wild aussehender Wächter angehalten, die über und über mit dem fremdartigsten Schmuck behangen waren, den man sich nur vorstellen konnte und der hauptsächlich aus den verdreckten Teilen verschiedener Rüstungen bestand. Agua Fria sagte, sie wäre Heilkundige und aufgrund eines Gelöbnisses auf einer Pilgerfahrt in den Norden; sie zeigte ihnen ihre Sammlung von Heilkräutern und ihre Kette mit dem Schneckenhaus und mußte sie schließlich noch mit einem Fuchsfell bestechen, damit man sie in den befestigten Bereich eintreten ließ.

Sie stolperte müde und hungrig eine steile, dunkle, mit Kieselsteinen bedeckte Straße hinauf, die auf eine größere, belebte Allee stieß. In dem flackernden Licht einer Handvoll Fackeln konnte man einige Fußgänger erkennen. Es handelte sich um seltsame Gestalten: blasse Frauen mit gelblichem Lächeln und stämmige Männer, die die Haare nach Art der Nordländer zu einem enggeflochtenen Zopf trugen. Ihnen allen schien irgendein Teil ihrer Anatomie zu fehlen: diesem ein Auge, jenem eine Hand, und einen weiter weg Stehenden, der auf den ersten Blick unversehrt zu sein schien, zierte eine grauenvolle Narbe, die sich über beide Wangen zog. Es waren harte Menschen, daran bestand kein Zweifel. Überlebende extremer Lebensumstände.

»Hallo, Süße... Suchst du Gesellschaft? Wünschst du dir ein paar starke Arme, dich zu wärmen? Ich wärme von innen und von außen... Das Beste der Stadt und außerdem billig...«

Agua Fria hielt ruckartig an. Neben ihr und durch den Schatten eines dunklen Türeingangs halb verdeckt, schaute das Profil eines Jungen hervor. Er hatte langes, dunkles, offen herabhängendes Haar, ein feingeschnittenes Gesicht und wulstige Lippen. Trotz der herrschenden Kälte trug er lediglich ein Satinhemd und enganliegende Hosen aus Leder.

»Nein. Nein danke«, sagte Agua Fria trocken.

Und setzte mit gesenktem Kopf ihren Weg fort. Aber sie war noch keine zwei Schritte gegangen, ja nicht einmal ganz an dem Eingang vorbei, als sie eine Hand spürte, die sich an ihren Arm klammerte. Gereizt und bereit, den Jungen scharf zurückzuweisen, drehte sie sich um. Aber zu ihrer größten Überraschung entdeckte sie, daß der Junge verschwunden war und an seiner Stelle jetzt eine Frau stand, die sie festhielt. Sie war blond, hatte gelocktes Haar, ein boshaftes Gesicht und war stark geschminkt. Sie blieb in provozierender Haltung am Türrahmen gelehnt stehen. Ihre Kleidung, der traditionelle, bunte Tüllumhang der Prostituierten, ließ eine harte, runde Brust und einen nackten, mit aromatischen Kräutern eingeriebenen Schenkel durchschimmern.

»Dann ziehst du also Frauen vor?« sprach das Mädchen mit sanfter, honigsüßer Stimme. »Reizt es dich nicht, den Geschmack meiner Lippen kennenzulernen? Ich werde dich streicheln, wie du noch niemals vorher gestreichelt worden bist…«

Agua Fria riß sich mit einem Ruck los.

»Laß mich in Frieden. Ich will überhaupt nichts!« knurrte sie.

Und dann sah sie, neugierig geworden, genauer in das Halbdunkel des Eingangs.

»Wo ist er?«

»Wer, mein Schatz?« säuselte die Hure.

»Der Junge. Wo ist der Junge, der hier vorher stand?«

»Aha! Jetzt vermißt du also doch diesen hübschen Jungen, stimmt's?«

»Red keinen Blödsinn. Wo ist er? Er kann nicht sehr weit gekommen sein«, meinte Agua Fria ungeduldig. »Wie konnte er nur so schnell verschwinden?«

»Nichts einfacher als das, mein Herzchen«, dröhnte das Mädchen mit Baritonstimme.

Und während es einen Schritt nach vorne trat, drehte es seinen Körper so, daß es genau vor Agua Fria stand.

»Um der Splitter des *Kristalles* willen!« rief das Mädchen überwältigt aus.

Vor ihr stand ironisch lächelnd das Mädchen – oder der Junge. Die linke Körperhälfte dieses Wesens war wie ein Mann zurechtgemacht. Das heißt, es war ein Mann mit schwarzen Haaren, Seidenhemd, einem Hosenbein und einer halben, zwar weichen, aber unmißverständlich männlichen Gesichtshälfte. Die rechte Hälfte dagegen war diese blonde, mit Schminke überladene kleine Hure, die in ihrer Nacktheit so augenscheinlich weiblich war. Wenn man dies direkt von vorne sah, war die Wirkung umwerfend, ja fast unerträglich.

»Aber wer bist du denn nun, was bist du?« stammelte Agua Fria. »Bist du ein Mann oder eine Frau?«

»Das würdest du wohl gerne wissen«, lachte die Mißgeburt mit einer geschminkten und einer ungeschminkten Mundhälfte. »Nicht einmal ich weiß es. Ich habe Brüste, auch links, aber dort binde ich sie fest. Aber mein Geschlecht ist das eines Mannes. Manchmal fühle ich mich wie eine Frau, manchmal wie ein Mann. Um ehrlich zu sein, es ist mir eigentlich egal, was ich wirklich bin. Aber da du dich so sehr darum sorgst, nehmen wir einmal an, daß ich für dich die ganze Zeit ein Mann sein kann. Mir ist es gleich. Ich bin ein *Kalinin*.«

»Ein *Kalinin*? Du? Und wie kommt es, daß du hier stehst und dich anbietest?«

»Und dabei kann ich noch ganz zufrieden sein, meine Süße! Das war alles Sache dieser Barbaren. Als die Welt begann sich aufzulösen und die Banditen die Macht an sich rissen, wurden alle Priester gepfählt. Daday war eine wichtige Stadt, es gab hier acht Kleriker. Ihre Schreie konnte man bis in die Tundra hören, es war ein phantastisches Schauspiel. Und dann waren wir, die *Kalinin,* an der Reihe, denn wir waren ja ein niedrigerer Orden. Sie sind nicht sehr religiös, diese Rohlinge. Wie dem auch sei, sie töteten einige, und wir anderen konnten fliehen und uns verstekken. Offensichtlich waren die Verbrecher das Spiel schon leid, denn sie zeigten keinerlei Interesse, uns zu folgen. Nach und nach trauten wir überlebende *Kalinin* uns wieder aus unseren Löchern. Heute widmen wir alle aus dieser Gegend uns der Prostitution, aber ich bin die Einfallsreichste, oh, entschuldige, der Einfallsreichste, das versichere ich dir... Möchtest du es nicht versuchen?«

»Nein... Nein danke, tut mir leid«, antwortete Agua Fria erstaunt und etwas durcheinander.

Der *Kalinin* betrachtete sie einen Augenblick mit zutraulichem Lächeln, das ihm in den ungleichen Augen blitzte.

»Wie heißt du, Herzchen?«

»Agua Fria.«

»Mich kennt man hier in der Straße unter Zweifache Sünde. Du bist gerade in der Stadt angekommen, nicht wahr?«

»Ja.«

»Hör zu, ich bin es leid, hier zu frieren. Diese Nacht läuft das Geschäft schlecht, und ich dachte gerade daran, nach Hause zu gehen. Ich biete dir eine Übernachtungsmöglichkeit. Ich habe ein Bett frei, mein Haus ist sauber und gemütlich, besser als jede Pension in dieser widerwärtigen Stadt, das versichere ich dir. Und außerdem kann ich dir etwas zum Abendessen geben. Ich koche sehr gut. Rentierbraten mit süßen Äpfeln, was hältst du davon? Und für das alles werden wir einen bescheidenen Preis aushandeln.«

Agua Fria sah ihn voller Zweifel an.

»Ich verspreche dir, dich weder anzurühren noch sonstwie zu belästigen. Es ist ein gutes Abkommen. Du findest eine Schlafstelle, und ich verdiene etwas in dieser schrecklichen Nacht. Was hältst du davon?«

Warum eigentlich nicht, dachte Agua Fria. Geschützt durch die Kunst der Hypnose, bedeutete der Kalinin für sie keinerlei Risiko. Außerdem sahen die Stadt und ihre Einwohner wesentlich gefährlicher aus als dieses ungewöhnliche Geschöpf.

»Es ist gut. Ich nehme an.«

»Hervorragend! Gehen wir nach Hause. Ich erfriere hier noch.«

Ich schlafe, dachte Agua Fria. Sie mußte wohl schlafen, überlegte sie angestrengt und wie betäubt, denn ihre Augen blieben geschlossen, und sie glaubte wahrzunehmen, daß ihr Körper auf einer waagerechten Fläche ruhte. Der Geist des Mädchens verirrte sich zwischen Schlaffetzen. Alles in ihrem Kopf war Durcheinander und Dunkelheit; aber das war ja normal, denn schließlich schlief sie. Trägheit, Müdigkeit und ein wenig Kälte. Und ein Wirbel aus unzusammenhängenden Erinnerungen. Sie sah sich diesem Kalinin gegenüber an einem Tisch sitzen. Ein köstlicher Rentierbraten, heiße Milch mit Bier. Die Augen des Kalinin. Sein asymmetrisches Lachen. Gespräche. Worüber hatten sie gesprochen? Agua Fria brachte es nicht fertig, sich zu erinnern. Jetzt wurde ihr bewußt, daß ihr der Kopf weh tat. Oder vielleicht schmerzte er ihr auch nur im Traum; vielleicht würde dieses Unwohlsein beim Aufwachen verschwinden. Funkensprühende Holzscheite in einem Kamin. Die Milch mit dem Bier, die sich über ihre Beine ergoß und sie durchnäßte. Also war sie naß. Aber nein, überlegte Agua Fria angestrengt, sie fühlte sich nicht naß. Nur übel, ein bißchen krank. Sie versuchte die Augen zu öffnen. Sie schaffte es nicht. Sie war noch nicht ganz wach. Das Lachen des *Kalinin*. Die Wärme des Zimmers. Das Glas, das ihr aus den Fingern glitt. Ein umfallender Stuhl. Beklemmung.

Unter größter Anstrengung brachte es Agua Fria fertig, einen Arm zu bewegen. Und noch mehr Mühe kostete es sie, endlich die Augenlider zu heben. Die Welt tanzte verschwommen und zitternd vor ihren Augen. Gequält stützte sie die Ellenbogen auf. Ihr Kopf war schwer, und um die Schläfen trug sie einen glühenden Ring. Als ihr Blick klarer, schärfer wurde, sah sie Bruna alle viere von sich gestreckt neben sich liegen. Unbeweglich, matt, tot. Tot? Ungeschickt warf sie sich über das Tier und befühlte seinen haarigen Körper. Er war warm, pulsierte. Erschöpft ließ sich Agua

Fria wieder zurückfallen und schaute sich um. Ein rissiges, schäbiges Dach, stinkende Wände, Gitterstäbe. Sie befand sich in einer Art Käfig. Gefangen.

Sie blieb eine ganze Weile liegen und versuchte, Kraft zu schöpfen und ihre Panik unter Kontrolle zu bekommen. Ganz langsam schwand das Schwindelgefühl, und die grausamen Kopfschmerzen wurden erträglicher. Sie setzte sich auf den Boden. Ihr Körper war taub. Sie befand sich in einem kleinen und schrecklich schmutzigen Raum. Einige dicke Eisenstangen, die vom Boden bis an die Decke reichten, trennten das Zimmer in zwei gleiche Teile. In der einen Hälfte befand sie sich; die andere Hälfte, in der jegliches Mobiliar fehlte, hatte eine geschlossene Tür und ein Oberlicht, das stark verdunkelt das Tageslicht hineinfallen ließ. Es war also schon Tag. Es war schrecklich kalt. Jetzt bemerkte das Mädchen, daß in das Gitter eine quadratische, niedrige Tür eingelassen war, die von außen mit einem Vorhängeschloß verschlossen war. Bruna neben ihr wimmerte und schlug krampfartig mit den Beinen um sich.

Die Türe öffnete sich, und Zweifache Sünde trat herein. Er trug eine dicke Tunika aus stahlblauer Wolle, und seine weibliche Gesichtshälfte war frei von Schminke. Aber selbst so wirkte er noch höchst ungewöhnlich, war doch sein gepflegtes Haar zur Hälfte blond, zur Hälfte dunkel, eine Augenbraue war abrasiert, die andere nicht, der morgendliche Bart entsproß auf der einen Seite seines Kinnes, während die andere Wange, die vielleicht mit Wachs enthaart worden war, so zart und rosig war wie die eines jungen Mädchens. Zweifache Sünde trug einen Krug und ein Glas, und seine Augen wurden von einer seltsamen Art von Brille mit sehr dunklen Gläsern bedeckt.

»Hallo, Süße! Bist du schon wach?« säuselte er mit seiner Frauenstimme.

Agua Fria versuchte zornig zu antworten, aber aus ihrer Kehle drang nicht ein einziger Laut. Ihre Zunge war geschwollen und ihr Mund furchtbar trocken. Zweifache Sünde ließ, als er ihre Anstrengung bemerkte, ein glockenhelles Lachen erklingen.

»Mach dir keine Sorgen, meine Schöne... Das ist bei der Droge völlig normal. Man wacht mit einem schrecklich trockenen Mund auf, nicht wahr? Deshalb habe ich dir etwas Wasser gebracht.«

Er schüttete ein Glas Wasser ein und reichte es ihr durch die

Gitterstäbe. Agua Fria packte die Handgelenke dieses Wesens, und das Glas zersprang auf dem Boden. Schnell und präzise bog Zweifache Sünde Agua Frias Hand um und befreite sich mit größter Leichtigkeit; schließlich besaß er die Kraft eines Mannes.

»Na, na, na!« sagte Zweifache Sünde in einem Ton, in dem man kleine Kinder schilt. »Siehst du, was du angestellt hast? Du hast das Glas zerbrochen. Laß solche Dummheiten besser sein, Herzchen. Du kannst nicht fliehen. Nun, damit du siehst, daß ich ein großmütiger *Kalinin* bin, werde ich den Krug so stellen, daß du ihn erreichen kannst.«

Und er ließ die Kanne neben dem Gitter am anderen Ende des Raumes stehen. Agua Fria stürzte sich darauf und versuchte sie durch die Gitterstäbe zu sich zu holen, aber sie paßte nicht hindurch. Sie mußte das Wasser in ihre Handfläche schütten und so trinken; dann gab sie auch Bruna, die inzwischen wach geworden war, knurrte und auf ihren vier Beinen herumtaumelte, zu trinken.

»Was tue ich bloß hier? Warum hast du mich eingesperrt?« fragte das Mädchen heiser.

Und sie heftete ihre Augen auf Zweifache Sünde und versuchte an ihm die Macht der Hypnose. Aber es funktionierte nicht. Es funktionierte nicht! Der *Kalinin* ließ aufs neue sein spitzes, irritierendes Lachen vernehmen. »Streng dich nicht an, Herzchen. Deine geheimen Kräfte erschrecken mich nicht, Priesterin. Diese Brille schützt mich vor der Hypnose. Gefällt sie dir? Das ist ein altes Geheimnis der *Kalinin*, das wir von Generation zu Generation weitergeben. Bedenke, daß wir als niedriger Orden eine Menge launischer Priesterinnen zu ertragen hatten, und auf irgendeine Weise mußten wir uns ja verteidigen. Du bist mir ausgeliefert, meine Süße. Es tut mir schrecklich leid, aber so sieht es nun einmal aus.«

Angst. Agua Fria verspürte eine solche Angst wie noch nie zuvor in ihrem Leben. Des Schutzes der Hypnose beraubt, kam sie sich hilflos und ausgeliefert vor.

»Was willst du von mir?« murmelte sie.

»Geld, meine Liebe. Macht, Ruhm und Reichtum. Heute morgen bin ich sehr früh aufgestanden und habe sorgfältigst gearbeitet. Ich habe einen hervorragenden Käufer für dich gefunden. Mit dem Geld, das er mir für dich gibt, werde ich ein reicher Mensch.

Mit dem Reichtum kommt, wie du weißt, die Macht. Und den Ruhm suche ich mir, wenn es soweit ist, schon selber.«

»Ein Käufer? Ich verstehe nicht...«

»Seit ich gestern abend auf der Straße deine verstümmelte Hand gesehen habe, wußte ich, daß du eine abtrünnige Priesterin bist. Ich habe ein gutes Näschen für Geschäfte, und so schlug ich dir sofort vor, zu mir nach Hause zu kommen. Ich habe dich sehr gut behandelt. Das Abendessen, das ich dir serviert habe, war köstlich, ich weiß nicht, ob du dich daran erinnern kannst. Einen Braten, Milch mit Bier und ein Schlafmittel. Nachdem du in Ohnmacht gefallen warst, habe ich dich hierhergebracht. Ich hoffe, daß du es einigermaßen gemütlich hast. Ich war derjenige unter den Kalinin von Daday, dem die Versorgung des Bären, der manchmal unsere Tänze begleitete, oblag, und dies war sein Käfig. Auch deinen Hund habe ich betäubt. Das war eine Dummheit, es wäre besser gewesen, ihn zu töten, aber ich bin nun einmal unheilbar sentimental.«

»Wer hat mich gekauft?« fragte Agua Fria halb ohnmächtig.

»Ich bin schon dabei, ich bin ja schon dabei, sei nicht ungeduldig. Anfangs habe ich daran gedacht, dich den Banditen anzubieten. Aber ich hatte meine Zweifel, ob das ein gutes Geschäft werden würde. Erstens habe ich dir ja schon erzählt, daß sie das Pfählen von Menschen inzwischen langweilt. Und zweitens bist du zwar eine Priesterin, aber eine Abtrünnige, und das fänden sie wahrscheinlich nicht so interessant. Und drittens, und das war schließlich der ausschlaggebende Grund, ist es gut möglich, daß diese Rohlinge, die sich wie die Herren der Welt vorkommen, dich behalten hätten, ohne mir überhaupt etwas zu bezahlen. Und da habe ich mich an den Metzger erinnert. Vielleicht hast du schon von ihm gehört?«

Agua Fria schüttelte den Kopf; der Atem gelangte nicht bis zu ihrer Kehle.

»Nein? Also, in dieser Gegend ist er ziemlich bekannt. Er ist ein Kopfjäger. Du verstehst schon, der typische Bluthund der Grenzgebiete. Er widmet sich der Verfolgung Abtrünniger und geflohener Gefangener. Heute morgen habe ich ihn aufgesucht, und er hat mir für dich elf Goldmünzen geboten. Der Dummkopf! Er hat vor, dich zurück nach Magenta in den Talapot zu bringen. Als ob es den Talapot noch gäbe... Ist nicht außerhalb Dadays alles nur noch Nebel? Existiert Magenta noch? Und hat es, wenn man mal genau nachdenkt, überhaupt jemals existiert? Nebel und Vergessen, Nebel und Vergessen... Manchmal kommt es mir so vor, als wäre ich nie ein Kalinin gewesen und als ob mein gesamtes vorheriges Leben nicht mehr als der verrückte Traum einer Nutte ist.«

Zweifache Sünde schüttelte seinen zweifarbigen Kopf, verjagte die Schatten der Melancholie und gab wieder sein schrilles Lachen von sich.

»Elf Goldmünzen! Du hast mir Glück gebracht, großes Glück. Der Metzger wird dich jeden Augenblick hier abholen, er muß nur noch einige Reisevorbereitungen treffen. Ich bedaure, dir mitteilen zu müssen, daß der Rohling beschlossen hat, dir die Augen auszustechen, damit du nicht die Hypnose gegen ihn benutzen kannst. Ich habe ihn darauf hingewiesen, daß er dich ziemlich verunziert, aber er behauptet, denen im Talapot wäre es sowieso egal, ob die Abtrünnigen mit oder ohne Augen zurückkämen. Daß du also wegen so eines kleinen Defektes keineswegs deinen Wert verlieren würdest. Elf Goldmünzen! Bist du nicht stolz darauf, zu erfahren, wie wertvoll du bist? Ich bezweifle sehr, daß irgend jemand für mich auch nur den zehnten Teil bezahlen würde... Nun denn, ich laß dich jetzt allein. Ich komme mit dem Metzger wieder, um mich zu verabschieden.«

Und in der Tat ging er weg, ohne auf das Flehen, die Schreie und die Verwünschungen Agua Frias zu hören. Völlig außer Fassung und von Panik ergriffen, ließ sich das Mädchen auf den Boden fallen, und einige Minuten lang heulte sie und schlug mit den Fäusten auf den Boden, während Bruna ihr schüchtern die Wangen leckte. Aber die Gewißheit, daß jeden Moment der Metzger eintreffen konnte, begann in ihrem benebelten Bewußtsein immer mehr Raum zu gewinnen, und eine verzweifelte Klarheit, die Klarheit der höchsten Gefahr, bemächtigte sich ihrer. Sie durfte keine Zeit mit Klagen vergeuden; vielleicht war dies ihre letzte Gelegenheit zur Flucht.

Sie stand auf und inspizierte sorgfältig ihr Gefängnis. Sie versuchte gewaltsam das Tor zu öffnen, aber das Schloß schien sehr stark zu sein. Es war ein Käfig für einen Bären, fest und sicher. Agua Fria stöhnte. Aufs neue fühlte sie sich der Panik nah und mußte ihre ganze Priesterausbildung aktivieren, um die Selbstbeherrschung zu behalten.

Das priesterliche Training. Die Konzentration. Plötzlich hatte

Agua Fria eine Idee, die sie Hoffnung schöpfen ließ. Und wenn sie nun versuchte, die Kenntnisse der Telekinese anzuwenden? Und wenn sie probierte, die Gitterstäbe mit der Kraft ihres Geistes auseinanderzubiegen? In Renaissance, mit Scharade, hatte sie niemals versucht, die Geometrie der Dinge, ihre äußere Form, zu verändern. Die Übungen bestanden immer darin, Gegenstände von einem Platz des Raumes zum anderen zu bewegen. Aber im Grunde mußte es sich um dasselbe Prinzip handeln. Sich konzentrieren; eins werden mit der Molekularstruktur der Gitterstäbe und sie wie etwas Eigenes spüren; sich die neue Form des Gitters bildlich vorstellen; die Energie des Universums auf den Gegenstand ziehen, als wäre ihr Geist ein Vergrößerungsglas. Es würde genügen, zwei Gitterstäbe zu verbiegen. Agua Fria setzte sich vor die Gitter, machte einige Atemübungen und probierte ihre Kraft aus.

Sie war nervös. Sie schaffte es nicht, denn sie war zu nervös. Sie stand auf und ging einige Schritte in dem Käfig umher. Dann setzte sie sich wieder. Sie mußte es schaffen. Es war ihre einzige Chance. Jetzt oder nie.

Sie konzentrierte ihren Blick auf eine der Eisenstangen. Das Metall begann wie eine zu stark gespannte Seite zu vibrieren. Schwitzend vor Anstrengung stellte sich Agua Fria die Biegung vor, die die Stange in den Raum zeichnen mußte. Ganz langsam, geräuschlos und ohne sichtbaren Widerstand schwoll das Eisen an und reckte und streckte sich auf der Suche nach seiner neuen Struktur. Als erst einmal die erste Stange verbogen war, ging es mit der zweiten viel schneller. Zwischen beiden war jetzt genug Platz, um einen Körper hindurchzulassen. Zuerst schlüpfte Bruna durch, und dann glitt Agua Fria zitternd hinter ihr her. Einen Moment verweilte sie neben den Glasscherben und ergriff endlich einen Splitter, der so scharf und spitz wie ein Stilett war. Man konnte ja nie wissen.

Sich mit höchster Vorsicht bewegend, öffnete Agua Fria die Türe einige Millimeter weit und spähte durch den schmalen Spalt nach draußen. Sofort erkannte sie den Raum wieder, in dem sie am Vorabend gegessen hatte; auf dem aus rohen, unbearbeiteten Holzplanken gezimmerten Tisch standen noch die Reste des Abendessens. Mit dem Rücken zu ihr, auf einer niedrigen Bank, saß Zweifache Sünde und vertrieb sich die Zeit damit, die Nägel des linken Fußes mit goldener Farbe zu lackieren, wobei er mit der schönen, ausgebildeten Stimme der *Kalinin* summte. Agua Fria drückte ängstlich die Scherbe in ihrer Hand. Die Tür, die nach draußen führte, lag genau gegenüber von Zweifacher Sünde; sie hatte keine andere Wahl, sie mußte den *Kalinin* angreifen. Das seit Urzeiten bestehende Tabu der Frau gegenüber der Gewalt drehte ihr den Magen um. Sie konnte es nicht, sie würde es einfach nicht schaffen, ihm den Kopf festzuhalten, ihm mit dem Glas die Kehle durchzuschneiden. Sie würde es nicht schaffen, sie fühlte sich nicht stark genug! Aber der Metzger würde jeden Moment eintreffen. Sie mußte es einfach tun. Sein Leben oder das ihre.

Mit einer geräuschlosen, gebieterischen Geste befahl sie Bruna, sich nicht von der Türschwelle zu rühren, und dann schlich sie heimlich ins Zimmer. Der *Kalinin* saß kaum vier Schritte von ihr entfernt, aber dem Mädchen erschien dies wie eine unüberwindliche Distanz. Mit angehaltenem Atem und dem Blick fest auf den Nacken Zweifacher Sünde geheftet, näherte sie sich langsam. Die Schneide des Glases, die sich in seine weiche, weiße Haut bohren, das Blut, das über ihre Hände fließen und die stahlblaue Tunika färben würde. Es wurde ihr übel.

Sie war schon so nah, daß sie das Moschusparfüm der Haare des *Kalinin* wahrnehmen konnte. Agua Frias Herz schlug so heftig und laut, daß sie befürchtete, der *Kalinin* könnte es hören. Vielleicht stimmte das wirklich, oder vielleicht handelte es sich auch um einen sechsten Sinn; wie dem auch sei, Zweifache Sünde zuckte zusammen und drehte jäh den Kopf um. Während einiger Zehntelsekunden starrten sie sich schweigend in die Augen, und schweigend prallten ihre gegenseitigen Ängste aufeinander. Aber der *Kalinin* trug keine Brille. Agua Fria machte Gebrauch von ihrer hypnotischen Macht, und der *Kalinin* wurde in seiner krampfhaften Stellung, mit verdrehtem Hals, einem erhobenen Fuß und einem Pinsel zwischen den Fingern seiner gelähmten Hände, von dem goldene Farbe tropfte, gebannt.

Einen Seufzer der Erleichterung ausstoßend, warf das Mädchen den Glassplitter weg, rief Bruna und suchte rasch ihre Sachen zusammen, die über das ganze Zimmer verstreut lagen. Sie war gerade dabei, sich den alten Schlüssel zu der geheimen Treppe im Talapot um den Hals zu hängen, als sich die Türe krachend öffnete und die Öffnung von einer furchterregenden Gestalt bedeckt wurde. Es war ein Mann von riesigen Ausmaßen, breiten Schultern und Armen, die so lang waren wie die eines Orang Utan. Sein Stiernacken trug einen relativ kleinen, kugelrunden Kopf mit tierischen Gesichtszügen, auf dem kein einziges Haar zu erkennen war. Er war lediglich mit einigen schlecht gegerbten Fellen bekleidet, und an seinem Gürtel hingen eine Axt und eine mit Dornen gespickte Keule. Aber seine riesigen Pranken waren sicherlich schrecklicher als seine Waffen. Der Mann heftete seine wimpernlosen Äuglein auf Agua Fria, erfaßte sofort die Situation, richtete sich auf und brüllte ohrenbetäubend. Das war das letzte, was er tun konnte, bevor ihn Agua Fria mit der Hypnose lähmte. Er blieb genau so stehen und blockierte mit seinem gigantischen Körper den Eingang, so daß Agua Fria durch seine dicken, krummen Beine schlüpfen mußte. Jetzt war sie draußen. Aufmerksam schaute sie sich um: das Haus von Zweifacher Sünde war ein Teil des ehemaligen Gebäudekomplexes der Kalinin, und in dem weiten, sich in zerfallenem Zustand befindenden, heruntergekommenen Innenhof war niemand zu sehen. Sie war frei! Frei! Agua Fria klopfte begeistert Brunas Kopf und schlug einen schnellen Schritt an. Sie hatte Zeit; die Wirkung der Hypnose würde noch viele Stunden dauern.

Während einiger Tage schränkte Agua Fria ihre Schlafzeit ein und verdoppelte ihre Marschzeit. Sie wollte die größtmögliche Entfernung zwischen sich und Daday legen. Sie mied die kleinen Dörfer und versuchte nicht gesehen zu werden, um ihre Spuren zu verwischen. Die Anspannung der Flucht und die Mühen des Weges erschöpften sie. Um sich nicht aufzuhalten, hatte sie in den letzten Tagen nicht gejagt, und ihre Vorräte gingen langsam zu Ende. Hungrig und erschöpft entschloß sie sich, nach Tindah, der Pforte zur Tundra, zu wandern, wo sie außerdem hoffte, irgendeine Information über die *Große Schwester* zu bekommen.

Tindah war ein außerordentlich weit abgelegenes, großes Dorf. Sogar zu seiner besten Zeit war ihm wohl dieses trostlose Aussehen eigen gewesen, das die Orte auszeichnet, von denen aus kein Weg mehr weiterführt. Am Ende der Welt gelegen, schien dieses Fleckchen Erde in den letzten Zügen zu liegen. Die Nebel des Vergessens jagten einander, und sogar in den Zonen, in denen die Welt noch ihre Festigkeit hatte, war die Materie doch farblos und zittrig. Hinter Tindah gab es nichts mehr. Dort begann die starre und unfruchtbare Tundra, und Hunderte von Kilometern weiter kamen die weißen, gequälten Massen des Eismeeres. In Wirklichkeit hatte Agua Fria keine Ahnung, wohin sie sich von Tindah aus wenden sollte. Weiter nach Norden ging es nicht mehr.

Agua Fria betrat am späten Nachmittag unter einem bewölkten und unfreundlichen Himmel das Dorf. Jenseits von Tindah erblickte man den schnurgeraden Horizont der Tundra, an dem schon der Verfall nagte. Es herrschte eine ganz besondere Stille, ohne Vögel oder das Heulen des Windes, und es ging eine furchtbare Bedrohung von dieser Stille aus. Mit ängstlichem Herzen lief das Mädchen die Straßen des Dorfes entlang. Schnell begriff sie, daß es verlassen war. Während sie noch darüber nachdachte, wurde Agua Fria bewußt, daß ihr in den letzten Tagen keine Menschenseele über den Weg gelaufen war. Ihre Schritte hallten auf dem ärmlichen Pflaster, und die leeren Häuser warfen das Echo zurück. Die Türen standen halb offen, und es sah so aus, als ob die Einwohner in der Eile der Flucht vergessen hätten, sie zu schließen. Oder als ob sie entschlossen wären, nie wieder zurückzukehren. Agua Fria ging durch die Geisterstraßen, und ihre Beklommenheit und Unruhe wurden immer größer. Das hier war das Ende, der Punkt, an dem es kein Zurück mehr gab. Sie hatte jetzt kein Ziel mehr. Tindah war das Grab ihrer Hoffnungen. Und die unerträgliche Einsamkeit des Dorfes hatte ja wirklich etwas Grabmäßiges, Totes an sich.

Endlich gelangte sie zu dem Marktplatz von Tindah und unterdrückte einen Schrei. Dort, mitten auf dem runden Platz, saß ein Dutzend verehrungswürdiger Greisinnen mit ihren schwarzen, silber eingefaßten Umhängen und ihren Amtsstäben in den Händen, die sich sehr aufrecht in ihren aus Elfenbein gearbeiteten Sesseln hielten. Es war der *Rat der Alten* des Dorfes; so leblos, wie sie dasaßen und mit ihren geschlossenen Augenlidern, schienen sie tot zu sein. Agua Fria näherte sich ihnen langsam und betrachtete sie aufmerksam: schwarze, in prachtvolle Kleidung gehüllte Mumien. Das Mädchen zuckte zusammen; eine der Greisinnen hatte sich bewegt. Sie hatte kaum wahrnehmbar den Kopf gedreht und schaute sie an.

»Das *Gesetz* möge mit Euch sein«, krächzte die Frau mit rauher Stimme.

»Und uns lehren, die Ewigkeit zu verstehen.«

Nachdem sie dies gesagt hatte, schwieg die Alte und schloß, als hätte sie eine solche Anstrengung völlig erschöpft, wieder die Augen. Sie waren alle sehr alt; verknöcherte, unbewegliche Gesichter, die vom Alter und von der Müdigkeit geformt worden waren. Ihre verbrauchten Körper zitterten in der feuchtkühlen Luft des Nachmittags, und ab und zu wippte eine von ihnen ungeschickt mit dem Kopf, ganz so, als ob ihrem Hals die nötige Kraft fehlte, das Gewicht ihres Schädels zu tragen. Aber trotz alledem bewahrten sie eine feierliche Haltung und sahen, angetan mit ihren besten Galagewändern und ihren Händen, die sich ernst auf den Bernsteinknauf ihrer Amtsstäbe stützten, sehr würdig aus. An ihren Ohren baumelten lange, klingelnde Ohrringe aus Malachit und Gold, und ihr langes, weißes Haar war zu dem Zopf der Nordländer, dieses von jeher hochmütigen und stolzen Volkes, geflochten. Mit ihren vom Alter geschliffenen Profilen und ihren unter einem feinen Netz von Falten begrabenen Gesichtszügen hatten sie etwas Reptilartiges und Versteinertes an sich. Sie sahen aus wie Eidechsen, die seit dem Anfang aller Zeit in der Sonne gesessen hatten. Nur gab es in dieser dunklen Abenddämmerung von Tindah keine Sonne, sondern lediglich eine düstere, unangenehme und dünne Luft.

»Hoheit«, wagte Agua Fria sich vor, wobei sie sich der offiziellen Anrede für die Mitglieder des Rates bediente, »Hoheit, ich bin eine Pilgerin und habe meine Reise vor so vielen Jahren begonnen, daß ich mich nicht mehr genau daran erinnere, woher ich komme. Ich bin gerade in Tindah eingetroffen und glaubte, das Dorf wäre verlassen. Zu meiner Erleichterung habe ich Eure Hoheiten auf diesem Platz angetroffen. Vielleicht kann mir Eure Hoheit erklären, was hier passiert ist.«

Die Augenlider der Alten flatterten, aber sie öffnete die Augen nicht. Auf dem Platz herrschte eine vollkommene Stille, und der Tag begann in den schon von der Dunkelheit verschluckten Ekken und Winkeln langsam zu sterben.

»Bitte... Bitte, Hoheit, sprecht zu mir, antwortet mir, sagt mir etwas...«, flehte Agua Fria.

Der graue, verhangene Himmel hing schwer über dem Kopf des Mädchens und schien bereit zu sein, die unglückseligen Reste Tindahs jeden Augenblick plattzudrücken. Eine leichte, eiskalte Brise ließ in der Stille die Ohrringe der Greisinnen klingeln. Das war das Ende, dachte Agua Fria. Um sie herum lag Tindah in einem sanften Todeskampf, und in der Luft lag die taube Klage der

Niederlage. Über Agua Frias Wangen rollten Tränen. Sie wußte nicht mehr, wohin sie noch gehen sollte, ihre Reise war zu Ende; aber es gab ja auch nichts, wohin sie hätte zurückkehren können. Mutter, oh Mutter, dachte sie; und sie dachte an die Zeit, als sie noch klein war und sich in ihrem warmen Schoß glücklich und geborgen gefühlt hatte.

»Weine nicht, Mädchen. Spar deine Kräfte!« raunte die Alte, öffnete aufs neue die Augen und heftete einen trüben, kurzsichtigen Blick auf Agua Fria. »Und verzeih unsere fehlende Gastfreundschaft.«

Das Mädchen näherte sich sehnsüchtig der Frau; ihre Stimme war so schwach, daß man sie nur unter Schwierigkeiten verstehen konnte. Jetzt, wo sie so nah war, konnte Agua Fria den scharfen, säuerlichen Geruch der Alten wahrnehmen. Aber zumindest war es ein menschlicher Geruch.

»Als uns die Nebel des Nichts heimsuchten, verließen die Einwohner das Dorf und wandten sich, vor dem Ende aller Dinge fliehend, zum Zentrum des Reiches, denn sie glaubten, dort wären sie sicherer aufgehoben«, fuhr die Alte fort. »Aber wir, der *Rat der Alten*, sind zu alt, um uns mit unmöglichen Hoffnungen selbst zu betrügen. Und auf jeden Fall zu alt, den Wunsch zu hegen, unsere eigene Heimat zu überleben. Vor zwei Tagen gingen die letzten Familien weg. Vor zwei Tagen haben wir unsere Elfenbeinsessel auf den Platz gebracht und uns in Galagewändern und geschmückt mit all unseren Rangabzeichen hier hingesetzt, um die Ankunft des Endes zu erwarten.«

Die Stimme erlosch. Sie schloß die Augen, und ihr Kopf fiel zur Seite, vielleicht war sie ohnmächtig geworden, vielleicht eingeschlafen. Oder vielleicht war sie gestorben. Es vergingen einige Minuten, während sich um sie herum die Nacht und der Untergang auf Tindah herabsenkten. Die Alte zuckte zusammen, hob ihren zerbrechlichen Hals und fuhr in ihrem langsamen, mühsamen Monolog fort.

»Einige meiner Kameradinnen sind vielleicht inzwischen schon gestorben; wir sind nicht kräftig, und die Nacht war grausam kalt. Aber selbst wenn einigen ihr altes Herz noch schlägt, so haben wir doch die Linie ohne Umkehr schon überschritten. Wir haben uns im Tod eingerichtet, und du wirst daher verstehen, daß wir dir nicht antworten und uns deine Gegenwart nicht begeistert. Denn du erinnerst uns an das Leben, und das macht uns den Übergang schmerzlicher. Geh, Mädchen, und laß uns in Frieden sterben.«

Und sich an ihren Amtsstab klammernd, senkte sie das Kinn auf die vertrocknete Brust.

»Hoheit!« rief das Mädchen. »Verzeiht mir, Eure Hoheit. Verzeiht mir, Euch in dieser letzten Stunde zu belästigen, aber ich brauche Eure Hilfe. Ich bin auf der Suche nach der *Großen Schwester*, einer sehr weisen Frau, die im Norden wohnt. Ich bin durch die halbe Welt gereist, um sie zu finden, und jetzt weiß ich nicht mehr, wohin ich noch gehen soll.«

Die Alte nickte müde. Ihre Stimme war nur ein heiseres Flüstern.

»Von Tindah aus Richtung Norden, eine halbe Tagesreise entfernt, gibt es eine sehr tiefe Schlucht. Dort, so sagt man, lebt eine unendlich weise und mächtige Greisin. Aber ich habe sie noch nie gesehen, und jetzt gibt es vielleicht nicht einmal mehr die Schlucht. Das ist alles, was ich dir sagen kann; und jetzt geh, Mädchen. Respektiere unsere Traurigkeit.«

Und die Frau preßte die Augenlider aufeinander und bewegte sich fortan nicht mehr.

»Danke... Danke!« stammelte Agua Fria.

Die Nacht war fast hereingebrochen, und das schale Dämmerlicht ließ die silbernen Säume der Umhänge auf eine fließende, dunkle Weise schimmern. Agua Fria machte eine halbe Kehrtwendung und beeilte sich, den Platz zu verlassen. Bevor sie in einer Gasse verschwand, warf sie noch einen letzten Blick über die Schulter: da saßen die Greisinnen, mitten auf dem Platz, eingehüllt in die immer länger werdenden Schatten, und gingen voller Stolz zusammen mit ihrer Heimat im Nichts unter.

Agua Fria hatte sich sehr früh auf den Weg gemacht, nachdem sie ein paar Stunden in einem der verlassenen, gespenstischen Häuser von Tindah versucht hatte, ein wenig Schlaf zu finden. Den ganzen Morgen marschierte sie durch die Tundra, eine schnurgerade und vom Eis ausgedörrte Steppe, in der hier und da etwas Schnee lag und ein verkrüppeltes, winziges Gestrüpp sich durch die harte, schwarze Erde arbeitete. Am Anfang, noch in der Nähe von Tindah, hatte der Verfall an der Tundra genagt, war es eine von den Nebeln des Nichts verletzte Landschaft. Aber paradoxerweise schienen, je weiter sie vorwärts kam, die Umrisse der Dinge eine größere Stabilität anzunehmen, und der Horizont beruhigte sich. Mittags erblickte sie von weitem ein felsiges Vorgebirge, das, obwohl nicht sehr hoch, doch aus der flachen Ebene herausragte. Sie betrat ein Labyrinth aus großen, dickbäuchigen Felsblöcken, bewunderte die Festigkeit, die die Welt in diesem Gebiet noch zu behalten schien, und stand ganz plötzlich vor einer Schlucht, einem tiefen, natürlichen Geländeeinschnitt, der die Tundra in Osten und Westen teilte. Unten, tief unten im Bett des ungewöhnlichen Tales, donnerte ein schwarz glänzender Fluß dahin. Gegenüber, auf der anderen Seite des Abgrundes, ging die Steppe weiter. Das war zweifelsohne die Schlucht, von der die Alte gesprochen hatte.

Ganz plötzlich wurde es um sie herum dunkel, und etwas Schweres, Unförmiges warf sich auf Agua Fria. Das Mädchen stieß einen Schrei aus und fiel, ohne zu wissen, was sie gepackt hatte, zu Boden. Ein Netz. Es war ein aus dicken Kordeln geknüpftes Netz mit schweren Bleigewichten an den Enden. Bruna, die auch in der Falle gefangen saß, bellte neben ihr und schlug wütend mit den Beinen um sich. Man hörte ein schauriges Brüllen, und bevor sie noch Zeit hatte, zu erschrecken, fühlte sich das Mädchen von einer mächtigen Kraft zu Boden gedrückt. Ein Knie bohrte sich in ihren Rücken, und eine eiserne Pranke verhinderte jede Bewegung ihres Kopfes.

»Priesterinnen... Frauen... Immer mißbraucht ihr eure Macht!« tobte eine Stimme voller Groll.

Es war der Metzger, der Kopfjäger. Zu Tode erschrocken mobilisierte Agua Fria alle Kräfte, um sich zu befreien. Aber es war umsonst; das Netz und der Druck des Rohlings hielten sie unabwendbar gefangen. Mit dem Mund voller Erde und der Wange auf den Boden gedrückt, schaute Agua Fria aus den Augenwinkeln heraus durch die Rhomben des Netzes und erkannte das haßverzerrte Gesicht des Riesen und das schaurige Blitzen eines enormen Messers.

»Aber für dich haben sich diese dreckigen weiblichen Tricks erledigt, denn ich werde dir auf der Stelle die Augen ausstechen...«, murmelte der Mann.

Und während er das Messer mit grausamem Lächeln schwang, kam die scharfe Spitze Agua Frias Augen immer näher. Das Mädchen preßte die Augenlider aufeinander und heulte entsetzt auf.

Halb ohnmächtig erwartete sie, das kalte Metall zu spüren, wie es sich in ihre Augen bohren und sie herausschneiden würde. Aber die Sekunden verstrichen in tödlicher Spannung, ohne daß etwas passierte. Da bemerkte das Mädchen zu ihrer Überraschung, daß das Gewicht, das sie gegen den Boden gedrückt hatte, verschwunden war. Noch ohne zu wagen, die Augen aufzumachen, versuchte sie den Kopf zu bewegen. Es ging. Voller Angst riß sie die Augen auf. Sie war zwar noch im Netz gefangen, aber der Wüterich, der auf ihr gelegen hatte, war verschwunden.

»Nun gut, Agua Fria, wirst du dich vielleicht irgendwann bequemen aufzustehen, oder erwartest du, daß ich das auch noch für dich erledige?« murrte eine knarrende, spitze Stimme.

Beunruhigt und verwirrt richtete sich das Mädchen auf, und nachdem sie eine Weile mit den geflochtenen Stricken des Netzes gerungen hatte, schaffte sie es schließlich, sich aus ihrem Gefängnis zu befreien. Ihr gegenüber saß auf einem Felsen ein ganz außerordentliches, nur aus Haut und Knochen bestehendes Persönchen. Der fast kahle Kopf wies hier und da unregelmäßige, spärliche Strähnen eines gelblichen Haares auf; das Gesicht hatte so unglaublich viele Falten, daß die Augen, zwei pechschwarze, funkelnde Steinchen, zwischen den Kerben versanken. Es war ein derartig verwelktes Wesen, daß an ihrer Seite die Priesterinnen des *Rates der Alten* wie blühende junge Mädchen gewirkt hätten. Ihr Alter war so wenig einzuschätzen wie das des Felsens, auf dem sie saß; sie befand sich jenseits der Zeit und machte einen übermenschlichen Eindruck.

»Was ist passiert? Wer bist du?« stotterte Agua Fria verblüfft.

Und da sah sie den Kopfgeldjäger. Er stand unbeweglich wie eine Statue neben ihr, seine affenartigen Arme baumelten neben seinem Körper herunter, und seine rechte Hand umfaßte immer noch das Messer. Sein brutales Gesicht war völlig ausdruckslos, aber seine ihm aus den Höhlen quellenden Augen ließen das Entsetzen ahnen, das den Mann gepackt hatte. Er war gelähmt, begriff Agua Fria sofort, er lag in den unsichtbaren Ketten der Hypnose gefangen.

»Nicht so eilig, mein Kind, nicht so eilig«, quietschte die Stimme, »alles zu seiner Zeit. Nun werden wir uns erst einmal dieses armen Irren entledigen.«

Das Wesen heftete seine Äuglein auf den Metzger, und der enorme Körper des Mannes zuckte wie von einem Peitschenschlag getroffen zusammen. Er öffnete die Faust, und das Messer fiel zu seinen Füßen; ganz langsam und mit ungeschickten Bewegungen wandte er sich dem Abgrund zu und hielt direkt am Rande der Schlucht an. Auf diesem windigen Fleck blieb er einen Moment lang ruhig stehen; er nahm einen tiefen Atemzug und spannte seine mächtigen Muskeln. Dann holte er aus, vollführte einen wundersamen Sprung ins Leere, wobei er zuerst mit geschlossenen Beinen und offenen Armen nach oben sprang; dann vollzog er in der Luft eine elegante Verbeugung und berührte dabei seine Fußspitzen, um am Ende in Form eines perfekten, elegant ausgeführten Kopfsprungs, den ganzen Körper gestreckt, in den Abgrund zu fallen. Sie hörten noch sein tierisches Geheul, als er auf den spitzen Felsen auf dem Grund der Schlucht aufschlug. Das verschrumpelte Wesen lachte brüchig.

»Als ich noch jung war, das ist schon so lange her, daß ich mich kaum noch daran erinnern kann, pflegte ich mich manchmal damit zu vergnügen, von Felsen herab ins Meer zu springen. Dieser Sport hat mir immer sehr gefallen, und ich habe es darin weit gebracht, das versichere ich dir. Das jetzt gerade war nichts weiter als eine Verzierung, ein künstlerisches Detail«, erklärte sie mit vergnügter Bescheidenheit.

»Wer bist du?« fragte Agua Fria völlig verblüfft.

»Was für eine dumme Frage, mein liebes Kind. Natürlich bin ich die *Große Schwester*. Und jetzt hör auf zu zittern und hilf mir, von diesem verdammten Stein aufzustehen. Wir gehen nach Hause. Dort werden wir vor einer großen Tasse heißer Suppe über alles, was dich interessiert, sprechen.«

# *Teil 3*
# Das Maß der Unordnung

Am erstaunlichsten war das Licht. In dem Haus der *Großen Schwester* wurde es niemals dunkel; Dutzende von winzigen, leuchtenden Sonnen reichten mit ihrem Schein bis in die letzten Winkel und erhellten noch die geballteste Dunkelheit.

»Das ist Elektrizität«, brummte die Greisin.

Ja, Elektrizität. Agua Fria wußte aus den Büchern des *Alten Wissens* ganz genau, was dies bedeutete, aber sie hätte nie gedacht, jemals ein solches Wunder zu sehen.

»Das hat nichts mit Wundern zu tun«, brummte die *Große Schwester.* »Das ist Wissenschaft, Wissenschaft!«

Und Agua Fria nickte und versuchte es zu verstehen. Aber als die Alte das erste Mal den Schalter betätigte und innerhalb des Hauses die Sonne aufgehen ließ, war sie versucht, auf die Knie zu fallen und den glühenden Ballon anzubeten, genau wie es Urr tat, der eine Mischung zwischen Sklave und Knecht war, der *Großen Schwester* diente und der ohne Zweifel aus irgendeinem Barbarenstamm der Grenzgebiete stammte. Er redete in einer unverständlichen, primitiven Sprache; sein glattes, schwarzes Haar fiel ihm schwer über die Schultern, und auf der vorderen, glattrasierten Kopfhälfte trug er, genau wie auf der Stirn, ein verzwicktes geometrisches Muster aus Henna. Es war Urr, der für die *Große Schwester* jagte, wusch, kochte und saubermachte; er war es, der für die Alte die weichen Decken aus dem Fell der Polarfüchse und die Umhänge aus feiner Wolle herstellte. In der Hypnose gefangen, war er ein dienstbeflissener und fähiger Diener. Und jedesmal, wenn die wunderliche Alte die Sonnen anmachte, warf Urr sich auf den Boden, preßte sein Gesicht auf die Fliesen und murmelte wilde Beschwörungen. Wenn er dann sein Gesicht wieder hob, schwammen in seinen unterhalb der arabisch anmutenden, rötlichen Hennazeichnung liegenden rabenschwarzen Augen Tränen der Bewunderung und Dankbarkeit.

Das Haus der *Großen Schwester,* das aus feingehauenen Steinen gebaut war, hing über einer der Seitenwände des Abgrundes. Ein höchst einfallsreich getarnter Weg führte durch die Felsen hinab bis zur Tür: jemand, der von der Existenz des Gebäudes nichts wußte, hätte es nicht entdecken können. Von außen hatte es das gewöhnliche Aussehen eines an eine Klippe geklebten

Würfels. Aber sein Inneres war das Ungewöhnlichste, das Agua Fria je gesehen hatte. Da waren nicht nur die Sonnen; auch die Möbel, die Materialien, die Verkleidung der Wände und Mauern waren anders als alles, was das Mädchen kannte. Es gab aus dikkem, durchsichtigem Glas gearbeitete Stühle, die sich weder kalt anfühlten noch zerbrachen, und in der Küche und in den Badezimmern floß heißes Wasser. Wie kalt es auch immer draußen war, es herrschte doch innerhalb des Hauses immer eine höchst angenehme Temperatur, etwa wie die Wärme der ersten Sommertage. Bei dem Versuch, Agua Fria die Ursache für all dies zu erklären, sprach die *Große Schwester* von Energiequellen und atomar betriebenen Batterien. Aber das Mädchen brachte, obwohl sie sich noch an die während ihres priesterlichen Studiums gelernten Begriffe erinnerte, alles durcheinander, und ihr wurde ganz schwindelig vor einer solchen Ansammlung von Wundern. Das Gebäude, das viel größer war, als es von außen aussah, besaß weitläufige Abstellkammern, die vollgestopft waren mit Röhren, Schaltern und den seltsamsten mechanischen Gerätschaften, sowie ein aus Stahl gebautes Zimmer, das zur Aufbewahrung der Lebensmittel diente und in dem es so kalt war, daß sich die Decke und Wände mit Eis überzogen. Das Mädchen verbrachte mehrere Tage damit, die wunderbaren Besonderheiten des Hauses zu entdecken und zu untersuchen.

Die *Große Schwester* weigerte sich zwar nicht, die auf sie herabprasselnden Fragen Agua Frias zu beantworten, aber sie nahm sich Zeit. Manchmal stellte sie selbst eine Frage, statt zu antworten, und bei anderen Gelegenheiten waren ihre abrupten und offensichtlich sinnlosen Bemerkungen die Antwort auf eine ihr schon vor einigen Tagen gestellte Frage. Aber Agua Fria konnte sich nicht klar darüber werden, ob dieses sprunghafte und ungewöhnliche Benehmen dem Alter zuzuschreiben war oder ob sich dahinter ein genaues System verbarg, eine ganz bestimmte Absicht; aber im Laufe der Tage wurde sie immer wissensdurstiger, immer ungeduldiger.

Eines Nachts erzählte ihr die Alte, vom klaren Schein der inneren Sonnen angestrahlt, daß sie in Wahrheit Sauerstoff hieße. Und sie war so freundlich, ihr die Bedeutung ihres Namens zu erklären und das alte Begrüßungsritual zu vollziehen.

»Ich bin die Zwillingsschwester von Ozean, der *Oberpriesterin*«, vertraute sie ihr dann an. »Obwohl wir seit unendlich langen Jahren nicht mehr miteinander sprechen. Auch unsere Mutter war *Oberpriesterin,* genau wie schon unsere Großmutter, unsere Urgroßmutter und unsere Ururgroßmutter, und diese Liste von Ahnen könnte so lange fortgesetzt werden, bis sie sich im Dunkel der Zeit verliert. Unsere Familie steht bereits seit Jahrhunderten an der Spitze des Reiches, denn schon seit langer Zeit wird die Macht nur noch blind weitergegeben. In diesem Sinne war die Machtergreifung durch unsere Dynastie der Anfang vom Ende. Selbstverständlich würde dir Ozean, meine entzückende Schwester, etwas ganz anderes erzählen. Sie versichert, daß es einzig der Groll ist, der mich antreibt. Weil wir Zwillinge sind, du weißt schon, was ich meine…«

»Und was hat das damit zu tun?« wagte Agua Fria schüchtern einzuwenden.

»Um der Splitter des *Kristalles* willen, was für ein dummes Mädchen! Wir sind Zwillinge, begreifst du denn nicht? Aber nur eine von uns beiden konnte das allerhöchste Priesteramt erhalten. Ozean, die nicht so dumm war wie du, hatte das sofort begriffen. Es regierte noch unsere Mutter, und wir beide waren Kobaltpriesterinnen des *Inneren Kreises,* als mein Schwesterherz schon versuchte, mich zu vergiften. Seit damals bekämpfen wir uns bis aufs Blut. Vielleicht hat Ozean ja recht mit ihrer Behauptung, alles hätte aus Groll begonnen. Aus Neid meinerseits, nicht an die Macht zu kommen. Aber meine Situation als Verbannte hat mich gezwungen, die Augen zu öffnen, nachzudenken, zu verstehen. Jetzt hat meine Schwester zwar die Macht, aber ich habe die Einsicht. Die Welt geht ihrem Ende zu. Ozean fault der Thron unter ihrem Hintern weg.«

Und die Alte lachte und hustete, hustete und lachte, wobei sie ihren verfaulten Mund sperrangelweit aufriß und ihr vertrocknetes Zahnfleisch und die schwärzlichen Überreste einiger vereinzelter Zähne zum Vorschein kamen.

Agua Fria war nun schon sechs oder sieben Tage im Haus von Sauerstoff, und die dortigen Wunder begannen langsam die Anziehungskraft, die allem Neuen innewohnt, zu verlieren, als das Mädchen zur Essenszeit zum hundertsten Mal dieselbe Frage wiederholte.

»*Große Schwester,* wie konntet Ihr wissen, wer ich war? Woher kanntet Ihr meinen Namen?«

Die Alte fuhr fort, geräuschvoll ihren Brei zu schlürfen, eine

Mischung aus Getreide, Milch und kleingehacktem Fleisch, die Urr ihr zubereitete und die, in kleinen Schalen verteilt, die einzige Nahrung war, die sie je zu sich nahm. Dann lehnte sie sich zurück, kniff die Eidechsenäuglein zusammen und fragte mit völlig unschuldig klingender Stimme:

»Hast du schon den Sinn der Rätsel verstanden?«

»Was für Rätsel?« fragte Agua Fria überrascht.

»Die der Bettlerin aus Magenta. Als deine Mutter starb. Erinnerst du dich nicht mehr?«

Die Erinnerung an diesen Tag stimmte das Mädchen traurig. Die Rätsel, ach ja. Derselbe Fluß führt immer andere Wasser. Tritt nicht in das Herz der Finsternis, ohne vorher herausgekommen zu sein. Und das dritte? Wie lautete es noch? Du wirst ein Gott werden, wenn du nicht die Augen des Verstandes schließt. Seit so langer Zeit hatte sie schon nicht mehr daran gedacht...

»Zwei habe ich verstanden, Sauerstoff. Das dritte... Das dritte habe ich vergessen. Ich weiß nicht mehr genau, wie es lautete.«

»Weil das dritte, mein liebes Kind, eigentlich kein Rätsel ist. Es ist ein Gedanke. Eine Art, sich mit der Welt auseinanderzusetzen. Man muß es nicht lösen, sondern danach leben. Aber offensichtlich bist du dafür noch nicht reif genug.«

Wie ein Blitz, der für wenige Zehntelsekunden eine im Dunkel begrabene Landschaft erleuchtet, so schoß ganz plötzlich ein wahnsinniger Gedanke Agua Fria durch den Kopf.

»Die Bettlerin ... die warst du. Die bist du!«

Die Alte nickte zufrieden.

»Sehr gut. Sehr gut! Du bist also doch nicht hoffnungslos dumm.«

»Aber wie ist das nur möglich? Ihr gleicht euch überhaupt nicht. Ich kann einfach nicht glauben, daß du es warst.«

Sauerstoff zuckte ungeduldig die Schultern.

»Ich war es und war es doch nicht. Ich war weiterhin hier, in der Tundra, habe aber mit Hilfe der Telepathie den Körper jener Frau, die sich in Magenta befand, in Besitz genommen. Ich benutzte sie als Gefäß. Mach nicht solche Augen; das ist der einfachste Trick, den man sich vorstellen kann, aber es langweilt mich, davon zu sprechen. Auf alle Fälle ist das schon jahrelang her, und damals war ich noch stark genug für so etwas. Jetzt würde ich eine solche Sache nicht mehr schaffen. Ja, ich bin ein lebender Leichnam. Mir sind die Ersatzteile ausgegangen.«

»Ersatzteile?«

Die Alte fuhr mit der Hand durch die Luft, als wollte sie eine Fliege verjagen.

»Ach, lassen wir das, ich habe jetzt keine Lust, es dir zu erklären. Ich vergesse immer, wie groß deine Unwissenheit ist. Das ist ärgerlich. Außerdem muß ich von sehr viel wichtigeren Dingen reden. Wir haben nicht viel Zeit... Du hast zu lange für den Weg gebraucht.«

Der Vorwurf verletzte Agua Fria, und sie errötete.

»Also gut, meine Kleine, ich habe dir etwas zu sagen. Erinnerst du dich an den Stier, der deine Mutter getötet hat?«

»Ja.«

Sauerstoff faltete ihre verkrüppelten und verschrumpelten Hände vor der Brust und seufzte.

»Also gut, dieses Tier ist nicht ausgerissen... Ich habe es losgemacht.«

»Wie?«

»Ich habe den Stier losgemacht, ihn hypnotisiert und seine Schritte dirigiert, ich habe deine Mutter unter einem Vorwand aus dem Haus geholt und, als sie erst einmal draußen war, mit Hilfe der Hypnose gelähmt, damit sie der Bestie nicht entkommen konnte. Mit anderen Worten, ich habe sie getötet.«

Agua Fria sprang mit einem Satz auf die Füße; der Stuhl fiel mit großem Gepolter zu Boden. Zitternd und wie vor den Kopf geschlagen, hielt sich das Mädchen an der Tischkante fest. Ihr Nacken war eiskalt, und ihr Magen wurde wie von einer Faust zusammengepreßt. Sie öffnete den Mund; sie wollte dieses abscheuliche Geschöpf beleidigen, aber ihren Lippen entrang sich lediglich ein langgezogenes Stöhnen.

»Also gut, es tut mir leid!« kreischte die Alte gereizt, »aber damals ist mir nichts Besseres eingefallen. Ich mußte etwas unternehmen, begreifst du das nicht? Etwas, das grausam genug war, dich zu veranlassen, deinen Lebensweg zu ändern. Etwas, dessen Schwere dich nachdenklich machen, den Zweifel in dir säen würde. Und außerdem mußte alles in höchster Eile geschehen; meine Herrschaft über den geliehenen Körper ließ sich nicht beliebig verlängern, und andererseits wußte ich, daß sie schon vom Talapot kamen, um dich mitzunehmen. Wenn man die Umstände in Betracht zieht, würde ich sogar sagen, daß die Sache außerordentlich erfolgreich verlaufen ist.«

»Aber warum, warum? Warum gerade ich?« schluchzte Agua Fria verzweifelt.

»Weil du die letzte bist. Hör gut zu, kleine Ignorantin! Das *Gesetz* sagt, die Welt sei ewig und unveränderlich, aber das ist, wie du ja genau weißt, eine Lüge. Seit Jahrhunderten schon liegt das Imperium im Todeskampf. Ich meine damit nicht nur die Nebel des Nichts, ich spreche von der zunehmenden Unfruchtbarkeit unserer Gattung. Im letzten Jahrzehnt sind kaum noch Kinder geboren worden; und jetzt hat es schon seit Jahren keine Geburt mehr gegeben. Es ging dann so weit, daß es kaum noch Jugendliche gab, so daß die Priesterkaste, die die Zuteilung der Lehrlinge kontrolliert, beschloß, alle verfügbaren Jugendlichen für die Mitglieder der *Kirche* zu reservieren. Von da an konnten nur noch Priester *Anteriores* werden, und aus demselben Grund waren auch alle Lehrlinge ihrerseits für das Priesteramt bestimmt... Obwohl sich inzwischen die Situation derartig verschlechtert hat, daß nicht einmal mehr genügend Kinder für die Priester da sind. Wie dem auch sei, die Sache ist die: Du, Agua Fria, warst der letzte Lehrling, der eine *Laienanterior* hatte; seitdem sind die wenigen Kinder, die es noch gibt, von Mitgliedern der Kirche eingewiesen worden.«

»Das hat doch keinerlei Bedeutung! Wie kann das einen Tod rechtfertigen?« schrie das Mädchen.

»Und ob es eine Bedeutung hat, und wie es die hat. Deine *Anterior* hat dir eine breitere, weniger starre Sicht der Welt beigebracht. Und außerdem gehörte Verbrannter Kork zu der Organisation.«

»Organisation?« wiederholte Agua Fria verständnislos.

»Das ist ein Geheimbund von Menschen, die gegen das *Gesetz* sind. Und die höchste Instanz ist die *Große Schwester*, das heißt, Sauerstoff, das heißt, ich. Wir sind ziemlich mächtig, das kannst du mir glauben. Es handelt sich um ein Reich innerhalb des Reiches«, brüstete sich die Alte.

Agua Fria betrachtete sie mit aus den Höhlen quellenden Augen: ein niederträchtiger, seniler Winzling.

»Du bist ein Ungeheuer. Du ekelst mich an«, murmelte sie.

»Und wen hattest du erwartet, etwa jemand Vollkommenen?« knurrte Sauerstoff. »Wenn es dir irgendwie zum Trost gereicht, gebe ich zu, daß das Töten deiner Mutter eine Handlung war, die auf gewisse Weise gegen meine Prinzipien verstieß. Aber ich bin auch nur ein Mensch und daher inkonsequent und voller Widersprüche. Außerdem könnte es auch an meinen Genen liegen. An einer angeborenen Bosheit. Schließlich und endlich bin ich die Schwester meiner Schwester. Wie dem auch sei, solltest du vielleicht geglaubt haben, am Ende deiner Pilgerfahrt in den Norden auf eine unendlich weise und gerechte Greisin zu treffen, die alle deine Zweifel zerstreuen würde, dann wird es langsam Zeit, eine solche Traumphantasie zu vergessen. Es gibt nichts Vollkommenes. Auch nicht die Ewigkeit. Dies sind Lügen, mit denen uns das *Gesetz* das Gehirn vernebelt hat. Es ist nicht möglich, auf dieser Welt geistig zur Ruhe zu kommen; nichts und niemand kann dir die absolute Antwort geben.«

»Mutter, o Mutter...«, stöhnte das Mädchen leise.

»Vielleicht hätte man es auch auf andere Weise machen können, aber es ist mir nicht eingefallen. Hör zu, wir hatten wenig Zeit... und jetzt haben wir noch weniger. Wir leben unter außergewöhnlichen Umständen; wir konnten nicht einmal diese winzige, armselige Chance ungenutzt lassen, die du bedeutest. Du warst die einzige Jugendliche, die von einem Mitglied der Organisation unterrichtet und heimlich beeinflußt worden ist. Und außerdem... Außerdem habe ich dich angelogen. Die Organisation ist nämlich überhaupt nicht mehr mächtig. In Wirklichkeit gibt es sie kaum noch. Der Unterdrückungsapparat hat unser Geheimnetz zermalmt. Meine entzückende Schwester hat es geschafft, uns kleinzukriegen. Verstehst du das? Jahre, jahrhundertelang haben Tausende von Frauen und Männer für diese Sache ihr Leben gegeben, die, obwohl du es nicht weißt, auch deine Sache ist. Tausende von Frauen und Männern haben sich der tyrannischen Macht des Talapot entgegengestellt und sind eingesperrt, mit den ausgeklügeltsten Methoden gefoltert und schließlich gepfählt, gevierteilt oder bei lebendigem Leibe verbrannt worden. Wenn du die Augen schließt und genau hinhörst, kannst du vielleicht noch das im Äther schwebende Echo ihrer grauenvollen, ohrenbetäubenden Schreie vernehmen. Wie du sicher verstehen wirst, ist bei dieser Lage der Dinge der Tod deiner Mutter kaum mehr als eine Anekdote. Ich weiß nicht, ob du, kurz nachdem du in den Talapot gekommen bist, Gelegenheit hattest, die Vierteilung einer Frau zu beobachten...«

Agua Fria schwieg; das Zimmer schien sich vor ihren Augen zu drehen.

»Also, diese Frau gehörte zu der Organisation. Es war die Tochter von Ozean, meine Nichte. Und selbstverständlich Kobaltpriesterin. Sie war es, die mich über dich informiert hat, deinen Namen, deine Eigenschaften, deine Existenz. Während sie dies tat, wurde sie entdeckt. Aber sie hat nicht gesprochen. Sie hat dich nicht verraten. Du verdankst ihr dein Leben. Wegen dir haben sie sie getötet.«

»Wegen mir…«, stammelte das Mädchen, und ihr begannen die Sinne zu schwinden.

»Eigentlich nicht direkt wegen dir, du bist nur die Ursache gewesen. Denn am Ende dieser langen Kette von Leben und Tod, Schmerz und Opfer gelangen wir zu dir. Du bist genau zur richtigen Zeit am richtigen Ort erschienen. Warum gerade du, hast du gefragt. Zufällig. Aus reinem, blindestem Zufall, wie alles, was in der Welt passiert. Deine Verdienste sind nicht größer als die derjenigen, die vor dir existiert haben; wahrscheinlich sind sie sogar kleiner. Aber der Zufall wollte es, daß du gerade jetzt geboren wurdest, genau zur Endzeit, an der Schwelle des Nichts. Und nun bist du die letzte Hoffnung. Jetzt liegt alles Weitere an dir. Du bist frei, weiterzumachen oder wegzugehen. Denn jeder Mensch ist Herr über sein Schicksal… oder sollte zumindest so tun, als ob er es wäre.«

Sauerstoff verstummte, und ihre kraftlosen Hände rutschten langsam in den Schoß. Sie schien erschöpft zu sein. Die verletzte, verzweifelte und verwirrte Agua Fria betrachtete sie schweigend. Dreckige Alte, dachte sie. Mörderische Alte.

»Ich hasse dich. Ich hasse dich! Hoffentlich stirbst du bald!« brach es schluchzend aus dem Mädchen heraus.

Und dann rannte sie aus dem Zimmer.

Im ersten Moment dachte Agua Fria daran fortzugehen. Aber dann stellte sie fest, daß sie nicht wußte, wohin. Der Winter senkte sich schon über die Tundra und steckte die Erde in ein aus Eisbrettern gebautes Gefängnis. Stunden, vielleicht auch tagelang blieb das Mädchen in ihrem Zimmer eingeschlossen, ohne sich zu waschen, zu essen und fast ohne Schlaf, und beweinte den Tod ihrer Mutter und die Sinnlosigkeit des Daseins. Eines Morgens, als die blasse Sonne die Eiszapfen des Fensters in rosa- und lilafarbene Töne tauchte, spürte das auf den Fliesen ausgestreckte

Mädchen die Kälte. Und dann Hunger und eine unendliche Müdigkeit. Sie spürte, wie ihr Körper erwachte und Zuwendung und Pflege verlangte, und ihr Herz begann aufs neue, im Rhythmus der Welt zu schlagen. Zwar müde, aber mit klarem Kopf setzte sie sich auf den Boden. Es ist vorbei, dachte sie; die besinnungslose Trauer ist zu Ende. Es war, als kehrte sie aus dem Totenreich zurück.

Mit unsicheren Schritten durchquerte sie das Zimmer, schob den Riegel zurück und öffnete die Tür. Eine vor Angst und Freude wimmernde Bruna stürzte herein und leckte ihr mit ihrer rauhen Zunge die Fußgelenke.

»Arme Bruna, arme, arme Bruna...«, flüsterte das Mädchen und streichelte die struppigen Kopfhaare der Hündin.

Auf der Schwelle stand immer noch das Tablett mit dem Essen, das von Urr in der Nacht vorher dort hingestellt worden war und das sie, genau wie alle anderen, die der Sklave während ihres Eingeschlossenseins pünktlich dort plazierte, nicht angerührt hatte. Aber jetzt nahm Agua Fria das Essen und verschlang es gierig, wobei sie es mit Bruna teilte, die, ihrem Aussehen nach zu urteilen, sich in der letzten Zeit auch nicht ernährt zu haben schien. Und dann legte sich das Mädchen auf das Bett, umarmte Bruna und schlief einen ganzen Tag lang.

Als sie aufwachte, stand die Sonne schon fast im Zenit. Ohne Eile frühstückte sie, badete und zog sich an und machte sich schließlich auf die Suche nach der *Großen Schwester*. Sie fand sie in ihrem Zimmer, versunken zwischen einer Pyramide aus Kissen und weichen Fuchsfellen. Bei ihrem Anblick deutete die Alte einen Anflug von fröhlichem, zahnlosem Lächeln an.

»Also, also mein liebes Kind, endlich bist du zurückgekommen!« krächzte sie zufrieden.

Agua Fria blieb mitten in dem Zimmer stehen und runzelte die Stirn.

»Hör zu, Sauerstoff, ich mag dich nicht, und ich werde dir das, was du getan hast, nie verzeihen. Aber in einem Punkt hattest du recht: Wir leben in schwierigen Zeiten. Sie sind so schwierig, daß wir uns weder unsere Feinde noch unsere Mitstreiter aussuchen können. Mir bleibt keine andere Wahl, als mich mit dir zu einigen. Sag mir, was ich tun soll, und ich werde es tun«, sprudelte es in ernstem Ton und beinahe atemlos aus ihr heraus; sie hatte ihre Worte lange Zeit vorbereitet.

Die *Große Schwester* lächelte und klatschte wie ein Kind in die Hände.

»Bravo, bravo! Was für eine herrliche Rede. Nur daß...«, die Alte seufzte und versank noch tiefer in ihren Kissen, »nur daß ich keine Ahnung habe, was gemacht werden muß.«

»Du hast keine Ahnung? Aber dann...«, stammelte Agua Fria fassungslos.

»Ich habe dir schon am letzten Tag erklärt, daß ich weder allmächtig noch unfehlbar bin! Ich dachte, du hättest mich verstanden.«

»Ja, aber...«

»Komm her, meine Kleine. Setz dich zu mir. Ich kann dir nur das erzählen, was ich weiß, das ist zwar mehr als nichts, aber auch nicht gerade besonders viel.«

Während Agua Fria sich hinsetzte, steckte Sauerstoff einen mit Pfefferminzlikör getränkten Zuckerwürfel in ihren verfaulten Mund und lutschte ihn mit verzückter Hingabe.

»Mmmmmmmmmm... Das Alter ist sehr grausam, dieses hohe Alter... Der Körper fällt auseinander wie ein schlecht geleimtes Möbelstück, und es verbleiben dir kaum noch Vergnügen, mit deren Hilfe sich das Gewicht der Tage ertragen läßt. Dir bleiben nur noch die Naschsucht, manchmal die Erinnerung und die Rache. Aber wo waren wir stehengeblieben? Ach ja. Ich sagte gerade, daß ich viele Dinge nicht weiß. Meine entzückende Schwester, die als *Oberpriesterin* Zugang zu den Geheimen Annalen gehabt hat, wird sicher die Antwort auf einige der dringendsten Fragen kennen. Ganz ohne Zweifel wird sie wissen, was der Ursprung des Kristalls ist. Ich hingegen habe hier in meiner Verbannung nur kleine Fingerzeige aus der Wirklichkeit sammeln können, und mit Hilfe der Logik habe ich dann versucht, mir die Konstruktion vorzustellen, die dem Ganzen zugrunde liegt. So bin ich beispielsweise auch zu der Erkenntnis gekommen, daß unsere Welt im Sterben liegt.«

»Was für ein Blödsinn«, ärgerte sich Agua Fria ungeduldig. »Das wissen wir alle.«

»Glaubst du?« sagte die Alte sanft. »Sei dir da nur nicht so sicher, Kindchen. Das Volk ist immer in dem Glauben gehalten worden, die Welt sei ewig und unveränderlich, ohne Evolution und Wechsel. Unsere Leben, so hat man ihm erzählt, wären das Ergebnis eines genau vorgezeichneten Entwurfs. Was auch immer passiert, ist notwendig, denn schließlich entspricht es dem unantastbaren Schema des *Gesetzes*. Solche Dummheiten glauben die armen Wesen. Und ihre vom Dogma betäubten Köpfe sind jetzt nicht mehr in der Lage zu verstehen, was eigentlich vor sich geht. Vielleicht ahnen ihre Eingeweide, ihr Blut, ihr Knochenmark oder jede einzelne ihrer Zellen instinktiv das nahende Ende ihrer Gattung. Aber ihre Gehirne schaffen es nicht, dies zu begreifen. Deshalb unternimmt auch kaum jemand etwas. Zum Kampf fehlen der Wille und die Überzeugung. Sie laufen wie verlorene Schafe ins Verderben.«

Sie schwieg einen Augenblick, während sie ein neues Zuckerstück in die dickflüssige Minze tauchte. Dann plazierte sie vorsichtig den Zucker auf ihrer ausgestreckten Zunge: Sie sah aus wie eine Eidechse beim Fliegenfangen. Ein Tropfen grünlichen Likörs rann ihr Kinn hinunter.

»Aber du und ich, meine Kleine, wir wissen, daß die Realität ganz anders aussieht, daß nicht die Notwendigkeit, sondern der Zufall die Welt regiert. Natürlich ist dieses Wissen sehr schmerzhaft, denn es bedeutet, die Sinnlosigkeit des Lebens zuzugeben. Unter diesem Gesichtspunkt ist alles, vom Leiden bis zur größten Heldentat, nichts weiter als eine blinde Laune des Universums, ein überdimensionaler Witz der Materie.«

Agua Fria schauderte es.

»Aber gibt es denn sonst nichts mehr? *Große Schwester*, gibt es wirklich sonst gar nichts mehr?«

»Was weiß ich!« antwortete Sauerstoff gereizt. »Hör endlich auf, mir absolute Fragen zu stellen! Ich habe dir schon einmal gesagt, daß es auf sie in dieser Welt keine Antwort gibt. Ich weiß nur, daß es nichts gibt, was wir mit unseren Mitteln erreichen oder was von unserer begrenzten menschlichen Verständnisfähigkeit entziffert werden könnte. Mit unserem beschränkten Verstand betrachtet, dem einzigen, der uns nun einmal zur Verfügung steht, ist unser Dasein jedenfalls irrational. Und das muß reichen.«

Agua Fria schwieg bedrückt. Auf der anderen Seite der Fenster begann ein kurzer Polartag zu verlöschen.

»Aber nun setz doch keine solche Trauermiene auf, Mädchen«, murmelte die Alte, »denn unsere Schwäche ist gleichzeitig unsere Stärke. Hör zu, das menschliche Wesen hat vom Anbeginn aller Zeiten darum gekämpft, sich ein Schicksal zu schaffen. Wir sind zwar kaum mehr als ein Körnchen kosmischen Staubes, ein winziger Zufall innerhalb des universellen Chaos, aber trotzdem haben wir uns immer auf einen Kampf auf Leben und Tod zwischen unserem Willen und dem Zufall eingelassen. Stell dir doch nur diese ungeheuerliche Waghalsigkeit vor. Wir sind von einer unschätzbaren Überheblichkeit und Unschuld. Um ehrlich zu sein, werde ich ganz gerührt, wenn ich daran denke.«

Und Sauerstoff wischte mit dem Handrücken eine unsichtbare Träne weg.

»Genau hier liegt unsere Größe, nämlich daß wir, obschon wir unsere Bedeutungslosigkeit kennen, trotzdem nach dem Höchsten streben. Was uns menschlich macht, uns von den Tieren unterscheidet, ist ja genau dieser anmaßende Ehrgeiz, glücklich zu sein, unser Leben unter Kontrolle zu haben und uns in unsere eigenen Götter zu verwandeln. Wie Prometheus, wie Odysseus...«

»Wie wer?«

»Ach, ist egal, ist egal... Geschichten aus der alten Welt, Helden eines dunklen Zeitalters... Aber hör mir gut zu: Seit undenkbaren Zeiten, noch vor dem *Kristall* und dem *Gesetz*, hat der Mensch schon den Wunsch gehegt, sein Schicksal zu bestimmen. Und ich frage mich, ob nicht auch ich mich von diesem unschuldigen Hochmut habe betrügen lassen, aber ich habe den Eindruck, daß, wenn wir alle unsere Träume und unsere mikroskopischen Willenskräfte zusammentragen, wir es am Ende schaffen, auf den Gang des Universums einzuwirken. Dies ist unsere größte Heldentat, nämlich das Maß der Unordnung zu finden.«

Einen Moment lang schwiegen sie, während die Schatten der Abenddämmerung sich in dem Zimmer stauten. Endlich streckte Sauerstoff den Arm aus, drückte auf einen Knopf, und die inneren Sonnen gingen auf. Agua Fria runzelte die Stirn.

»Aber ich, was kann ich denn tun? Warum hast du mich herkommen lassen, warum hast du meine Mutter getötet?«

»Selbstverständlich ist das Mindeste, was du tun kannst, deinem Menschsein Ehre zu machen und bis zum Ende zu kämpfen«, antwortete die *Große Schwester* trocken. »Agua Fria, ich weiß nicht genau, was die Zerstörung der Welt aufhalten kann, gesetzt den Fall, daß es diese Möglichkeit überhaupt noch gibt. Meine Schwester ist der einzige Mensch, der dank der Annalen den Anfang aller Dinge kennt und aus demselben Grunde vielleicht ebenfalls den Grund für ihr Ende weiß. Aber von ihr haben wir keinerlei Hilfe zu erwarten. Ich habe lediglich gewisse Ahnungen… und eine relativ glänzende Idee. Du kennst doch Urr, meinen Diener. Er gehört zu einem Barbarenstamm, der in den Schwarzen Felsen, einem Bergmassiv südöstlich von hier, lebt. Es handelt sich um ein außerordentlich primitives Volk. Sie leben in Höhlen und kennen weder das *Kristall* noch das *Gesetz*. Aber es ist, soviel ich weiß, der einzige Platz auf der Welt, an dem die Unfruchtbarkeit, die unser Ende bedeutet, nicht aufgetreten ist. Die Uma, wie sie sich nennen, gebären eine unglaubliche Anzahl von Kindern. Und da gibt es sogar etwas noch Erstaunlicheres. Ich habe schon erwähnt, daß sie das *Kristall* nicht kennen, so daß alle, wirklich alle, den wahrhaftigen Tod sterben. Nun gut, aber in ihrer Welt macht sich dies nicht bemerkbar. In ihren Höhlen, in ihren abgelegenen Bergen bebt die Materie nicht, lösen sich die Gegenstände nicht auf. Die Leichen scheinen mit ihrer Erinnerung keineswegs das Wesen der Dinge mit sich zu nehmen. Ich glaube, Agua Fria, daß, wenn es irgendeine Möglichkeit gibt, uns von dem Ende zu befreien, die Antwort unter den Uma zu finden ist. Bleib noch bis zum Ende des Winters hier. Urr kann dir seine Sprache beibringen, und er wird dir eine Karte mit Hinweisen zeichnen, so daß du ihr Dorf finden kannst. Wenn es dann Frühling wird, kannst du dich entscheiden.«

»Es ist schon entschieden. Ich werde zu den Schwarzen Felsen gehen!« antwortete das Mädchen.

»Ich habe nichts anderes von dir erwartet«, seufzte die Alte erleichtert.

Und dann, naschhaft, wie sie nun einmal war, leckte sie sich sorgfältigst den Pfefferminzlikör von ihren klebrigen Fingern.

Während der langen Wintermonate lernte Agua Fria die Sprache der Uma. Draußen herrschte eine nie endende Dunkelheit, und wilde Schneestürme drängten sich gegen die Fenster, aber im Inneren des Hauses war es immer warm und hell. Wenn sie nicht mit Urr zusammen war, schlenderte das Mädchen träge durch das Haus oder zwang sich dazu, körperliche Übungen zu absolvieren, damit ihr athletischer und an Entbehrungen gewöhnter Körper im süßen Nichtstun dieses behaglichen Lebens nicht an Kraft einbüßte. Ab und zu spielte sie mit Bruna und warf ihr aus alten Lappen gebastelte Bälle zu, aber die Hündin, die schon acht

Jahre alt war, trug inzwischen schwer an ihrem von den vielen Würfen ausgeweiteten Bauch, und nachdem sie einige Male aus reiner Höflichkeit den Ball zurückgebracht hatte, zog sie es vor, sich friedlich in irgendeinem Winkel zusammenzurollen. In dem ständigen Licht der inneren Sonnen nahmen die Tage kein Ende.

Die Sprache der Uma war sehr einfach, bestand aus wenigen und außerordentlich bildhaften Wörtern und war arm an Abstraktionen und Begriffen. Das Herz zum Beispiel nannten sie »das zweimalige Schlagen«, und ein einziges Wort, eine Kombination der Wörter für »Wasser« und »Auge«, diente ihnen sowohl zur Bezeichnung von Tränen als auch von körperlichem Schmerz, Traurigkeit oder Gefühl. Es kostete das Mädchen keine große Anstrengung, eine so einfache Sprache zu erlernen, deren einzige Schwierigkeit in der Aussprache seiner keuchenden Gutturallaute lag. Obwohl Urr ziemlich gut zeichnete und eine vorzügliche Karte herstellte, kannten die Uma keine Schrift.

Im Verlauf des Winters schrumpfte die *Große Schwester* immer mehr. Sie begann später als gewöhnlich aufzustehen, und am Ende befahl sie Urr sogar, ihr das Essen ans Bett zu bringen. Von diesem Moment an verließ sie ihre Schlafstätte nicht mehr; inmitten der vielen aufgetürmten Kissen schien ihr Körper immer kleiner zu werden, ganz als hätte sie sich nur noch bis zur Ankunft des Mädchens mühevoll am Leben erhalten und ginge ihr jetzt endgültig der Atem aus. Agua Fria, die eine starke Abneigung gegen die Alte hegte, vermied es, das Schlafzimmer zu betreten, und es vergingen manchmal Wochen, ohne daß sie sich zu Gesicht bekamen. Der Groll oder vielleicht auch der Stolz verbot es dem Mädchen, sich nach dem Zustand der Frau zu erkundigen, aber sie spionierte dem Diener beim Betreten und Verlassen von Sauerstoffs Zimmer hinterher und stellte fest, daß die Breinäpfe fast unberührt zurückkamen.

Später begann dann die Sonne ihren Platz gegen die Dunkelheit zurückzuerobern. Die Tage wurden allmählich wieder länger, und auf der weißen, gefrorenen Erde zitterten die ersten Tauträнen. Sogar Bruna schien dieser Duft des nahenden Frühlings, der in der Luft schwang, zu verjüngen; sie war viel lebhafter als sonst, streckte sich in dem hellen, sonnigen Rechteck eines Fensters aus und gab ein wölfisches, leidenschaftliches Geheule von sich.

Eines Morgens endlich, nachdem sie schon tagelang ihren Proviant und ihr knappes Gepäck vorbereitet und immer wieder überprüft hatte, als sie die Sprache der Uma längst beherrschte, die Landkarte auswendig gelernt hatte, das Haus zum zehnten Mal sinnlos von oben bis unten durchwandert hatte und kein Aufschub der Abreise aus Trägheit oder Angst mehr möglich war, beschloß Agua Fria aufzubrechen.

Noch hatte sie das Unangenehmste und Ärgerlichste zu bewältigen: sich von der *Großen Schwester* zu verabschieden. Sie klopfte an die Zimmertür von Sauerstoff und wartete eine ganze Weile, aber aus dem Inneren kam keine Antwort. Daraufhin trat das Mädchen mit leisen Schritten in das Zimmer; verwelkt und matt lag die Alte mit geschlossenen Augen im Bett, und ihr ausgedörrter, starrer kleiner Körper versank kaum in der enormen Matratze. Seit sie Sauerstoff vor einigen Wochen das letzte Mal gesehen hatte, war diese unglaublich verfallen. Sie war jetzt kaum noch mehr als ein von einer schwarzbraunen Haut zusammengehaltenes Skelett; ihr Fleisch schien, genau wie das der Trauben, mit dem Verlust seiner Flüssigkeit dunkel geworden zu sein. Einen Moment lang blieb das Mädchen am Fußende des Bettes stehen und betrachtete mit Widerwillen und einem undefinierbaren Mitleid die traurigen Überreste.

»*Große Schwester,* ich gehe fort«, sagte sie endlich.

Die Alte öffnete die Augen; das war so beängstigend wie die Auferstehung eines Leichnams.

»Unter dem Kissen... habe ich etwas für dich...«, flüsterte die Greisin mit schwacher, pfeifender Stimme.

Einen unerklärlichen Widerwillen überwindend, schob Agua Fria die Hand unter das Kissen und zog einen kleinen, runden Gegenstand darunter hervor. Es war eine Glasscheibe von der Größe einer Goldmünze, auf deren Oberfläche ein grünlicher, leuchtender Zeiger hin- und herpendelte.

»Das ist eine Uhr und ein elektronischer Kompaß... er funktioniert sogar innerhalb des Nebels des Nichts...«, erklärte Sauerstoff müde.

»Danke... Er wird mir sehr nützlich sein«, sagte Agua Fria steif. »Ich gehe fort, *Große Schwester.*«

Die Alte seufzte, oder vielleicht handelte es sich auch um ein Röcheln. Ihre Augen waren zwar starr auf das Mädchen gerichtet, aber trübe, und es brannte in ihnen kein Feuer.

»Das ist hart«, murmelte sie. »Das einzige, was mich erleichtert, ist, daß ich verschwinde, bevor die Welt verschwindet. Bin ich erst einmal tot, könnt ihr euch alle zum Teufel scheren...«

Und nachdem sie dies gesagt hatte, lächelte Sauerstoff schief und fiel in eine bewegungslose, krankhafte Benommenheit. Dies waren die letzten Worte, die Agua Fria von der *Großen Schwester* hörte.

Agua Fria benötigte mehrere Monate, um zu den Schwarzen Felsen zu gelangen, und als sie das imposante Bergmassiv endlich erblickte, ging der Sommer schon seinem Ende entgegen. Auf ihrem Weg in den Osten war das Mädchen mehr oder weniger der Küstenlinie gefolgt, die sich konstant in Richtung Süden hinzog. Es handelte sich um denselben Ozean, der sich viel weiter südlich in das Eismeer der Tundra verwandeln würde; aber hier, in wärmeren Breitengraden, froren seine Wasser niemals zu. Es war ein rauhes Meer von der Farbe und Zähflüssigkeit des Quecksilbers, und nachts konnte man es atmen hören wie das mächtige Schnaufen eines wilden Tieres. Gegen diese trostlose Küste drängte sich das Massiv der Schwarzen Felsen, nackte, gequälte Berge aus Schiefer und Basaltgestein, die tagsüber schwarz wie Tinte waren, die aber in der Nacht im Licht des Mondes glänzten wie poliertes Silber. Richtung Süden, immer weiter in das Gebirge hinein und nachdem Reihe um Reihe markanter Felsblöcke überquert werden mußten, wichen die Schwarzen Felsen einem sanfteren, fruchtbareren und ausgeglicheneren Bergsystem: dem Gebirge, in dem sich Renaissance befand. Sollten ihre Berechnungen richtig sein, sagte sich Agua Fria, befand sie sich ziemlich in der Nähe Mos. Aber die gigantischen Höhenzüge bildeten ein unüberwindliches Hindernis. Nur von der Küste aus hatte man Zugang zu den Schwarzen Felsen, nämlich von den nördlichen Grenzgebieten die Küste herab, genau wie sie es gemacht hatte. Es war ein abgelegenes, isoliertes Gebiet, ein von Gott und der Welt verlassener Winkel.

Dank Urrs Karte entdeckte Agua Fria den fast unsichtbaren Weg, der durch die Vorläufer der Schwarzen Felsen hindurch anstieg. Drei Tage und Nächte brauchte das Mädchen, um auf diesem im Zickzack verlaufenden Weg die Höhe zu erklimmen. Hier und dort krallten sich buschige und vom Wind niedergedrückte

Bäume auf die unwahrscheinlichste Weise an die Felsen; Mufflons, wilde Schafe, ganz zarte Wesen, die den Rehen glichen, entglitten geschickt, kaum daß sie ihre Gegenwart wahrnahmen. Es war ein erschreckender, aber schöner Ort.

Als die Abenddämmerung des vierten Tages hereinbrach, gelangte das Mädchen auf eine Hochebene, die sich ungefähr in der Mitte eines Berghanges befand. Mit der sie im Rücken gegen den Wind schützenden Bergwand wies die Hochebene eine reichere Vegetation auf. Kaum hatte sie ebeneres Gebiet betreten, stieß sie, umgeben von stacheligem Gebüsch, ganz unerwartet auf einen Umajungen. Er mochte kaum älter als dreizehn Jahre alt sein und war mit Ausnahme eines ledernen Lendenschurzes völlig nackt. Der vordere Teil seines Kopfes war rasiert und mit den gleichen hennafarbenen Verzierungen geschmückt wie jene, die Agua Fria schon bei Urr gesehen hatte. In der Hand trug er einen biegsamen Wurfspieß, und offensichtlich verfolgte er gerade die Spur eines Tieres.

»Ich hoffe, du hast eine gute Jagd!« grüßte Agua Fria höflich in der Sprache der Uma, wobei sie ihn ermutigend anlächelte.

Aber der Junge starrte sie mit erschrockenen Augen an, drehte sich um und lief eiligst davon.

Agua Fria setzte ihren Weg auf der immer breiter werdenden Schneise fort, und nach kurzer Zeit stieß sie auf eine weite, unbewachsene Terrasse. Im Hintergrund, in einer Steinklippe, öffnete sich der enorme Eingang einer Grotte. Hier und dort entflohen Umafrauen und Kinder, die, sowie sie Agua Fria zu Gesicht bekamen, von einer Panik ergriffen wurden, die Agua Frias Gebrauch ihrer Sprache nur noch zu verstärken schien. Das Mädchen war schon bis zur Mitte des Platzes vorgedrungen, als sie beobachtete, wie sich ihr etwas näherte, das wohl eine Art Empfangskomitee darstellen sollte: eine Gruppe von zwanzig bis dreißig dicht aneinandergedrängten, mißtrauischen Gestalten. Seltsamerweise handelte es sich ausschließlich um Männer und zweifelsohne Krieger, waren sie doch alle mit ihren dünnen Wurfspießen bewaffnet, und an ihrer Spitze ging ein mit Knochenketten behangener Greis. Das war wohl der Anführer der Mannschaft, sagte sich Agua Fria.

Die Gruppe hielt mit erwartungsvollem Gesichtsausdruck wenige Meter vor dem Mädchen an. Der Alte mit den Knochen trat einige Schritte nach vorn und grüßte ernst und feierlich.

»Wer bist du? Was suchst du hier?« fragte der Greis.

»Ich heiße Agua Fria und komme von weit her. Ich komme in Frieden. Ich möchte nur das große Volk der Uma kennenlernen.«

Ein aufgeregtes, ablehnendes Murmeln durchlief die Reihen der Krieger. Der Alte hob mit beleidigtem Gesichtsausdruck das Kinn.

»Frau, wie kannst du es wagen, mit mir zu sprechen, ohne den Blick zu senken!«

»Ohne den Blick zu senken?« wiederholte die fassungslose Agua Fria.

»Ich bin der Häuptling Bala!« beharrte der Alte jetzt noch wütender.

Irgend etwas lief schief, etwas entging ihr, dachte Agua Fria nervös. Trotz all ihrer Bemühungen hatte das Mädchen es nicht geschafft, den schweigsamen Urr dazu zu bringen, ihr etwas über die Sitten seines Volkes zu erzählen. Es war, als ob es Sauerstoffs Diener anwiderte, mit ihr zu reden. Er hatte sie, wie seine Herrin es ihm befohlen hatte, die Sprache gelehrt und ihr sorgfältig eine Karte angelegt; aber jenseits dieser Verpflichtungen waren alle freundlichen Vorstöße des Mädchens auf eine Mauer aus Schweigen geprallt. Und jetzt hatte Agua Fria keine Ahnung, was sie falsch machte, was es war, das die Uma von ihr erwarteten. Aus einer plötzlichen Eingebung heraus machte das Mädchen vor dem Greis eine tiefe Verbeugung.

»Ich fühle mich sehr geehrt, Euch kennenzulernen, ehrwürdiger Häuptling!«

Bala schien diese Geste zu gefallen, und sein Zorn legte sich ein wenig. Ermutigt von diesem kleinen Erfolg beeilte sich Agua Fria, eine neue Trumpfkarte auszuspielen.

»Ich bin eine Freundin von Urr. Ich habe den Winter mit ihm verbracht.«

»Urr?« rief Bala überrascht. »Urr lebt? Wir dachten, er wäre von den wilden Katzen zerrissen worden.«

»Er lebt, und es geht ihm gut. Er befindet sich drei Monde von hier entfernt in Richtung Nordosten. Er wird bald zurückkehren«, sagte Agua Fria in der Überzeugung, daß der Tod von Sauerstoff nicht mehr lange auf sich warten lassen konnte. »Er war es, der mir eure Sprache beigebracht hat.«

»Unsere Sprache?« wiederholte der Häuptling erstaunt.

Natürlich, dachte Agua Fria, wie dumm ich doch bin, die Uma

wissen ja gar nicht, daß es noch andere Sprachen auf der Welt gibt. Der Begriff ›Sprache‹, den Urr angewandt hatte und der dem gleichen Wort, das dafür in der Sprache des Reiches existierte, verdächtig ähnelte, war sicher eine Erfindung Urrs, eine Art, sich verbal den neuen Lebensumständen bei Sauerstoff anzupassen.

»Ich wollte sagen, daß er es war, der mir von der Existenz des mächtigen Umavolkes berichtet hat!« verbesserte sich Agua Fria.

Der Alte betrachtete sie neugierig.

»Bist du Urrs Frau?«

Sie und Urrs Frau? Agua Fria unterdrückte ein Lächeln.

»Nein. Nein, Häuptling Bala, ich bin nur eine Freundin, eine Freundin Urrs und des Umavolkes. Ich würde gerne eine Weile bei euch wohnen. Ich bitte dich, mich zu deiner...«, sie hielt einen Moment unschlüssig inne; erst jetzt bemerkte sie, daß Urr ihr nicht beigebracht hatte, wie man große Priesterin oder Königin sagte, »zu der obersten Führerin des Stammes zu bringen.«

Neuerliches Gemurmel unter den Kriegern.

»Oberste... Führerin?« wiederholte der Alte.

»Ja, oder wie ihr sie auch immer nennt. Führe mich zu der Frau, die über das Umavolk herrscht.«

Die Männer lachten und hämmerten vergnügt mit ihren Lanzen auf den Boden.

»Ich verstehe nicht, was du meinst«, antwortete der Alte. »Ich herrsche. Ich bin der Häuptling Bala. Ich bin der große Häuptling Bala der Uma.«

Sie wurden also von einem Mann beherrscht. In Wirklichkeit eigentlich nichts Verwunderliches, bedachte man, wie primitiv sie waren. Agua Fria machte aufs neue eine tiefe Verbeugung.

»Also gut, großer Häuptling Bala. Ich bitte dich um Erlaubnis, einige Zeit bei euch zu verbringen. Ich werde mich nützlich machen und für mein tägliches Brot arbeiten.«

Der Alte kniff die Augen zusammen und kratzte sich am Kopf. Auch sein langes, graues Haar war mit kleinen Tierknochen geschmückt.

»Du bist eine Frau, trägst aber Waffen. Warum?« fragte er endlich.

»Das ist eine lange Geschichte«, seufzte Agua Fria.

»Obwohl es Spielzeugwaffen sind, wie die eines Kindes!« machte sich Bala lustig und zeigte dabei auf den Köcher. »Das sind wirklich sehr kleine Lanzen.«

»Das sind keine Lanzen. Sie heißen Pfeile. Schaut her!«

Das Mädchen zog einen der Pfeile heraus und spannte ihn in den Bogen. Sie warf einen Blick um sich und suchte ein Ziel. Zwischen den Zweigen eines nahen Baumes saß eine fette, wilde Taube. Der Gedanke, aus reiner Demonstrationslust zu töten, gefiel ihr überhaupt nicht, aber da die Uma nun einmal ein kriegerisches Volk waren, wünschte sie, sie zu beeindrucken; so würde sie gleichzeitig beweisen, daß sie jagen und somit sich selbst versorgen könnte und keine Last für sie bedeutete. Sie spannte den Bogen, zielte sorgfältig und schoß. Der Pfeil schwirrte durch die Luft, und einen kurzen Augenblick später fiel die Taube als Klumpen von Blut und Federn zu Boden. Ein entrüstetes Raunen erhob sich unter den Kriegern, die entsetzt und nervös ihre Lanzen schwingend einige Schritte zurücktraten. Bala, der sich wie ein erschrockenes Tier zusammengekrümmt hatte, überwand mit Hilfe der alten Beherrschung des Führers seinen Drang zu fliehen und blieb stocksteif stehen.

»Du tötest!« stöhnte der alte Häuptling. »Du bist eine Frau und tötest!«

»Ja, ich weiß, daß das nicht normal ist und daß das *Gesetz* behauptet, es wäre nicht möglich, aber...«, versuchte Agua Fria, die von der Wirkung ihres Schusses sehr beeindruckt war, zu erklären.

»Du bist eine Frau und tötest!« wiederholte Bala, ohne ihr zuzuhören.

»Das ist nicht anständig, nicht in Ordnung, es wird Unglück bringen! Wir wollen dich nicht bei uns haben. Verlasse das Volk der Uma!«

Und bei diesen Worten schlug sich der Alte die Hand vors Gesicht, als glaubte er, das Mädchen wäre verschwunden, wenn er es nicht mehr sehen würde. Entsetzt von der Wendung, die die Dinge genommen hatten, kniete Agua Fria vor dem Häuptling nieder.

»O Bala, erbarme dich meiner! Verzeih mir, wenn ich etwas Unrechtes getan habe. Ich komme von weit her und kenne eure Gesetze nicht. Laß mich bei euch bleiben. Ihr seid meine letzte Hoffnung. Ich werde alles tun, was ihr verlangt, ich werde mich euren Gebräuchen anpassen, ich werde euch in allem gehorchen.«

Sie knotete den Riemen des Köchers auf und warf ihn zusammen mit den Pfeilen zu Füßen des Greises.

»Ich werde keine Pfeile mehr abschießen, wenn ihr es verlangt. Verstoßt mich nicht, Bala, ich flehe euch an!«

Aber der alte Häuptling schwieg weiterhin mit bedecktem Gesicht, so bewegungslos wie eine dunkle Holzschnitzerei. Ein junger Krieger riß sich von der Gruppe los und näherte sich vorsichtig mit den Schritten eines Raubtiers; neben Bala bückte er sich und berührte mit zitterndem, neugierigem Finger die Spitze eines Pfeiles. Es handelte sich um einen hoch aufgeschossenen, muskulösen Jungen, der wie alle übrigen mit einem einfachen Lendenschurz bekleidet war; aber im Unterschied zu den anderen wurden seine Fußknöchel von mehreren Reihen kleiner Knochen umfaßt, die auf eine feine Schnur aufgefädelt waren. Agua Fria hatte eine Idee.

»Großer Häuptling Bala, wenn du mir erlaubst, bei euch zu bleiben, könnte ich euch beibringen, Bögen zu bauen und mit ihnen zu schießen. Das ist eine mächtige Waffe.«

Der Alte spreizte die Finger, und das Mädchen konnte dahinter seine funkelnden, braunen Augen sehen.

»Faß nichts an, Zao!« knurrte Bala.

Und der junge Krieger tat einen Sprung und zog sich augenblicklich zurück. Der Alte nahm die Hände vom Gesicht und richtete sich stolz und mit gerunzelter Stirn auf.

»Du bist eine seltsame Frau«, sagte er nachdenklich. »Du trägst seltsame Kleidung, hast ein seltsames Gesicht, sprichst seltsam und verhältst dich, wie sich keine Frau verhalten würde. Was suchst du bei uns? Warum willst du hier leben?«

»Großer Häuptling, mein Volk stirbt. Eine Krankheit, die wir nicht kennen, macht ein Ende mit der Jagd, mit den Bäumen, mit den Gegenständen. Schau dort, Häuptling Bala, diese schwarze Wolke...«

Und das Mädchen wies auf die Linie des Horizontes über dem bleiernen Meer, wo die Nebel des Nichts die Umrisse der Welt verwischten.

»Es ist die Wolke des Todes, Häuptling Bala. Sie wird immer größer und verschlingt alles, was sie berührt. Mein Volk ist schon fast darin verschwunden.«

Der Alte nickte zustimmend.

»Ja, wir haben diese schlechte Wolke schon gesehen, und auch uns bereitet sie Sorgen!« murmelte er.

»Ich bin hierhergekommen, weil man mir erzählt hat, das Volk der Uma wäre so mächtig, daß die Todeswolke es noch nicht hat verletzen können. Ich möchte das Geheimnis eurer Macht lernen, und vielleicht kann ich so mein Volk retten.«

Und Bala schloß die Augen und schwieg, und auch die Krieger schwiegen und die Frauen, die sich um sie herum versammelt hatten, und sogar die Kinder, ein unglaublicher Schwarm von kleinen Kindern. Der ganze Umastamm hielt den Atem an, während der große Häuptling nachdachte. Nach einer Weile räusperte sich der Greis und heftete seine Augen mit ernstem Blick auf Agua Fria.

»Du wirst dich anständig benehmen müssen. Du wirst weder jagen noch töten und immer eine gehorsame, demütige Haltung den Männern gegenüber einnehmen. Du wirst meine Krieger im Gebrauch der kleinen Lanzen unterrichten, wenn ich es anordne. Du wirst für meinen Sohn Zao, der noch keine Frau hat, kochen, und er wird für dich jagen; das wird für ihn eine gute Übung sein. Jetzt geh zu den Frauen und laß dir von ihnen deinen Platz zeigen.

Nachdem er dies gesagt hatte, drehte sich Bala um und entfernte sich mit seinen Kriegern, während die verblüffte Agua Fria von einer lärmenden Horde Frauen umringt wurde und hundert schmutzige, dunkle und zarte Kinderhändchen über ihren Körper fuhren und ihre wunderliche Kleidung untersuchten.

Es war schwierig, sehr schwierig. Anfangs pflegte die vor Wut und Ohnmacht zitternde Agua Fria in Begleitung Brunas in die Berge zu entfliehen, um dort in der Stille der grünen Einsamkeit der Wälder zu versuchen, ihre Ruhe wiederzufinden. Aber später geschah dann das mit Urr, und es war lediglich der Anfang eines langen, demütigenden Kampfes, und von diesem Moment an traute sich Agua Fria nicht mehr, allein zu bleiben, und sah sich vor, immer mehr oder weniger in der Nähe Balas zu bleiben. Was nicht stets möglich war. Es war schwierig, sehr schwierig.

Das Mädchen verstand jetzt, warum Urr sich so verschlossen und voller versteckter Anspielungen gezeigt hatte, warum er immer so ausgesehen hatte, als ob ihm das Gespräch mit Agua Fria widerwärtig gewesen wäre. Die Uma glaubten, Frauen wären untergeordnete Wesen! Der in den Fesseln der Hypnose gelegene Urr hatte sich genötigt gesehen, ihr seine Sprache beizubringen, aber er konnte es einfach nicht ertragen, daß eine Frau eine höhere Position einnahm als er. Deshalb hatte er, seitdem er einige Tage nach Agua Frias Ankunft zu den Schwarzen Felsen zurückgekehrt war, sie bedrängt, verfolgt und angefeindet. Ohne Zweifel haßte er sie.

Und er haßte sie, obwohl er sich kaum an etwas während seines hypnotischen Zustandes erinnern konnte. Denn wie Agua Fria angenommen hatte, hatte Sauerstoff kurz vor ihrem Tod seine Erinnerungen gelöscht. Urr wußte zwar, daß er mehrere Winter, vor Hunger und Kälte geschützt, an einem magischen und wunderlichen Ort verbracht hatte, aber er erinnerte sich nicht, wie er dort hin gekommen war oder was ihn veranlaßt hatte, dort zu bleiben. Er bewahrte ein verschwommenes Bild der *Großen Schwester* und auch von Agua Fria, von der er lediglich wußte, daß sie seinen Zufluchtsort einige Monate geteilt hatte. Aber für Urr flossen die unter der Hypnose verbrachten Jahre zu einem undeutlichen Magma zusammen und waren wie die flüchtige Erinnerung an einen tiefen Traum. Aus seiner langen Gefangenschaft hatte er nur einen verwirrten Geist und eine der inneren Sonnen aus dem Hause Sauerstoffs mitgebracht, eine Kugel aus Milchglas, die er herausgerissen und mit starrer Verehrung bis zu den Schwarzen Felsen gebracht hatte und die jetzt, zur größten Verzweiflung Urrs, allen Bittgebeten und Opfergaben zum Trotz sich standhaft weigerte zu leuchten. Aber selbst so fuhr der Krieger in seiner grenzenlosen Verehrung der milchigen, erloschenen Kugel fort. Er hatte ein schlichtes Gemüt, war ein Mann des Glaubens.

Urr erinnerte sich an fast nichts, aber in irgendeinem versteckten, unerreichbaren Winkel seiner Erinnerung trug er sicher die lange Aufzeichnung der ihm zugefügten Beleidigungen eingraviert; zeigte er sich doch vom ersten Augenblick an dem Mädchen gegenüber fordernd und brutal. Als ob, wenn schon nicht sein Geist, so doch wenigstens sein Körper ganz dunkel ahnte, daß Agua Fria eine Rolle in der Schande seiner Sklaverei gespielt hatte. Wenn er dem Mädchen voller Verachtung befahl, ihm das Essen zu servieren, ihm den Rücken zu kratzen oder das Feuer zu schüren; wenn er sie unter dem Vorwand, sie habe nicht die nötige Demut oder Beflissenheit gezeigt, beleidigte oder sogar schlug, schien er alte Rechnungen von erlittenen Erniedrigungen zu begleichen, die er selbst nicht genau kannte. Agua Fria war als

Frau verpflichtet, den Befehlen jedes Mannes in dem Stamm Gehorsam zu leisten. Gewöhnlich ließen die Krieger die Frauen der anderen Männer in Ruhe und beschränkten sich darauf, ihre eigenen, ihre Schwestern oder ihre Töchter herumzukommandieren. Aber Urr verfolgte Agua Fria mit einer Unzahl ärgerlicher Aufträge, und ihr war es nach den Gesetzen des Stammes unmöglich, sich zu weigern. Als Urr sie das erste Mal schlug, mußte Agua Fria, deren Ohr noch von dem Schlag brannte, ihre ganze priesterliche Disziplin aufbringen, um ihn nicht mit dem hypnotischen Blick niederzuschmettern, und sie dachte, ihre Situation könne wohl kaum noch demütigender oder ungerechter werden. Zwei Wochen später, als sie gerade in melancholischer Stimmung durch den Wald wandelte, fiel Urr ihr in den Rücken und drang, nachdem er sie zu Boden geworfen hatte, in sie ein. Es ging alles so schnell, daß das Mädchen, selbst wenn sie es vorgehabt hätte, die Hypnose nicht hätte anwenden können. Als Urr sich erhob und voller Stolz zwischen den Bäumen verschwand, blieb Agua Fria noch eine ganze Weile verletzt und atemlos, mit dumpfem Kopf und den Mund voller herbstlicher Blätter dort liegen. Von da an sah sich das Mädchen vor, sich nicht mehr aus der Höhle zu entfernen. Es war nicht nur Urr, auch andere Krieger schwänzelten mit der Gier brünstiger Tiere um sie herum. Auf der sozialen Stufenleiter der Uma war sie ein Nichts, ein Niemand; sie war schutzlos und hilflos.

Die Uma waren eigentlich nur einer der Stämme, der zu einem primitiven Volk gehörte, das über die Schwarzen Felsen verstreut lebte, aber ihnen fehlte das Bewußtsein, eine kulturelle und genetische Einheit mit den benachbarten Gemeinden zu bilden, mit denen sie mal Krieg führten und mal Handel trieben und Frauen austauschten. Der Stamm, der aus schätzungsweise achtzig Erwachsenen und mehr als hundert Kindern bestand, verehrte die Sonne und den Mond, das Feuer und das Wasser, die Wälder, die Gewitter und die Tiere, die sie jagten. Sie verehrten also all das, von dem ihr Überleben abhing. Ihre religiösen Zeremonien waren kompliziert und zumindest für die Frauen unzugänglich, war es ihnen doch nicht gestattet, sich dem hinteren Ende der Höhle zu nähern, dort, wo inmitten der dichtesten Dunkelheit die Krieger ihre sonderbaren Liturgien zelebrierten und die heiligen Bilder malten. Außerdem gab es da noch ein allerhöchstes Heiligtum, die Schlafenden Steine; es lag irgendwo in den Bergen, und der gesamte Stamm begab sich einmal im Jahr, im Frühling, dorthin. Aber das wußte Agua Fria nur vom Hörensagen, von dem, was die Frauen am Feuer erzählten.

Die Uma besaßen eine starre, hierarchische Ordnung, eine Abstufung, dessen oberste Spitze Bala bildete und an deren anderem Ende die Frauen rangierten, die sich wiederum in verschiedene Ränge einteilten, je nachdem, ob sie mit mehr oder weniger mächtigen Kriegern verwandt waren. Agua Fria, eine Fremde und so ganz anders als sie, ohne Vater, Bruder oder Ehemann, der ihr soziales Ansehen verlieh, befand sich am untersten Ende der Rangliste. Die Schmach ihrer Position wurde gemildert durch den Schutz, den Bala ihr angedeihen ließ. Der Protektion des Häuptlings war es zuzuschreiben, daß sie in dem Teil der Höhle schlafen durfte, die Bala zustand, und sich von dem ernähren konnte, was der unverheiratete Zao jagte. Als Gegenleistung mußte Agua Fria den Frauen des Häuptlings in der Küche, beim Wasserschleppen, bei der Reinigung, beim Sammeln von eßbaren Früchten und Wurzeln, beim Stampfen der Knollen, Gerben der Felle und allen anderen häuslichen Verpflichtungen, die im allgemeinen mühsame und schwere Arbeiten waren, zur Hand gehen. Sie gehörte also zum Haushalt Balas, und dieser Umstand schützte sie; aber sie gehörte nicht richtig dazu, und die Ambivalenz ihrer Stellung brachte sie manchmal in extrem schwierige Situationen. Man hatte ihr strengstens verboten, Pfeil und Bogen zu tragen, und lediglich im Verlauf des Unterrichtes, den sie in jedem Morgengrauen den jüngsten Kriegern gab, war es ihr erlaubt, sie in die Hand zu nehmen. Und sie durfte sich an kein männliches Wesen wenden, ohne Demutshaltung anzunehmen, was soviel hieß, wie den Kopf zu senken und die Augen niederzuschlagen. Die rauhen, ungehobelten Männer benahmen sich wie pennälerhafte, kleine Götter. Sie sah sie im Morgengrauen von der Jagd zurückkehren und sich mit den erbeuteten Stücken brüsten. Sie taten so, als ob sie die Frauen und Kinder, die sich um sie herum drängten, nicht sahen, sprachen aber miteinander in höchster Lautstärke und kommentierten jede Kleinigkeit der Jagd, damit die Weiber, sogar die taubsten und am weitesten entfernten, sich über ihre Verdienste informieren konnten. Die Uma waren ein so primitives Volk, daß bei ihnen die Gewalt verherrlicht wurde. Agua Fria hatte einige Tage gebraucht, um zu verstehen, daß Balas Entsetzen, als er sie töten sah, nicht daher rührte, daß er die Gewalt, wie es das *Gesetz* verkündete, als eine barbarische und niedrige Handlung ansah, sondern weil er glaubte, es sei etwas zu Vornehmes und Edles für sie.

Es war schwierig, sehr schwierig. Nachts ließ sich die erschöpfte Agua Fria auf ihr Lager aus Fellen und trockenen Blättern fallen und stellte sich einen unter der Macht der Hypnose stehenden Urr vor, der sich den ausgeklügeltsten Foltern unterziehen mußte: über den Boden zu kriechen, wie ein Hund zu bellen oder *ihr* das Essen zu servieren... etwas, das der Krieger schließlich monatelang bei Sauerstoff getan hatte. Agua Fria träumte von ausgefeilten Racheakten und schlief mit tränennassen Wangen ein, nur um einige Stunden später immer noch müde aufzuwachen und sich einem neuen, unerträglichen Tag zu stellen. Arbeit und Gehorsam waren ihre harte, tägliche Routine; Arbeit und Gehorsam und Urrs Grausamkeit soweit wie möglich zu vermeiden. Jeder Tag war eine lange Reise voller Gefahren, und die Fügsamkeit, mit der Agua Fria gezwungen war, jede Demütigung hinzunehmen, ließ sie verrohen und ihren Geist erstarren. Gelegentlich forderte Bala sie nach dem Abendessen auf, sich ans Feuer zu setzen, und fragte sie nach den Sitten ihres Volkes. Manchmal gesellte sich auch Dogal hinzu, der ältere Sohn des Häuptlings, der schon verheiratet war und daher an einem anderen Platz der Höhle wohnte. Aber es war Zao, der jüngere Sohn, der die größte Neugier an dieser fremden, weit weg liegenden Welt zeigte, die Agua Fria beschrieb. Zao war sicher jünger als sie, fast noch ein Kind, aber sein Körper war der eines erwachsenen Mannes, groß und mit starken, geschmeidigen Muskeln. Zao hockte sich neben Agua Fria nieder und hörte dem Mädchen stundenlang zu, wobei er seine kleinen, glänzenden Augen aufriß bei dem unglaublich erscheinenden Gedanken an diese ungeheuer große Welt mit anderen Meeren, anderen Bergen, anderen Wäldern, mit ungeahnten Völkern, die nicht in Höhlen lebten und die in unmöglichen Worten sprachen. Diese friedlichen Abende, während denen sie sich beschützt und sicher vorkam, waren ihre einzigen angenehmen, ruhigen Momente.

Die Tage vergingen, und der Winter hatte schon begonnen, die Spitzen der Schwarzen Felsen mit Schnee zu bestreuen, und Agua Fria hatte immer noch keine Antwort auf ihre Fragen gefunden. Sie hatte es nicht fertiggebracht, herauszufinden, wo das Geheimnis der Vitalität der Uma lag. So sehr sie sich auch anstrengte, sie sah doch vor sich nur ein primitives, brutales und willkürlich handelndes Volk, aus dessen Verhalten zweifelsfrei keinerlei nützliche Lehre zu ziehen war; und sie begann den Verdacht zu hegen, Sauerstoff habe sich geirrt, und die Reise zu den Schwarzen Bergen wäre daher umsonst gewesen. Jede Nacht, wenn in ihrem Kopf die erlittenen Demütigungen rumorten, dachte sie daran, am nächsten Tag, noch bevor der Winter die Wege blokkierte, wegzugehen. Aber sie wußte nicht wohin, und außerdem wären dann alle erlittenen Demütigungen sinnlos und nicht mehr als eine gräßliche und nutzlose Erniedrigung gewesen. So entschied sie sich also immer, obschon vom Zweifel gepeinigt, für das Bleiben.

Eines Nachts, als Agua Fria neben der glühenden Asche schlief und vom Fliegen träumte, wurde sie von den Frauen in größter Eile geweckt. Bei Daa, der Frau Dogals, des älteren Sohnes des Häuptlings, hatte die Geburt begonnen. Noch halb schlafend lief das Mädchen Wasser holen, wie man es ihr befohlen hatte. Es war eine kalte Nacht, und ein tiefstehender Vollmond, den man fast mit der Hand berühren zu können meinte, verbreitete sein blasses, eisiges Licht. Der halbe Stamm war auf den Beinen; die Daas Lagerstelle am nächsten wohnenden Männer hatten sich entfernt und unterhielten sich zusammen mit Dogal in kleinen Gruppen. Daa, die von vier oder fünf Frauen umgeben war, atmete mühevoll. Sie hatte die Decke weggenommen; sie schwitzte, und ihr riesiger, gespannter Bauch leuchtete im Widerschein des frischgeschürten Feuers. Die Frauen lachten, erzählten Geschichten und reichten einen Kürbis mit einem wohlschmeckenden Gebräu aus aromatischen Kräutern herum. Die Gebärende befeuchtete sich die Lippen mit diesem Getränk und mischte sich gelegentlich in die fröhliche Unterhaltung. Hin und wieder verkrampften sich ihre Gesichtszüge, klammerte sie sich an die Dekken und stöhnte ein wenig; die Frauen streichelten sie dann und trällerten rituelle Lieder. Die Zeit verstrich, und der Mond wanderte am Himmel.

Schließlich richtete sich Daa ungeschickt auf und kniete sich, von den anderen Frauen unter den Armen gestützt hin. Jetzt sangen sie alle, und zwar ein beschwörendes, rhythmisches Lied, das sich dem immer schneller werdenden Keuchen der Gebärenden anpaßte. Sie bildeten eine feste, sich heftig bewegende Gruppe, einen einzigen auf den Höhepunkt abzielenden Körper; der Rhythmus wurde immer schneller, die Stimmen wurden lauter, die Füße der Frauen stampften auf den Boden. Daa schrie, und es war, als ob auch sie sänge. Zwischen ihren Beinen erschien ein dunkles, unförmiges Bündel; Daa ergriff es mit beiden Händen und zog es heraus. Da war es, jetzt konnte man es klar erkennen: ein Kind, ein menschliches Wesen. Winzig und blutverschmiert, schleimig und mit einer Schmiere bedeckt. Kaum mehr als ein Stück klebriges Fleisch und trotzdem wirklich lebendig.

Agua Fria ließ den Atem heraus, den sie, ohne sich dessen bewußt zu sein, in den letzten Momenten angehalten hatte. Sie fühlte sich benommen, ja fast überwältigt von diesem Wunder. Sie war noch nie bei einer Geburt dabeigewesen; in ihrer Welt war seit vielen Jahren kein Kind mehr geboren worden. Sie betrachtete jetzt das Baby, und es erschien ihr unglaublich, daß in so ein kleines Wesen ein ganzes Dasein paßte; Haß und Liebe, Großzügigkeit und Verrat, Angst und Lachen. Die Frauen beeilten sich, mit weisen, geschickten Bewegungen die notwendigen Schritte zu tun: die Nabelschnur durchzutrennen, das Baby zu waschen, die Wöchnerin zu reinigen. Aber Agua Fria blieb bewegungslos, wie geblendet und abwesend, stehen.

»Er wird Bopal heißen!« sagte Daa, denn die Frauen besaßen als einziges Privileg das Recht, ihren Kindern die Namen zu geben.

Das ist es, dachte Agua Fria. Das ist es, was die Männer der Uma einschüchterte, das, was sie dazu veranlaßte, ihre Frauen in einer niederträchtigen Abhängigkeit zu halten: die Macht des weiblichen Bauches, die Gabe der Kraft ihrer Eingeweide. Die Schaffung des Lebens. Die Menschheit entstand in dem warmen, inneren Ozean der Frauen, in einem Durcheinander aus Blut und Fett, aus Geweben und Säften. Die Weiber der Uma besaßen, wie primitiv sie auch immer sein mochten, das wesentliche Geheimnis des Daseins. Wohin sollte Agua Fria gehen, warum sollte sie die Schwarzen Felsen verlassen? Nur hier hatte die Welt noch eine Zukunft. Sie betrachtete Daa und das Kind, und sie schien den Anfang aller Zeiten zu sehen. Die Kraft. Das Leben.

An einem Morgen eines Tages, der genauso eintönig zu werden versprach wie alle anderen, sah sich Agua Fria gezwungen, in den Wald zu gehen und eßbare Beeren zu suchen. Es handelte sich um einen persönlichen Befehl Balas, der von einem plötzlichen kulinarischen Gelüste heimgesucht worden war, und das Mädchen konnte ihn nicht verweigern. Aber jetzt beeilte sie sich, den Korb zu füllen, warf nervöse Blicke ins Dickicht und befürchtete, einen neuen Überfall Urrs oder irgendeines anderen Kriegers zu erleiden. Es hatte die ganze Nacht geregnet, aber gegen Morgen klarte es auf. Von den Bäumen und Büschen fielen winzige Tropfen, die die spärlichen Sonnenstrahlen zum Funkeln brachten, und in der Luft lag ein sanftes Rauschen. Das Mädchen hatte den kleinen Korb schon gefüllt und wollte gerade zurückkehren, als das Bellen Brunas sie in Alarmbereitschaft versetzte. Sie wendete sich der Hündin zu, die eifrig neben einigen großen Steinblöcken herumschnüffelte, und als sie das Gestrüpp zur Seite bog, stellte sie erleichtert den Grund ihrer Erregung fest. Es handelte sich um ein Bärenjunges. Ein totes Bärenjunges. Es war ein schönes Tierchen, klein und mit rötlichem Fell, an dem keinerlei Wunde zu sehen war, dessen Augen aber offen und glasig waren und dessen Zunge ihm kraftlos aus der trockenen Schnauze hing.

»Das ist doch nur ein totes Bärchen, du Dumme!« sagte Agua Fria ihrer Hündin. »Kein Grund zur Aufregung. Los komm, laß uns gehen!«

Aber Bruna bellte wie verrückt weiter und zitterte am ganzen Körper, dabei hatte sie den Schwanz zwischen die Beine geklemmt und die Vorderpfoten fest auf den Boden gestemmt, so als mache sie sich zu einem Angriff bereit.

Agua Fria ahnte die Gefahr, noch bevor sie sie mit ihrem Verstand begreifen konnte. Sie merkte es an der plötzlichen Stille des Waldes oder vielleicht auch an der fast unmerklichen Vibration der Atmosphäre. Sie richtete sich angespannt und voller Erwartung auf. Das ihr gegenüberliegende Gestrüpp teilte sich donnernd, und die Bärin erschien. Auf ihren Tatzen aufgerichtet, alt und riesig. Sie brüllte furchteinflößend und schlug mit ihren enormen Pranken in der Luft herum. Ganz plötzlich und mit für ihren beachtlichen Umfang erstaunlicher Beweglichkeit stürzte sich das Tier auf Agua Fria. Das Mädchen konnte ihre bräunlichen Zähne sehen, den warmen und üblen Geruch ihres Atems wahrnehmen. Das einzige, was ihr in den Sinn kam, war: Sie wird mich töten! Und genau in diesem Moment tauchte Bruna auf und stürzte sich auf die Bärin. Winzig und wild, in den Lärm ihres eigenen Gebells gehüllt, schlug die Hündin ihre Zähne in eine der Hinterpfoten der Bestie. Die Bärin brüllte auf vor Schmerz und Überraschung und drehte sich schwerfällig um. Jetzt, dachte Agua Fria, jetzt könnte ich sie töten, wenn ich nur irgendeine Waffe dabeihätte. Aber sie hatte nichts, gar nichts. Schreiend lief sie in Richtung Höhle, wobei sie von dem schrecklichen Lärm des Kampfes verfolgt wurde: dem Brüllen der Bärin, dem Gebell von Bruna und dem Knistern des Laubes. Dann hörte sie ein im Todeskampf ausgestoßenes, furchtbares, spitzes Heulen der Hündin, dem das Gebrüll der Bärin folgte und ein Gejaule, das langsam schwächer wurde.

»Ein Bär! Mich hat ein Bär angegriffen!«

Einige Krieger liefen in die Richtung los, die das Mädchen anzeigte, während sie sich erschöpft und benommen dem Höhleneingang gegenüber fallen ließ, ganz krank vor Sorge. Immer noch hatte sie Brunas Heulen im Ohr, und sie nahm die Fragen der Frauen gar nicht wahr.

Die Krieger kehrten eine Weile später zurück. Die Bärin war entkommen, und einige Männer hatten ihre Verfolgung aufgenommen, um sicherzugehen, daß sie keine unmittelbare Gefahr mehr für den Stamm darstellen würde. Der letzte aus dem Dikkicht heraustretende Krieger war Zao. In seinen Armen trug er ein dunkles Bündel; er näherte sich Agua Fria und legte es ihr mit düsterer Miene zu Füßen. Es war Bruna. Die arme, alte Bruna mit aufgerissenem Brustkorb und einer klaffenden Wunde in der Flanke, aus der die Eingeweide herausquollen. Sie war kaum noch mehr als ein blutiger Fetzen aus dunklen und grauen Haaren, aber ihr Kopf war unversehrt geblieben: die feine, immer kalte Schnauze und diese menschlichen, warmen Augen, die jetzt zwar halb geschlossen waren, denen der Tod aber noch nicht den Ausdruck geraubt hatte. Agua Fria streichelte ihr zitternd über den Rücken; sie war noch warm. Gierig und wie im Fieber heftete das Mädchen ihren *Bewahrenden Blick* auf den Kadaver der Hündin. Natürlich nutzte der Blick bei Menschen nichts, und wahrscheinlich funktionierte er bei Tieren auch nicht. Aber Agua Fria versuchte es mit all ihrer Willenskraft, all ihrer Disziplin, mit ihrer tief aus dem Inneren kommenden Energie. Sie stellte sich die lebendige, herumtollende Bruna vor; sie spürte ihre animalische Wärme, die Rauheit ihrer Zunge, roch den Geruch ihres Felles. Sie strengte sich bis zur Erschöpfung an, und die Hündin lag doch weiterhin steif und mit zerfetzten Eingeweiden vor ihr. Agua Fria hob den Blick und betrachtete den mit hängendem Kopf neben ihr sitzenden Zao, dann Bala, Dogal, Urr und die anderen Krieger. Und sie spürte, wie sie von einer rasenden Wut gepackt wurde, wie ein Feuer des Hasses sie verzehrte.

»Wenn ihr mir gestattet hättet, Waffen zu tragen... Wenn ihr mir gestattet hätten, Waffen zu tragen!« schrie sie heiser in ihrer eigenen Sprache.

Und sie schleuderte mit Hilfe des hypnotischen Blickes den Bannstrahl auf Zao und auf Bala und auf Dogal und auf Urr. Zuerst lähmte sie alle Krieger, dann die erschrockenen Frauen und schließlich sogar die Kinder. Heulend und völlig ihrer Wut hingegeben, fesselte eine vor Kummer blinde, mächtige und wahnsinnige Agua Fria die verblüfften Uma mit dem kalten Feuer ihrer Augen und rächte auf diese Weise den Tod Brunas und den so vieler anderer, wie den ihrer Mutter, Glänzenden Steins, Respys und den ihrer eigenen Unschuld; sie nahm Rache für die vielen und schmerzlichen Verluste und die Willkür des Schicksals. Und für den keuchenden, auf ihr reitenden Urr und für den Geschmack des herbstlichen Bodensatzes und das Gefühl der Schmach, das er in ihrem Mund zurückließ. Und als sie alle außer ein paar Kindern, Alten und Frauen, die wimmernd ins Dickicht geflohen waren, in Fesseln gelegt hatte, ließ sie sich aufs neue erschöpft, ausgelaugt und angeekelt von ihrem eigenen Groll neben den Kadaver Brunas fallen.

Stundenlang verweilte Agua Fria, ohne sich zu rühren, und bewachte den nie mehr endenden Schlaf ihrer Hündin, umgeben von dem versteinerten menschlichen Wald der Uma, Frauen und Männer, die in den verschiedensten Stellungen festgefroren waren: Einer war gerade dabei, die Lanze aufzupflanzen, ein anderer kniete mit erstauntem Gesichtsausdruck, dort stand eine Frau mit noch immer tränennassen Wangen, die der sanfte Wind langsam trocknete. Bewegungslosigkeit und Stille. Die Sonne stieg den Himmelsbogen hinauf und später wieder hinunter, wobei sie rasch die Stimmung wechselnde Schatten auf die starren Körper zeichnete. Ein Käfer kroch aus einem Loch neben Agua Frias Knie und krabbelte schwerfällig durch den Sand; in der beinah unwirklichen Stille konnte das Mädchen das zarte, metallische Geräusch seiner Beinbewegungen vernehmen. In der Höhle begann ein Baby mit kläglichem, leisem Quäken zu weinen. Die Brise schwächte sich gegen Sonnenuntergang ab. Es war eine zarte, eisige Luft, die die Umhänge der Uma flattern ließ und ihr glattes Haar durcheinanderwehte. Soviel Wut und soviel Rache für nichts. Bruna verweste, und in der stillstehenden Atmosphäre pulsierte ein unterdrücktes Stöhnen.

Kaum war die Wirkung der Trance verflogen, erlangten sie, einer nach dem anderen, bei einer schon sehr tief stehenden Sonne, die die Baumkuppen mit ihren blutroten Strahlen entzündete, ihre Bewegungsfähigkeit zurück. Viele von ihnen, die durch das lange Stillstehen steif geworden waren, fielen, als sie ihre Freiheit zurückerlangten, verkrampft und schmerzhaft auf den Boden und richteten von dort aus ihre entsetzten Blicke auf das Mädchen. Im ersten Moment waren sie so erschrocken und verwirrt, daß sie nicht wagten, etwas zu tun. Kriechend und ungeschickt taumelnd, versammelten sich die Uma langsam in einer Ecke des Platzes, in sicherem Abstand zu Agua Fria. Die Kinder weinten, die Frauen wimmerten, und die Männer flüsterten nervös miteinander. Es war eine sonderbare Situation, der sonderbarste Vorfall, den es in der Geschichte der Uma jemals gegeben hatte. Die Nacht brach herein, und die Uma zündeten die Feuer an. Sie wagten nicht, in die Höhle, vor deren Eingang Agua Fria saß, zurückzukehren. Sie saß dort völlig bewegungslos, schwach und wie erschlagen von soviel Nutzlosigkeit und Verzweiflung; aber die Uma hielten sie für bösartig und mächtig.

Aus dem Inneren der Höhle drang aufs neue das Weinen eines Babys, das in dem improvisierten Lager der Uma mit klagenden Rufen der Frauen beantwortet wurde. Das monotone, ermüdende Schreien des Kindes öffnete sich langsam einen Weg in Agua Frias abgestumpftes Bewußtsein. Zum größten Schrecken der Uma erhob sich das Mädchen; sie betrat die Höhle, ergriff den jammernden, verlassenen Bopal und kam mit dem Kind in den Armen wieder heraus. Der Stamm zuckte vor lauter Panik zusammen, als er das Mädchen auf sich zugehen sah; die Krieger ergriffen die Lanzen, die ihre Kinder umklammernden Frauen wichen zurück. Aber Agua Fria wandte sich direkt zu Daa, die sich, besorgter um ihren Sohn als um ihre eigene Sicherheit, einige Schritte vorgewagt hatte, und übergab ihr das Baby.

»Es tut mir leid«, murmelte Agua Fria.

Und dann kehrte sie müde zum Eingang der Höhle zurück und setzte sich wieder neben Bruna.

Da brach unter den Uma ein Durcheinander an Bemerkungen,

eine Raserei an Diskussionen aus. Nach einiger Zeit verstummten die Stimmen, und eine mit qualmenden Fackeln ausgerüstete Abordnung des Stammes näherte sich zögernd dem Mädchen. Es war Bala, der große Häuptling. Er wurde begleitet von Dogal und Zao, seinen zwei Söhnen, und von fünf Männern, die unter den besonders verdienten Kriegern ausgewählt worden waren. Steif und feierlich blieben sie einige Schritte vor ihr stehen. Sie steckten voller Angst, und trotzdem hielten sie das Bewußtsein ihrer Verantwortung, die Liebe für den Stamm und ihr Überlebenswille aufrecht. Sie kamen in der Überzeugung zu ihr, daß diese Begegnung lebensgefährlich war, aber sie hielten stolz den Kopf erhoben, und in ihren Augen stand die wilde Entschlossenheit von Menschen, die wissen, daß sie ihre Pflicht tun.

»Es tut mir leid«, wiederholte Agua Fria mit tonloser Stimme.

Nach einem Moment des Schweigens hob Bala an zu sprechen:

»Du bist schlecht. Du bist gefährlich. Du wolltest uns töten.«

»Nein, ich wollte euch nicht töten. Ich möchte euch nichts Böses tun. Ich wurde wütend, verlor den Kopf, ich habe mich schlecht benommen. Aber ich habe euch lediglich eine Zeitlang bewegungsunfähig gemacht, weiter hatte ich nichts vor. Ich bedaure, euch erschreckt zu haben; aber sieh dich um, es ist niemand verletzt, alle seid ihr heil und gesund. Hätte ich den Wunsch gehabt, euch zu töten, wäre dies ein leichtes gewesen, während ihr euch nicht bewegen konntet.«

»Du bist eine Hexe, ein Teufel!« beharrte Bala. »Wie hättest du uns sonst lebendig töten können?«

»Ihr wart nicht tot; nur gelähmt. Ich bin weder eine Hexe noch ein Teufel. Ich bin ein Mensch wie ihr. Aber in meiner Welt kennen wir Dinge, die ihr nicht kennt. Ich beherrsche die Kunst, die Menschen zu lähmen. Sie heißt Hypnose und ist eine erlernbare Kunst, so wie ihr lernt, Lanzen herzustellen oder die Spur eines Bären zu verfolgen. Mit Hilfe der Hypnose kann ich den Willen eines Menschen bezwingen, ihn unbeweglich machen oder ihn dazu bringen, alles zu tun, was ich möchte... Ich weiß nicht, ob ihr versteht, was ich euch sagen will... Ich sehe ja ein, daß es kompliziert ist. Aber es ist keine Hexerei, Bala. Es ist eine Kunst wie die des Bogenschießens. Oh verzeih mir, Bala. Verzeiht mir alle. Ich habe mich sehr schlecht benommen, ich weiß. Ich verdiene eine Strafe. Ich werde es nie wieder tun.«

»Ich kann dir nicht verzeihen. Ich kann dir nicht etwas verzeihen, das ich nicht verstehe. Du bist zu gefährlich. Du wirst gehen müssen. Wir wollen dich hier nicht haben.«

Agua Fria krümmte sich zusammen und stöhnte.

»Verstoße mich nicht, Bala. Ich bin bereit, jede Strafe zu akzeptieren, die du über mich verhängst. Und ich werde es nie wieder tun, das schwöre ich dir. Außerdem kann ich euch von großem Nutzen sein. Wenn ihr gegen einen anderen Stamm kämpft, werde ich die Hypnose gegen sie anwenden. Ihr werdet ein unbesiegbares Volk werden!«

Bala schwieg, aber über seine Augen glitt ein Leuchten kämpferischen Ehrgeizes, kriegerischen Ruhmes.

»Kannst du uns diese Kunst beibringen?« fragte er endlich.

Agua Fria dachte einen Moment nach.

»Ich glaube nicht«, antwortete sie schließlich ehrlich. »Es ist zu schwierig, und es dauert zu lange, es zu lernen.«

»Dann ist es also gar keine Kunst, wie du behauptest!« ärgerte sich der große Häuptling. »Es ist nicht dasselbe wie Pfeil und Bogen. Meine Krieger lernen den Gebrauch der kleinen Lanzen. Warum nicht auch dies?«

»Wir können es versuchen, großer Häuptling. Aber ich bin sicher, daß es nicht gelingen wird. Mich hat das Erlernen dieser Kunst ein halbes Leben gekostet. Und vorher hat man viele andere Dinge zu lernen, Dinge aus meiner Welt, von denen ihr nichts wißt.«

Bala dachte angestrengt nach und runzelte dabei die Stirn. Zao an seiner Seite betrachtete sie abwesend, fast konnte man sagen, bewundernd. Ihre Brust und Arme waren noch von Brunas trokkenem Blut befleckt. Armer Zao, der die liebenswürdige Freundlichkeit besessen hatte, ihr den zerfetzten Kadaver der Hündin zu bringen, und den dafür die Hypnose als erstes getroffen hatte.

»Ich werde den Rat zusammenrufen müssen, um zu entscheiden, was wir mit dir machen werden«, knurrte Bala. »Wirst du deine Kunst nicht mehr gegen uns anwenden?«

»Nie mehr!« antwortete Agua Fria eindringlich.

»Und wirst du, was der Rat entscheidet, akzeptieren... was immer es auch sei?«

»Ja, ich werde es akzeptieren.«

»Schwörst du das bei dem Licht und der Wärme der Sonne?«

»Ich schwöre es bei der Sonne, die uns das Leben gibt«, sagte Agua Fria.

Aber sie wußte, daß sie log. Sie war nicht bereit, eine Strafe zu akzeptieren, die eine Verstümmelung bedeutete, und erst recht kein Todesurteil. Sie würde aufs neue die Hypnose anwenden, wenn es notwendig werden würde, ihr Leben zu verteidigen. In Wirklichkeit war alles, was sie sagte, Betrug. Und trotzdem glaubten die Uma ihr. So unschuldig waren sie, so edel und gutgläubig.

»Warte hier, bis wir über dein Schicksal entschieden haben!« befahl Bala.

Und der Rat tagte die ganze Nacht, während die Kinder um das Feuer herum schliefen und die Frauen in unterwürfiger Haltung auf die Entscheidung der Krieger warteten. Eingewickelt in eine Felldecke, weit weg von den Feuern und zitternd vor Kälte, konnte Agua Fria ab und zu etwas von dem Inhalt der hitzigen Debatten aufschnappen. Ein Teil des Stammes, angeführt von Bala und Zao, schlug vor, ihr zu verzeihen und sie nach einer Disziplinarstrafe zwar ständig zu überwachen, aber bei sich zu behalten. Der andere Teil der Uma, dessen Wortführer Urr war, verlangte den Tod des Mädchens.

»Sie ist eine Gefahr für uns. Sie ist unsere Feindin, das weiß ich genau!« tobte ein durch sein Unterbewußtsein alarmierter Urr. »Ihre Macht wird immer eine Gefahr für uns sein!«

Und die Krieger betrachteten sich gegenseitig erschrocken und verwirrt und wußten nicht, auf welche Seite sie sich schlagen sollten. Die Nacht ging unter wirren Reden dahin, während der Rauhreif den Boden langsam mit einer feinen und knirschenden Kruste überzog. Im Morgengrauen endlich, als der schwarze Himmel sich schon zu einem schmutzigen, melancholischen Grau entfärbte, holten die erschöpften Krieger in Anbetracht der Besonderheit des Falles die Meinung der Frauen ein. Verschämt und demütig, mit gesenktem Kopf und in sittsamer Haltung, flüsterten die Weiber der Uma ihre kurzen und für Agua Fria unhörbaren Antworten. Daa jedoch, die Frau Dogals, des älteren Sohnes des Häuptlings, sprach mit zwar zitternder, aber klarer Stimme:

»Sie ist stark und klug, aber sie hat vorher noch nie ihre Macht gegen uns benutzt. Sie hat Tag für Tag die Befehle und Strafen Urrs akzeptiert, ohne sich aufzulehnen, wo sie ihn doch, wie wir jetzt gesehen haben, wann immer sie gewollt hätte, lebendig hätte töten können. Sie hat uns nichts Böses getan, obwohl sie es hätte tun können. Jetzt weint sie und bittet um Verzeihung, und ich glaube ihr. Vielleicht hat sie das gestern getan, weil sie krank war; krank vor Kummer. Ich weiß ja, daß sie nichts weiter ist als eine demütige, elende Frau, aber sie kommt von weit her und kennt Dinge, die sonst niemand kennt. Vielleicht können wir etwas von ihr lernen.« Daa wollte noch etwas hinzufügen, aber Urr unterbrach sie wütend.

»Stark und klug, ja genau! Das ist der Beweis ihrer Schuld! Wo hat man denn jemals eine starke, kluge Frau gesehen? Die Fremde kann doch nur ein als Frau verkleideter Teufel sein. Sie hat uns gedemütigt, sie hat alle Krieger gedemütigt, sie hat den großen Häuptling gedemütigt, ein Vergehen, das mit dem Tod bestraft wird. Wenn wir sie nicht beseitigen, wird ihre Macht uns alle zu Sklaven machen.«

Aufs neue hoben ein allgemeines Flüstern und Diskutieren an. Bala stand müde auf und befahl allen zu schweigen. Das Licht des neuen Tages war schon hell genug, um die Dampfwolken zu erkennen, die aus ihren Mündern und Nasen stiegen.

»Urr hat recht: noch nie zuvor hat man starke und kluge Frauen gesehen. Aber auch die böse Wolke, die das Meer zu Füßen der Berge verschlingt, hat man nie zuvor gesehen. Unser Volk hat, seitdem die Götter der Sonne und der Erde die Welt erschaffen haben, in diesen Felsen gewohnt, und immer haben wir Wasser, Essen und Schutz gefunden. Aber jetzt ist nichts mehr wie früher, und es passieren schreckliche, für uns unerklärliche Dinge. Vielleicht haben wir die Gunst der Götter verloren. Ich spüre das Ende unseres Volkes in meinen Knochen, so wie das Hirschkalb den Tod in dem Geruch einer Wildkatze wittert, ohne sie zu erkennen. Die Welt steckt voller neuer Gefahren, und die Fremde scheint mehr darüber zu wissen als wir. Es wäre nicht klug, gerade jetzt auf ihre Gegenwart und ihre wunderlichen Kenntnisse zu verzichten.«

»Nicht daß sie mehr von der Gefahr wüßte!« tobte Urr. »Sie selbst ist die Gefahr! Die böse Wolke und sie sind fast gleichzeitig angekommen.«

»Während mehr als einem Monat hat das Mädchen sich an meinem Feuer gewärmt, mein Essen bereitet und mir das Wasser gebracht, das ich getrunken habe. Ich vertraue ihr. Ich weiß, daß sie uns nichts Böses tun wird. Sie hat genausoviel Angst wie wir vor all dem Unbekannten«, erwiderte der Alte ruhig; und dann erklärte er, seine Stimme hebend, in feierlichem Ton: »Der große

Häuptling Bala hat entschieden. Bala sagt euch: wir werden der Frau verzeihen und sie bei uns behalten. Sie wird ihre Macht nicht mehr gegen die Uma einsetzen dürfen, und als Strafe für ihr Vergehen wird sie einen Mond lang das Wasser für alle Stammesmitglieder herbeischaffen. Niemand wird in dieser Zeit für sie jagen, sondern sie wird sich gezwungen sehen zu...«

»Ich bin nicht einverstanden!« rief Urr und sprang mit einem Ruck auf die Füße. »Ich fordere mein Recht auf einen heiligen Kampf.«

Ein empörtes Murmeln lief durch die Reihen. Auch Agua Fria zuckte zusammen, wußte sie doch, was das bedeutete, denn sie hatte es in alten Geschichten gehört, die die Frauen sich erzählten. In schwierigen Situationen und nachdem er es mit dem Rat besprochen hatte, fällte schließlich doch immer der große Häuptling die die Situation und die Zukunft des Stammes entscheidenden Entschlüsse, und jeder war verpflichtet, ihm zu gehorchen. Aber unter ganz besonders außergewöhnlichen Umständen konnte ein Krieger, der nicht einverstanden war, zum heiligen Kampf auffordern, und in diesem Fall mußte der Häuptling mit dem Herausforderer einen Kampf auf Leben und Tod austragen. Gewann der Krieger, setzte er im Stamm nicht nur seinen Gesichtspunkt in der strittigen Frage durch, sondern wurde außerdem der neue Häuptling der Uma und begründete ein neues Geschlecht von Führern. Bala stammte aus einem alten Herrschergeschlecht. Vor ihm hatten schon sein Vater, sein Großvater, sein Urgroßvater und sein Ururgroßvater die Führung des Stammes innegehabt, und sie hatten ihre Aufgaben mit so viel Verantwortungsbewußtsein und Gerechtigkeitssinn erledigt, daß die Uma sich unter der festen Hand dieser seit Generationen bestehenden Führung sicher und wohl fühlten. Seit so vielen Jahren hatte niemand mehr den Anspruch auf einen heiligen Kampf geltend gemacht, daß sich die Existenz dieses tragischen Kampfes auf die Geschichten und die Legenden einer weit zurückliegenden Vergangenheit zu beschränken schien, die sich die Uma nachts an den knisternden Feuern erzählten. Aber jetzt hatte Urr Bala herausgefordert. Auf Leben und Tod. Und Bala war zu alt.

»Ich nehme die Herausforderung an. Ich werde für meinen Vater kämpfen!« antwortete Zao mit heiserer Stimme.

Dies war möglich, denn schließlich war er der direkte Erbe des großen Häuptlings. Erschüttert und verzweifelt beendeten die

Uma die Ratsversammlung und beeilten sich, die Vorbereitungen für den großen Kampf, der in der Morgendämmerung des übernächsten Tages stattfinden sollte, zu treffen. Die Frauen schleppten die schlafenden Kinder in die Höhle und bereiteten das Frühstück vor, während die Männer in die Berge gingen, um ölhaltige Wurzeln zu suchen, mit deren Essenz, der man magische Eigenschaften nachsagte, sie wie vorgeschrieben die Körper und Waffen der Kämpfer einreiben würden, auf daß die Götter demjenigen den Sieg zuteil werden ließen, der das Glück und das Wohlergehen der Uma in seinen Händen hielt. Für dieses schlichte, unverdorbene und an seine strikten Bräuche gewöhnte Volk gab es kein größeres Unglück und keine schlimmere Bedrohung als die Ungewißheit. Und jetzt schien die ganze Welt in einen Sog aus verrückten Veränderungen geraten zu sein mit diesem Nebel, der die Meere verschlang, Frauen mit nie gesehenen Kräften und Kriegern, die den heiligen Kampf verlangten. Dies war das Chaos. Die Uma bereiteten sich auf den Kampf vor, als wäre es eine Beerdigung, während Agua Fria Bruna begrub, den ganzen Tag fastete, ihr das Schuldgefühl die Luft abdrückte und sie sich schrecklich elend fühlte.

Es war noch Nacht, als die Uma begannen, sich unter dem unheilverkündenden Dröhnen der sechs großen Trommeln, die feierlich von den ältesten Männern des Stammes mit schweren Keulen geschlagen wurden, zu versammeln. Alle, Frauen, Männer und sogar die Kinder trugen im Gesicht eine dicke schwarze Linie aus Fett und Ruß, die auf der Stirn begann, über die Nase lief und auf dem Kinn endete. Sie war ein Teil des Trauerrituals und ein Zeichen des Kummers wegen des nahen und unvermeidlichen Todes, wen immer es auch treffen würde. Zuerst setzten sich die Krieger, einen weiten Halbkreis bildend, hin und pflanzten feierlich ihre biegsamen Lanzen auf. In den hinteren Reihen verteilten sich ohne jede feste Anordnung die Frauen und Kinder. Die Mütter brachten ihre schläfrigen Kinder zum Schweigen, und auf dem Platz breitete sich eine düstere Stille aus. Es war eine kalte und windstille Morgendämmerung; auf dem steinigen Boden schimmerten kleine, vereiste Pfützen, die hart wie Glas waren. Der von einer unsichtbaren Sonne erhellte Himmel hing wie ein bleiernes Brett über ihren Köpfen. Niemand hatte ein Wort mit Agua Fria gewechselt. Hungrig und starr vor Kälte saß das Mädchen in einem Winkel neben dem Eingang der Höhle und hörte wie benommen dem langsamen Schlagen der Trommeln zu. Es war der Klang des Unglückes.

Bala, der lange Zeit mit in den Händen vergrabenem Gesicht dagesessen hatte, hob den Kopf und schwang seine Lanze. Der Trommelklang verstummte. Die Kämpfer traten aus der Höhle. Sie waren völlig nackt, und auf ihren Körpern glänzte das magische Öl. Ihre Gesichter waren ungeschminkt und trugen keine schwarze Linie, aber ihre Geschlechtsorgane waren mit dem Rußfett schwarz gefärbt. Die Kälte und Anspannung ließen sie sichtbar zittern; in einer Hand trugen sie die Lanze, in der anderen eine im Feuer gehärtete Keule. Urr war zwar der stärkere, kräftigere und schwerere, aber Zao besaß die Geschmeidigkeit und Zähigkeit der Jugend. Beide näherten sie sich Bala und blieben ernst und hoch aufgerichtet vor ihm stehen, aber ihr würdiges Aussehen wurde durch das sichtbare Zittern ihrer Knie und ihr Zähneklappern etwas beeinträchtigt. Bala stand auf, und nachdem er sie dem Ritual entsprechend umarmt hatte, befahl er ihnen, sich an den entgegengesetzten Enden des weiten Halbkreises aufzustellen. Als die Krieger ihre Position, etwa zwanzig Meter voneinander entfernt, erreicht hatten, hob der große Häuptling die Lanze und warf sie in die Mitte des markierten Gebietes. Dort blieb der Wurfspieß vibrierend im Boden stecken. Das war das Zeichen. Der Kampf hatte begonnen.

Anfangs bewegten sie sich kaum. Sie krümmten sich zusammen und machten kleine Schritte in die eine oder andere Richtung, wobei sie das Verhalten des Feindes erforschten. Es begann zu regnen. Es war inzwischen heller Tag geworden, aber der Himmel war so bedeckt, daß nur ein ärmliches, trübes Licht herrschte. Die Wassertropfen hafteten sich an die eingefettete Haut der Kämpfenden und versahen sie mit einer Zeichnung, die wie ein seltsamer Ausschlag aussah. Später wurde der Regen noch stärker und begann ihre schwarze Tinte abzuwaschen. Es goß derartig, daß kaum noch etwas anderes zu sehen oder zu hören war als der Regen. Zao und Urr tanzten gelenkig in dem Halbkreis umher, wobei sie langsam einander näher kamen, und diese Sintflut des Weltendes sprudelte von ihrem Kinn.

Da warf Urr seine Lanze. Der Spieß schwirrte durch die Luft und überraschte Zao, der ihm nicht mehr völlig ausweichen konnte. Die Klinge bohrte sich in seine linke Schulter. Der Schlag ließ den Jungen stolpern; das Blut spritzte, und die Uma schrien auf. Die Keule schwingend stürzte sich Urr mit einem wütenden und siegessicheren Heulen auf seinen Gegner. Aber mit der aus der Verzweiflung geborenen Geschicklichkeit zog Zao die Lanze heraus und wich dem Angriff mit einem beachtlichen Sprung zur Seite aus. Wieder hielten sie keuchend inne und beobachteten sich gegenseitig aus etwa drei Meter Entfernung. Der Regen wusch die Wunde des Jungen aus, und über seine rechte Körperhälfte flossen Ströme rosaroten Wassers. Als er verletzt wurde, hatte Zao die Keule fallen lassen, aber noch blieb ihm die Lanze. Er konnte sehr geschickt damit umgehen, und Urr wußte das; deshalb war er auch finster und mißtrauisch einige Meter vor ihm stehengeblieben, die Keule mit beiden Händen umklammernd. Urr konnte es nur recht sein, wenn der Junge viel Blut verlor, wenn er schwächer wurde; deshalb fing er an, wie ein geduldiges und hinterlistiges Raubtier um ihn herumzutänzeln, ohne anzuhalten oder sich ihm zu nähern. Auch Zao wußte, daß die Zeit gegen ihn arbeitete, und lauerte auf den geeigneten Moment, seinen Gegner zu durchbohren. Aber es mußte ein unfehlbarer Wurf werden, denn es blieb ihm nur noch diese eine Chance. Urr, der ihm gegenüber den Vorteil eines massigeren Körpers besaß, wäre in einem Ringkampf immer ein schwieriger Gegner gewesen. Aber jetzt, so verletzt wie er war, konnte er es nicht überleben, fiel er ihm in die Hände. Zao drehte sich, ohne seinen Gegner aus den Augen zu verlieren, um seine eigene Achse, wobei die Schulter brannte und sein linker Arm sich in ein kaltes, gefühlloses Stück Holz verwandelte. Er wird mich töten, schoß es ihm mit plötzlichem Entsetzen durch den Kopf. Und dann dachte er: Nein! Und stellte sich vor, wie die Spitze seines Wurfspießes sich in Urrs Bauch bohren, durch ihn hindurchfahren und ihm das Leben entreißen würde. Er spürte einen unendlichen Haß auf Urr, ein heißes, tiefes Gefühl, das ihn belebte und ihm einen Teil seiner Kräfte zurückgab. Und da fühlte er in seinen Handgelenken, wie bei einer guten Jagd, den Moment des Wurfes, diesen Bruchteil einer Sekunde in Zeit und Raum, in dem das Eisen unweigerlich sein Opfer finden mußte. Und er warf die Lanze. Aber als er sie losließ, rutschte er auf dem glitschigen Boden aus; er fiel auf die Seite, und die im letzten Moment aus ihrem Wurfweg gerissene Lanze verfehlte weit ihr angepeiltes Ziel. Urr vollführte einen

Sprung und schwang die Keule über dem Jungen. Zao rollte sich zur Seite und entkam dem Schlag nur knapp, während die Keule gräßlich auf den Boden knirschte. Urr erhob schon aufs neue die Waffe, als der Junge etwas mit seiner Hand ertastete: Es war die Lanze seines Gegners, genau die, die er sich gerade aus der Schulter gezogen hatte. Blind vor Schmerz und Regen, verwirrt und kopflos hob Zao die Lanze, und Urr spießte sich darin auf. Die Spitze fuhr ihm durch den Hals; das Blut schoß heraus, und der Mann schnappte erstickt und verblüfft noch ein wenig nach Luft, bevor er wie ein schwerer Sack über dem Jungen zusammenbrach. Er war tot. Die Wunde war absolut tödlich gewesen.

Ein Geräusch wie der Wind, eine Mischung aus Erleichterung und Trauer, lief die Reihen der Uma entlang. Sofort konnte man die düsteren, schrillen Klagen der Angehörigen Urrs vernehmen. Sie beweinten nicht nur den Tod des Mannes, sondern auch ihr eigenes Schicksal, denn nach den Vorschriften des Stammes sahen sich die Familienmitglieder des Unterlegenen gezwungen, das Dorf zu verlassen, und wurden dem Vergessen anheimgegeben und zu lebenslangem Exil verdammt. Die Frauen Urrs, seine Kinder, sein Bruder, seine alte Mutter, alle blieben auf dem Boden liegen, bedeckten sich das Haupt mit schwarzer Erde und schlugen sich auf die Brust. Niemand tröstete sie, niemand richtete das Wort an sie, man sah sie nicht einmal an. Denn mit dem Tod Urrs waren auch sie für den Stamm gestorben.

Aber das alles kam Agua Fria erst später ins Bewußtsein. Im ersten Augenblick konnte sie lediglich daran denken, daß Zao gesiegt hatte und lebte. Ohne sich dessen bewußt zu sein, rannte sie auf ihn zu, und die Macht ihrer Gefühle ließ sie so schnell laufen, daß sie als erste bei dem Jungen ankam. Völlig durchnäßt und zitternd versuchte Agua Fria den schweren Körper Urrs von ihm wegzurollen. Aber sie schaffte es nicht. Sie ließ sich neben dem Jungen auf die Knie fallen und streichelte seinen Kopf.

»Oh Zao...«

Der Junge lächelte, und Agua Fria spürte, wie dieses Lächeln sie gefangennahm und sich in ihrem Kopf ein Feuer ausbreitete. Zao war ihretwegen verletzt worden. Zao hatte ihretwegen getötet! Urheberin eines Todes zu sein, erschien ihr grauenhaft; ihr Verstand stöhnte und schreckte zusammen. Und trotzdem stieg aus dem tiefsten Inneren ihres Wesens ein dunkles, abgründiges Gefühl, das Echo einer vergrabenen Erinnerung, eine wilde Befriedigung, so als habe das blutige Ritual einen uralten Pakt zwischen Zao und ihr besiegelt, ein barbarisches und unvorstellbares Abkommen. Das war es, was sie am meisten verwirrte, was ihr am unerträglichsten war: der Konflikt zwischen Entsetzen und Bewunderung, zwischen Widerwillen und Genuß. Zao hatte ihretwegen getötet, wiederholte Agua Fria für sich; und ein Schleier legte sich über ihren Verstand, und ihrem Bauch entstieg ein Gefühl von Grauen. Aber Dogal und die anderen Krieger hatten sie schon erreicht, entfernten den Körper Urrs und hoben den Jungen auf, wobei sie sie unsanft zur Seite stießen. Agua Fria blieb allein im Regen auf dem großen Platz sitzen. Die Uma hatten den Halbkreis schon aufgelöst und wandten sich ihren verschiedenen Tätigkeiten zu. Die Angehörigen Urrs kamen, um den Leichnam mitzunehmen; unter Weinen und Klagen begannen sie, ihre spärlichen Besitztümer zusammenzupacken und sich zum Abmarsch fertig zu machen. Agua Fria beobachtete sie bestürzt; von einer plötzlichen Eingebung erfaßt, lief sie zu Bala, der immer noch blaß und schweigend an einem Ende des Platzes saß.

»Oh Bala, ich bitte dich, großer Häuptling«, und warf sich vor dem Greis auf die Knie, »verstoß die Familie Urrs nicht! Der Schnee ist schon nah, sie werden sterben...«

Bala zuckte zusammen, als hätte man ihn aus einem tiefen Koma geweckt. Ganz langsam wandte er Agua Fria sein Gesicht zu. Er hatte rot umränderte Augen und schien in den letzten Stunden sehr gealtert zu sein.

»Die Dinge sind nun einmal so. Füg uns nicht noch mehr Schaden zu, als du schon getan hast«, antwortete der alte Mann mit belegter Stimme.

Und er erhob sich müde und entfernte sich in Richtung der Höhle. Er drehte sich nicht einmal um, als er an der traurigen Gruppe der Ausgestoßenen vorbeikam. Mit Kindern und Erwachsenen brachten sie es auf ein Dutzend Menschen; sie waren vom Regen durchnäßt und schwankten unter dem Gewicht ihrer Proviantballen, den zusammengefalteten Felldecken, den mit Kürbissen gefüllten Körben, ihren Schleifsteinen, ihren Holzgefäßen und ihren Knochenschnitzereien. Sie zogen ihre Brut und ihre Alten hinter sich her und schleppten den in ein ledernes Tuch geschlagenen Leichnam des Kriegers mit sich, und so, ohne noch einmal einen Blick zurückzuwerfen, verschwanden sie in dem Dickicht der Einsamkeit und dem Winter.

Aufs neue erschallten die Trommeln, nur war ihr Rhythmus diesmal schneller.

So hatte es Bala vor dem versammelten Stamm an dem Tag, als Urr starb, verkündet:

»Das Mädchen wird bei uns bleiben. Sie wird, außer wenn der Rat ihr befiehlt, uns vor unseren Feinden zu schützen, ihre Macht nicht mehr benutzen. Als Strafe für ihr Vergehen wird sie einen Mond lang das Wasser für den ganzen Stamm herbeischaffen. In dieser Zeit wird niemand für sie jagen, und sie wird sich von den Essensresten, die sie auftreiben kann, ernähren müssen. Es wird ihr nicht gestattet sein zu sprechen, und niemand wird das Wort an sie richten, außer um von ihr die Erfüllung ihrer Pflicht zu verlangen. Hat sie erst einmal ihre Strafe verbüßt, wird mein Sohn Zao, wenn der Mond wechselt, sie zur Frau nehmen. So hat es Bala beschlossen, und so wird es geschehen.

Weder die Worte des Häuptlings noch ihr eheliches Schicksal hatten Agua Fria überrascht. Sie spürte auf eine verwirrende und sehnsüchtige Weise, daß, seit der Krieger sie aus den Klauen Urrs befreit hatte, ihr Leben ihm gehörte. Und es lag Lust in der Anerkennung dieser mit Blut besiegelten Abhängigkeit. Lust und Schmerz, Verzweiflung und Genuß. Was sie für Zao fühlte, hatte sie noch niemals verspürt: das Vergnügen an der Unterwerfung und den Haß darüber, dieses Vergnügen zu spüren. Zao war der andere, der Feind. Ein anziehender, zerstörerischer Abgrund. Vielleicht war diese ganze Verwirrung nichts anderes als Liebe, aber Agua Fria fühlte sich krank.

Sie hatte ihre Strafe mit großer Standhaftigkeit abgebüßt, glücklich darüber, mit dem Erleiden dieser Strafe dieses auf ihr lastende Schuldgefühl zu erleichtern. Sie litt schrecklichen Hunger, denn die Uma vergeudeten so gut wie nichts, und es waren nicht mehr als ein paar Rinden harten Brotes und einige halb abgenagte, zwischen der Asche begrabene Knochen, die sie nachts nach ihrer erniedrigenden Runde eines hungrigen Raubtieres um die Lagerfeuer des Stammes ergatterte. Aber trotz alledem war das, was für sie am schwersten zu ertragen war, etwas, das Bala nicht einmal erwähnt hatte: Es war ihr nicht gestattet, während dieses Mondes an der Lagerstelle des Häuptlings zu schlafen, und sie war gezwungen, ihren Schlafplatz in einem kalten, abgelegenen Winkel weit weg von den Lagerfeuern zu suchen. Die Nächte wurden ihr unendlich lang; unter ihrer Felldecke zitternd, horchte sie auf das Kreischen der Fledermäuse, und sie war wie besessen von dem Gedanken an die Familie Urrs, die ihrem Schicksal überlassen zwischen dem Eis lag. Denn der erste Schnee war schon gefallen, und die Welt hatte sich in einen feierlichen und unbewohnbaren Planeten verwandelt. Immer wenn das Mädchen sehr früh am Morgen Wasser holen ging, war der Eingang der Höhle mit den frischen Spuren wilder Tiere bedeckt. Aber zum Glück brauchte sie sich nicht mehr weit fortzubegeben, denn es genügte, die Behälter mit Schnee zu füllen.

Wieder erklangen die Trommeln, diesmal kündeten sie eine Feier an.

Der Mond hatte die Nacht vorher gewechselt, und die Uma waren schon den ganzen Tag in dem geschäftigen Treiben der Vorbereitungen versunken. Die Vorratskammern wurden geplündert, und die Frauen kochten eine endlose Zahl köstlicher Gerichte: getrocknetes Fleisch mit Honig, Kuchen aus Feigenmehl und süße Wurzeln, die geschält und in der Asche geröstet wurden. Die Männer bereiteten währenddessen Zaos neues Heim in dem Teil der Höhle vor, die Bala ihm zugeteilt hatte; ein Platz, der weder zu gut noch zu schlecht war, wie es eben seiner zweifachen und widersprüchlichen Eigenschaft als junger Krieger und Sohn des Häuptlings zustand. Mit kleinen Bastbesen säuberten und glätteten sie den Boden, fertigten ein weiches Bett aus trockenen Blättern und Felldecken, türmten einen großen Stoß Holzscheite für das Lagerfeuer auf und legten einer nach dem anderen ihre Geschenke für das neue Heim ab: geflochtene Körbe, hölzerne Teller, Nadeln und Messer aus Knochen, Dolche aus poliertem Stein und sogar einige metallene Lanzenspitzen: ein Schatz, den man ab und zu durch Tauschhandel oder Plünderung in Dörfern erwarb, die das Geheimnis des Eisens kannten.

Als die Lagerstelle erst einmal fertig und die Hochzeitsgeschenke aufgebaut waren, erschienen die mit Henna geschminkten und frisch rasierten Greise, die mit rituellen und genau festgelegten Bewegungen die Hochzeitskammer um das Bett aufbauten: einen rechteckigen hölzernen Rahmen, von dem vier große, aus gegerbtem Leder bestehende Tücher herabhingen. Die Hochzeitskammer würde sieben Tage und sieben Nächte stehenbleiben und das neue Paar vom Rest des Stammes absondern; die Uma hielten dies für einen angebrachten, ausreichenden Zeitraum, damit der Geist der Ehefrau sich von ihrem alten Heim lösen und in dem Herrschaftsbereich ihres neuen Herrn Wurzeln schlagen konnte.

Den ganzen Tag über hatte niemand etwas gegessen, einmal aus rituellem Fasten, aber auch, weil sie ihren Hunger für das Bankett aufbewahrten. Aber der Hunger und die Müdigkeit hielten sie nicht vom Lachen und Scherzen ab, während sie sich für das Fest herausputzten. Auch Agua Fria wurde entsprechend geschmückt. Ihr ganzer Körper wurde mit Schnee abgewaschen und mit aromatischen Blättern eingerieben. Trotz ihres Protestes rasierte man ihr die vordere Kopfhälfte und bedeckte ihre Stirn, ihre Hände und Füße mit einem feinen Muster in blutrotem Henna. Bei Einbruch der Dämmerung versammelten sich die Uma unter dem Wirbel der Trommeln um ein riesiges Feuer, das mitten in der Höhle entfacht worden war. Im Zentrum saß Zao, auf dessen Brust viele Knochenketten klingelten.

Bala holte Agua Fria. Das Mädchen hatte an seinem Feuer geschlafen, also oblag es dem alten Häuptling, sie zu übergeben. Er ergriff fest ihre Hand, führte sie durch den Kreis und veranlaßte sie, Zao gegenüber Platz zu nehmen. Der Stamm stimmte einen rhythmischen, von den Trommeln unterstützten Sprechgesang an. Bala hob eine Holzschale hoch und reichte sie, nachdem er einen tiefen Schluck daraus getrunken hatte, an Agua Fria weiter, die kaum davon probierte: es war ein heißes Gebräu, bestehend aus Wasser, Honig und dem Saft einer Wurzel mit betäubenden Eigenschaften. Dann war Zao an der Reihe, der einen guten Schluck nahm. Er war schmaler und bleicher geworden und hatte sich noch immer nicht völlig von seiner Verwundung erholt. Der alte Häuptling machte ein Zeichen, und die Uma begannen, große, randvolle Schalen desselben Gebräues herumzureichen. Alle tranken sie davon, und selbst die kleinen Kinder netzten damit ihre Lippen. Bala hob wieder die Schale und bot sie zum zweiten Mal Agua Fria und Zao an; der Rhythmus des Gesanges wurde inmitten der galoppierenden Trommeln schneller. Das enorme Feuer verbreitete eine unerträgliche Wärme; viele der Anwesenden fingen an, sich ihrer Kleidung zu entledigen; sie sangen und trampelten erhitzt und berauscht auf den Boden, und das Feuer ließ ihre verschwitzten Körper glänzen. Sie sangen und tranken, bis die Schalen leer waren; dann hob Bala den Arm, und das Stimmengewirr verstummte. Der alte Mann machte Agua

Fria ein Zeichen, aufzustehen, was sie tat, wobei sie sich schwach und ziemlich schwindelig fühlte.

»Mädchen, ab heute will ich dich nicht mehr an meinem Feuer sehen, es wird für dich verloschen sein!« rezitierte Bala feierlich. »Verlange nicht von mir, daß ich für dich jage, denn ich kann dich nicht mehr ernähren. Meine Augen sehen dich nicht mehr, und meine Arme werden dich nicht mehr verteidigen. Von jetzt an gehörst du Zao. Er wird für dich sorgen, und du wirst ihm Ehre machen, denn er ist dein Herr und Gebieter.«

Und nachdem er diese gewohnte Formel vorgetragen hatte, stieß er das Mädchen leicht in Richtung Zaos, drehte ihr den Rücken zu und bedeckte, wie der Brauch es verlangte, die Augen mit den Händen. Die verwirrte Agua Fria zögerte einen Moment; Zao war aufgestanden und stand nun schön und erschreckend, jung und wild vor ihr. Das Mädchen tat einen Schritt in seine Richtung. Sie wußte von einer ähnlichen Feier, der sie beigewohnt hatte, daß der Junge sie nun schlagen und in die Hochzeitskammer führen sollte. Es war nichts weiter als die Durchführung eines alten Rituals. Es wurde kein harter Schlag verlangt, und normalerweise reichte für die Zeremonie eine leichte Ohrfeige als Symbol der Macht des neuen Gebieters und des Verlusts der Macht des Vaters, der seiner Tochter blind den Rücken zuwendete. Agua Fria blickte Zao an und sah seine im Widerschein des Feuers glänzenden Augen. Es waren fiebrige Augen, in denen Gefühle standen, die das Mädchen nicht entziffern konnte. Sie machte noch einen weiteren Schritt auf ihn zu. Und plötzlich wurde alles dunkel, und ein Donner explodierte in ihrem Kopf. Verblüfft hob sie das Gesicht: Sie lag auf dem Boden. Zao hatte ihr einen so harten Schlag versetzt, daß sie umgefallen war. Ihre linke Gesichtshälfte brannte und pulsierte schwer wie ein Stein; sie leckte sich die Lippen und schmeckte Blut. Feigling, dachte sie, Bestie. Und immer noch auf Knien, stürzte sie brüllend vor Wut auf ihn los. Zao ohrfeigte sie, schlug sie, versetzte ihr Fußtritte, und sie sträubte sich noch immer. Sie wußte, daß der Junge sie so stark geschlagen hatte, weil er Angst vor ihr hatte, weil er ihre Macht und ihre Fremdheit fürchtete und vor dem versammelten Stamm klarstellen wollte, daß er in der Lage war, sie zu beherrschen; und sie wußte ebenfalls, daß sie mit ihrem Widerstand ihre Situation nur noch verschlimmerte. Aber sie konnte nicht anders. Sie kämpfte nicht nur ihres Stolzes wegen, da war auch noch ein dunkler Überlebensinstinkt. Sie rang, bis sie nicht mehr konnte, bis sie fast das Bewußtsein verlor. Zusammengekauert auf dem Boden liegend, nahm sie noch wie im Nebel wahr, daß Zao sie aufhob, und hörte das entfernte Gebrüll der Stammesmitglieder, die wieder in Gesang und Geschrei verfielen, also die Zeremonie als beendet betrachteten. In den Armen des Jungen und wie in einem bösen Traum betrat sie die Hochzeitskammer. Zao legte sie sanft auf das Bett. Agua Fria stöhnte. Ihre Nieren, der Magen und das Gesicht schmerzten. Das Atmen wurde zur Qual. Zao blickte sie besorgt an und rieb sich ungeschickt seine großen, harten Hände.

»Hast du Durst?« fragte er.

Das Mädchen antwortete nicht. Nach kurzem Zögern benetzte Zao ihr die Lippen mit ein wenig Wasser.

»Möchtest du etwas essen?« fragte er nervös und deutete auf die leckeren Speisen, die für sie bereitgestellt worden waren.

Agua Fria schwieg und schloß die Augen. Es kostete Mühe, sie offenzuhalten: Sicher waren sie geschwollen.

Da seufzte Zao zerknirscht und begann ganz sanft die Wangen des Mädchens zu streicheln, die tränennaß und voller Blut waren. Und als seine zitternden Hände in die Nähe des Mundes kamen, packte Agua Fria blitzschnell seinen Daumen und biß mit aller Kraft hinein, bis ihre Zähne auf den Knochen stießen.

Sechs Tage waren inzwischen vergangen, und Agua Fria war schon fast wiederhergestellt. Jeden Morgen verließ der Junge die Kammer und kam mit dem Essen zurück, das seine Mutter ihnen zubereitet hatte, und er war es auch, der sich um das Feuer kümmerte, obwohl dies Aufgabe der Frauen war. Natürlich war Agua Fria zu zerschlagen, um dies selbst zu tun.

Zao hatte ihre Wunden gewaschen und versorgt und hatte sie ununterbrochen mit großem Eifer gepflegt. Aber seit der ersten Nacht hatten sie nicht mehr miteinander gesprochen und sich nicht mehr berührt, wenn es nicht unbedingt nötig war. Traurig und gespannt verging die Zeit in der bleiernen Müdigkeit der Genesung. Und nachts, wenn das Mädchen die warme Schulter des Jungen spürte, wünschte sie, sie wäre tot, und eigentlich wußte sie nicht, warum.

Am Morgen dieses sechsten Tages war Zao früh weggegangen

und blieb länger fort als gewöhnlich. Gelangweilt und nervös wagte es Agua Fria, aufzustehen und die Kammer zu verlassen. Sie lief in der Höhle herum, grüßte die Frauen und spielte ein wenig mit den Kindern. Zao war nicht dort. Verwirrt und müde kehrte sie zu ihrem Lagerplatz zurück; sie entfachte das Feuer und begann damit, ihr erstes eheliches Mal zu bereiten. Aber Zao kam nicht. Der ganze Vormittag und ein Großteil des Nachmittags verstrichen, während Agua Fria glaubte, innerhalb der Lederwände ersticken zu müssen.

Die Sonne stand wohl schon ziemlich tief, als der hölzerne Rahmen knackte und Zao die Kammer betrat. Er hatte Stiefel an und trug seinen besten Fellumhang, und sowohl sein Haar als auch seine Kleidung waren feucht und reifüberzogen. Ihn begleitete der Geruch des Winters, des Schnees und der Wälder. Agua Fria betrachtete ihn mit gerunzelter Stirn, und da passierte etwas Ungewöhnliches: Der Junge lächelte. Er kniete vor ihr nieder, steckte die Hand in seinen Umhang und holte ein unförmiges, zitterndes Bündel heraus, das er Agua Fria reichte. Es war ein junger Wolf, ein wimmernder und völlig verschreckter Welpe. Er hob das Köpfchen, heftete seine trostlosen, gelben Augen auf Agua Fria und ließ ein lächerliches Knurren vernehmen.

»Wie süß!« rief Agua Fria und ergriff das Wolfsjunge. Ihre Hände streiften die Zaos; auf seinem Daumen war der Abdruck ihres Bisses, eine dunkelviolette, häßliche Wunde, immer noch deutlich sichtbar. Zao hatte, als sie ihn biß, nichts getan, keinen Laut von sich gegeben. Er hatte lediglich ihr Kinn festgehalten, um seinen Finger zu befreien; und dann hatte er die ganze Nacht, so als handelte es sich um ein kleines Kind, seine Hand gewiegt.

Das Tierchen, das offensichtlich ihre einladende Wärme schätzte, rollte sich auf Agua Frias Schoß zusammen. Es war eine warme, behaarte Kugel mit einer empfindlichen, feuchten Schnauze, einer Schnauze, die so schwarz war wie die Brunas. Agua Fria hob das Gesicht: Zao sah sie an und lächelte. Oh, was war los? Was war denn bloß los? Das Mädchen verspürte plötzlich einen unaufhaltbaren Wunsch zu weinen. Aber sie durfte nicht, sie konnte es sich nicht erlauben. Weine nicht, sagte sie sich, während Zao sie mit Händen, die so kalt wie Eiszapfen waren, streichelte, weine nicht, oder du verlierst den Kampf; von dem Haar des Jungen stieg ein schwacher Dampf, und seine Haut war feucht und salzig; weine nicht, oder du wirst nie wieder frei sein, und der Umhang fiel zu Boden, der Reif tropfte, die Beine verschlangen sich ineinander, die Tränen liefen über ihre Wangen, oder du wirst nie mehr frei sein..., während ihre Bäuche sich suchten und der Welpe friedlich neben dem Feuer zu schnarchen begann.

Die *Große Schwester* hatte recht gehabt: Irgendwie besaßen die Uma dem Tod gegenüber eine geheime Macht. Zwar kannten sie den *Bewahrenden Blick* nicht, aber die Gegenstände ihrer Welt schienen sich nicht zu verändern, wenn sie, beladen mit all ihren Erinnerungen, für immer im Tunnel des wahrhaftigen Todes verschwanden. Im Verlauf des langen und weißen Winters starben drei Menschen, zwei Männer und eine Frau, alle drei schon ziemlich alt. Agua Fria war bei ihrem Todeskampf dabei, nahm an den Trauerriten teil. Sie starben wie kleine Tiere und ertrugen den Schmerz mit der Resignation von Menschen, die wissen, daß er unvermeidlich ist; ihr Körper bekämpfte das Ende, aber ihr Geist schien keinerlei Fragen zu stellen. Sie starben schweigend und geduldig, und in ihrer Umgebung nahm man keinerlei Veränderungen wahr; die Grotte behielt dieselbe Festigkeit, dieselben Umrisse und Reliefs. Nicht einmal in genau dem Augenblick des Überganges erkannte man irgendwelche Bewegungen in der Materie, wie zum Beispiel dieses leichte, flüchtige Farbspiel auf der Oberfläche der Gegenstände, eine so typische Folgeerscheinung des wahrhaftigen Todes. In der Ruhe dieses sanften Sterbens, wenn der Tod überhaupt sanft sein konnte, bewunderte das Mädchen die stolze Unerschütterlichkeit der Welt.

Eine Unerschütterlichkeit, die von dem Stamm nicht geteilt wurde. Denn die Uma liebten das Leben, und ihre Trauer war im Gegensatz zu ihrem Sterben alles andere als passiv. Die Angehörigen weinten, rauften sich die Haare und bedeckten sich das Gesicht mit Schlamm. Nachdem sie den Körper des Verstorbenen gewaschen hatten, begruben sie ihn im Eingang der Höhle unter dem Schnee und warteten darauf, daß man nach der Schneeschmelze die Begräbnisriten feiern konnte. Die Leichname häuften sich auf dem Höhlenvorplatz, und die Welt der Uma blieb unversehrt.

Draußen hingegen befand sich die Welt in Auflösung. Jenseits der Höhle, jenseits der Hochebene und des nahen Waldrandes umzingelten sie die Dämpfe des Nichts wie ein hungriger Plünderer. Unten, am Fuße der steil abfallenden Hänge, stieg von dem bleiernen Meer ein verschwommener Dampf des Unbewußten auf, und an der schon teilweise aufgelösten Küste schlugen die Wellen wütend gegen den Nebel.

Aber die Uma lebten mit dem Rücken zur Welt und gingen, allen Zeichen einer Katastrophe gegenüber blind, ihrer gewohnten Routine nach, so als ob in der Wiederholung das Geheimnis des ewigen Lebens bestünde. Dickköpfig schienen sie sich zu sagen, dies wäre nichts anderes als ein Winter, der ebenso lang und entmutigend war wie alle anderen. Dies war die Zeit der Handarbeit, des Kunsthandwerkes; sie schnitzten, polierten, nähten und stellten Decken, Waffen und Kochgeschirr her. Sie reinigten kleine Knochen und machten daraus Ketten, indem sie sie auf feine Darmsaiten fädelten, oder sie zerrieben Steine und Wurzeln, um aus ihnen die rituelle Schminke herzustellen; und nachts saßen sie um das Feuer und erzählten sich legendäre Geschichten. Agua Fria konnte, ganz darin versunken, nicht genug davon bekommen und lernte die Uma anhand ihrer Helden und Legenden kennen. Trotz der Kälte, des fehlenden Lichtes und des ewigen Eingeschlossenseins, trotz des Umstandes, daß die Vorräte alarmierend abnahmen und man schon angefangen hatte, sie zu rationieren, waren dies ohne Zweifel wunderschöne Nächte. Da war der junge Wolf, der zusammengerollt zu ihren Füßen lag und noch nichts davon wußte, ein Wolf zu sein, und da war Zao, vor allem Zao, träge und sinnlich, mit dem Agua Fria manchmal lachte, manchmal stritt und sich immer rasend und wie im Fieber liebte. Während sie in seinen Armen lag, vergaß das Mädchen das tödliche Knacken der Welt.

Aber am nächsten Morgen wurde sie aufs neue von der Angst gepackt. Sie verließ dann die Höhle und gab sich Mühe, eine Bestandsaufnahme der Landschaft zu machen, wobei sie im Geiste alles Angefressene, alle kleinen Eroberungen des Verfalls, registrierte: einen verwischten Zweig, einen gläsern schimmernden Felsen. Eines Tages fand sie Bala vor dem Eingang der Höhle knien. Sie setzte sich schweigend neben ihn, und eine ganze Weile betrachteten sie stumm den eisigen Horizont. Der alte Häuptling, der in mehrere Decken gewickelt war, bewegte sich nicht. Sein vor Kälte bleiches Gesicht schien wie in Marmor gehauen zu sein.

Agua Fria sah die dunkle Masse des Waldes, die im Widerschein des Schnees bläulich schimmerte. Sie sah die weiße, vereiste Hochebene, die in ihren Eingeweiden die Leichname der drei Alten verbarg. Sie sah das zitternde, schwache Profil der von den Dämpfen verletzten Berge. Die Bäume siechten dahin, und die Felsen schienen aus Kristall zu sein.

»Die Welt löst sich auf, Bala«, flüsterte Agua Fria.

Der alte Häuptling seufzte hörbar.

»Es ist also die Welt. Ich hegte die Hoffnung, es wären nur meine Augen.«

Sanft wandte er ihr sein Antlitz zu. Bei dem hellen Tageslicht konnte Agua Fria erkennen, daß seine Augen trübe waren, sie der Schleier der Jahre überzog. Das Mädchen streckte eine Hand aus und bewegte sie vor den Augen des Greises, der leicht blinzelte. Bala erblindete langsam.

»Und trotzdem wußtest du, daß sich die Dinge auflösen...«, sagte Agua Fria.

»Man braucht nicht zu sehen. Ich höre es, rieche es. Das Böse liegt in der Luft.«

Unter ihren Decken zitternd, schwiegen sie eine ganze Weile.

»Und du, Mädchen, wo du doch von so weit her kommst und Geheimnisse kennst, von denen die Uma noch niemals etwas gehört haben, weißt du denn nicht, was wir gegen die böse Wolke tun können?« fragte Bala.

Seine Stimme klang sonderbar, gleichzeitig verkrampft und flehend. Der alte Häuptling mußte schon sehr verzweifelt sein, sich als der große Bala, der er war, herabzulassen, eine Frau um Rat und Hilfe anzugehen.

»Nein, großer Häuptling. Ich weiß es nicht.«

Und der Greis schloß seine trüben Augen und seufzte noch einmal:

»Eine böse Sache, Mädchen, eine böse Sache.«

Der Winter verging, und es kam die Schneeschmelze mit Sturzbächen von Schlamm. Die Luft roch nach sprießenden Pflanzen, und die Erde begann zwischen den schmutzigen und schmelzenden Schneehügeln hervorzusehen. Zusammen mit den Schlamminseln tauchten auch die Leichname der drei alten Uma auf. Als endlich die erste Nacht verstrich, in der es nicht mehr fror, erklärte Bala den Moment für gekommen, die Begräbnisrituale durchzuführen.

Es handelte sich um eine sehr wichtige Zeremonie, das einzige Begräbnis, das während des gesamten Jahres stattfand. Diejenigen, die im Sommer starben, wurden in ein gegerbtes Leder gewickelt und in der Nähe der Höhle begraben, damit die Verwesung ihre Überreste zusammenschweißte, während sie auf die nächste jährliche Begräbnisfeier warteten. Jeden Frühling bestimmte Bala den Tag dieses Ereignisses, dann gruben die Familienangehörigen auf dem Platz die Leichname aus und wickelten sie in ein neues, blutrot gefärbtes Leder. Mit ähnlichem Leder wurden auch diejenigen Leichen geschmückt, die im Winter gestorben waren, aber diese genossen den unermeßlichen Vorteil, noch vollständig zu sein, die Umarmung des Schnees hatte sie konserviert. Im Winter zu sterben wurde als ein gutes Vorzeichen gewertet: Alle wollten sie intakt in die heiligen Wohnstätten gelangen. Diesmal lagen außer den drei im Eis konservierten Uma noch vier im Sommer Verstorbene in der Erde, vier Pakete, eng in glänzendes Leder gehüllte angefressene Überreste.

Obwohl die Angehörigen die eigentlichen Hauptpersonen in der Zeremonie waren, nahm doch das ganze Dorf daran teil. Das Totenritual fand einen tiefen Widerhall im Stammesleben und war außerdem das Symbol für das Ende des schlechten Wetters. Die Feiern endeten immer mit einem großen Gelage, bei dem die Reste der für den Winter gelagerten Lebensmittel vertilgt wurden. Von diesem Moment an mußten die Krieger wieder zur Jagd und auf Fischfang gehen, selbst wenn der Geist des Eises sie betrogen hatte und noch später Schnee fiel, etwas, was schon mehr als einmal vorgekommen war. Aber die Uma betrachteten dies als einen Teil des ewigen und ungeheuren Kampfes zwischen dem Geist der Sonne und dem des Eises, der sich immer weigerte, die Erde zu verlassen. Und sie glaubten, indem sie öffentlich den Winter für besiegt erklärten, der Sonne in ihrem Kampf beizustehen. Deshalb war es auch so wichtig, das Totenritual angemessen zu begehen, denn es war gleichzeitig ein Ritual des Lebens und der Wiedergeburt. So jedenfalls verstand es Agua Fria, während sie sich mit den anderen in der Prozession zu den Schlafenden Steinen begab, dem Ort der Begräbnisse und des allerhöchsten Heiligtums. In schweigendem, feierlichem Zug durchquerten die Uma den Wald. Ihre Gesichter waren mit der schwarzen Linie des

Todes bemalt. Allen voran trug man die Leichname, und um sie herum erzitterte das Gebüsch vom Geräusch aufgeregter Tiere und Insekten, vom ekstatischen Lärm des organischen Werdens. Das Getümmel des Lebens verabschiedete die Toten.

Sie gingen langsam und brauchten annähernd den ganzen Morgen für den Weg. Es war fast schon Mittag, als sie endlich den der Höhle am nächsten liegenden Berg erklommen hatten, der kahl und steinig war. Dort droben, von den schroffen Seitenhängen anderer, höherer Berge geschützt, lagen die heiligen Stätten. Anfangs konnte Agua Fria nichts Besonderes feststellen: es war nur eine kahle Hochebene voller Schneematten und kleiner Hügel. Bis dann Bala vor einem dieser Hügel stehenblieb und vier der kräftigsten Krieger eine schwere Steinplatte zur Seite schoben, die sich vor einer Art Eingang befand. Es war eine Tür, wunderte sich Agua Fria; und nachdem sie verschoben worden war, erkannte man eine rechteckige Öffnung, die einem menschlichen Wesen, das sich nur leicht bückte, den Durchgang erlaubte. Der alte Häuptling und die Angehörigen entzündeten dann einige große harzige Fackeln und schlüpften mit den Leichen beladen durch das dunkle Loch. Es verging einige Zeit, während der Stamm stumm und aufmerksam draußen verweilte. Dann kam Bala heraus und machte ihnen ein Zeichen, mitzukommen. In Gruppen von acht oder zehn Personen gingen sie geordnet und schweigend hinein.

Agua Fria bückte sich und kroch durch das Loch, das in Wirklichkeit ein enger Gang aus Steinmauern war. Das erste, was sie wahrnahm, war ein ranziger und leicht süßlicher Geruch, nicht sehr unangenehm und auch nicht ganz unbekannt. Und ganz plötzlich befand sie sich in einer weiten, unterirdischen Kammer. Es war ein trapezförmiger Raum von der Höhe zweier Frauen und bot Platz für fast hundert Menschen. Agua Fria richtete sich auf und blinzelte verwundert. Der Boden war aus gestampfter Erde, eben und trocken. Die Mauern waren riesige Steinplatten, die so perfekt zugehauen und poliert waren, daß nicht eine einzige Kante überstand und alles sich ineinanderfügte wie die Backenzähne im Kiefer. Die Decke bestand aus drei ungeheuer großen Felsblöcken, die ebenfalls vollkommen gleichmäßig und exakt gehauen waren. Mitten in der Kammer schienen zwei rechteckige Granitsäulen die Decke zu halten. Neben der zweiten Säule waren auf dem Boden die sieben neuen Toten des Stammes aufgereiht, aber um sie herum lagen die verwitterten, staubigen Reste anderer, älterer Leichname. Die Angehörigen standen mit ihren brennenden Fackeln ganz dicht an der Wand, und das flakkernde Licht ließ den polierten Granit funkeln.

Die Uma, die gleichzeitig mit Agua Fria eingetreten waren, hatten sich auf den Boden gekniet; einige legten kleine Opfergaben, etwa eine Handvoll Nüsse oder den Zahn irgendeines Tieres, vor sich nieder; andere schienen einfach nur in schweigender, innerer Sammlung zu meditieren. Aber das Mädchen war unfähig, etwas anderes zu tun, als die Großartigkeit dieses unterirdischen Saales zu bewundern. Noch nie, nicht einmal in ihrer ausgeklügelten Welt, hatte sie je eine solch perfekte Megalithkonstruktion gesehen; allein der Talapot konnte sich an Umfang und Schönheit mit diesem hier messen. Aber waren denn nicht die Uma ein armes, unwissendes und primitives Volk? Es war doch ein barbarischer Stamm, dem praktisch alles fehlte, und nichtsdestotrotz waren sie in der Lage gewesen, dieses echte architektonische Wunder zu bauen. Die Schlafenden Steine waren bei weitem der Höhepunkt der Umakultur; sie vereinigten ihr höchstes Wissen, ihre größte Kunstfertigkeit und ihre beste Technik. Und sie hatten diese ganze kolossale Anstrengung nicht etwa aufgebracht, um ihre Lebensbedingungen zu verbessern, sondern als Teil eines Totenrituals des Stammes. Agua Fria atmete tief ein, und da erkannte sie den Geruch der Kammer: es war eine ranzige, faulige Luft, ähnlich der des *Kreises der Finsternis* des Talapots.

Als sie wieder hinaustrat und die Augen der Sonne wegen zusammenkneifen mußte, betrachtete das Mädchen das Hochplateau mit Ehrfurcht, da sie jetzt wußte, daß diese Erdhaufen, diese überall zu sehenden, verstreuten Hügel, alles Grabstätten waren wie die, die sie gerade gesehen hatten. Jahrhundert um Jahrhundert, Generation um Generation hatten die Uma bis zur Erschöpfung an dem Bau dieser prächtigen Kammern gearbeitet. Für den Tod. Oder wäre es nicht besser zu sagen, gegen den Tod. Agua Fria wurde sich ihres Irrtums bewußt. Sie hatte geglaubt, die Uma würden wie Tiere und ohne das Bewußtsein ihres Todes sterben. Aber jetzt verstand sie, daß die gesamte Existenz des Stammes ein Kampf gegen das Ende war. Genau wie die aller anderen Völker der Erde. Das Leben der Menschen war also im Grunde nicht mehr als der verzweifelte und immer zum Scheitern verurteilte Kampf gegen den Tod. Jeder kämpfte so gut er konnte, so gut er es eben verstand. Für den Tod oder gegen den Tod hatte die Welt, die Welt Agua Frias, die Priester erfunden. Und die Priester ihrerseits erfanden das *Kristall* und das *Gesetz* gegen den Tod, so wie die Uma ihre unterirdische Kammer und ihre heiligen Rituale erfanden. Alle bemühten sie sich, und alle verloren.

Sie kehrten, wie der Brauch es verlangte, singend und trommelschlagend zurück, aber Agua Fria sah sich nicht in der Lage, an der allgemeinen Fröhlichkeit teilzunehmen. Auch Bala schien nicht zufrieden zu sein. Er marschierte schweigend und in sich versunken, ohne dem geräuschvollen Leben des Frühlings in dem Gestrüpp irgendwelche Aufmerksamkeit zu widmen. Und die tiefen Falten seines Antlitzes schienen zu sagen: dieses ohrenbetäubende Piepsen der Vögel, dieses unbewußte Zirpen der Insekten, dieser weiche Klang der sich entfaltenden, jungen Pflanzen könnten vielleicht die letzten Klänge des letzten aller Frühlinge der Erde sein.

Auch Oman, der kleine Wolf, den Zao Agua Fria geschenkt hatte, verhielt sich nicht wie sonst. Oman, der jetzt fast ein erwachsenes Tier war, zeigte schon seit Tagen eine besondere Unruhe, und nachts heulte er. Jetzt lief er, während er neben Agua Fria durch den Wald zurückkehrte, aufgeregt auf dem Weg hin und her, wobei er wimmerte und keuchte wie ein krankes Tier. Das Mädchen versuchte, ihn zu beruhigen, zu streicheln, aber der junge Wolf glitt durch ihre Arme hindurch, kehrte ein Stück des Weges zurück und verschwand in dem Dickicht.

Agua Fria trennte sich von dem Zug und lief hinter ihm her, rief ihn zärtlich bei seinem Namen und suchte ihn ängstlich zwischen den Büschen. Sie hatte schon fast die Hoffnung aufgegeben, ihn noch zu finden, als sie ihn wieder erblickte. Er stand aufgerichtet, mit gesträubten Nackenhaaren und gespitzten Ohren mitten auf dem Weg. Langsam näherte sie sich ihm, und das Tier starrte sie mit seinen brennenden gelben Augen an. Agua Fria hielt inne: etwas Neues lag in diesem Blick; eine Art wilde Entschlossenheit, eine schrecklich menschliche Verzweiflung. Das Tier sah sie auf diese Weise einen Moment an, und dann drehte es sich um und begann sich zu entfernen. Erst langsam und ab und zu den Kopf umdrehend; dann immer schneller, als wäre es voller Gier, sich seiner Vergangenheit zu entledigen, bis es sich dann – schließlich war es ja ein Wolf – in eine flüchtige Masse aus grauem Haar verwandelte, die eilig zwischen den Felsen verschwand. Oman hatte aufgehört, Oman zu sein; er ging, um nie wieder zurückzukommen. Agua Fria wußte, daß der Welpe weggegangen war, um sich fortzupflanzen; daß der Frühling ihn mit seinem Geruch nach Leben und Wolfsweibchen berauscht hatte. Auch er würde sein Schicksal erfüllen und an dem blinden Kampf seiner Spezies gegen den Tod teilnehmen. Und sie sollte es ebenfalls tun: Zu den Ihren zurückkehren. Die Dämpfe des Nichts bis zum Ende bekämpfen.

Die Klarheit, mit der diese Idee von ihrem Kopf Besitz ergriffen hatte, war niederschmetternd. Vor einigen Jahren, in Renaissance, hatte Agua Fria sich noch selbst betrügen und für eine gewisse Zeit davon überzeugen können, daß sie für immer in der Siedlung der Abtrünnigen würde bleiben können. Aber jetzt war das Mädchen nicht mehr frei und auch nicht mehr naiv genug: Schuld daran war ihre Vergangenheit. Das Gewicht der Erinnerung lastete auf ihr, ein schmerzhafter und anspruchsvoller Gast. Jetzt wußte sie, daß es nicht möglich war, vor den Nebeln des Nichts Schutz zu finden, daß Selbstbetrug nicht mehr möglich war, daß sie einfach nicht mehr länger in den Schwarzen Felsen bleiben konnte, während um sie herum das Leben zu Ende ging.

Die Uma, einfältig und primitiv wie sie waren, besaßen ganz ohne Zweifel die beunruhigende Gabe, den wahrhaftigen Tod zu sterben, ohne daß davon die Festigkeit ihrer Welt betroffen wurde. Aber Agua Fria konnte mit dieser Erkenntnis nichts anfangen. Sie wußte nicht, auf welche Weise die Uma den ineinanderfließenden Dingen die Beständigkeit einhauchen konnten, die in ihrem Dasein lag. Sie mußte zurück nach Magenta. Sie mußte aufs neue in den Talapot. Dies hatte schon die *Große Schwester* gesagt: Nur Ozean, die *Oberpriesterin*, hatte Zugang zu den Geheimen Annalen gehabt und kannte daher den Anfang aller Dinge. Nur sie konnte wissen, wie man die Gabe der Uma nutzen konnte. Sie mußte zum Talapot gehen und die Mitarbeit der *Oberpriesterin* gewinnen. Freiwillig aus Solidarität im Hinblick auf das nahende Ende oder zur Not auch mit Gewalt. Es gab keinen anderen Weg in die Zukunft. Agua Fria beschleunigte ihren Schritt, bis sie den Zug wieder eingeholt hatte, und suchte Bala. Und als sie vor ihm stand, machte sie eine unnütze Verbeugung vor seinen blinden Augen und sagte mit leiser, aber fester Stimme:

»Großer Häuptling, ich glaube, es ist der Augenblick gekommen, zu gehen. Ich bitte Euch, den Rat zusammenzurufen.«

Die Lagerfeuer brannten die ganze Nacht, und im Morgengrauen waren die Krieger heiser vom langen Reden, und ihre Haare rochen nach Rauch und Harz. Noch nie vorher hatte man unter den Uma ein Thema von solcher Tragweite behandelt.

Am Ende kamen sie überein, daß die Teilnahme an der Expedition freiwillig wäre, und es meldeten sich zwei Dutzend Krieger, praktisch alle jungen Männer einschließlich Dogal und Zao, den Söhnen des Häuptlings. Das war problematisch, denn Bala war alt und blind, und die Greise des Stammes weigerten sich, beiden Erben den Abmarsch zu gestatten. Aber der große Häuptling beendete schließlich die Debatte:

»Wenn sie keinen Erfolg haben, dann gibt es bald sowieso kein Volk der Uma mehr zu beherrschen.«

Und mehr noch als seine harten Worte war es seine melancholische Haltung, die die Krieger mit Kummer erfüllte. Nach vielen Küssen und Klagen der Frauen und dem Hüsteln der Männer verließen sie an einem regnerischen Morgen die Sicherheit der Hochebene. Der Zug bestand aus dreiundzwanzig Personen mit Dogal als ihrem Führer, und Agua Fria war die einzige Frau unter ihnen. Da die alten Zeiten ihrem Ende zugingen und die alte Ordnung im Todeskampf lag, da die Dinge nicht mehr so waren, wie sie eigentlich sein sollten, erlaubte man dem Mädchen, Pfeil und Bogen zu tragen und die Waffe, so als wäre sie ein Mann, zum Jagen und Kämpfen zu benutzen.

Anfangs durchzogen sie diagonal die Schwarzen Felsen in Richtung Südosten, dort, wo sie besonders steil und schroff waren, und es waren mühevolle Etappen mit schmerzhaftem Atmen in den Höhen und der Begleitung von Geiern und Adlern. Sie hatten schon fast die Berge hinter sich gelassen, als einer der Krieger auf einem schwierigen Pfad ausrutschte. Er stürzte, rollte den Abhang hinunter und brach sich ein Bein. Aber angesichts eines sicheren Todes, wenn er zurückbleiben würde, schiente er sich selber mit Hilfe zweier Wurfspieße das Bein und setzte seinen Marsch fort, ohne seinen Rhythmus zu verlangsamen oder sich zu beschweren. Die Uma waren ein stoisches und widerstandsfähiges Volk.

Nach einiger Zeit erreichten sie ebenes Gebiet, und von dort aus konnte Agua Fria weit entfernt die Hügelkette sehen, in der eingebettet das Tal Renaissance lag: gedrungene, grüne und fruchtbare Berge, die von dem Krebs der Dämpfe angenagt waren. Sie ließen sie hinter sich, denn sie wanderten immer in Richtung Südosten, wobei sie von dem ausgeklügelten Kompaß, den das Mädchen von der *Großen Schwester* erhalten hatte, geführt wurden.

Dort in der Ebene stießen sie auf die ersten Dörfer. Alle waren sie verlassen und dem Staub und Vergessen anheimgegeben. Es waren nur noch elende Dörfer, deren schäbige Backsteinmauern sich kaum mehr aufrecht hielten. Aber sie boten eine unendliche Quelle der Überraschungen für die Uma, die nicht müde wurden, ihre Gebrauchsgegenstände und die auf der Töpferscheibe fein gearbeiteten und dann im Steinofen gehärteten Krüge zu bewundern. Vor allem die Türen und rohen Fensterläden schienen sie zu entzücken; sie vergnügten sich damit, sie in ihren Angeln zu bewegen und mit dem Knarren die Stille zu füllen.

Viele der Keramikgefäße, die sie fanden, wiesen die typischen ockerfarbenen Ornamente der Nordländer auf; ohne Zweifel hatten diese Ansiedlungen ihre Gebrauchsgegenstände von der im Norden liegenden Küste her bezogen, denn im Süden begann die fürchterliche Steinwüste, die ihnen die Verbindung mit der Hauptstadt abschnitt. Agua Fria fragte sich, wohin die Einwohner dieser Dörfer wohl in ihrer Verzweiflung geflohen sein mochten: in Richtung der ebenfalls verlassenen Küste oder in Richtung des glühenden Herzens der Wüste. Wohin sie auch immer gegangen waren, es mußte auf jeden Fall ein grausamer Exodus gewesen sein.

Auch Agua Fria und die Uma würden diese Unendlichkeit aus ausgeglühten Steinen durchqueren müssen. Aber sie kannte den Weg und besaß einen Kompaß. Mit seiner Hilfe würden sie nicht länger als zwei Wochen brauchen, die Oase Kaolas, der Brunnenbesitzerin, zu erreichen; und dann noch einmal zwei Wochen, um nach Aural zu gelangen. Sie würden die rote Hölle überleben.

Aber sie war ja gar nicht mehr so rot! Als sie am Rand der Wüste ankamen und sich der Horizont vor dieser gequälten Erde auftat, nahm Agua Fria völlig verblüfft die fahle Farbe wahr, die sie inzwischen angenommen hatte. Es handelte sich zweifelsfrei um dieselbe Steinwüste, die Respy und sie vor fünf Jahren durchzogen hatten: dieselbe durstige und von der Sonne malträtierte Erde, dieselbe fiebrige Alptraumlandschaft. Aber jetzt schimmerte sie nicht mehr wie glühende Kohle. Jetzt war die Landschaft fahl, die Felsen fahl, der Staub fahl, selbst die Schatten waren fahl, und es ging ihnen die unheilvolle Tiefe von einst ab. Es war ein schmutziges und totes Gebiet, ein kraftloser Horizont. Die Wüste hatte ihr magisches Wesen, ihre grandiose Boshaftigkeit verloren; und wenn man blinzelte, sah es aus den Augenwinkeln heraus fast so aus, als ob die Oberfläche vor lauter Wesenlosigkeit bebte.

In der Tat stießen sie auf große, unter dem Nebel begrabene Zonen; es schien, als ob die am wenigsten von Menschen, Tieren oder Pflanzen bevölkerten Gebiete als erstes dem Drängen des Nichts nachgaben. Als sie sich das erste Mal einer dieser Nebelbänke gegenüber sahen, weigerten sich die geblendeten und abergläubischen Uma entschieden, sie zu betreten. Sie verloren einen ganzen Tag damit, an der Grenze der »bösen Wolke« zu streiten, bis das verzweifelte Mädchen endlich allein in den Nebel drang. Ihr folgte Zao, weil er sie liebte; und dann Dogal, weil er der Führer und der Erbe war und nicht erlauben konnte, daß sein jüngerer Bruder einen größeren Mut bewies als er. Und dann tauchte schließlich der Rest der Krieger, zitternd und voll beklommener Nervosität, ihre aus den Zähnen wilder Tiere hergestellten Talismane umklammernd, in das schalldichte und bleierne Magma ein. Sie waren schrecklich verängstigt, aber zu Agua Frias Überraschung schienen sie sich viel schneller an den Nebel anzupassen als sie selbst; vielleicht lag es daran, daß den Uma jegliche Phantasie fehlte und sie daher gegenüber den abgrundtiefen Schrecken der Geometrie, der Beklemmung, die eine Umgebung ohne räumliche Koordinaten hervorruft, gänzlich unempfindlich waren. Nach kurzer Zeit bewegten sie sich mit derselben Leichtigkeit, mit der sie in einem trüben Wassertümpel tauchen würden. So durchquerten sie verschiedene Löcher, die das Nichts in die Wüste gebohrt hatte.

Eines Abends, als die Sonne schon zwischen den Felsen versank, erspähten sie weit entfernt einen seltsamen Flecken. Er war grau wie Blei und ohne Glanz und klar definierte Umrisse. Agua Fria erkannte den Ort erst, als sie schon fast dort waren: Es war die Oase Kaolas. Aber der ehemals grüne, blühende Park hatte ungeheuer an Umfang abgenommen, und die Palmen, die einzige

Baumart, die allem Anschein nach überlebt hatte, waren jetzt so grau, als wären sie aus Metall oder als ob ein gigantischer Blasebalg sie mit grauer Asche bedeckt hätte.

Vorsichtig betraten sie die Oase; auf dem abgestorbenen, ausgetrockneten Boden standen noch die Stümpfe der ehemaligen Obstbäume. Nicht ein Vogel sang zwischen den Blättern der in Trauer gekleideten Palmen, nicht ein Käfer glitt durch den klumpigen, dreckigen Sand. Einzig das Rauschen des Wassers war zu hören, ein erfrischendes, nahes Klingeln. Sie ließen sich von diesem Geräusch führen und gelangten so zu dem Bewässerungsgraben, und dort entdeckten sie, neben dem Brunnen sitzend, eine abgemagerte und zerlumpte Kaola mit verfilzten Haaren und einem von schmierigem Schorf überzogenen Gesicht. Agua Fria, die Kaola nicht gerade in angenehmster Erinnerung hatte und vorgehabt hatte, dieses Mal das Wasser mit Hilfe der Hypnose oder der Überzeugungskraft ihrer Krieger zu bekommen, war vor Überraschung wie gelähmt.

»Kaola…«, murmelte sie leise.

Die Frau hob ihren Kopf und tat, als sie sie entdeckte, einen tierähnlichen, höchst verwunderlichen Sprung und fiel hinter dem Brunnen wieder auf die Füße, schwang drohend ihre goldenen Äxte und betrachtete sie mit Augen, in denen der Irrsinn glühte.

»Er gehört mir… Er gehört mir… Der Brunnen gehört mir!« brummte sie wild.

»Beruhige dich, Kaola. Wir werden dir nichts tun!« sagte Agua Fria in der Sprache des Reiches.

Die Frau strich sich ihr wirres Haar aus dem Gesicht und richtete sich ein wenig auf:

»Kennst du mich?«

»Ja, du bist Kaola, die große Kaola, Besitzerin eines Brunnens.«

Die Frau ließ ein Schnauben vernehmen, das einem Schluchzer glich, und fiel auf die Knie.

»Sieh mich nicht an! Die große Kaola ist gestorben. Wenn du Kaola gekannt hast, verlasse mich augenblicklich, ich bitte dich.«

Und sie preßte die Fäuste an die Schläfen. Die goldenen Äxte, die sie immer noch in den Händen hielt, erschienen neben ihren schmierigen Haaren seltsam edel und sauber.

»Was ist passiert, Kaola? Wo sind deine Leute?«

»Zuerst starben die Blumen«, sagte die Frau mit leiernder Stimme, »dann vertrocknete der Garten, obwohl ich ihn jeden Tag goß. Da sagten meine Männer, sie wollten nach Aural zurückkehren. Ich versuchte sie daran zu hindern, aber sie waren viele und sehr erschrocken. Eines Morgens marschierten sie ab in die Wüste. Nur zwei, die Ältesten und Treuesten, blieben bei mir. Ich habe ihnen alles gegeben, alles. Sie waren der reinste Abschaum, und ich habe sie reich und mächtig gemacht. Aber alle sind sie weggegangen, und nur zwei, die Ältesten und Feigsten, sind hiergeblieben. Dann starben die Obstbäume. Eines Morgens bin ich vor allen anderen aufgestanden und habe entdeckt, daß nicht ein einziger mehr da war. Da kehrte ich um und tötete die beiden Männer, die noch geblieben waren, im Schlaf, damit sie meine Oase nicht auch noch verlassen konnten. Jetzt sind meine Palmen grau, denn die ewige Nacht hat schon begonnen. Es sind die Palmen der Nacht.«

Und sie schwieg und stöhnte leise.

»Hör zu, Kaola«, sagte Agua Fria, die von dem Gesagten angeekelt und gleichzeitig berührt war. »Hör zu, es geht nicht allein um deine Oase. Die ganze Welt geht ihrem Ende entgegen. Wir ziehen nach Magenta, um gegen die Nebel zu kämpfen. Komm mit uns. Wenn du hierbleibst, wirst du bald sterben.«

Kaola sprang ruckartig auf die Füße und schwang drohend ihre goldenen Äxte.

»Ich und weggehen? Von hier weg, meine Oase verlassen, mein Paradies? Ich bin die große Kaola, Brunnenbesitzerin, und alles, was du hier siehst, gehört mir. Ich selbst habe es aus dem Nichts geschaffen!« brüllte sie stolz und zeigte dabei mit einer majestätischen Geste ihres abgemagerten Armes umher.

Und dann schaute sie sich um und betrachtete die Oase. Die dreckigen, elenden Palmen, den toten Boden. Der Funken Irrsinn in ihren Augen verlosch; ernst und entschieden straffte sie sich.

»Nein. Nein, ich gehe nicht. Ich werde nicht zulassen, daß ihr mein Wasser benutzt. Vorher müßt ihr mich töten.«

Und ohne weiteren Hinweis sprang Kaola, einen markerschütternden Schrei ausstoßend, über den Brunnen und stürzte sich, ihre Waffen schwingend, auf die Uma. Die überraschten Krieger, die das Gespräch nicht verstanden hatten, konnten ihrem ersten Ansturm nur knapp ausweichen; sie hatten noch nie gegen eine Frau gekämpft und waren verwirrt. Behende drehte sich Kaola um ihre eigene Achse, und in einem neuen Angriff schlug sie eine ihrer Äxte in den Arm des ihr am nächsten stehenden Kriegers, der sie in einem Reflex der Selbstverteidigung mit seiner Lanze aufspießte. An den Lanzenstab geklammert, fiel Kaola zu Boden und starb nach kurzem Zucken fast augenblicklich: Die Schneide hatte ihr wohl das Herz gespalten. So wie sie nun dalag, tot und zerstört, erschien die unterernährte Kaola sehr zerbrechlich, sehr klein. Und ihr rotes, glänzendes Blut versah die verwelkte Oase und den düsteren Sand mit der Farbe des Lebens.

Sie durchquerten die Wüste in der vorhergesehenen Zeit und erreichten Aural unter einer unbarmherzig brennenden Sonne, die aber trotzdem statt Licht lediglich Schatten zu verteilen schien, ein seltsamer optischer Effekt, der vielleicht der Mutlosigkeit zuzuschreiben war, die sich in den Gegenständen eingenistet hatte, oder dieser Farblosigkeit, die den Dingen in letzter Zeit eigen zu sein schien. Auch Aural war verlassen. Da es eine große Stadt war, erschien die Einsamkeit hier noch drohender und krankhafter als in den kleinen Dörfern und wurde durch den Protz der Häuser nur noch unterstrichen: weitläufige Villen mit Freitreppen und Terrassen, riesigen Säulengängen und lächerlichen Fassaden mit Basreliefen von aufgerichteten Löwen. Es waren die Häuser der Reichen, derjenigen, die den Triumpf davongetragen hatten in der grausamen Schlacht um das Geld, Symbol der Macht in dieser anmaßenden, boshaften Stadt, in der Gold und Blut im Übermaß geflossen waren. Und hier standen jetzt die Paläste, schmutzig, mit abgeblätterter Farbe und zerbrochenen Fensterscheiben, leere Hüllen menschlichen Ehrgeizes.

Sie nahmen sich viel Zeit, die Stadt zu durchziehen, denn die Uma waren von der Großartigkeit des Ortes überwältigt, von den drei oder vier Stockwerke hohen Häusern, von den polierten, glänzenden Mosaikfußböden, von den Kristallüstern, auf denen mehr als hundert Kerzen Platz fanden, von den Möbeln, den Spiegeln, den bunten Umhängen aus feinstem Tuch. Sie luden sich eine solche Menge von Beutestücken auf, daß sie unter dem Gewicht des Raubes durch die Straßen schwankten. Aber von soviel Köstlichkeit geblendet, warfen sie, was sie gerade trugen, auf die Straße, um Platz für ein neues Spielzeug zu schaffen, wenn sie etwas sahen, das ihnen noch verlockender erschien. Agua Fria wählte in der Zwischenzeit einen Schlafplatz und sammelte ein paar Nahrungsmittel. Sie machte sich Sorgen; die *Weißen Hügelketten*, die sich vormals im Rücken Aurals erhoben, waren vom Nebel des Vergessens verschlungen worden, und bedachte man, daß das Wasser der Stadt zum Großteil von der Schneeschmelze stammte, fürchtete das Mädchen, die Wassertanks leer vorzufinden, so daß sie sich also, als es Abend wurde, mit einer Handvoll aufgeregter und herausgeputzter Uma auf den Weg zu den Wasserbehältern machte.

Es gab vier davon, jeder so groß wie ein kleiner See; sie lagen alle im Westen der Stadt und waren von hohen und dicken Mauern umgeben. Sie kletterten über die Befestigung des ersten und betraten das Gehege, das ein paar Häuser, einen Garten und einige Lagerhallen umfaßte. Der Tank war noch halbvoll, aber das trübe und schlammige Wasser wimmelte von Insekten. Zum Glück fanden sie eine saubere, klare, kleine Quelle, mit deren Wasser sie ihre Schläuche füllen konnten. Sie waren noch dabei, denn der Wasserstrahl war spärlich und das Ganze ging nur langsam voran, als das stinkende Wasser des Behälters sich bewegte und vor ihnen eine alte, fette und nackte Frau auftauchte. Sie trug die spärlichen Haare zu vielen mit goldenen Ketten durchzogenen Zöpfen geflochten, und ihre Arme schmückten schwere Armreife.

»Ihr nehmt Wasser aus unserem Behälter...«, knurrte die Erscheinung, nur um dann schulmeisterlich zu lächeln, wobei sie einen Mund voller Zahnlücken entblößte, »aber es ist mir egal. Ich schenke es euch. Wir haben viel davon, sogar sehr viel.«

»Habt ihr? Wer seid ihr? Ich dachte, Aural wäre verlassen.«

»Wir sind die Besitzerinnen von alldem hier!« zeigte das Ungeheuer stolz mit einer weiten Bewegung seiner ringbestückten Hand; seine Haut war durch das lange Verweilen im Wasser verschrumpelt wie eine Rosine.

Das Mädchen sah sich in dem Bezirk um, konnte aber niemanden erblicken.

»Wir sind die Königinnen des Goldes und des Wassers«, trällerte die Alte. »Als die Hügelkette anfing sich aufzulösen und keine Händler mehr kamen, gingen die Menschen fort. Die Dummköpfe! Jetzt sind wir reich, unermeßlich reich. Jahrelang haben sie uns schlecht behandelt, sehr schlecht. Das Leben. Die Leute. Die purpurnen Wächter. Sie steckten uns ins Gefängnis.

Sie traten auf der Straße nach uns. Sie glaubten, wir würden es niemals zu etwas bringen. Aber jetzt sind wir die Mächtigsten im ganzen Reich. Schau her, Gold!«, und sie warf sich, wie ein alter Seehund platschend, in den stinkenden, grünlichen Tümpel.

Erneut tauchte ihr Kopf auf, und auf ihren dicken Wangen zitterte ein Lächeln.

»Ihr könnt so viel Wasser nehmen wie ihr wollt: Ich erlaube es euch großmütig. Aber nehmt euch vor unserem Feind in acht.«

»Euer Feind?«

»Er ist ein böser Mann. Er lebt in dem letzten Tank. Früher war er arm und schlecht, und jetzt ist er reich und schlecht. Und außerdem ist er verrückt!« erklärte die Frau mit verdrehten Augen.

Nachdem sie dies gesagt hatte, schwamm sie wieder mit tollpatschigen Zügen in dem Behälter, und auf dem Rücken treibend, blieb sie dort: ein schlaffer, weißer, schlammverschmierter Bauch, der wie eine Insel aus dem Wasser ragte.

Am nächsten Morgen, als sie sich gerade bereit machten, Aural zu verlassen, bemerkten sie noch ein weiteres menschliches Wesen: ein humpelndes, buckliges Männchen von unbestimmtem Alter, das ihnen von einer sich in sicherem Abstand befindenden Ecke aus hinterherspionierte. Als sie mit ihren Vorbereitungen fertig waren und sich dem Ausgang der Stadt zuwendeten, verließ der Mann sein Versteck und folgte ihnen in sicherem Abstand. Er war mit der unwahrscheinlichsten Ansammlung von Edelsteinen übersät, und wie von einer plötzlichen Wut gepackt, riß er sich die schweren Juwelen herunter und warf sie, als wären es Steine, auf die Uma. Er geleitete sie wutschäumend bis zu der Stadtgrenze, wobei er sie auf schaurigste Weise mit unverständlichen Flüchen beleidigte, sein totes Bein im Staub hinter sich her zog und ihnen immer weiter, allerdings ohne je zu treffen, die dicken Ringe, die schweren Ketten und die schimmernden Armbänder aus Rubinen hinterherwarf.

Die große *Weiße Hügelkette* wurde auf ihrer ganzen Länge von einem breiten Streifen Nebel zerteilt, und paradoxerweise wurde durch diese Katastrophe die Bewältigung des Weges enorm erleichtert; so benötigten sie kaum zwei Tage, um eine Strecke zurückzulegen, die über die Berge wesentlich länger und mühevoller gewesen wäre.

Auf der unendlich weiten und öden Ebene angekommen, verließen sie das Nebelgebiet, und dieses seit jeher arme Gebiet erschien ihnen jetzt mit seinen brachliegenden Feldern und dem saftlosen, fahlen Unkraut, das überall sproß, noch elender. Vor Jahren, als Agua Fria mit der Karawane durch dieses selbe Ödland gezogen war, brauchten sie für den Weg eine Ewigkeit; aber jetzt, frei von kommerziellen Verpflichtungen und nur wenig Gepäck mit sich führend, ging es wesentlich schneller. In kaum drei Wochen ließen sie die verlassene, einsame Ebene hinter sich und begannen den Städtegürtel zu durchwandern, der Magenta umgab. Dort stießen sie auf die ersten Einwohner: alte Leute mit erschrockenen Augen, die von ihren Familien zurückgelassen worden waren, Frauen und Männer mit ausweichenden Blicken, die ziellos durch die verfallenen Straßen irrten. So heruntergekommen waren sie, so fern der Wirklichkeit und ihrer Sinne beraubt, daß sie nicht einmal auf die buntscheckige, exotische Gruppe achteten, die Agua Fria und die Krieger bildeten. Es war genau dort, mitten in dieser Mutlosigkeit, als das Mädchen feststellte, daß sie schwanger war. Ein unerhörtes Wunder oder vielleicht nur ein makabrer Scherz des Schicksals, so wie jener von einer Membran überzogene Fötus, den sie in Lulabay gesehen hatte. Aber nein, der Sohn Zaos würde sicher ein gesundes Kind werden. Ein Stück Leben, das starrsinnig gegen den Verfall ankämpfte. Je weiter sie kamen, desto mehr Leute trafen sie, und ihre Zahl nahm in schwindelerregendem Tempo zu. In der Umgebung Magentas war es schon eine dichte, erdrückende Menschenmasse; Hunderte von Menschen belagerten die Häuser, die Felder und die Wege; sie schliefen unter freiem Himmel oder in improvisierten Zelten, machten mit den Zaunpfählen oder Fensterläden der Häuser Feuer, vernichteten gleich einer Heuschreckenplage die bebauten Felder und töteten alle Haustiere der Region. Von Angst und dem Nebel verfolgt, waren sie aus allen Ecken und Enden des Reiches zusammengeströmt; es gab da kräftige Nordländer mit geflochtenem Zopf, gelbe Frauen von den Südinseln und tätowierte Wilde aus den Grenzgebieten des Westens. Alle waren sie hierhergekommen, und viele von ihnen hatten sich bis unter die Haarspitzen bewaffnet, aufgeregt, mißtrauisch, erschrocken, hungrig, sehnsüchtig auf ein

Wunder wartend und verzweifelt auf der Suche nach einer Autoritätsperson, der sie blindlings folgen konnten, um aus dem Chaos herauszufinden. Umwoben von einer solch ungewöhnlichen Menschenmasse, betraten sie Magenta, dessen aus ihren riesigen Angeln gehobene Stadttore niemanden mehr zu schützen vermochten. In der Stadt herrschte nämlich das schrecklichste Durcheinander. Die Menschen schliefen, vegetierten und krepierten in den überfüllten Straßen, und auf den Bürgersteigen vermischten sich die unglückseligen Lebenden mit den starren Kadavern, denn niemand machte sich die Mühe, sie zu beseitigen.

Magenta war noch mehr oder weniger unversehrt, seine Oberflächen und Objekte schienen noch solide, aber auch hier hatte alles eine glanzlose, fahle Farbe angenommen, so als ob die Gegenstände langsam ihre Seele verlieren würden. In der Luft, in allen Ecken und über den Mauern schwebten fast durchsichtige Fetzen von tödlichen Dämpfen. Wo immer man auch hinhörte, vernahm man ein ohrenbetäubendes Gezeter, Schreie, Klagelaute, Streit, religiöse Gesänge, gotteslästerliche Schwüre und dummes Gerede. Auf einem Platz verkündete eine in ein graues Büßergewand gehüllte Frau mit donnernder Stimme das Ende der Welt und predigte Kasteiung und Opferbereitschaft, während ihre zerlumpten und ausgehungerten Anhänger sich mit Weißdornzweigen den Rücken peitschten und mit Steinen auf ihre Finger schlugen. Weiter entfernt stützte sich ein brutal aussehender Hüne auf ein blutbeflecktes Schwert und verlangte Söldner für ein privates Heer. Und einige Straßen weiter plünderte eine Handvoll Frauen und Männer den Lebensmittelvorrat irgendeines Reichen. Agua Fria hielt an, um sie zu betrachten. Es handelte sich um eine kleine, aber disziplinierte und gut bewaffnete Gruppe. Und da erkannte sie sie: Es waren ihre ehemaligen Kameraden aus Renaissance, die dafür gestimmt hatten, das Tal zu verlassen. Jubelnd näherte sie sich ihnen, und sie waren noch bei der Begrüßung und Umarmung, als ein kleines Händchen ungeduldig an ihrem Gürtel zog. Das Mädchen sah auf den Boden und entdeckte Wirbelwind. Sie trug eine Rüstung und einen Stahlhelm, alles erstklassig und winzig klein, lächelte breit und streckte ihr die Arme entgegen.

»Wirbelwind!« rief das Mädchen, hob sie zu sich herauf und drückte sie mit großer Freude an ihre Brust.

Und die Zwergin lachte und bat sie, sie doch wieder auf den Boden zu stellen:

»Du ruinierst meinen Ruf, Agua Fria!« scherzte sie mit einem freundlichen Grunzen.

Wirbelwind war die Kommandeurin der Gruppe der Abtrünnigen, die aus kaum einem Dutzend Menschen bestand. Sie waren mit der Plünderung schon fertig, und Agua Fria und die Uma gingen mit ihnen. Um nicht den Neid der anderen auf ihre gerade erbeuteten Lebensmittel zu wecken, durchzogen die Abtrünnigen so schnell wie möglich die Straßen Magentas und wandten sich ihrem Unterschlupf zu. Sie hatten ihr Hauptquartier in einer alten Schule aufgeschlagen, einem weitläufigen Gebäude, das sie mit Barrikaden befestigt hatten und das ständig von fünf Abtrünnigen bewacht wurde. Die Klassenräume dienten als Vorratskammern und waren erstaunlich gut bestückt; in den Innenhöfen, die jetzt Ställe waren, standen mehrere Dutzend Kamele und Pferde. Ein echter Luxus in dieser verarmten und Hunger leidenden Welt. »Es ist ja unglaublich, was ihr hier alles habt...«, sagte Agua Fria voller Bewunderung beim Anblick von soviel Überfluß.

»Um ehrlich zu sein, es gehört nicht nur uns!« antwortete die Zwergin ein wenig zerknirscht.

Und sie erklärte dem Mädchen die Situation: Unter den vielen selbsternannten Führern, die zwischen den Menschenmassen auftauchten, gab es nur einen, der wirklich wichtig war: einen Mann, der sich selber ›der Schwarze‹ nannte. Es sah so aus, als ob der Schwarze Kommandeur der purpurnen Wächter in Bilis gewesen war, der zweitgrößten Stadt des Reiches, im Südwesten des Landes. Als er mit seinen eigenen, relativ gut ausgerüsteten Truppen Abtrünniger nach Magenta kam, eilte ihm schon der Ruf eines Rebellen voraus, und viele andere, die begierig waren, sich unter den Schutz von Ordnung und scheinbarer Sicherheit zu begeben, die der alte Kommandant darstellte, hatten sich zu ihm gesellt. Der Schwarze besaß keinerlei besonderes Wissen: wenn er gegen die Priester kämpfte, dann eigentlich nur, weil er ihnen dunkel die Schuld an dem herrschenden Chaos gab, und sein an Disziplin gewohnter Geist verachtete nun einmal die Unordnung. War er auch kein gebildeter Mann, so war er doch gerissen, beharrlich und charismatisch. An die strengen Gesetze der Kaserne gewöhnt, beherrschte er sein improvisiertes Heer mit eiserner

Hand und bestrafte jede Befehlsverweigerung mit sofortiger Hinrichtung. Innerhalb der verzweifelten Situation, die sie erlebten, erschien ihnen der Schwarze fast als glückliche Fügung des Schicksals: Er war die einzige Macht, die die Stadt organisierte. Auch die Abtrünnigen aus Renaissance hatten sich zu ihm gesellt, aber dank ihrer Kenntnisse und ihrer besonderen Fähigkeit eine privilegierte Stellung erreicht und bildeten auch weiterhin eine geschlossene und relativ unabhängige Gruppe. Sie hatten das Lager nämlich für das Heer des Schwarzen und den allgemeinen Lebensmittelvorrat überfallen, denn es war Wirbelwind, der man die Versorgung übertragen hatte. Währenddessen focht der Hauptteil der Leute des Schwarzen schon mehrere Tage eine fürchterliche Schlacht auf dem Vorplatz des Talapot. Sie kämpften gegen das letzte Bataillon der purpurnen Wächter, die zweifellos von den Priestern hypnotisiert worden waren, damit sie bis zum Tod kämpften. Wenn sie ganz leise wären, sagte Wirbelwind, könnte man vielleicht das Kampfgetümmel hören. Und alle schwiegen, und wirklich vernahm man jenseits des Lärmes der nahen Straße ein erstickendes Brausen, ähnlich einem brandenden Meer; ein schwaches metallisches Klappern, ein Geräusch, wie es einige Insekten hervorbringen, wenn sie ihre Flügel aneinanderreiben.

In diesem Augenblick entschied sich Agua Fria. Sie mußte Ozean finden, bevor der Schwarze den Palast stürmte. Sie mußte mit der *Oberpriesterin* sprechen, bevor diese entkam oder von der Menschenmenge getötet wurde. Sie würde mit den Uma den Palast betreten und dabei denselben Geheimgang benutzen, durch den sie sechs Jahre zuvor geflohen war. Sie hatte ja noch den Schlüssel, der an einem Lederband um ihren Hals hing. Automatisch griff sie dorthin, und es kam ihr vor, als verbrenne das kalte Metall ihre Finger.

Wirbelwind versorgte sie mit einem Passierschein, um bis zum Talapot durchzukommen, denn die steil ansteigende Serpentine, der einzige Zugang zum Palast, wurde von den Truppen des Schwarzen kontrolliert. Sie begannen ihren Aufstieg nachts, in den wenigen Stunden, in denen die Dunkelheit der langen und blutigen Schlacht einen Waffenstillstand aufzwang. Die Hälfte der zu beiden Seiten stehenden Fahnenmasten war kaputt oder mit Stumpf und Stiel ausgerissen worden; und selbst an denen, die noch standen, flatterte nicht eine einzige Fahne. Hin und wieder forderten sie ein paar mißmutige Soldaten auf, stehenzubleiben, und dann sahen sie sich gezwungen, ihren Passierschein vorzuzeigen. Die Männer drehten und wendeten das Papier ungeschickt in ihren dreckigen Händen, ohne das Geschriebene zu verstehen, aber das Siegel des Schwarzen beruhigte sie, und sie ließen sie durch, ohne sie weiter zu behelligen. Viele von ihnen sprachen einen starken Dialekt und beherrschten kaum die Sprache des Reiches. Es waren Menschen von weit entfernten Orten, die Hunger und Gewalt überlebt hatten und einen wilden, gefährlichen Anblick boten.

Agua Fria betrachtete den zunehmenden Mond, der wie ein Splitter aus zitterndem Silber am Himmel hing, und erinnerte sich seufzend an den Moment, als sie vor zehn Jahren diesen selben Weg in Begleitung des düsteren Rauchenden Holzes zurückgelegt hatte. Damals war es Tag gewesen, und die Sonne ließ die Welt in allen Farben funkeln. An den Masten knatterten die Fahnen, während die in ihrer Galakleidung imponierend aussehenden purpurnen Wächter Mühe hatten, sich mit Würde dem Drängen der Massen, diesem festlich gekleideten Sturzbach von Männern und Frauen, entgegenzustemmen; und dabei waren sie doch noch so ohne Makel, so unschuldig. Genau wie Agua Fria es damals gewesen war. Sie sah sich selbst dort stehen; zwar floß ihr erstes Blut, aber sie war doch immer noch Kind gewesen, immer noch gläubig; zwar verletzt durch den plötzlichen Tod ihrer Mutter, aber immer noch mit dem Gedanken im Kopf, dies wäre nicht mehr als ein vorübergehender und grausamer Schicksalsschlag, und mit der Zeit würde die Welt wieder das werden, was sie vorher gewesen war, genau wie das Wasser eines Sees sich nach einem Steinwurf wieder glättet. Aber die Welt wurde nie wieder so wie vorher. Denn der Tod ihrer Mutter war ja lediglich der Anfang eines unendlichen Verlustes gewesen, der Beginn eines unaufhaltsamen Verfalls, der ›Leben‹ hieß. Jene empfindliche, gläubige und unwissende Agua Fria gab es nicht mehr: sie war irgendwann in einem nicht zu bestimmenden Moment der Vergangenheit verlorengegangen, zusammen mit der Erinnerung an Glänzenden Stein, dem Leben Respys, dem Glauben an die Zukunft, dem warmen Atem Brunas und dem kleinen Finger ihrer linken Hand. Das alles lag hinter ihr, war untergegangen in der verzehrenden Sehnsucht nach einer heilen Welt. Und vor ihr lagen dieser Aufstieg in der Dunkelheit und das tödliche Beben des Universums.

Auf dem Platz herrschte absolute Ruhe, diese krankhafte, drückende Stille, die sich der Orte bemächtigte, an denen vormals ein Übermaß an Geschrei und Klagen geherrscht hatte. Die Nacht war sehr dunkel, und dies erleichterte Agua Frias Pläne, denn um zu den Mauern des Talapot zu gelangen, waren sie gezwungen, diesen weiten, freien Raum zu überqueren. Wohin man auch sah, überall lagen die von der Dunkelheit eingehüllten Leichen der Kämpfenden: Männer mit durchtrennten Kehlen, verkrüppelt und verkrampft in ihrer letzten Zuckung erstarrt; und das trokkene Blut, das aus ihren Wunden gequollen war, vermischte sich jetzt mit ihren Schatten. So zogen Agua Fria und die Uma über den Platz; sie glitten einer nach dem anderen wie Raubtiere im Schutz der Körper der Toten dahin.

Mehrere Male gingen sie das Fundament des Palastes ab, ohne daß es dem Mädchen gelang, die genaue Stelle der Geheimtür zu entdecken. Die Steine fügten sich perfekt ineinander, und sie schienen alle vollkommen unbeweglich zu sein. Das Mädchen tastete gerade nochmals eine der Megalithplatten ab, die, soweit sie sich erinnerte, mehr oder weniger oberhalb des Eingangs zu dem Geheimgang lagen, als das Hauptportal des Talapot sich donnernd öffnete und eine Truppe purpurner Wächter herausstürmte und sich wie wild auf sie stürzte. Auf der anderen Seite der Esplanade erhob sich ein barbarisches Getöse aus Schreien und Waffenklirren: Es waren die Soldaten des Schwarzen, die sich zum Kampf rüsteten. Es sah ganz so aus, als ob die Schlacht mehrere Stunden früher als vorgesehen weitergehen würde. Und während die Uma sich den ersten Wächtern entgegenstellten, wich die Platte im Fundament ohne jegliches Knarren zurück und gab ein enges Loch frei, aus dem ein kalter Lufthauch wehte. Agua Fria ließ sich ins Innere gleiten und tappte blind nach den ersten Stufen. Dann stürzte sie in der Dunkelheit, halb auf allen vieren, die Treppe hinauf. Hinter ihr war Zao, dessen Schritte sich mit dem Schlagen ihres Herzens vermischten.

# *Teil 4*
# Im Herz der Finsternis

Lange Zeit stiegen und stiegen sie, wobei sie auf den feuchten, abgetretenen Stufen ausrutschten. Wieder in den steinernen Eingeweiden des Talapot zu sein verursachte in Agua Fria eine heftige Empfindung aus Atemnot, Beklemmung und Angst. Aber da waren auch ein seltsames Wiedererkennen der Vergangenheit und der Eindruck, endlich einer noch ausstehenden Verpflichtung nachzukommen, eine seit langer Zeit offene Rechnung zu begleichen. Es war das Ende des Weges.

Sie stiegen und stiegen, bis Agua Frias Hand auf eine metallene Oberfläche stieß: Es war die Tür des Ganges.

Sie nahm sich den Schlüssel vom Hals, und blind tastend steckte sie ihn in das Schloß. Erleichtert vernahm sie das Knarren der Mechanik, als er einrastete, und leicht und geräuschlos zog sie die Tür in ihre Richtung und öffnete sie auf diese Weise. Sie hatten es geschafft. Sie waren im Talapot, im Vorratslager des *Kreises der Finsternis*. Sie warf, bevor sie es betrat, einen forschenden Blick in das Zimmer; es schien leer zu sein. In einer Ecke lag eine brennende Öllampe auf dem Boden, und ihr spärliches Licht erleuchtete den Raum nur schwach. Alles war gleich geblieben, und doch schien sich irgendwie alles verändert zu haben. Der Vorratsraum war schmutzig und verwahrlost; bei mehreren Schränken standen die Türen offen, und ihr Inhalt war durchwühlt, so als hätte sie jemand ungeschickt und höchst eilig geplündert. Über den Boden verstreut sah man einige schmutzige, zerrissene Uniformen der purpurnen Wächter, angesengte Bücher und zerfetzte Decken. Sogar bis hierher war das Chaos vorgedrungen. Auf Zehenspitzen und geräuschlos betrat Agua Fria das Zimmer.

Als erstes hörte sie im Rücken ein dumpfes Schnaufen, das ihr die Haare zu Berge stehen ließ. Rasend schnell drehte sie sich um, und da sah sie sie vor sich: zwei Priester mittleren Alters, die sich mit ihren gekrümmten Kurzschwertern auf sie stürzen wollten. Das Mädchen tat einen Schritt zurück und wollte sie gerade mit dem hypnotischen Blick lähmen, aber genau in diesem Augenblick stieß Zao sie zur Seite und stellte sich zwischen sie und die Männer. Alles ging so schnell, daß Agua Frias Schrei nutzlos in der Leere verhallte: Der Krieger durchbohrte einen der Angreifer mit seiner Lanze, und der andere stieß seinen Dolch in Zaos Hals. Ein Blutstrahl schoß aus der Wunde, und der Junge brach wie eine zerbrochene Puppe auf dem Boden zusammen. Agua Fria bannte den Priester mit der Hypnose und ließ sich neben Zaos Körper fallen.

»Idiot, Idiot, du verdammter Idiot!« schluchzte sie, wobei sie ihn umarmte und sich mit seinem warmen Blut beschmutzte. »Ich hätte deine Hilfe nicht gebraucht! Warum mußtest du mich denn unbedingt verteidigen? Oh Zao, Zao, warum hast du das bloß getan...«

Aber der Junge konnte sie nicht mehr hören. Dort lag sein schöner, jetzt schlaffer und lebloser Körper mit dieser gräßlichen Wunde in der Kehle. Agua Fria wiegte den Leichnam in ihren Armen, heulte auf vor Schmerz, und es war ihr egal, ob sie gehört werden konnte. Zao hatte für sie getötet, und jetzt war er für sie gestorben und hatte auf diese Weise den barbarischen und absurden Kreislauf seines Daseins geschlossen. Ihre Beziehungen waren immer von Tod und Blut gekennzeichnet gewesen, Opfergaben der Gewalt. Zao und sie waren nie Freunde gewesen, sondern immer entgegengesetzte Elemente, die sich in ihrer gegenseitigen Fremdheit unselig anzogen. Miteinander kämpfende Welten. Sie waren zwar niemals Freunde gewesen, aber es hatte sie etwas Animalisches, Undefinierbares verbunden. Durch Agua Frias Erinnerung zogen die magischen Momente ihrer Beziehung, zum Beispiel nachdem sie sich geliebt hatten oder bei einem Spaziergang durch den Wald oder wenn sie zusammen am Feuer saßen und es fertigbrachten, beide über dieselben Dinge zu lachen und für einen winzigen Moment zu glauben, daß sie sich gegenseitig verstanden. Ein Anflug von Übereinstimmung mit dem Geliebten, die sich augenblicklich wieder in Mißtrauen, in Mißverständnis und das gewaltsame Aufeinanderprallen ihrer entgegengesetzten Ideen auflöste. Jetzt hatte der Tod Zao mit all seinen Geheimnissen in einer endgültigen Entfernung festgefroren. Und doch trug sie sein Kind, diese ganze Fremdheit hatte es absurderweise fertiggebracht, neues Leben zu schaffen.

Agua Fria schluckte die Tränen hinunter, kam wieder zu sich und besann sich ganz plötzlich auf die heikle Situation, in der sie sich befand. Sie mußte hier heraus, bevor sie entdeckt wurde oder die Truppen des Schwarzen den Palast eingenommen hatten. Sie erwog, der *Oberpriesterin* die Möglichkeit zur Flucht anzubieten; sie würde sie unter ihren Schutz und den der Uma stellen und verlangte als Gegenleistung dafür eine Antwort auf ihre Fragen. Sie mußte Ozean so schnell wie möglich finden. Unter schmerzlicher Anstrengung riß sie Zao aus ihrem Arm und sah sich um: Der hypnotisierte Priester betrachtete sie aus der Gefangenschaft seiner gelähmten Muskeln heraus mit vor Entsetzen aus den Höhlen quellenden Augen. Sie dachte daran, ihn mit der Lanze zu durchstoßen und so den Tod des Jungen zu rächen, aber ihr tausendjähriges Training gegen Gewalt verhinderte, daß sie ihren Rachegelüsten nachgab. Sie stand auf und verließ den Raum, ohne sich noch einmal umgesehen zu haben. Sie nahm die Lampe nicht mit, denn sie fürchtete, das Licht könne sie verraten, und schlich, auf ihr altes Training und ihr Gedächtnis vertrauend, in den dunklen Gang.

Der Eingang zum *Inneren Kreis*, dem ewigen Herz der Finsternis, befand sich in einem weiten Gang, der neben der Bibliothek lag. Dorthin wandte sich Agua Fria und irrte dabei durch die verworrenen Gänge und die großen, verlassenen Säle, wobei sie sich, genau wie früher, ihren Weg mit den Fingerspitzen ertastete. Langsam kehrten die Erinnerung, die durch langes Üben gewonnene Leichtigkeit und die Konzentration von früher zurück. Sie hatte keinerlei Probleme, den Flur zu finden, der zu dem wie gewöhnlich erleuchteten Lesesaal führte. Sie hielt an der Biegung des Ganges an und suchte das helle Rechteck ab, um festzustellen, ob die Bibliothekarin sich darin befand. Aber dies war nicht der Fall. Das Zimmer war leer. Ganz plötzlich legte sich ein geschmeidiger, starker Arm wie eine Schlange um ihren Hals.

Agua Fria unterdrückte einen Schrei und klammerte sich an den Ärmel des unsichtbaren Angreifers. Der Arm verstärkte seinen Druck immer mehr und schnürte ihr die Luft ab; das Mädchen erkannte bestürzt, daß der Angreifer eine kobaldblaue Tunika trug. Es war also eine der gefürchteten Priesterinnen des *Inneren Kreises*, gegen die ihre hypnotische Macht nichts nutzte. Ich bin verloren, dachte Agua Fria; und verzweifelt rang sie und versuchte sich zu befreien. Aber die Priesterin besaß eine ungewöhnliche Stärke. Mit kräftigem Ruck und halb tragend schleifte sie das Mädchen bis zur Bibliothek und schloß dort die Tür hinter sich. Und dann näherte sie sich ihrem Ohr und flüsterte:

»Sieh an, Agua Fria: Ich hätte nicht gedacht, daß ich dich noch einmal sehen würde!«

Diese Stimme, dachte das Mädchen mit erschrockener Ungläubigkeit. Diese tiefe, ihr so bekannt vorkommende Stimme!

Der Arm um ihren Hals lockerte sich, und Agua Fria wandte dem Angreifer langsam ihr Gesicht zu. Ja genau, dort stand er, und er war trotz der langen Zeit, die vergangen war, ohne weiteres wiederzuerkennen. Er war gewachsen, seine Gesichtszüge waren härter, und er trug völlig unpassend die Tunika der Kobaltpriesterinnen. Aber er war es, da bestand kein Zweifel.

»Glänzender Stein!« stammelte sie stockend und warf sich in seine Arme.

»Ich dachte, du wärst tot, ich dachte, du wärst tot!« wiederholte sie mechanisch, während sie ihn euphorisch und noch immer völlig verblüfft streichelte, ihn abtastete und ihn küßte.

Glänzender Stein lächelte starr, ganz so, als wäre ihm die überschäumende Begeisterung des Mädchens peinlich.

»Aber erzähl mir, wie hast du dich retten können? Oh Glänzender Stein, ich freue mich so sehr, dich zu sehen! Laß dich anschauen!« sprach Agua Fria überstürzt und trat einen Schritt zurück.

Vielleicht war er ja gar nicht größer als früher, aber er war viel kräftiger. Er war ein Mann geworden. Die Linie seines Kinns war scharf geschnitten und hatte die ehemalige Feinheit verloren: zwei tiefe Falten umrahmten seinen Mund und gaben ihm einen bitteren Zug.

»Oh Glänzender Stein, du siehst aus, als ob du viel gelitten hast...«, klagte das Mädchen und ergriff seine Hände.

Glänzender Stein wich zurück und machte sich frei, aber nicht schnell genug: Agua Fria hatte doch seine linke Hand sehen können... oder besser gesagt das, was vormals seine linke Hand war: man hatte sie ihm auf der Höhe des Handgelenkes amputiert, und da war jetzt nur noch ein armseliger, bläulicher Stumpf.

»Wie schrecklich! Was haben sie mit dir gemacht?« rief sie. Glänzender Stein lächelte trocken.

»Es hätte schlimmer kommen können. Den Priester, der mit uns geflohen ist, hat es schlechter getroffen, das versichere ich dir.«

»Aber ich verstehe nicht... Wie hast du es geschafft...? Warum bist du als Priesterin verkleidet?« stotterte Agua Fria.

»Wenn sie dich foltern, tust du alles, um die Qualen zu beenden... und genau das habe ich getan!« sagte Glänzender Stein düster. »Du entscheidest dich, das heißt, wenn man diesen animalischen Wunsch, den Schmerzen zu entkommen, überhaupt eine Entscheidung nennen kann. Und ich habe mich entschieden. Eigentlich war es gar nicht so schwierig.«

»Ich verstehe dich nicht. Was...?«

»Du hättest das gleiche getan!« brüllte Glänzender Stein, dessen Antlitz sich plötzlich verkrampfte und der knallrot anlief. »Wer bist du, mich zu richten? Du bist weggegangen.«

»Aber Glänzender Stein, was ist denn mit dir los? Ich weiß nicht, wovon du sprichst. Ich verstehe dich nicht...«

Der Mann begann, mit großen, nervösen Schritten im Zimmer auf und ab zu gehen.

»Worte. Sie wollten nur Worte von mir. Die Worte tun nicht weh, nicht wahr? Und so habe ich gesprochen, auf dem großen Platz. Vor dem versammelten Magenta. An dem Tag, als sie mir die Hand abhauten. Aber mit den anderen haben sie schlimmere Sachen gemacht; viel schlimmere. Einschließlich des Priesters waren es sieben. Mich traf keine Schuld. Ich habe nur gesprochen. Sie haben mir die Hand amputiert. Ich habe mich entschieden.«

Verwirrt und entsetzt verstummte Agua Fria und folgte mit den Augen dem unruhigen Umherwandern von Glänzendem Stein. Nach einer Weile hielt der Mann inne und schien sich wieder beruhigt zu haben. Er wandte sich ihr zu und lächelte kalt: »Wenn du dich erst einmal entschlossen hast, auf welcher Seite du stehst, wenn du dich erst entschieden hast, dann wird das Leben viel einfacher. Ein junger und ehrgeiziger Mann, der genau weiß, wem er zu gehorchen hat, kann leicht eine große Karriere machen. Vor allem in verworrenen Zeiten wie diesen. Viele Priester sind gestorben, und im *Inneren Kreis* gibt es kaum noch Priesterinnen. Darum und weil ich die Geheimnisse der Hypnose beherrsche, gestand man mir die kobaltblaue Tunika zu. Ich bin das erste männliche Wesen, dem ein solches Privileg gewährt worden ist; die Welt muß wahrhaftig ihrem Ende zugehen. Wie dem auch sei, wie du siehst, habe ich die Umstände auszunutzen gewußt. Ich habe mich verdient gemacht. Insgesamt kann man sagen, daß mein Leben ein voller Erfolg war.«

Zutiefst bewegt näherte sich Agua Fria ihm.

»All das ist jetzt vorbei, Glänzender Stein. Es ist endlich vorbei. Hör gut zu, ich habe dreiundzwanzig Krieger bei mir. Ich werde dich aus dem Talapot herausholen. Wir müssen Ozean sehen. Ich habe die *Große Schwester* besucht und... Dies ist eine lange Geschichte, aber ich glaube, die *Oberpriesterin* kennt den Weg, den Verfall der Welt aufzuhalten. Du mußt mir helfen. Du mußt mir vertrauen. Bring mich heimlich zu Ozean, und vielleicht schaffen wir es, diesen Alptraum zu beenden.«

Die Augen Glänzenden Steins schimmerten dunkel, und seine Mundwinkel zitterten.

»Ich weiß nicht, ob ich das, was du ›diesen Alptraum‹ nennst, überhaupt beenden will. Ich bin mächtig. Ich lebe sehr gut. Es hat mich große Anstrengung gekostet, dorthin zu gelangen, wo ich jetzt bin. Ich glaube, du kannst dir nicht einmal im Traum den Preis vorstellen, den ich für dies alles zu zahlen hatte.«

»Aber was sagst du denn da?« wunderte sich das Mädchen. »Komm auf den Boden der Tatsachen zurück, Glänzender Stein! Es gibt keine Zukunft mehr, es gibt für niemanden von uns eine Zukunft mehr, wenn wir es nicht schaffen, und zwar schnellstens, den Verfall der Dinge aufzuhalten. Mach dir keine Sorgen: ich werde dir helfen, dich beschützen. Ich werde dich aus dem Talapot herausholen. Niemals werde ich dich verlassen. Wir sind doch Freunde! Aber vorher muß ich mit der *Oberpriesterin* sprechen. Bring mich zu Ozean, Glänzender Stein.«

Der junge Mann runzelte die Stirn und senkte nachdenklich den Kopf. Als er ihn wieder hob, glänzten seine Augen dunkel wie zwei tiefe Brunnen.

»Also gut«, sagte der Mann, »ich werde sehen, was ich tun kann. Warte hier auf mich und sei leise!«

Und er verschwand und ließ eine verängstigte, beunruhigte Agua Fria zurück. Die Bibliothek, in der sie so viele Stunden verbracht hatte, sah mit ihren gesplitterten Pulten und den überfüllten Fächern mit ihren auseinanderfallenden, uralten Büchern noch genauso aus wie früher. Aber über den Fliesen, den Bänken und Tischen lag jetzt eine dicke Staubschicht, so als ob der Raum lange Zeit nicht benutzt worden wäre. Und die ungeduldigen Schritte weckten diesen Staub und erhoben winzige Stürme. Endlich, nach einer Zeit, die sowohl ein Moment als auch tausend Jahre hätte sein können, drehte sich der Türknauf, und Glänzender Stein kam zurück. Aber er war nicht allein.

»Schneeweiße Haut!« rief das Mädchen. Denn sie war es, die schreckliche Schneeweiße Haut, die Kobaltpriesterin mit der goldenen Kette, unschlagbar in der Hypnose, grausam und mächtig.

Sie wurde von zwei Priestern begleitet, die sich auf das Mädchen stürzten, sie entwaffneten und sie mit ihren eisernen Händen festhielten.

»Ich freue mich, daß du mich wiedererkennst, meine Kleine«, lächelte Schneeweiße Haut. »Es ist immer tröstlich, festzustellen, daß man nicht vergessen wird.«

Agua Fria drehte sich zu Glänzendem Stein um, der sie mit verschränkten Armen gleichgültig betrachtete.

»Warum?« stammelte sie.

»Ich habe es dir doch gesagt, Agua Fria. Ich habe mich entschieden«, antwortete der Mann.

»Wie konntest du so etwas nur tun, wie konntest du mich bloß verraten...«, murmelte das Mädchen mit vor Schmerz und Angst heiserer Stimme.

Glänzender Stein zuckte die Achseln.

»Dich verraten? Einzig mir selber schulde ich Loyalität.«

»Du machst einen schrecklichen Fehler!« schrie Agua Fria. »Die Welt geht unter, aber vor der Welt geht noch das Reich unter. Der Talapot ist fast schon gestürzt, die Rebellen werden euch allen die Gurgel durchschneiden...«

»Das bezweifle ich!« antwortete er mit verächtlichem Lächeln. »Wir sind die Priester des *Inneren Kreises* und unendlich mächtig. Dieser hungrige, elende Pöbel kann sich gar nicht mit uns anlegen. Niemals werden sie so etwas wagen.«

»Du bist verrückt... Du bist ein Schuft... Du bist krank. Oh Glänzender Stein, was hast du getan...«, wimmerte Agua Fria.

»Nun, nimm es nicht zu schwer, meine Kleine«, griff Schneeweiße Haut ein. »Wolltest du denn nicht die *Oberpriesterin* sehen? Das ist nämlich genau das, was wir jetzt machen werden: dich zu ihr bringen.«

Es war das Herz der Finsternis. So hatte man es ihr erklärt, und sie hatte es geglaubt. Lange Jahre hatte sie den *Inneren Kreis*, diesen innersten, hermetisch abgeschlossenen, in den Eingeweiden des Palastes begrabenen Raum, gefürchtet. In ihren Alpträumen hatte sie ihn sich eng und erstickend vorgestellt, seinen Boden und seine Wände mit düsterem Samt bezogen, und so kalt und schwarz wie eine Polarnacht. Der *Innere Kreis*, so hatte man ihr gesagt, war ein Gebiet ohne Rückkehr; ein Ort, an dem niemals irgendein Licht leuchtete. Daher spürte Agua Fria – mutlos in ihrer Gefangenschaft und unbewaffnet –, als sie vor das schmucklose Tor traten, das in den *Inneren Kreis* führte, einen Anfall von Panik und das Schwindelgefühl eines Menschen, der einen Abgrund hinuntergestoßen wird. Das Tor öffnete sich; die zwei stämmigen Priester blieben an der Schwelle stehen und verabschiedeten sich mit einer respektvollen Verbeugung, und Agua Fria, die von Glänzendem Stein und Schneeweißer Haut eskortiert wurde, betrat die Hölle mit zitternden Knien. Hinter ihr schloß sich die Tür mit leichtem Knarren. Die Welt erlosch, und da war nur noch Dunkelheit.

Da öffnete sich ihnen gegenüber eine zweite Tür, aus der ein glänzender Lichtstrahl fiel. Die überraschte, geblendete Agua Fria wurde über diese andere Türschwelle gestoßen. Sie befand sich in einem langen Gang mit Zimmern an beiden Seiten, es war die gleiche räumliche Aufteilung wie bei allen anderen Flügeln des Palastes. Aber damit war die Ähnlichkeit mit dem Rest des Talapot auch schon vorbei. Die Mauern, die Materialien, die Farben, das Licht, alles war hier anders. Sogar die Luft schien hier sauberer und weicher zu sein; warm und angenehm trocken, mit einem sanften, erfrischenden Hauch. Der Boden und die hellgrünen Wände waren glatt und glänzten wie poliertes Glas, und die Decken schienen zu glühen und strahlten in einem opalartigen, gleichmäßigen Licht, das noch die letzten Winkel erleuchtete. Das Herz der Finsternis war am Ende der lichteste Ort, den Agua Fria jemals gesehen hatte.

Sie ließen Gänge und Türen hinter sich, leere Zimmer, mit den unglaublichsten Maschinen vollgestopfte Säle, weiträumige Hallen, in denen Lebensmittel lagerten, die Magenta mehrere Jahre lang hätten ernähren können, Schwimmbäder, Holzleisten, auf denen Lampen blinkten, vor denen sich alte Kobaltpriesterinnen abmühten, und feuchte Gärten voll von eng gedrängter, überquellender Vegetation. Es gab Blumen im Herz der Finsternis!

Schließlich gelangten sie in einen kleineren Saal, der fast vollständig von einem runden, riesigen Bett eingenommen wurde, dessen Kopfende mit goldenen Speichen versehen war, die ganz ohne Zweifel das *Ewige Rad* darstellten.

»Wir sind angekommen!« sagte Schneeweiße Haut. »Hier verlassen wir dich, meine Kleine. Du wirst die *Oberpriesterin* allein treffen.«

»Glänzender Stein!« flehte Agua Fria noch einmal.

Aber der Mann senkte den Kopf.

»Mach dir keine Sorgen«, sagte die Priesterin. »Du kannst sicher sein, daß wir uns wiedersehen werden.«

Und eingehüllt in das Rascheln ihrer wehenden, kobaltblauen Umhänge, verschwanden die beiden.

Das Mädchen stürzte auf die Tür zu und versuchte sie zu öffnen, aber, wie sie befürchtet hatte, war sie von außen verschlossen. Dann betrachtete sie das Zimmer, in dem sie sich befand, näher. Niemals hätte sie sich vorgestellt, daß das *Allerheiligste*, der Thron der *Oberpriesterin*, ein vergleichbares Aussehen haben könnte. Das grünliche, in milchiges Licht getauchte Gemach war praktisch leer. Abgesehen von dem gigantischen Bett gab es da nur noch einen kleinen Tisch mit Früchten und Süßigkeiten und eine metallene Konsole voller Lämpchen und Hebel. Agua Fria war gerade dabei, sich diesen seltsamen Apparat näher anzusehen, als hinter ihr eine honigsüße Stimme erklang.

»Sieh an, sieh an, meine Liebe, du ahnst ja nicht, wie sehr ich mich freue, dich kennenzulernen!«

Irgendwie mußte sie hineingekommen sein, aber ganz sicher nicht durch die Tür. Und dennoch stand sie jetzt dort, auf der anderen Seite des Bettes, blaß, verwelkt, elephantös, mit diesem durchschimmernden Schädel unter einem Wirrwarr von vereinzelten, gelblichen Haaren und diesen tief zwischen Faltenbergen versunkenen Augen. Es war die Bettlerin, die widerwärtige Bettlerin der Rätselsprüche, obwohl sie jetzt keine Lumpen trug, sondern eine enorme goldene Tunika.

»Du!« rief Agua Fria aus. »Das kann nicht sein...«

»Kennen wir uns?« fragte diese menschliche Masse zwitschernd wie ein Vögelchen; und dann schnalzte sie mit der Zunge, und ihre Wangen hoben und senkten sich. »Ach ja, natürlich! Du hast mich gesehen, als das mit deiner Mutter passiert ist. Erinnere mich nicht daran! Das war ein Mißbrauch.«

»Aber du...«

»Ich bin Ozean, die *Oberpriesterin!*« sagte das skurrile Wesen mit tieferer Stimme, wobei sie ihr Doppelkinn hob. »Aber du brauchst dich nicht zu verbeugen oder die gewöhnlichen Opfergaben zu bringen. Wir sind ja unter uns, meine Liebe. Setz dich und fühl dich wie zu Hause.«

Nachdem sie dies gesagt hatte, kletterte sie schwerfällig

schwankend eine kleine Leiter hinauf, die neben dem Bett stand, ließ sich auf die Lagerstätte fallen und breitete sich zwischen den Kissen aus.

»Aber Sauerstoff sagte doch, sie wäre es gewesen, die…«

»Sauerstoff! Erwähne diese Schlange in meiner Gegenwart nicht mehr! Meine Schwester, meine eigene und einzige Schwester, Blut von meinem Blut und dennoch die schlimmste und grausamste aller meiner Freundinnen. Natürlich kann man seiner Familie niemals trauen. Trau nie deiner Familie, liebes Kind, sie ist am allergefährlichsten. Ein Quell ständiger Probleme und unabsehbarer Konflikte. Ich weiß das nur zu gut, denn ich habe mich gezwungen gesehen, eine meiner Töchter hinzurichten.« Eine Träne versuchte sich aus den tiefen Schächten, in denen ihre Augen saßen, herauszuarbeiten, aber sie verdunstete, noch bevor sie die Gipfel dieser Fetthügel erklommen hatte. »Aber das *Kristall* hat es für gut befunden, mir als Gegenleistung eine vorbildliche Enkelin zu gewähren: Schneeweiße Haut. Sie wird selbstverständlich die nächste *Oberpriesterin* werden.«

»Es wird keine nächste Oberpriesterin mehr geben, Ozean. Die Welt liegt im Sterben«, sagte Agua Fria.

»Wovon sprachen wir gerade? Ach ja, von diesem dummen, läppischen Trick mit der Bettlerin. Meine Schwester nutzte eine kleine Unvorsichtigkeit meinerseits aus und bediente sich für einen Moment meines Körpers, um dich aufzusuchen. Der elende Trick eines Dorfscharlatans. Aber dies war das letzte Mal; ich weiß, daß sie keine Ersatzteile mehr hat, um noch mehr Transplantationen vorzunehmen. Sie muß alt sein, uralt! Krank und senil, schwach und verbraucht. Ich bin sicher, daß ihre Flickschusterei langsam von den Würmern aufgefressen wird. Natürlich könnte sie mit ein bißchen Glück auch schon gestorben sein. Mach diese arme Greisin glücklich, liebes Kind; sag mir, daß mein unerträgliches Schwesterchen gestorben ist…«

Agua Fria zögerte einen Moment.

»Ja, das stimmt. Sauerstoff ist gestorben!« sagte sie endlich.

Ozean öffnete ihren zahnlosen Mund und ließ etwas vernehmen, das wohl eine Art Lachen sein sollte. Eine furchtbare Aufregung bemächtigte sich ihres umfangreichen Körpers: ihre zahllosen Kinnfalten, ihre speckigen Arme, der wabbelige Berg von Bauch, diese ganze nutzlose, heruntergekommene Fleischmasse begann zu zittern und wie eine schlecht gebundene Gelatine, die jeden Moment in tausend Stücke zu zerspringen droht, zu zukken.

»Ich wußte es!« rief sie triumphierend und halb erstickt, nachdem das von ihrem Jubel provozierte Erdbeben verebbt war und ihre Fleischmassen sich wieder beruhigt hatten. »Und erzähl, hat sie vielleicht sehr gelitten, geflucht, war sie verzweifelt, schrie sie, hat sie gegen den Tod angekämpft?«

»Ich weiß es nicht«, antwortete das Mädchen angewidert. »Ich war nicht dabei. Aber ich glaube nicht.«

»Du warst nicht dabei... Wie schade. Aber du bist doch sicher, daß sie gestorben ist...«

»Ja.«

Ozean lehnte sich in die Kissen zurück und schnalzte mit der Zunge.

»Ich wußte es, obwohl meine Spione mir nichts erzählt hatten. Natürlich muß man bedenken, daß in der letzten Zeit nicht einmal die Spione mehr anständig arbeiten. Was sind das für Zeiten, meine Kleine! Ich beneide dich nicht um deine Jugend, liebes Kind. In einer Welt wie der heutigen möchte ich nicht mehr jung sein. Aber mach es dir doch bequem. Komm her, setz dich neben mich aufs Bett. Möchtest du eine Frucht, eine Dattel, ein Honiggebäck? Ich habe gesagt, du sollst herkommen! Sei nur nicht so schüchtern, Mädchen...«

Die *Oberpriesterin* untersuchte aufmerksam den Teller mit Süßigkeiten und ergriff dann ein Stück mit ihren Riesenpranken. Sie steckte es sich in den Mund und begann voller Begeisterung zu lutschen, wobei sich ihre Wangen aufblähten und wieder zusammenfielen wie die einer großen Kröte. Zumindest darin ähnelte sie Sauerstoff.

»Aus dem, was du da sagst, schließe ich, daß auch du dir der Tatsache bewußt bist, daß die Welt ihrem Ende zugeht...«, sagte Agua Fria jetzt sehr interessiert, »daß die Dinge sich verändert haben und die Welt nicht ewig und unveränderlich ist, wie das *Gesetz* uns sagt.«

»Das *Gesetz* ist die tiefe und notwendige Ordnung der Dinge!« verkündete die *Oberpriesterin* feierlich, obwohl der Pomp in ihrem Ton von dem schlürfenden Geräusch, das sie beim Schmatzen der Süßigkeiten machte, etwas verwischt wurde. »Die Wirklichkeit paßt sich dem unablässigen Drehen des *Ewigen Rades* an. Die Welt ist ein ständiges Weiterlaufen; alles Existierende war schon immer so... und das ist die Norm.«

Das skurrile Wesen zwinkerte schelmisch mit den Augen: »Wie du siehst, kenne ich das religiöse Geschwätz ganz genau. Schließlich bin ich ja *Oberpriesterin*, Tochter einer *Oberpriesterin*, Enkelin einer *Oberpriesterin*, Stammhalterin eines langen und höchst edlen Geschlechtes... Du kannst mir also glauben, daß dies alles nichts weiter ist als sinnloses, leeres Gerede. Reinster Betrug für glühende Seelen. Die Welt verändert sich ununterbrochen und wird keineswegs von der Notwendigkeit, sondern einzig und allein vom Zufall regiert. Vom unerträglichsten, dümmsten und unzulässigsten Zufall.«

»Aber wenn du doch genau wußtest, daß die Dinge sich so verhalten, wie konntest du dann nur das Gegenteil verteidigen? Wie hast du nur so viele Menschen der Ketzerei anklagen und aufs Schafott schicken können, wo du doch genau wußtest, daß sie die Wahrheit sagten?« entrüstete sich das Mädchen.

Die Alte schnalzte mit der Zunge.

»Du bist zu dumm, meine Liebe. Dies ist keine Frage der Ketzerei, und es geht auch nicht um die Reinheit der Lehre. Es ist doch wohl ganz offensichtlich eine Angelegenheit der Macht. Reg dich nur nicht so auf; schließlich ist mein Verhalten völlig natürlich, grundsätzlich und organisch gewesen. Du weißt ja, daß in der Natur der große Fisch immer den Kleinen auffrißt; und wenn der große Fisch alt wird, dann vereinen die Kleinen ihre Kräfte, verschlingen seine Augen und Flossen und verurteilen ihn, blind und unfähig zu schwimmen, zu einem grausamen Todeskampf. So grausam und erbarmungslos ist die Welt, und ich lebe mit ihr in perfekter Harmonie. Außerdem habe ja nicht ich das *Gesetz* und das Reich erfunden. Es war die Gemeinschaft aller menschlichen Wesen, die aus Schwäche oder Gier jahrhundertelang die Welt aufgebaut haben, in der wir heute leben. In Wirklichkeit hat das *Gesetz* ja auch eine nützliche und selbstlose Seite: ein ewiges, geordnetes Universum ist wesentlich tröstlicher als diese gräßliche Dummheit des blinden Zufalls. Aber es langweilt mich, dir so selbstverständliche Dinge zu erklären. Ich würde lieber von vergnüglicheren, leichteren Dingen sprechen. Zum Beispiel vom Tod meiner Schwester. Ha! Die Verrückte hatte wohl geglaubt, sie könnte mit mir fertig werden. Aber ich habe ihre verfluchte Organisation zerstört. Es waren ja nur ein paar Irre, eine Handvoll unseliger Visionäre. Ich fing ihre Agenten, unterbrach ihre Verbindungen… Alle fielen sie, einer nach dem anderen, in die Hände des Henkers. Das heißt, in die Hände *Ihrer Eminenz*, Schneeweißer Haut, der zukünftigen *Oberpriesterin* des Reiches. Du bist der letzte Stein in ihrem Plan, die einzige Überlebende ihrer Bewegung. Und wenn ich mit dir fertig bin, dann bleibt nichts mehr von den anmaßenden Umsturzplänen meiner Schwester übrig. Ich denke, ich kann mich eines kompletten, absoluten und großartigen Sieges über Sauerstoff rühmen.«

Agua Fria, gegen ihren Willen von dem Todesurteil, das in den Worten der Alten mitschwang, erschrocken, fuhr zusammen. Sie atmete tief durch, kämpfte ihre Angst nieder und antwortete mit vorgespielter Sicherheit:

»Du hast niemanden besiegt, Ozean, niemanden! Die Welt geht unter, und wir alle haben verloren. Falls du nicht einen Weg kennst, das Vordringen der Nebel aufzuhalten.«

Ozean, die von der plötzlichen Heftigkeit im Ton des Mädchens aus dem Gleis geworfen war, blinzelte. Mit einer immer kindlicher werdenden Stimme flötete sie:

»Und was kann ich tun, liebes Kind, was kann eine arme Greisin wie ich gegen diesen selbstzerstörerischen Drang der Welt unternehmen? Außerdem bin ich alt und krank und werde sowieso bald sterben. Was geht es mich also an, ob nach mir dieser absurde Planet vom Nichts verschlungen wird.«

Und sie lächelte dümmlich.

Agua Fria schnaufte mutlos. Und da sah sie es: in der rechten Zimmerecke, hinter der Alten. Einen ganz leicht verwischten Fleck, es sah etwa so aus wie dichter Dunst. Das Mädchen blinzelte, denn die Trübung war so schwach, daß es ebensogut ein Irrtum ihrer Wahrnehmung sein konnte. Aber nein! Da war es, unter der hellen Deckenleuchte: ein feinster Nebelfetzen, der sich in einer Zimmerecke zusammenballte. In dem *Allerheiligsten*. Im strahlenden Herz der Finsternis. Sogar hier, im Mittelpunkt des Reiches, webte die Zerstörung geduldig an ihrem Spinnennetz.

»Sie mal dort, Ozean, hinter dir. Der Nebel des Nichts hat schon begonnen, deine eigenen Gemächer zu verschlingen.«

Mühsam wendete die Alte den Kopf und betrachtete den Fleck. Ein tiefer Seufzer erschütterte ihre enorme Brust.

»Er arbeitet sorgfältig, dieser verfluchte Nebel… Es ist traurig, ja, ich will es gar nicht leugnen. Es ist traurig, dem Verfall eines mächtigen Reiches beizuwohnen. Du hättest es in seiner Glanzzeit sehen sollen. Ich habe es noch kennengelernt, als ich ein Kind war. Einen Palast des Talapot, in dem Tausende von Menschen wohnten... alle Stockwerke waren geöffnet, alle Fensterscheiben intakt, die Fußböden glänzten, alle Ritzen wurden immer wieder mit feinstem Blattgold ausstaffiert. Mit dem fröhlichen Lärm vieler Lehrlinge und den schönsten liturgischen Gesängen bei Sonnenuntergang. Und das Volk war gläubig und glücklich und verehrte uns. Ja, es ist traurig. In Wirklichkeit hat der Verfall zwar schon vor vielen Jahrhunderten begonnen, aber im letzten Akt hat er eine rasende Geschwindigkeit entwickelt.«

»Warum?« flüsterte Agua Fria.

»Warum was, meine Liebe?«

»Warum begann der Verfall?«

»Aha, das ist eine gute Frage. Und man wird eine gute Antwort darauf geben müssen. Ich weiß es nicht: Ich nehme an, weil das Gleichgewicht zerstört worden ist.«

»Welches Gleichgewicht?«

»Dasjenige, auf das sich die Überlebenden geeinigt hatten. Die festgelegten Spielregeln.«

»Aber was denn für Spielregeln, was für Überlebende?«

Ozean schnaufte angeödet.

»Die Überlebenden, die von den außerirdischen Kolonien zurückgekehrt sind. Und jetzt frag mich bitte nicht, was das für Kolonien waren... Vor unserer Zeitrechnung gab es schon einmal eine Zeit. Eine andere Zivilisation, eine andere, hochtechnisierte Welt, die reich war an mechanischen Gerätschaften. Du hast einige ihrer Kenntnisse in den Geheimen Büchern studiert.«

»Ja...«

»Also gut, diese Welt verschwand eines Tages von einem Moment zum anderen, frag mich nicht, wie. Sie beherrschten das Geheimnis einer sehr mächtigen Energie, tausendmal stärker als das Feuer, und vielleicht war sie es, die den Planeten verwüstete. Es könnte sich um ein technisches Versehen, einen Unfall gehandelt haben... oder Sabotage oder die Folgen eines Krieges oder sogar um das Herabstürzen eines Meteoriten; ich weiß es nicht. In ihren Annalen beziehen sich die Überlebenden lediglich auf die *Große Katastrophe*, ohne die genaue Ursache zu erläutern. Die armen Unglückseligen dachten wohl, daß ein Ereignis von solcher Wichtigkeit den Menschen für immer in der Erinnerung haften bleiben würde und es daher nicht nötig wäre, es genauer zu bezeichnen. Nichts wußten sie von der Schwäche der Erinnerung und der menschlichen Fähigkeit, die Geschichte zu manipulieren.«

Sie hielt inne, stocherte mit ihrem dicken Zeigefinger in dem Körbchen mit Süßigkeiten herum, nahm ein paar von ihnen und steckte sie sich in den Mund.

»Auf dem Planeten überlebte niemand«, fuhr sie stockend fort, »aber in jener weit zurückliegenden Ära hatten die Menschen einen Weg gefunden, durch die Himmel zu fahren, genau wie man durch die Ozeane fährt. Im Weltraum schwebte eine Art riesiger Schiffe, die Satelliten genannt wurden, echte Welten in Kleinformat, in denen Gemeinschaften von Siedlern lebten. Nach der *Großen Katastrophe* warteten die Siedler, bis die Erde sich weit genug abgekühlt hatte, und kehrten mit ihren Tieren und Besitztümern zurück, um eine neue Welt zu schaffen. Sicher waren es nostalgische Wesen. Hier fanden sie lediglich eine verbrannte, erstarrte Erde... und einen Haufen Scherben. Das riesige Feuerbekken, in dem die Welt verglüht war, hatte nur einen einzigen festen Stoff übriggelassen; die Bewohner, die Pflanzen, die Tiere, die herrlichen Gebäude und ausgeklügelten Maschinen waren geschmolzen, zusammengepreßt und zerstückelt worden, und an ihrer Stelle war da nur noch diese sterile Ernte von schimmernden Kristallen. Die Siedler sammelten die Kristalle, die nicht gleichmäßig über die Erde verstreut waren, sondern, wer weiß aus welcher physikalischen Laune der zusammengedrängten Elemente heraus, an drei oder vier Stellen lagen, und bewahrten sie voller Respekt auf, sozusagen als Erinnerung an die Toten und die verlorene Welt.«

»Und so kam es zu dem *Gesetz* und dem *Kristall*...«, murmelte Agua Fria fasziniert.

»Nicht so schnell, meine Kleine, nicht so schnell! Die Welten bilden sich sehr langsam heran, und die Veränderungen gehen kaum wahrnehmbar vor sich... Nein, anfangs sprach niemand von Anbetung oder Dogmen. Es waren wenige, es handelte sich um gut ausgebildete, kultivierte Leute, und es bot sich ihnen die unschätzbare Gelegenheit, von vorne anzufangen. Ihr Ehrgeiz war es, eine perfekte Welt aufzubauen, und fast hätten sie es erreicht, denn die Wirklichkeit paßt sich, wenn auch widerstrebend, am Ende unseren Träumen an, wenn wir sie nur mit der nötigen Standhaftigkeit träumen. Viele Jahrhunderte lang wuchs und entwickelte sich diese neue Welt in Frieden. Es war eine Gesellschaft, in der es keine Hierarchien gab; alle Entscheidungen wurden auf Versammlungen getroffen, und die ausführenden Ämter unterlagen einem rigorosen Rotationssystem. Alle waren sie gleich, und es ging sogar so weit, daß die Frauen keinerlei Vorherrschaft gegenüber den Männern hatten! Und sie hatten gelernt, die Technik zu kontrollieren und sich ihrer zu bedienen, ohne sich zu ihren Sklaven zu machen. Wie du siehst, war es eine glückliche, sterbenslangweilige Welt.«

Ozean hielt inne und versenkte sich in die mühevolle Aufgabe, mit dem Finger etwas Süßes, das ihr zwischen den verfaulten Zähnen kleben geblieben war, herauszukratzen.

»Und was passierte? Was ist schief gelaufen?« drängte Agua Fria ungeduldig.

»Es geschah, daß sie zu schnell wuchsen, und dann begannen die Probleme. Anfangs gab es noch keinen *Bewahrenden Blick*; die Siedler, ganz ohne Zweifel Romantiker, legten vom ersten Moment an eine schlichte Totenzeremonie fest, die den Gebrauch des *Kristalles* als Erinnerung an die verlorene Welt und als Zeichen dieser neuen Welt, die sie schaffen wollten, einschloß. Mit der Zeit wurde dieses Ritual immer komplizierter, sie entwickelten den *Bewahrenden Blick* und teilten jedem Greis einen Jugendlichen zu, und einige Generationen später entdeckten sie, daß die Dinge sich auflösten, wenn irgend jemand starb, ohne diese Tradition befolgt zu haben. Ich sagte ja schon, daß sich die Wirklichkeit am Ende unseren Träumen anpaßt... und gelegentlich auch unseren Alpträumen. Jahrhundertelang funktionierte dieses System perfekt: alle Frauen, alle Männer verfügten über ein *Kristall* und einen Lehrling, dem sie die Verantwortung für ihre Erinnerung übertrugen. Aber sie vermehrten sich zu schnell, die ganze Welt wurde so stark bevölkert, daß der Moment kam, an dem es nicht mehr genug *Kristalle* für alle gab. Sie sahen sich also gezwungen, ein Komitee zu bilden, das zu entscheiden hatte, wer ein *Kristall* bekommen sollte und wer nicht; wer also in der Erinnerung eines Lehrlings fortdauern würde und wer sich zu der Trostlosigkeit des wahrhaftigen Todes verdammt sah. Das war das erste Mal, daß ein Element der Ungleichheit in dieser für alle gleichen Welt eingeführt wurde, und es hatte fatale Folgen. Das labile Gleichgewicht zerbrach; das Auswahlkomitee begann unermeßlich mächtig zu werden, und alle Macht trägt in sich das Begehren, sich für alle Zeit zu festigen, die Versuchung, absolut zu werden. Irgendwann im Laufe der Zeit verwandelte sich das Komitee in eine Kaste, und man entwickelte eine Religion, um die Privilegien zu rechtfertigen. So erschien das *Gesetz*, und so wurde das Imperium geboren. So tauchten wir auf, die verehrten und ehrwürdigen Priesterinnen.«

Ozean machte eine Pause, schnalzte mit der Zunge und schlug sich befriedigt auf ihren dicken Bauch.

»Wir Priester schafften uns eine maßgeschneiderte Vergangenheit und schrieben die Geschichte der Welt neu. Der Tatsache bewußt, daß das Wissen der Schlüssel zur Macht ist, eigneten wir uns das gesamte verfügbare Wissen an. Die technischen Fortschritte, die Errungenschaften unserer Vorgänger, gingen so in einen unter Verschluß gehaltenen Privatbesitz über. Und das Volk vergaß. Der Mensch vergißt immer. Dies war das goldene Zeitalter des Reiches.«

Ein entferntes Rumoren unterbrach ihre Worte; es war ein Durcheinander von Stimmen, ein Trappeln vieler Füße, vielleicht sogar das Ziehen schwerer Möbel über den Boden. Ozean richtete sich beunruhigt und verknittert auf und runzelte die wulstige, schneeweiße Stirn. Aber der gedämpfte Lärm hatte schon wieder aufgehört, und der Palast lag wieder in vollkommener Stille da. Die Greisin lehnte sich wieder in ihre Kissen zurück und seufzte.

»Wo waren wir stehengeblieben? Ach ja: unser goldenes Zeitalter. Leider war es von kurzer Dauer. Irgend etwas lief schief im Reich. Die Spielregeln waren verletzt worden, und durch diesen Riß drängte sich das Chaos. Es kamen die Plagen, die Hungersnöte, die Gewalt; Bruderkriege und Krankheiten. Es setzte ein Massensterben ein, und aus irgendeinem geheimnisvollen Grund war die Menschheit plötzlich nicht mehr so fruchtbar wie zuvor. In schwindelerregendem Tempo nahm die Bevölkerung ab, und bald gab es wieder genug *Kristalle* für alle. Aber die Priester wollten ihre Position nicht verlieren, und so fuhren sie fort, sie zu rationieren. Wenig später begann es an Lehrlingen zu mangeln, denn es wurden nicht mehr genug Kinder geboren. Aus dieser Zeit stammt die Herrschaft der Frauen über die Männer: In einer von Unfruchtbarkeit bedrohten Welt erlangte die Fähigkeit der Frauen, Leben zu geben, eine enorme Bedeutung. Wie du siehst, ist die Vorherrschaft unseres Geschlechtes ein glücklicher Umstand, der in dem Meer der Zeiten relativ neu ist. Aber alles in allem ist das Wichtigste des…«

Ganz in der Nähe, direkt hinter der Tür, hörte man einen plötzlichen Tumult: Schreie, Schläge, metallenes Klirren, ohne jeden Zweifel den Lärm eines Kampfes. Ozean hielt mitten im Satz mit offenem Mund an, ihr Gesicht verzog sich zu einem Ausdruck der Angst und Überraschung.

»Sie sind hier! Hier! Dieser schamlose Pöbel hat es gewagt, in den *Inneren Kreis* zu kommen!«

Keuchend und völlig aus der Fassung, riß die *Oberpriesterin* mit ihrer Pranke an einem der Hebel der metallenen Konsole, und geräuschlos öffnete sich eine getarnte Tür in der Wand hinter dem Baldachin des Bettes und gab den Blick auf einen engen, beleuchteten Gang frei. Dann wälzte sich die Alte bei dem Versuch, Schwung für das Aufstehen zu holen, schwerfällig auf dem Bett hin und her. Agua Fria stürzte sich auf sie.

»Geh nicht, Ozean, geh nicht! Du mußt mir sagen, was wir machen sollen, um die Zerstörung der Welt aufzuhalten!«

Die Priesterin schlug wütend um sich und befreite sich von den flehenden Händen des Mädchens; sie war stärker, als das Mädchen gedacht hatte.

»Und was interessiert mich schon die Welt, du Idiotin!« murmelte sie heiser, während jenseits der Tür der Kampfeslärm zunahm.

Agua Fria ergriff eine schwere, metallene Obstschale und schwang sie wie eine Keule über dem Kopf der Alten hin und her. Die reifen Erdbeeren, die Pfirsiche und die glänzenden Äpfel rollten über das ganze Bett und verströmten dort ihr Aroma.

»Du mußt es mir sagen! Du mußt es mir sagen, oder ich bringe dich um.«

Die *Oberpriesterin* hielt inne und nagelte ihre versunkenen Äuglein in die Augen Agua Frias. Das Mädchen spürte die Macht der Hypnose, die nach vorne drängende Kraft, in Wellenlinien auf sich zukommen. Sie konzentrierte sich, mobilisierte all ihre Willenskraft, baute einen Schutzwall um ihren Kopf auf und bereitete sich auf Widerstand vor. Eine Weile rangen sie so in einer schrecklichen Verknüpfung ihrer Blicke. Und endlich schloß Ozean die Augen: Sie waren gleich stark, keine konnte die andere beherrschen.

»Ich bin alt, alt und am Ende!« stöhnte die *Oberpriesterin.*

»Noch vor einem Jahr hätte ich dich in einer Sekunde niedergeschmettert...«

»Sag es mir... Sag mir, was wir tun sollen!« keuchte Agua Fria, die die Schale immer noch in der Hand trug.

»Keine Ahnung! Bist du denn so schwer von Begriff? Ich habe keine Ahnung!« antwortete Ozean verzweifelt; sie warf nervöse Blicke zur Tür, die unter den Schlägen der Angreifer zitterte.

»Hör zu, ich habe ein primitives Volk gefunden, das in Unkenntnis...«

»Sie werden hereinkommen! Sie werden hereinkommen und mich umbringen!« kreischte Ozean.

»Antworte mir, und ich lasse dich gehen! Ich habe ein primitives Volk gefunden, das den *Bewahrenden Blick* nicht kennt, und dessen Welt, auch wenn es den wahrhaftigen Tod stirbt, nicht bebt, nicht verlöscht, nicht verschwindet... Wie schafft es das?«

»Vielleicht träumt es einen anderen Traum als wir, und daher ist auch seine Wirklichkeit eine andere. Ich weiß es nicht! Laß mich gehen!«

»Aber kann man denn gar nichts machen?« fragte das Mädchen bekümmert. »Ich glaube dir nicht, du kennst die Wahrheit und belügst mich!«

»Schlag mich, wenn du willst. Schlag mir den Schädel ein. Du verlangst unmögliche Antworten, Antworten, die niemand kennt. Vielleicht hält dieser Prozeß von selbst an, wenn das Reich erst einmal zerfallen ist; oder vielleicht muß man auch die *Kristalle* zerstören, die schließlich und endlich Spiegel sind für das, was wir sind, die Darstellung unserer Träume. Oder es könnte auch sein, daß gar keine Lösung existiert und daß die Welt vollständig aufgelöst werden wird, wer weiß das schon genau? Ich habe dir alles gesagt, was ich weiß. Jetzt kannst du mich töten, das heißt, wenn du so tief gesunken bist, Gewalt auszuüben, obwohl du eine Frau bist.«

Agua Fria zögerte einen Moment, die Schale immer noch erhoben. Ausholen und ihr den Schädel einschlagen. Diesen brüchigen Kopf zertrümmern. Sich rächen für so viel Schmerz, so viele Tote. Sie ließ die Arme sinken und die Obstschale auf den Boden fallen. Die Tür ächzte in ihren Angeln und konnte jeden Augenblick nachgeben.

»Nein. Ich kann nicht«, murmelte Agua Fria niedergeschlagen.

»Aber ich kann!« brüllte die Alte.

Und sie warf sich auf das Mädchen und preßte ihren Hals zwischen ihren zwei kolossalen Pranken zusammen.

»Ich werde sterben, aber du auch!« keuchte Ozean. »Und zumindest bleibt mir so die Genugtuung, mit meinen eigenen Händen die letzte Hoffnung meiner Schwester zu zerstören...«

Immer fester drückte sie zu, mit einer für ihr Alter verblüffenden Kraft, während Agua Fria spürte, wie ihr das Blut in den Schläfen pulsierte und ihre Lungen vor Luftmangel brannten. Die Welt verschwand in einem roten Nebel, und alle Zellen im Körper des Mädchens zogen sich in der allerhöchsten Ahnung des Todes zusammen.

Die Türe sprang, in tausend Splittern zerfetzend, aus ihren Angeln, und eine Handvoll Männer stürmte in das Zimmer; Rebellen des Schwarzen und Krieger der Uma, mit Dogal an ihrer Spitze. Mit einem einzigen, behenden und genauen Sprung war Dogal am Bett, hob seine blutbefleckte Lanze und stieß sie in die Brust der Alten. Ozean kreischte schrill und ließ Agua Fria los; aber sie war so unglaublich dick, daß der Lanzenstich, der bei jedem anderen tödlich gewesen wäre, in ihren Fettmassen verschwand und kein lebenswichtiges Organ verletzte. In einem wahnsinnigen Versuch zu entfliehen drehte sich die Priesterin um ihre eigene Achse. Sie fiel auf den Boden und versuchte auf allen vieren, schwankend und riesenhaft, mit der immer noch in ihrer enormen Brust steckenden Lanze den Gang zu erreichen. Sie kam nicht weit: einer der Rebellen sprang über sie und stieß seine Lanze tief in ihren Hals. Da blieb Ozean, die letzte *Oberpriesterin*, von den letzten Zuckungen geschüttelt, mit verschleierten Augen und nach Luft schnappendem, offenem Mund liegen. Wie ein großer, alter, blinder Fisch.

Sie mußten sich, um von dem Talapot hinunterzukommen, ihren Weg durch eine bunt zusammengewürfelte Menschenmenge bahnen: Bettler, aufständische Soldaten, Räuber, heimatlose Bauern, halbverhungerte Städter. Alle strömten sie, getrieben von Neugier, Rache oder Habgier, in den vormals unzugänglichen Palast; und die alten und verstaubten Säle hallten wider von ihrem Geschrei und Getrampel. Es lag etwas Obszönes in ihrer Gier und ihrem stumpfsinnigen Durcheinander; sie waren wie Aasgeier, die einen noch warmen Kadaver verschlangen. Die seit Tausenden von Jahren unversehrte, stehende Luft des Talapot löste sich auf im erstickten Keuchen all dieser gierigen Brustkörbe.

Als sie auf den Platz hinaustraten, stand die Sonne schon sehr tief. Die Nachricht über den Fall des Palastes war bis in die letzten Winkel gedrungen, und eine dichte Menschenmenge, die wie berauscht war von einer wahnwitzigen Begeisterung, drängte sich vor den Mauern zusammen. Den streitlustigsten und gewalttätigsten Gruppen ausweichend, wandten sich Agua Fria und Dogal dem *Heiligen Brunnen* zu, der sich neben dem Tempel befand. Das Mädchen hatte sich entschlossen, die *Kristalle*, dem Vorschlag der *Oberpriesterin* folgend, zu vernichten; denn selbst wenn sich herausstellte, daß diese Maßnahme vergebens gewesen war, so konnte ihre Lage doch nicht mehr schlimmer werden.

Aber sie hatten kaum die Hälfte des Platzes hinter sich, als die ruhige Luft dieses Nachmittags von einem bemerkenswerten Knall erschüttert wurde. Ein einziger Schrei entrang sich allen Kehlen, und von Panik ergriffen warfen sich die Menschen auf den Boden. Ganz plötzlich verdunkelte sich der Nachmittag: aus dem *Heiligen Brunnen* stiegen dicke Rauchschwaden, und ein Wirbel glühenden, grauen Staubes trieb Tränen in die Augen und erschwerte das Atmen. Langsam löste sich der Rauch auf, der Staub begann sich zu setzen, und die Sonne sah schüchtern hinter einem zerfetzten Schleier durch die Luft fliegender Erde hervor. Die Menschen erhoben sich einer nach dem anderen und beruhigten sich. Und ein verwundertes Murmeln, wie das Rauschen eines unterirdischen Meeres, das immer lauter, immer mächtiger wurde, lief den Platz entlang. Auch Agua Fria schaute in die Richtung, in die alle Finger zeigten, und betrachtete das Wunder: je mehr sich der Staub setzte, je besser die Sicht wurde, um so mehr traten die vormals vom Nebel verschlungenen Ecken hervor. Auch die Dämpfe des Vergessens waren fort, und dort, wo sie sich vormals eingenistet hatten, erblickte man jetzt eine Welt in Ruinen: Mauerteile, die nur noch Schutt waren, verkrüppelte, vertrocknete Bäume. Aber trotz allem waren es harte, echte Ruinen, die man anfassen konnte; wunderbare Ruinen aus Materialien, die fest im Dasein verankert waren. Ozean hatte mit ihrer Ahnung recht gehabt. Der Alptraum war zu Ende.

Da erhob sich, wohin man auch sah, ein ungeheures Getöse: Lachen und Weinen, Gesänge und Gebete. Agua Fria kletterte den Hügel hinauf, auf dem sich vormals der Brunnen befunden hatte. Der Brunnenrand war in die Luft gesprengt worden, und den Schacht versperrten riesige Felsblöcke.

»Es hat geklappt, nicht wahr, Agua Fria? Wir haben es geschafft«, sagte eine fröhliche Stimme auf der Höhe ihres Ellenbogens.

Das Mädchen drehte sich um: Es war Wirbelwind. Sie war voller Staub und freudig erregt.

»Bist du das gewesen?« fragte Agua Fria.

»Natürlich! Wer denn sonst? Nur ich besitze doch das Geheimnis des Schwarzpulvers.«

»Aber wie hast du wissen, wie hast du nur erraten können, daß...?«

»Vergiß nicht, daß ich auch Telepathin bin«, unterbrach sie mit zufriedenem Zwinkern der Winzling. »Ich habe dich verstanden, ich habe dich gehört. Und jetzt haben du und ich die Welt gerettet. Wir werden dafür unermeßlich berühmt werden.«

Und prahlerisch warf sie sich in ihre klitzekleine Brust.

Einige Schreie ganz in der Nähe lenkten ihre Aufmerksamkeit ab. Neben ihnen, im Eingang des Tempels, stand ein Mann mittleren Alters. Er war sehr dunkelhäutig, sein Haar war gelockt wie Schafwolle, und er hatte kurze, stämmige Gliedmaßen. »Das ist der berühmte Schwarze!« erklärte ihr Wirbelwind.

Er hatte ein kluges, aber erbarmungsloses Gesicht mit scharfen Zügen und ein Willensstärke andeutendes Kinn. In seiner rechten Hand hielt er ein blankes Messer, und er wurde von einigen kräftigen Soldaten, wahrscheinlich seiner Leibgarde, umgeben.

Die Schreie stammten von einem von zwei Männern festgehaltenen Greis, der um sich trat und am ganzen Körper zitterte. Der Schwarze trat auf den Alten zu und schnitt ihm ohne Umschweife sauber und sicher die Kehle durch. Der Führer der Rebellen zeigte beim Töten eines Menschen weder Freude noch Kummer, sondern einzig und allein diese schreckliche und gelassene Kälte derjenigen, die wissen, daß sie ihre Pflicht tun, und die Freude daran haben, dies so schnell wie möglich zu erledigen. Der Schwarze wischte das Messer am Saum seines Umhangs ab und drehte sich zu den Männern um:

»Ich hoffe, es ist klar: Alle, die beim Plündern erwischt werden, werden sofort hingerichtet. Und jetzt bringt den Körper weg, und machen wir mit der Arbeit weiter!«

Und er fuhr fort, den Transport der Lebensmittel aus dem Talapot zu überwachen, die in dem halb verfallenen Tempel bis zu ihrer späteren Verteilung aufbewahrt wurden. Ohne Zweifel handelte es sich um eine Befehlernatur, einen geborenen Anführer; höchstwahrscheinlich würde es ihm zufallen, die neue Ordnung in Magenta aufzubauen. Und es wäre eine Ordnung, die von den so männlichen Eigenschaften des Schwarzen geprägt wäre; eine disziplinierte, harte, leistungsfähige und trostlose Welt, in der Nachdenklichkeit und Gefühl fehlten. Der Sieg der Kraft. Agua Fria drehte sich zu Wirbelwind um.

»Ich weiß nicht, ob ich überhaupt berühmt sein möchte. Ich weiß nicht, ob mir diese Welt gefallen wird. Ich glaube, du wirst den ganzen Ruhm allein genießen können.«

»Wirklich? Das wäre aber schade!« zwitscherte die Zwergin begeistert. »Wenn du Magenta verlassen willst, werde ich dir selbstverständlich gute Pferde und reichlich Proviant besorgen. Natürlich nur, wenn du wirklich fortgehen willst...«

Und dann sah sie sie. Dort war sie, sie schnüffelte in der Umgebung des Tempels herum, wahrscheinlich war sie von dem Geruch nach Eßbarem angezogen worden. Ein altes, halbverhungertes Tier, dessen Fell schmutzverklebt war. Es handelte sich um eine Hündin von gleicher Größe wie Bruna, mit dem gleichen, von zahllosen Würfen ausgeleierten Bauch, den gleichen struppigen Ohren, denselben traurigen, bernsteinfarbenen Augen, der gleichen empfindlichen Schnauze. Es war eine Hündin, die einfach Bruna sein mußte.

»Bruna!« rief Agua Fria.

Die Hündin hob den Kopf und sah sie an. Eine ganze Weile blieb sie völlig bewegungslos stehen und betrachtete das Mädchen starr mit diesem schmerzlichen, forschenden Blick der Tiere. Dann bewegte sie schüchtern ihre Rute, als ob sie noch zögere, was man denn nun von ihr erwartete.

»Oh Bruna, bist du es?« fragte Agua Fria und rannte den Hügel hinunter dem Tier entgegen.

Aber auch das Tier bewegte sich nun, verschüchtert und mißtrauisch wie es war. Es lief ein Stück zurück, hielt einige Meter weiter an und betrachtete das Mädchen mit seinen schönen Augen. Ging Agua Fria weiter, lief auch die Hündin, und sie blieben immer auf gleichem Abstand. Das Tier hatte auf der Brust das gleiche Büschel weißer Haare, wie es auch Bruna gehabt hatte, aber sie hinkte nicht. Es mußte einfach Bruna sein, es mußte sie sein! Sie sah ihr in allem so ähnlich... Vielleicht hatte trotz allem bei der Hündin der *Bewahrende Blick* funktioniert. Vielleicht hatte es die Intensität ihres Wunsches geschafft, Bruna an irgendeinem entfernten Ort des Reiches wiederauferstehen zu lassen. Aber nein, es war ja nicht möglich. Ihre Mentoren hatten es ihr gesagt: Der *Bewahrende Blick* war bei lebendigen Wesen nutzlos. Bruna war schon vor Jahren gestorben, von einer Bärin zerfetzt worden.

Und dennoch besaß dieses ausgehungerte und verschreckte Tier, das jetzt mißtrauisch vor ihr zurückwich, eine körperliche Ähnlichkeit mit Bruna, die über jedes Maß des mit der Vernunft zu erklärenden Zufalls hinausging. Agua Fria folgte ihr über den überfüllten Platz und flüsterte ihr zärtliche, beruhigende Worte zu, und die Hündin wurde immer aufgeregter. Ermutigend wedelte sie mit dem Schwanz und gestattete, daß sich die Entfernung ein wenig verringerte. Und da stieß das völlig in die Verfolgung des Tieres versunkene Mädchen unvorbereitet auf einen Bettler mit einer tief ins Gesicht gezogenen Kapuze. Der Bettler streckte in einer instinktiven Bewegung, um sich vor dem Zusammenstoß zu schützen, die Arme aus; zwischen den verdreckten Falten seiner Tunika erschien ein verstümmelter Arm, ein grauenvoller Stumpf. Agua Fria hielt ruckartig an und packte, ihn an der Flucht hindernd, seinen Ärmel. Mitten in dem Getümmel standen sie sich gegenüber und betrachteten sich erwartungsvoll und schweigend. Noch einmal standen sie sich gegenüber, Glänzender Stein und sie.

Die Augen des Jungen blitzten unter seiner Kapuze. Er keuchte, und sein Gesicht hatte wieder die Empfindlichkeit von früher, die flehende Miene der Angst und der Niederlage. Agua Fria schluckte, während das Herz ihr wütend in der Brust hämmerte. Ohne etwas zu sagen, ohne jedes Zeichen zu machen, trat sie einen Schritt zurück und ließ ihn gehen.

Und fast augenblicklich drang ihr ein Schrei in die Ohren: »Seht, es ist eine Priesterin! Eine Priesterin!«

Einige Meter weiter unten stand Schneeweiße Haut. Auch sie war mit einer alten Tunika verkleidet, aber irgend jemand hatte ihr die Kapuze heruntergezogen und ihren rasierten Kopf, das unverwechselbare Zeichen des Ordens, freigelegt. Schnell bildete sich ein Ring von wildgewordenen Frauen und Männern um sie; Schneeweiße Haut drehte und wand sich wie eine Schlange und lähmte viele mit ihrem hypnotischen Blick. Aber es waren Hunderte, und sie dürsteten nach Rache. Plötzlich fiel ein Stein auf den kahlen Schädel der Priesterin und hinterließ ein unregelmäßiges, blutiges Mal. Schneeweiße Haut schrie auf und fiel zu Boden, und unter markerschütternden Schreien schloß sich die Menschenmenge über ihr wie eine tödliche Flut. Agua Fria zuckte zusammen und schaute sich um. Aber von Glänzendem Stein war keine Spur mehr zu sehen. Etwas weiter entfernt und noch immer auf Sicherheitsabstand bedacht, saß Bruna – oder diese Hündin, die es verdiente, Bruna zu sein. Ihre Zunge hing eine halbe Handbreit aus ihrem Maul, und ihr Schwanz wedelte fröhlich in der Luft. Sie wartete auf sie.

Das Mädchen lief auf der Suche nach Dogal zu dem *Heiligen Brunnen* zurück, während ihr die Hündin in ein paar Metern Abstand folgte. Schnell fand sie den jungen Uma, der gerade dabei war, die ihm von Wirbelwind zugeteilten Lebensmittel zusammenzutragen und seine Krieger zu sammeln. Viele waren in der Schlacht getötet und einige übel verletzt worden.

»Wo hast du denn gesteckt?« schimpfte Dogal. »Wir gehen nach Hause. Da du ein Kind Zaos trägst, wirst du von jetzt an meine zweite Frau sein und an meinem Feuer essen. Wo sind deine Waffen? Gib sie mir. Du brauchst sie ja jetzt nicht mehr.«

Das Kind Zaos. Agua Fria legte die Hände auf ihren Bauch, der sich schon zu wölben begann. Der Nachmittag starb dahin, und die Sonne tauchte den großen Platz in einen blendenden, rötlichen Glanz. Es war eine rote Sonne, dieselbe, die vor zehn Jahren ihre Einführung besiegelt und sie beim Fließen ihres ersten Blutes begleitet hatte. Heute hatte sich dieses frühe Blut in ein Geheimnis aus miteinander verknüpften Zellen, winzigen Muskeln und durchsichtigen Knochen verwandelt. Sie hatten sich in Leben verwandelt, das in ihr wuchs und pulsierte. Sie wollte nicht mit Dogal zurückkehren. Sie wollte nicht in Magenta bleiben. In irgendeinem Winkel dieser weiten Welt gab es sicher einen Platz für sie und ihr Kind.

»Vielen Dank für dein Angebot, Dogal, aber ich werde nicht mit dir zurückkehren. Es tut mir leid.«

Der Krieger riß, völlig verblüfft, die Augen sperrangelweit auf.

»Du kommst nicht mit? Was soll das heißen? Du trägst einen Sohn Zaos in dir. Einen Umakrieger aus dem Geschlecht der Bala. Du wirst mit mir kommen. Ich befehle es dir!«

»Du kannst mir nichts mehr befehlen, Dogal«, antwortete das Mädchen sanft. »Ich gehöre nicht zu deinen Leuten... nicht in deine Welt. Ich danke dir, dir und dem gesamten, herrlichen Volk der Uma, für die Hilfe, die ihr mir geleistet habt. Ich danke euch für euren Mut, eure Gastfreundschaft. Aber unsere Leben sind verschieden, es wird für alle das beste sein, wenn wir uns trennen. Ich bin sicher, Bala wird das verstehen. Überbringe dem überaus weisen und großen Häuptling meine respektvollen Grüße.«

Ärgerlich und verwirrt sah Dogal sie an. Unschuldig. Und als er den Kopf senkte, dachte er vielleicht an die vielen Wunder, die er auf dem Weg nach Magenta bestaunt hatte, an die Weite der Wege, an die niemals erwarteten seltsamen Dinge der Welt. Auch das Leben der Uma würde nicht mehr so sein wie früher. Dogal richtete sich auf und lächelte traurig.

»Also gut«, murmelte er; und sein Lächeln verschwand, und er wiederholte in klingendem, stolzem Ton: »Also gut, du kannst bleiben!«

Nachdem er dies gesagt hatte, drehte er sich eilig um und entfernte sich, ohne noch einmal den Blick zurückzuwerfen, ganz als hätte er Angst, seine Gefühle zu verraten.

Agua Fria seufzte. Vor ihr erhob sich die dunkle Masse des Talapot; er war jetzt nur noch eine riesige, leere Schale, die langsam ihrem Schicksal als zukünftige Ruine entgegenging. Die Luft dieser Abenddämmerung war eine kupferfarben glänzende Masse. »Du wirst ein Gott werden, wenn du nicht die Augen des Verstandes schließt«, hatte die Bettlerin gesagt. Und jetzt verstand Agua Fria den Spruch. Nie wieder die Tyrannei des *Gesetzes*, nie wieder die Abstumpfung durch die Dogmen: um frei zu sein, mußten die Menschen nach der Allmacht der Götter greifen. Der Wille und der Verstand konnten Welten erschaffen.

Es vergingen Zeitalter, Jahrtausende in dem Aufbau und dem Untergang von Kulturen, und über allem stand doch immer dieselbe blutige Sonne. Aber es war keineswegs das unablässige Drehen des *Ewigen Rades*, wie es das *Gesetz* gelehrt hatte, sondern eine Verkettung verschiedener Universen. Es war ein ständiges Sich-Verändern, Pulsieren, Fließen. Die Zukunft, auf die der Planet jetzt zuging, stand noch nicht geschrieben; die Gemeinschaften, die auf den Ruinen des alten Reiches errichtet werden würden, hatten noch niemals vorher existiert. Es war eine neue und brodelnde Welt, in der sie selbst ihren eigenen

Platz noch zu finden hatte.

Etwas Warmes und Feuchtes streifte ihre Hand. Agua Fria schaute nach unten: Es war die Hündin, die mit schüchterner Begeisterung ihre Finger leckte.

»Oh Bruna, meine arme Bruna!« rief das Mädchen. Und sie streichelte den Kopf des Tieres, das sich an ihren Beinen rieb und vor Wonne seufzte. Arme Bruna mit dem dicken Bauch, das heißt, wenn sie es überhaupt war; arme Kreatur mit dem dicken Bauch, so alt und verwahrlost. Bald würde sie sterben, und dieses Mal wäre es ohne Zweifel für immer, denn den *Bewahrenden Blick* gab es nicht mehr. Von jetzt an würden sie alle den wahrhaftigen Tod sterben. Agua Fria atmete tief durch und befreite sich von dem Druck, der auf ihrer Brust lastete. Und sie zog los; die Hündin trottete fröhlich hinter ihr her; immer der glühenden, unsterblichen Sonne entgegen. Zu einem entfernten Ort, an dem man die neuen Träume würde träumen können.

# *Inhalt*